FICHES Tout le tronc commun

1re

Objectif BAC

Français
Amélie PINÇON
Amandine SOURISSE

Histoire-Géographie
Arnaud LÉONARD

Enseignement scientifique
Nathalie THAU
Pierre BINZ
Sébastien DESSAINT

Anglais
Caroline GARNIER

Espagnol
Michaël SALAÜN

Allemand
Véronique VEYRIER-MILAN

hachette
ÉDUCATION

Pour réviser efficacement les enseignements communs !

Des fiches synthétiques et complètes

Des notions-clés en encadrés

Des fiches pratiques à emporter partout

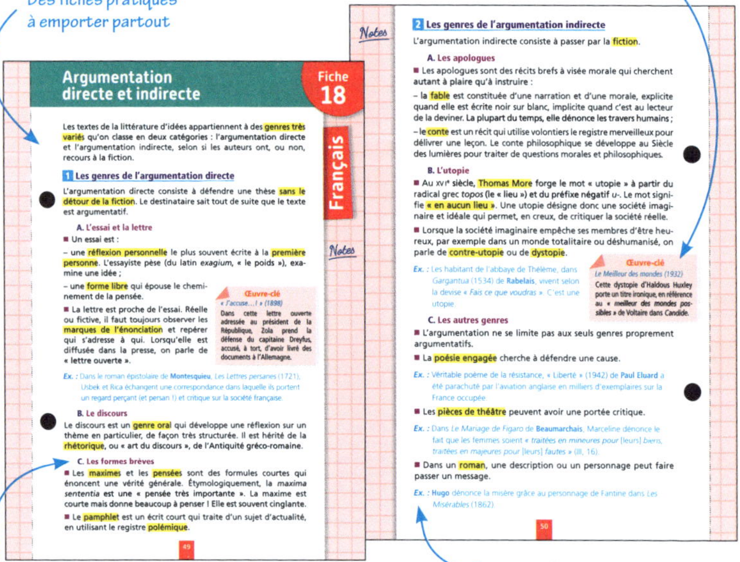

Argumentation directe et indirecte

Fiche 18

Français

Les textes de la littérature d'idées appartiennent à des genres très variés qu'on classe en deux catégories : l'argumentation directe et l'argumentation indirecte, selon si les auteurs ont, ou non, recours à la fiction.

1 Les genres de l'argumentation directe

L'argumentation directe consiste à défendre une thèse sans le détour de la fiction. Le destinataire sait tout de suite que le texte est argumentatif.

A. L'essai et la lettre

■ Un essai est :

– une réflexion personnelle le plus souvent écrite à la première personne. L'essayiste pèse (du latin *exagium*, « le poids »), examine une idée ;

– une forme libre qui épouse le cheminement de la pensée.

■ La lettre est proche de l'essai. Réelle ou fictive, il faut toujours observer les marques de l'énonciation et repérer qui s'adresse à qui. Lorsqu'elle est diffusée dans la presse, on parle de « lettre ouverte ».

Œuvre-clé

« J'accuse…! » (1898)

Dans cette lettre ouverte adressée au président de la République, Zola prend la défense du capitaine Dreyfus, accusé, à tort, d'avoir livré des documents à l'Allemagne.

Ex. : Dans le roman épistolaire de **Montesquieu**, *Les Lettres persanes* (1721), Usbek et Rica échangent une correspondance dans laquelle ils portent un regard perçant (et persan !) et critique sur la société française.

B. Le discours

Le discours est un genre oral qui développe une réflexion sur un thème en particulier, de façon très structurée. Il est hérité de la rhétorique, ou « art du discours », de l'Antiquité gréco-romaine.

C. Les formes brèves

■ Les maximes et les pensées sont des formules courtes qui énoncent une vérité générale. Étymologiquement, la *maxima sententia* est une « pensée très importante ». La maxime est courte mais donne beaucoup à penser ! Elle est souvent cinglante.

■ Le pamphlet est un écrit court qui traite d'un sujet d'actualité, en utilisant le registre polémique.

49

Notes

2 Les genres de l'argumentation indirecte

L'argumentation indirecte consiste à passer par la fiction.

A. Les apologues

■ Les apologues sont des récits brefs à visée morale qui cherchent autant à plaire qu'à instruire :

– la fable est constituée d'une narration et d'une morale, explicite quand elle est écrite noir sur blanc, implicite quand c'est au lecteur de la deviner. La plupart du temps, elle dénonce les travers humains ;

– le conte est un récit qui utilise volontiers le registre merveilleux pour délivrer une leçon. Le conte philosophique se développe au Siècle des lumières pour traiter de questions morales et philosophiques.

B. L'utopie

■ Au XVIe siècle, Thomas More forge le mot « utopie » à partir du radical grec *topos* (le « lieu ») et du préfixe négatif *u*-. Le mot signifie « en aucun lieu ». Une utopie désigne donc une société imaginaire et idéale qui permet, en creux, de critiquer la société réelle.

■ Lorsque la société imaginaire empêche ses membres d'être heureux, par exemple dans un monde totalitaire ou déshumanisé, on parle de contre-utopie ou de dystopie.

Ex. : Les habitant de l'abbaye de Thélème, dans *Gargantua* (1534) de **Rabelais**, vivent selon la devise « *Fais ce que voudras* ». C'est une utopie.

Œuvre-clé

Le Meilleur des mondes (1932)

Cette dystopie d'Haldous Huxley porte un titre ironique, en référence au « *meilleur des mondes possibles* » de Voltaire dans *Candide*.

C. Les autres genres

■ L'argumentation ne se limite pas aux seuls genres proprement argumentatifs.

■ La poésie engagée cherche à défendre une cause.

Ex. : Véritable poème de la résistance, « Liberté » (1942) de **Paul Eluard** a été parachuté par l'aviation anglaise en milliers d'exemplaires sur la France occupée.

■ Les pièces de théâtre peuvent avoir une portée critique.

Ex. : Dans *Le Mariage de Figaro* de **Beaumarchais**, Marceline dénonce le fait que les femmes soient « *traitées en mineures pour* [leurs] *biens, traitées en majeures pour* [leurs] *fautes* » (III, 16).

■ Dans un roman, une description ou un personnage peut faire passer un message.

Ex. : **Hugo** dénonce la misère grâce au personnage de Fantine dans *Les Misérables* (1862).

50

Un plan simple à mémoriser

Des exemples pour illustrer le cours

Conception graphique
Couverture : Stéphanie Benoit
Intérieur : Mélissa Chalot
Dépliant : Alicia Dassonville
Réalisation
Couverture : Stéphanie Benoit
Mise en pages : Patrick Leleux PAO
Dépliant : Alicia Dassonville
Illustrations (français) : Anne-Gaëlle Poirier
Cartographie : Domino et Hachette Éducation
Schémas : Médiamax, Grafatom, Patrick Leleux PAO
Édition : Justine Massel/S.M.

Crédits photographiques
Intérieur : p. 74, 211, 236 (b), 240 (b), 241, 245, 246 © shutterstock.
Dépliant : Sauf mention contraire ci-après, les documents sont crédités © Photothèque Hachette. Ulysse, Rabelais, Montaigne, Molière, Voltaire, Versailles, Newton, Mozart, Edison © shutterstock ; Christine de Pizan © Science Photo Library/akg-images ; Napoléon © Photo Josse/Leemage ; mur de Berlin © DPA/Picture Alliance/Leemage.

www.parascolaire.hachette-education.com
ISBN : 978-2-01-718603-8

Achevé d'imprimer en Août 2022 en Slovaquie par Polygraf - Dépôt légal : Août 2022 - Édition 01 - 26/7718/6

Sommaire général

FRANÇAIS

HISTOIRE-GÉOGRAPHIE

ENSEIGNEMENT SCIENTIFIQUE

LANGUES

biblio **BAC 2023** lycée

Découvrez les œuvres au programme du Bac de français 2023, avec les titres de notre collection Bibliolycée

Toutes les clés pour réussir votre BAC 2023

- **Le texte de l'œuvre** clarifié grâce à de nombreuses notes explicatives.
- **Des questionnaires** de préparation à l'oral du Bac.
- **La biographie** de l'auteur.
- **Le contexte historique, artistique et culturel** d'écriture de l'œuvre.
- **La genèse** de l'œuvre.
- **Le genre** de l'œuvre.
- **Un groupement de textes** sur le parcours associé à l'œuvre.
- **Un dossier SPÉCIAL BAC** proposant des sujets d'écrit et d'oral corrigés, avec des conseils de méthode.

hachette ÉDUCATION

Français

Sommaire

Français

Notes

Notes

Le roman et le récit du Moyen Âge au XXIe siècle

Le théâtre du XVIIe au XXIe siècle

Grammaire et analyse littéraire

Définition de l'épreuve

L'épreuve de français du Bac est constituée d'une épreuve écrite et d'une épreuve orale. Elle porte sur le programme de la classe de première et sur les œuvres au programme renouvelées par quart tous les ans.

1 L'épreuve écrite

Durée	4 heures
Coefficient	5

L'épreuve écrite vous demande de choisir un exercice parmi les deux proposés : un commentaire ou une dissertation.

Cette épreuve est notée sur 20 points.

Plusieurs critères entrent dans la notation :

– la maîtrise de la langue et de l'expression ;

– l'aptitude à lire, analyser et interpréter un texte ;

– l'aptitude à mobiliser une culture littéraire (maîtrise des savoirs littéraires) ;

– l'aptitude à reformuler une argumentation de manière précise, en respectant son déroulement logique ;

– la capacité à construire une réflexion argumentée et structurée et à prendre en compte d'autres points de vue que le sien.

A. Le commentaire

Le commentaire porte sur un texte littéraire, en lien avec un des objets d'étude du programme de la classe de première. Il ne sera jamais extrait d'une des œuvres au programme.

La méthode et les conseils relatifs au commentaire sont donnés dans les fiches 1, 2 et 3.

B. La dissertation

La dissertation prend la forme d'une question littéraire portant sur une des œuvres au programme et sur le parcours qui lui est associé.

Le sujet propose trois dissertations qui portent sur le même objet d'étude, chacune étant en rapport avec l'une des trois œuvres du programme et son parcours associé. Le candidat doit veiller à choisir le sujet qui porte sur l'œuvre et le parcours qu'il aura étudiés en classe pendant l'année.

Notes

Notes

La méthode et les conseils relatifs à la dissertation sont donnés dans les fiches 4, 5 et 6.

2 L'épreuve orale

Durée	20 minutes
Préparation	30 minutes
Coefficient	5

Cette épreuve permet d'évaluer la qualité d'expression orale du candidat mais aussi sa capacité à mobiliser ses connaissances, à développer son propos et à échanger ses points de vue avec l'examinateur.

Elle vise également à valoriser son investissement personnel, sa faculté à justifier ses choix, à les présenter et à les expliquer.

Cette épreuve se déroule en deux temps qui se succèdent et sont précédés d'un temps de préparation de 30 minutes (les textes officiels précisent que le temps consacré à l'accueil du candidat n'empiète ni sur le temps de préparation ni sur la durée de l'épreuve).

L'ensemble de cette épreuve est noté sur 20 points.

La méthode et les conseils relatifs à l'épreuve orale sont donnés dans les fiches 7, 8 et 9.

A. Accueil du candidat, descriptif et préparation

Le candidat arrive en salle d'examen muni de son descriptif. L'examinateur en possède une version, remise en amont par l'enseignant de français.

Ce descriptif rend compte du travail qui a été mené avec la classe pendant l'année : récapitulatif des œuvres et textes étudiés. Il est également composé d'une partie individuelle dans laquelle le candidat a indiqué l'œuvre qu'il a choisi de présenter parmi celles qui ont été étudiées en classe ou proposées par l'enseignant au titre des lectures cursives obligatoires. Cette œuvre fera l'objet de la seconde partie de l'épreuve.

Pour la première partie de l'épreuve, l'examinateur indique au candidat sur quel texte il va être interrogé. Ce texte est toujours choisi parmi les textes mentionnés dans le descriptif comme ayant fait l'objet d'une étude détaillée. L'examinateur indique aussi quelle sera la question de grammaire. La préparation de l'explication de texte peut alors commencer. Elle dure 30 minutes.

B. Première partie : exposé sur un des textes du descriptif

Cette première partie dure 12 minutes. Elle se déroule en trois temps :

– brève contextualisation et lecture de l'extrait à voix haute (2 points) ;

– explication linéaire du texte ou d'un passage d'une vingtaine de lignes sélectionné par l'examinateur (8 points) ;

– réponse à une question de grammaire qui s'appuie sur un passage du texte à expliquer (2 points).

Sur quel texte peut porter l'explication linéaire ?

Le candidat est interrogé sur un des textes ayant fait l'objet d'une étude approfondie en classe, et mentionné comme tel dans son descriptif.

Le descriptif remis par le candidat à l'examinateur indique en effet les vingt à vingt-quatre textes étudiés en classe (entre quatre et six textes par objet d'étude) qui peuvent être retenus pour l'explication linéaire.

C. Seconde partie : présentation de l'œuvre choisie et entretien

Cette partie de l'épreuve dure 8 minutes. Elle est notée sur 8 points.

Elle se déroule en deux temps successifs :

– la présentation de l'œuvre retenue par le candidat et l'explication argumentée de son choix ;

– l'entretien au cours duquel le candidat justifie le choix de l'œuvre qu'il a retenue. Conduit de manière ouverte par l'examinateur, cet entretien ne prend pas la forme d'un questionnaire de lecture mais vérifie que le candidat s'est approprié l'œuvre.

Cette partie est indépendante de la première : l'examinateur ne revient pas sur ce qui a été dit en début d'épreuve.

Notes

Notes

3 L'épreuve orale de contrôle dite du « rattrapage »

Cette épreuve concerne les candidats qui seraient « au rattrapage » l'année de Terminale. Dans une telle situation, le candidat doit choisir deux disciplines à repasser, parmi toutes celles présentées au bac.

Pour rappel, les candidats qui vont au rattrapage sont ceux qui, à l'issue du premier groupe, ont obtenu une moyenne comprise entre 8 et 10. Les candidats qui ont choisi le français sont interrogés selon les modalités définies dans l'épreuve orale de première ci-dessus. Ils doivent présenter le descriptif de leur classe de première signé par le professeur de lettres (de préférence celui qu'ils ont eu en première) et de leur chef d'établissement.

Rappel du programme

1 Étude de la littérature

A. Les objets d'étude : œuvres et parcours

Le programme de français en première s'articule autour de quatre objets d'étude.

Chaque objet d'étude associe une œuvre (ou une section substantielle et cohérente d'une œuvre) et un parcours permettant de la situer dans son contexte historique et générique.

Pour chaque objet d'étude, le professeur de français doit choisir une œuvre et son parcours parmi les trois possibilités proposées. Les élèves de première travaillent donc en tout quatre œuvres et quatre parcours imposés dans l'année.

Objet d'étude	Œuvre intégrale	Parcours associé
La poésie du XIXe au XXIe siècle	Victor Hugo, *Les Contemplations* (livres I à IV)	Les Mémoires d'une âme
	Charles Baudelaire, *Les Fleurs du Mal*	Alchimie poétique : la boue et l'or
	Apollinaire, *Alcools*	Modernité poétique ?
La littérature d'idées du XVIe au XVIIIe siècle	Rabelais, *Gargantua*	Rire et savoir
	La Bruyère, *Les Caractères* (livres V à X)	La comédie sociale
	Olympe de Gouges, *Déclaration des droits de la femme et de la citoyenne*	Écrire et combattre pour l'égalité
Le roman et le récit du Moyen Âge au XXIe siècle	Abbé Prévost, *Manon Lescaut*	Personnages en marge, plaisirs du romanesque
	Honoré de Balzac, *La Peau de chagrin*	Les romans de l'énergie : création et destruction
	Colette, *Sido* suivi de *Les Vrilles de la vigne*	La célébration du monde
Le théâtre du XVIIe au XXIe siècle	Molière, *Le Malade imaginaire*	Spectacle et comédie
	Marivaux, *Les Fausses Confidences*	Théâtre et stratagème
	Jean-Luc Lagarce, *Juste la fin du monde*	Crise personnelle, crise familiale

Notes

Notes

À ces œuvres et parcours imposés par le programme national s'ajoute la lecture cursive de quatre œuvres, une par objet d'étude. L'enseignant veille à ménager une place aux littératures francophones et étrangères, depuis les textes de l'Antiquité jusqu'aux grands textes de la littérature contemporaine.

B. Prolongements artistiques et culturels

Ces prolongements sont choisis par l'enseignant, en fonction de l'œuvre et du parcours associé. Le professeur peut en effet décider de mettre en relation l'œuvre étudiée avec des œuvres appartenant à d'autres arts pour mieux faire comprendre aux élèves les mutations esthétiques, leurs enjeux et leurs développements spécifiques selon les formes artistiques.

2 Étude de la langue

A. Présentation générale

L'étude de la langue (vocabulaire et grammaire) permet aux élèves de perfectionner leur expression orale et écrite grâce à un travail sur le lexique et la syntaxe.

L'étude de la langue servira en particulier pour la question de grammaire de l'épreuve orale qui vérifiera l'acquisition de certaines connaissances linguistiques.

B. Les objets d'étude de la langue

Selon le programme officiel, une attention toute particulière doit être portée sur :

– Les accords dans le groupe nominal et entre le sujet et le verbe (classes lexicales et fonctions syntaxiques dans la phrase simple).

– Le verbe : valeurs temporelles, aspectuelles, modales et concordance des temps (identification des formes verbales, du rôle des temps dans le récit).

– Les relations au sein de la phrase complexe (juxtaposition, coordination, subordination).

– La syntaxe des propositions subordonnées relatives.

– **Les subordonnées conjonctives utilisées en fonction de compléments circonstanciels.**

– **L'interrogation** (l'élève doit savoir distinguer l'interrogation directe de l'interrogative indirecte).

– **L'expression de la négation.**

– Le lexique.

Les notions en gras ci-dessus seront prioritairement évaluées lors de l'épreuve orale. Elles sont traitées **fiche 43**.

Le commentaire : vue d'ensemble

Fiche 1

Français

Notes

1 Pourquoi choisir le commentaire ?

A. Avantages et difficultés

■ Le commentaire consiste à rendre compte de la bonne compréhension d'un extrait d'œuvre littéraire. Il prend la forme d'un devoir organisé en deux ou trois parties qui répond à une problématique. La réflexion doit toujours être argumentée, et chaque interprétation doit être justifiée par des références précises au texte et par l'analyse de certains procédés littéraires.

Avantages	Difficultés à dépasser
Le commentaire porte sur un texte que vous avez devant les yeux le jour de l'épreuve. C'est très **rassurant** car vous aurez ainsi forcément des idées.	Méfiez-vous du « **commentaire-catalogue** » qui ne fait que juxtaposer les procédés littéraires, sans dégager le sens et les idées générales du texte.
Il repose souvent sur des **intuitions** de lecture. La réflexion s'amorce à partir des émotions suscitées, auxquelles vous devez faire confiance mais que vous devez compléter par l'analyse.	Méfiez-vous du « **commentaire-paraphrase** » qui consiste à répéter maladroitement le texte au lieu de montrer comment l'auteur l'a construit.
Le texte proposé, même s'il est inconnu, est **en lien avec l'un des objets d'étude** étudiés en classe.	Le **contresens** est le pire qui puisse arriver. Relisez bien le texte et replacez-le dans son contexte.

B. Mobiliser ses connaissances

■ Le texte sur lequel porte le commentaire est toujours en lien avec l'un des objets d'étude au programme. Vous devez donc être capable de mobiliser votre culture littéraire et de bien contextualiser l'extrait. Les connaissances acquises pendant l'année constituent des points de repère d'histoire littéraire… qu'il faut apprendre !

■ Le commentaire repose sur l'analyse des procédés littéraires, en lien avec le genre (théâtre, roman, poésie, etc.), et sur certaines figures de style. C'est grâce aux multiples textes rencontrés en cours d'année que vous pourrez vous constituer une « caisse à outils littéraires ».

■ Le commentaire est un devoir organisé et rigoureux qui demande de l'entraînement. C'est en vous exerçant toute l'année sur des textes variés que vous pourrez acquérir certains réflexes (formulation, plan, etc.).

Conseil

Préparez une fiche de révision par mouvement littéraire : noms d'auteurs, principaux textes, idées importantes, genres prisés, procédés littéraires utilisés.

Notes

2 Face au texte, le jour J

A. Découvrir le sujet

Avant même de lire le texte, repérez les indices du paratexte (date de publication, auteur, titre, etc.) et identifiez le mouvement littéraire. Lisez ensuite le texte sans rien écrire, pour vous plonger pleinement dedans. Comme cette première lecture ne suffit pas, relisez encore deux fois le texte, stylos et surligneurs en main, pour mettre en valeur les mots-clés et les citations importantes pour votre analyse. À cette étape, il s'agit de bien cerner les enjeux du texte en se posant les bonnes questions :

Rappel

Le jour du bac, munissez-vous d'une montre, de crayons de couleur ou de feutres, et d'une règle pour souligner les titres des œuvres !

- Quels sont les liens entre ce texte et la période à laquelle il appartient ?
- Quel est le genre du texte ?
- Quelle(s) tonalité(s) dominent ?
- Quel message l'auteur cherche-t-il à faire passer ?

B. Rassembler ses idées au brouillon

- Le texte est souvent entouré d'espace libre. N'hésitez pas à utiliser ces marges pour noter vos premières interprétations. Puis commencez à lister au brouillon vos principales idées pour bâtir un plan. C'est le seul véritable moyen de structurer vos idées. Vous pouvez utiliser :

– une page pour l'élaboration du plan détaillé (parties et sous-parties) ;

– plusieurs pages pour le développement du commentaire ;

– une page pour la rédaction de l'introduction et de la conclusion.

- Attention ! Il est inutile de tout écrire au brouillon pour n'avoir ensuite qu'à recopier : cela vous fait perdre du temps. Le brouillon vous permet seulement d'organiser vos idées.

C. Gérer son temps à l'écrit

Il n'existe pas de chronométrage idéal. La proposition qui suit vous donne un ordre d'idées, que vous affinerez au gré de vos entraînements.

- Découvrir le sujet, lire le texte : 15 min.
- Travailler au brouillon (plan détaillé et problématique) : 1 h 30 min.
- Rédiger : 2 h.
- Relire intégralement son devoir : 15 min.

Organiser son commentaire

Fiche 2

Français

Le commentaire prend la forme d'un devoir organisé qui répond à une problématique. Il doit donc être rigoureusement structuré.

1 Structurer le commentaire

A. Le squelette du commentaire

■ Le commentaire s'organise en trois éléments incontournables : l'introduction qui présente le texte ainsi que la problématique, le corps du commentaire ou développement, et la conclusion.

■ Le développement du commentaire se structure en deux ou trois grandes parties, elles-mêmes divisées en deux ou trois sous-parties. Pour que le commentaire soit équilibré, on attend six sous-parties. Deux types de plans sont donc possibles :

- un plan avec deux grandes parties de chacune trois sous-parties ;
- un plan avec trois grandes parties de chacune deux sous-parties.

Rappel
Il est impératif que votre propos soit construit, c'est-à-dire que vos idées soient organisées et vos exemples argumentés.

B. Les codes de présentation

■ Si, au brouillon, votre commentaire repose sur un plan écrit, celui-ci ne doit pas être apparent sur votre devoir. En effet, vous ne devez pas recopier les titres des parties et sous-parties comme vous le faites quand vous prenez des notes en classe. Sur votre copie, tout doit être rédigé !

■ Votre commentaire doit se diviser en plusieurs paragraphes qui commencent tous par un alinéa. On compte donc en tout 8 paragraphes : 1 paragraphe d'introduction, 6 paragraphes pour les 6 sous-parties et 1 paragraphe de conclusion. Enfin, pensez à sauter une ligne après l'introduction, entre les parties, et avant la conclusion.

■ Ces codes de présentation rigoureux permettent au correcteur de vérifier que votre commentaire est solidement organisé.

2 Trouver un plan qui réponde à une problématique

A. Dégager une problématique

■ La problématique est un passage obligé pour tout commentaire. Elle l'oriente et en constitue, en quelque sorte, le fil rouge. Placée au début du commentaire, elle trouve des éléments de réponse au fil du développement.

Notes

Notes

■ Une bonne problématique doit, comme son nom l'indique, poser un problème. Essayez, par exemple, d'utiliser deux mots qui s'opposent, qui créent une tension.

Ex. : Dans quelle mesure ce texte à l'argumentation si ***structurée*** est-il un éloge de la ***liberté*** ?

■ La problématique se présente généralement sous la forme d'une question qui peut commencer par « Dans quelle mesure », « En quoi », « Comment ». Sachez qu'on la trouve rarement à la fin de la première lecture du texte : bien souvent, elle n'apparaît qu'après que vous avez fait votre plan.

■ Avant de la formuler, choisissez deux à quatre mots-clés tirés du plan du commentaire. Veillez à toujours trouver une problématique littéraire qui ne porte ni sur la biographie de l'auteur ni sur une simple thématique.

Ex. : Qu'est-ce que ce poème nous apprend sur les sentiments de son auteur ? ***(mauvaise problématique)*** / Dans quelle mesure ce sonnet de Louise Labé propose-t-il une vision ambivalente du sentiment amoureux ? ***(bonne problématique)***

■ La problématique doit être assez large pour vous permettre de développer les principaux aspects du texte, mais elle doit aussi rendre compte de sa singularité. Une bonne problématique ne doit pas pouvoir être appliquée à un autre texte.

Conseil

Le travail régulier de textes de genres variés vous permettra d'être mieux entraîné(e) et d'acquérir la bonne méthode pour réussir votre épreuve.

B. Bâtir un plan

■ Le plan se construit au fur et à mesure de votre travail. Commencez par surligner les mots et expressions qui vous semblent les plus importants. Ces éléments seront les citations sur lesquelles vous vous appuierez. Chaque citation doit être analysée, c'est-à-dire que vous devez étudier la forme du texte et déterminer quel procédé est utilisé. Enfin, vous interpréterez ces analyses en vous demandant quel est l'effet produit par le procédé et pourquoi l'auteur l'a choisi.

■ Regroupez les différentes interprétations. Ce sont elles qui vont vous permettre de trouver les grandes parties puis les sous-parties.

■ Le tableau ci-dessous est un outil très pratique qui vous permettra de travailler le texte, d'éviter le commentaire-paraphrase et le commentaire-catalogue :

Citations	Analyses	Interprétations
Recopiez des expressions ou termes du texte.	Identifiez les procédés littéraires.	Recensez les idées principales du texte qui vous aideront à bâtir le plan et à répondre à cette question : *quel est l'effet produit et quel sens a-t-il ?*

Rédiger son commentaire

Notes

Après le brouillon, il est temps de passer à la rédaction.

1 L'introduction

■ L'introduction doit être particulièrement soignée car elle est la vitrine de votre commentaire. Elle fait une quinzaine de lignes et commence par un alinéa.

■ Les cinq étapes de l'introduction vont du général vers le particulier. On dit que l'introduction a une forme d'entonnoir !

A. L'amorce

L'amorce est une phrase générale qui introduit le texte. Vous pouvez :

- évoquer le mouvement littéraire du texte, toujours en lien avec un des objets d'étude étudiés pendant l'année ;
- partir d'une citation d'un autre auteur ;
- évoquer rapidement l'auteur du texte et sa biographie ;
- dire un mot sur la forme du texte ou son genre.

Conseil

Lors de la relecture, vérifiez que vous avez bien souligné les titres des œuvres.

B. La présentation de l'œuvre

Une ou deux phrases permettent de présenter brièvement l'œuvre (nom de l'auteur, titre, date de publication, genre).

C. La présentation de l'extrait

Après avoir évoqué l'œuvre en général, présentez l'extrait et ses enjeux. Résumez et caractérisez le texte en une seule phrase.

Ex. : La scène 5 de l'acte II de *Phèdre* est une scène d'aveu dans laquelle Phèdre, qui se croit veuve, révèle son amour à son beau-fils Hippolyte.

D. La problématique

La problématique se présente sous la forme d'une question directe ou indirecte (voir fiche 43).

Ex. question directe : Dans quelle mesure cette scène d'aveu fait-elle de Phèdre un personnage tragique à la fois victime et coupable de son amour ?

Notes

Ex. question indirecte : On peut alors se demander dans quelle mesure cette scène d'aveu fait de Phèdre un personnage tragique, à la fois victime et coupable de son amour.

E. L'annonce du plan

Afin de mieux guider votre correcteur, vous devez annoncer les grandes parties de votre commentaire.

Ex. : Dans un premier temps, nous montrerons qu'il s'agit d'une scène d'aveu. Cela nous amènera à envisager, dans un second temps, le fait que Phèdre apparaisse comme un personnage tragique, à la fois victime et coupable de son amour.

2 Le développement

A. Les sous-parties

- Chaque sous-partie se présente sous la forme d'un paragraphe d'une quinzaine de lignes et commence par un alinéa. Chacune développe une interprétation en s'appuyant sur trois ou quatre citations analysées et insérées entre guillemets.

- La sous-partie doit être structurée avec des connecteurs logiques : « tout d'abord », « cependant », « de plus », etc.

Rappel

C'est toujours le lecteur qui cite le texte. N'écrivez pas : ~~« L'auteur cite... »~~.

B. Les transitions

La transition fait le lien entre ce qui vient d'être dit et ce qui va être développé juste après. C'est une sorte de « pont » qui permet de dresser un bilan et d'annoncer la suite.

3 La conclusion

- La conclusion vient clore le commentaire et laisse au correcteur sa dernière impression.

- Elle reprend la problématique énoncée dans l'introduction. En quelques lignes, elle y répond clairement en rappelant les idées principales développées.

- L'ouverture est facultative mais toujours bienvenue. Elle permet de déployer le texte vers une perspective plus large. Vous pouvez ouvrir sur la suite du texte, si vous la connaissez ; un autre texte qui entre en résonance avec l'extrait à commenter ; un tableau, un film, une sculpture, etc. Servez-vous des prolongements artistiques et culturels vus en classe.

La dissertation : vue d'ensemble

Notes

1 Comprendre l'exercice

A. Qu'est-ce qu'une dissertation ?

■ Faire une dissertation consiste à proposer un devoir organisé répondant à une question qui porte sur une œuvre au programme ainsi que sur son parcours associé. C'est un exercice d'argumentation qui demande de bien connaître les œuvres étudiées pendant l'année et de faire preuve de rigueur dans son raisonnement. Ce n'est pas parler autour d'un thème : c'est résoudre un problème.

■ La dissertation prend donc la forme d'un devoir structuré en deux ou trois parties qui répond à une question, qu'on appelle aussi problématique. La réflexion est toujours argumentée et chaque interprétation doit être justifiée par des références précises à l'œuvre étudiée, à son parcours associé et à l'histoire littéraire.

B. Pourquoi choisir cet exercice ?

■ À la différence du commentaire, la dissertation a ceci de rassurant que son sujet sera directement en lien avec l'intitulé du parcours, qui aura été étudié en classe. Vous devrez être capable de remobiliser les savoirs acquis tant dans les cours consacrés à l'œuvre que dans ceux consacrés au parcours.

■ La dissertation fait dialoguer l'œuvre et son parcours ; vous aurez donc sans doute déjà réfléchi à des sujets proches pendant l'année. Si vous connaissez bien l'œuvre et que vous avez révisé, vous aurez forcément beaucoup de choses à dire dans votre dissertation. La dissertation porte sur l'œuvre au programme ainsi que sur les textes étudiés dans le cadre du parcours. Elle mobilise votre culture personnelle.

■ Attention ! La dissertation comporte aussi des difficultés. On observe, dans les copies, deux pièges ou risques majeurs dont il faut se méfier :

- la récitation de cours, qui consiste à écrire tout ce qu'on sait de l'œuvre et tout ce qu'on a appris du parcours mais sans orienter ces éléments vers une réponse à la question, en oubliant le sujet en cours de rédaction ;
- la narration ou le résumé, qui consiste à raconter l'intrigue de l'œuvre au lieu de commenter son écriture, ses thématiques, etc.

Conseil

Pour éviter la récitation de cours, demandez-vous systématiquement si l'idée que vous allez exploiter permet de répondre à la problématique.

Notes

C. Quelles sont les attentes du correcteur ?

Compétence	Comment la mettre en œuvre ?
Construction d'une réflexion argumentée	Proposer un devoir construit autour d'un plan solide (introduction + développement + conclusion).
Capacité à mobiliser sa culture littéraire	– Situer l'œuvre dans son époque, son objet d'étude et son parcours. – Faire appel aux textes étudiés pendant l'année dans le cadre du parcours.
Maîtrise de la langue et expression	– Construire correctement ses phrases. – Avoir une bonne orthographe. – Utiliser un vocabulaire précis et approprié.

2 Face au sujet, le jour J

A. Découvrir le sujet

Voici quelques pistes pour vous permettre de « rentrer » dans le sujet :

■ Identifiez l'œuvre et le parcours sur lesquels va porter la dissertation.

■ Rappelez-vous à quel objet d'étude elle appartient (théâtre, roman, poésie ou littérature d'idées).

B. Analyser le sujet

■ Le sujet peut se présenter sous la forme d'une question ou d'une affirmation. Il peut aussi être une citation d'auteur et, éventuellement, être accompagné d'une consigne destinée à vous guider.

Ex. : Êtes-vous d'accord avec [tel auteur] lorsqu'il écrit que... / À partir de cette remarque de [tel auteur], vous vous demanderez si...

■ Commencez par vous demander ce que vous comprenez spontanément en lisant le sujet. Cette étape est importante, mais ce n'est que la première ! En effet, si vous en restez là, vous risquez de ne pas voir ce qu'on attend réellement de vous. Un sujet de dissertation se décode.

■ Pour analyser le sujet, commencez par définir les mots-clés. Déterminez leur sens et ce qu'ils sous-entendent en les mettant en relation avec vos connaissances sur l'œuvre, son parcours et la littérature en général. C'est ce qu'on appelle « les présupposés du sujet ».

■ Repérez les relations entre les différents éléments et cherchez les oppositions et les ressemblances. Une problématique recèle souvent une tension. Il s'agit de dégager le problème à analyser, de cerner les enjeux du sujet.

Organiser sa dissertation

Fiche 5

Français

Notes

1 Mobiliser ses connaissances

A. Rassembler ses idées au brouillon

■ Le travail au brouillon est le seul véritable moyen de structurer ses idées.

■ Votre brouillon peut se diviser en plusieurs parties :

- une page consacrée à l'analyse du sujet ;
- une page consacrée au remue-méninges, c'est-à-dire toutes les idées qui vous viennent en rapport avec la problématique ;
- une page pour l'élaboration du plan, c'est-à-dire la mise en ordre organisée des idées du remue-méninges ;
- une page pour rédiger l'introduction et la conclusion.

■ Il est inutile de tout écrire au brouillon pour n'avoir ensuite qu'à recopier : cela vous fait perdre du temps. Le brouillon vous permet seulement d'organiser vos idées.

B. Organiser ses idées et ses exemples

■ La dissertation s'organise en trois éléments incontournables : l'introduction (rappelle l'œuvre, le parcours et expose la problématique), le corps de la dissertation ou développement, et la conclusion.

■ Le développement de la dissertation s'organise en deux ou trois grandes parties, elles-mêmes divisées en deux ou trois sous-parties. En tout, et pour que la dissertation soit équilibrée, on attend six sous-parties.

■ Pour que votre argumentation soit efficace, elle doit être nourrie d'éléments précis que vous aurez appris durant toute l'année :

- des citations tirées des œuvres travaillées ;
- des références précises en lien avec l'intrigue, un personnage, un extrait en particulier…
- l'analyse de certains procédés littéraires importants ou toute autre remarque relevant de la stylistique.
- des connaissances d'histoire littéraire ;
- des œuvres d'art ou d'autres éléments de prolongements.

> **Astuce**
> Si vous êtes souvent en retard quand vous rédigez, recopiez votre conclusion au propre sur une feuille simple officielle que vous n'aurez plus qu'à glisser dans votre copie à la fin de l'épreuve.

Notes

■ Chaque fois que vous faites référence à l'un de ces éléments, vous devez l'exploiter, c'est-à-dire le rattacher à votre raisonnement et montrer en quoi il vous aide à répondre à la problématique.

■ Organisez toujours vos idées et vos exemples du plus simple au plus complexe, du plus évident au plus subtil.

2 Structurer sa dissertation

A. Bâtir un plan

■ Le plan constitue les étapes par lesquelles va passer votre raisonnement pour répondre à la question posée. Il se construit au fur et à mesure que vous commencez à coucher vos idées sur le papier et à les organiser.

■ Le correcteur évalue le plan :

– d'un point de vue externe, par rapport au sujet : le plan permet-il de répondre à la problématique ? est-il pertinent par rapport aux enjeux de l'œuvre et du parcours ?

– d'un point de vue interne : le plan est-il logique ? progresse-t-il de manière cohérente ? le passage d'une partie à l'autre est-il justifié ?

B. Le plan dialectique

■ Il est surtout utilisé dans les sujets du type « Pensez-vous que… ? » ou dans les sujets-citations.

■ Le plan dialectique peut être en deux ou trois parties :

1re partie : « certes… »	Donnez les éléments qui vont dans le sens du sujet.
2e partie : « mais… »	Donnez les contre-arguments qui permettent de nuancer ou de montrer les failles des éléments développés en 1re partie.
3e partie (éventuelle) : « car… » ou « donc… »	Prolongez votre réflexion en redéfinissant les enjeux du sujet ou en en tirant des enseignements qui ouvrent sur un nouveau questionnement.

C. Le plan thématique

C'est un plan « à tiroirs » qui permet de classer ses idées par thèmes ou par grands domaines d'idées. Il s'adapte au sujet posé et répond plutôt à des questions du type « Quelles sont les caractéristiques de… ? », « À quoi sert… ? ».

Attention !

On ne décide jamais d'un type de plan *a priori*. C'est votre problématique qui va naturellement vous amener à privilégier un type de plan par rapport à un autre.

Rédiger sa dissertation

Notes

1 L'introduction

■ L'introduction est la vitrine de votre devoir. Grâce à elle, le correcteur sait d'emblée si vous avez compris le sujet et si vous maîtrisez les codes de l'exercice.

■ L'introduction est un paragraphe d'une quinzaine de lignes qui respecte quatre étapes allant du général au particulier. L'introduction doit rendre compte de l'analyse du sujet et du problème qu'il pose.

A. L'amorce

L'amorce est une phrase générale qui vous permet d'introduire le sujet. Vous pouvez partir d'une citation d'un autre auteur que vous prendrez soin d'analyser, annoncer la thématique en la contextualisant dans le parcours, etc.

B. La problématique est amenée

■ Soulevez en quelques phrases les principaux enjeux du sujet. En fait, vous devez expliquer quel est l'intérêt du sujet qui vous est posé. Montrez au correcteur que vous avez su décoder la question qui vous était posée. Mettez en valeur les mots-clés et les paradoxes en les reformulant.

C. La problématique

Recopiez le sujet : la problématique doit apparaître clairement dans votre introduction. Elle se présente sous la forme d'une question, directe ou indirecte : « Ainsi, on se demandera si… » Elle est déterminante car elle va orienter votre devoir.

> **Rappel**
> Pour la poésie, on souligne le titre du recueil et on place entre guillemets « le titre du poème ».

D. L'annonce du plan

■ Afin de mieux guider votre correcteur, annoncez les grandes parties de votre dissertation.

■ Dans le cas d'un plan dialectique, votre annonce de plan peut tenir en une phrase : « Certes…, mais…, car/donc… », qui permet d'insister sur l'enchaînement logique des parties.

■ Dans le cas d'un plan thématique, on utilise plutôt des mots de liaison qui évoquent le classement ou la juxtaposition : « Tout d'abord, ensuite, enfin », « Dans un premier temps... , dans un second temps... », etc.

Notes

2 Le développement

A. Les sous-parties

■ Votre dissertation doit se diviser en plusieurs paragraphes qui commencent tous par un alinéa. On compte en tout 8 paragraphes : 1 paragraphe d'introduction, 6 paragraphes pour les 6 sous-parties et 1 paragraphe de conclusion. Enfin, vous devez sauter une ligne après l'introduction, entre les grandes parties et avant la conclusion.

■ Chaque partie de dissertation est composée de plusieurs sous-parties qui permettent de détailler l'idée directrice de la grande partie. Une sous-partie fait une quinzaine de lignes et se présente sous la forme d'un paragraphe qui commence par un alinéa. Une sous-partie repose toujours sur des exemples précis et/ou des citations tirées de l'œuvre étudiée. Ces dernières doivent s'intégrer parfaitement à vos phrases. Chaque sous-partie développe un argument permettant de répondre à la problématique en s'appuyant sur trois ou quatre éléments. Elle doit être structurée autour d'une idée, et vous devez utiliser des connecteurs logiques : « en premier lieu », « toutefois », « de plus », etc.

Rappel
Ne mettez surtout pas vos citations entre parenthèses. Elles doivent être présentées entre guillemets.

B. Les transitions

La transition fait le lien entre ce qui vient d'être dit et ce qui va être développé. C'est une sorte de « pont » qui permet de dresser un bilan et d'annoncer la suite.

Ex. : *« Il est vrai que l'œuvre…* [1re partie], *mais il faut aussi tenir compte de…* [2nde partie]. »

3 La conclusion

La conclusion est un paragraphe d'une quinzaine de lignes qui clôt la dissertation. Elle s'organise en trois étapes :

– le rappel de la problématique énoncée dans l'introduction ;

– la réponse à la problématique : en quelques lignes, répondez clairement à la problématique posée en reprenant les étapes importantes de votre raisonnement ;

– l'ouverture : facultative mais toujours bienvenue, elle déploie la conclusion vers une perspective plus large.

L'épreuve orale : vue d'ensemble

Fiche 7

Français

1 Comprendre l'exercice

A. Le déroulement de l'épreuve

■ L'examen oral dure 20 minutes. Il est précédé d'un temps de préparation de 30 minutes.

■ L'examen lui-même est divisé en deux parties :

– Première partie. Vous devez faire un exposé sur un texte du descriptif que votre professeur aura transmis à l'avance à votre examinateur. Celui-ci choisit un texte dans cette liste et vous en demande une explication linéaire ; il vous indique également la question de grammaire à traiter qui porte sur une citation du texte.

– Seconde partie. Après avoir brièvement présenté l'œuvre que vous avez choisie, vous répondez aux questions de l'examinateur. Ce moment prend la forme d'un dialogue.

À savoir

L'examinateur sait que cet oral est le premier auquel vous êtes confronté(e) durant votre scolarité. Il agira avec neutralité et bienveillance et saura prendre en compte votre appréhension.

Notes

B. Les finalités de l'épreuve orale

■ Évaluer la qualité de votre expression orale. L'épreuve orale a pour objectif de vérifier votre aisance à communiquer : vous devez savoir organiser votre propos, rebondir sur les questions posées, utiliser un vocabulaire littéraire précis, etc.

■ Évaluer vos capacités de lecture. Vous devez lire à haute voix le texte choisi par l'examinateur, de façon fluide, avec la bonne intonation, de manière à bien interpréter le texte et rendre compte de ses enjeux. Entraînez-vous régulièrement avant l'examen. Une lecture correcte est importante : elle témoigne souvent d'une compréhension fine du texte. Vous ferez ainsi, dès le début de l'entretien, une bonne impression.

■ Évaluer vos capacités d'analyse. Vous devez être capable d'expliquer le texte et ses idées.

■ Évaluer votre sensibilité littéraire. L'épreuve orale est l'occasion de valoriser votre investissement personnel, de montrer votre curiosité et votre intérêt pour la discipline. N'hésitez pas à évoquer les textes que vous avez aimés, sans oublier d'argumenter vos choix. Vous pouvez également faire appel à vos lectures personnelles si cela est justifié.

Notes

■ Évaluer votre capacité de réflexion. Faites des liens avec d'autres œuvres artistiques ou littéraires et d'autres savoirs. Le texte doit être compris et envisagé dans sa singularité. Mettez-le en lien avec l'œuvre et le parcours associé.

Les clés pour maîtriser l'épreuve orale
– Problématiser et cerner les enjeux des parcours
– Connaître les quatre œuvres du programme ainsi que les lectures cursives
– Connaître les textes présentés sur la liste
– Savoir argumenter solidement en faveur de l'œuvre choisie
– Maîtriser ses connaissances en histoire littéraire
– Maîtriser les savoirs linguistiques (question de grammaire)
– Maîtriser les principaux procédés littéraires

2 Se préparer à l'oral

A. Le descriptif

■ L'épreuve repose essentiellement sur le descriptif remis en amont par votre enseignant à l'examinateur.

■ Ce descriptif mentionne chacun des objets d'étude et comporte :

– les explications extraites des œuvres intégrales au programme ;

– les extraits étudiés dans le cadre des parcours ;

– les œuvres proposées en lecture cursive.

– l'œuvre que vous avez choisie pour la seconde partie de l'épreuve.

B. Les documents à apporter le jour de l'examen

■ Le descriptif remis par votre enseignant. N'oubliez pas de renseigner la partie individuelle concernant l'œuvre choisie.

■ Les textes qui ont fait l'objet d'une étude détaillée et sur lesquels vous êtes susceptible d'être interrogé(e).

■ Votre convocation officielle.

■ Votre carte d'identité ou passeport. Vérifiez que ce document est à jour !

Conseil

N'oubliez pas votre montre pour gérer votre temps de préparation, des crayons de couleur pour travailler votre texte et une bouteille d'eau.

La première partie de l'épreuve orale

Fiche 8

Français

Cette partie de l'épreuve est sur 12 points et dure 12 minutes.

1 La lecture de l'extrait (2 points)

A. La préparation de l'épreuve

■ Une bonne lecture se travaille et se prépare tout au long de l'année. N'hésitez pas à vous proposer quand les textes sont lus à haute voix en classe. Entraînez-vous également chez vous en vous enregistrant.

■ Relisez à voix haute l'ensemble des textes peu de temps avant votre épreuve. Cet exercice vous évitera de buter sur les mots difficiles et les phrases complexes.

Notes

B. La lecture, le jour de l'épreuve

■ Présentez brièvement l'extrait (auteur, genre, date, etc.) et situez-le au sein de l'œuvre ou du parcours.

■ Lisez le texte en articulant et en parlant distinctement. La lecture doit avoir un rythme fluide ainsi qu'un ton juste et expressif. Montrez que vous avez compris le texte et insistez sur les effets de style, les mots importants.

À savoir

L'extrait sur lequel porte l'explication fait une vingtaine de lignes environ. S'il est plus long, l'examinateur peut n'en sélectionner qu'une partie.

2 L'explication linéaire de texte (8 points)

A. Les attendus de l'explication linéaire

■ L'explication forme le cœur de cette 1re partie de l'épreuve. Elle doit être linéaire, c'est-à-dire qu'elle suit l'ordre du texte. Vous devez analyser le texte en l'expliquant et en l'interprétant. Relevez les procédés littéraires et, comme pour l'épreuve écrite du commentaire, décrivez l'effet produit par le procédé cité.

■ L'introduction permet de présenter l'œuvre, le parcours, l'extrait, de formuler une problématique. Spécifiez l'organisation du texte dans votre plan. Celui-ci doit rendre compte des parties du texte (en général deux à trois parties).

■ Le développement. Annoncez les différentes étapes de votre explication et précisez bien le changement de partie. Le développement doit répondre à la problématique.

Notes

■ La conclusion. Rappelez la problématique, puis reprenez de façon synthétique les étapes de votre explication et proposez une ouverture sur un autre texte ou une œuvre artistique.

B. Le temps de préparation

■ Respectez les 30 minutes de préparation dont vous disposez pour l'explication linéaire ainsi que la question de grammaire.

■ Au brouillon, prenez des notes, listez vos idées en les marquant par des tirets ; soignez la problématique et écrivez-la en rouge, afin qu'elle soit lisible ; présentez clairement les étapes de votre explication en donnant un titre à chaque partie du texte ; soulignez, dans le texte, les procédés et citations et reportez le code-couleurs sur votre brouillon ; numérotez vos pages de brouillon et n'écrivez qu'au recto.

Conseil

Pour que votre explication ne se réduise pas à un catalogue juxtaposant les remarques, faites des liens entre vos idées et utilisez des connecteurs logiques.

C. Se préparer efficacement

Faites des fiches de révisions (une par texte).

Objet d'étude : … / Œuvre : … / Parcours associé : … / Texte n°1 : …	
1) Situer le texte dans l'œuvre et dans le parcours	
2) Introduction *(thématique, genre, principaux enjeux, problématique, etc.)*	
3) Idées principales du texte *(différentes parties du texte et enjeux)*	
4) Procédés littéraires les figures de style : … les champs lexicaux : …	**Effets produits** … …
5) Citations importantes	
6) Ouverture(s) possible(s)	
7) Point(s) de grammaire identifié(s) en cours	

3 La question de grammaire (2 points)

A. Les attendus

La question de grammaire vise l'analyse syntaxique d'une phrase ou d'un segment de phrase extrait du texte expliqué. Elle porte prioritairement sur un des trois points suivants : les subordonnées conjonctives utilisées en fonction de compléments circonstanciels ; l'interrogation ; l'expression de la négation (voir fiche 43).

B. Une préparation efficace

La question de grammaire porte souvent sur un point grammatical déjà abordé au collège et révisé au lycée. Entraînez-vous régulièrement à les revoir dans l'année à partir des textes étudiés en classe.

La seconde partie de l'épreuve orale

Fiche 9

Français

Cette partie de l'épreuve est notée sur 8 points et dure 8 minutes.

1 La présentation de l'œuvre choisie

A. Le choix de l'œuvre

Vous devez choisir une des quatre œuvres au programme ou une des quatre œuvre étudiées en lecture cursive. Le jour de l'examen, votre choix figure déjà dans la partie individuelle de votre descriptif.

B. Les attendus

- Une présentation succincte de l'œuvre choisie : présentez le titre, l'auteur, le mouvement littéraire, le résumé, le contexte d'écriture, le genre, les tonalités principales, etc.
- L'exposition des raisons de votre choix. Vous devez expliquer pourquoi vous avez choisi cette œuvre et quels en sont les enjeux.

Notes

C. Se préparer efficacement

- Préparez cette partie en amont, avant l'épreuve.

Les arguments du choix de l'œuvre

- la thématique abordée
- le lien avec une question qui vous intéresse tout particulièrement
- l'originalité du style (énonciation, procédés, adresse au lecteur, tonalités, etc.)
- le lien avec des questions d'actualité
- la découverte d'un auteur / d'un mouvement littéraire / d'un univers

…

Conseil

Évitez les arguments banals tels que : « J'ai choisi cette œuvre parce que j'aime bien Baudelaire. » Préférez : « J'ai choisi cette œuvre parce que la forme du poème en prose me semble la plus appropriée pour renouveler le lyrisme et exprimer le *spleen* du poète. »

- Entraînez-vous à présenter l'œuvre choisie à un(e) camarade. Vous pouvez également vous enregistrer ou vous filmer.

Notes

2 L'entretien

A. L'épreuve

■ L'entretien prend la forme d'un dialogue entre l'examinateur et vous.

■ L'examinateur évalue votre réflexion et votre capacité à défendre votre choix.

■ L'entretien peut éventuellement aborder les activités travaillées durant l'année, en particulier les textes complémentaires, les prolongements artistiques et culturels, les activités et projets réalisés.

B. Se préparer efficacement

■ Anticipez les questions que l'examinateur peut vous poser :

■ Qu'est-ce que la lecture de cette œuvre a pu vous apporter ?

■ Dans dix ans, si vous ne deviez vous souvenir que d'un passage de l'œuvre, quel serait ce passage ?

■ Comment comprenez-vous le titre de cette œuvre ?

■ De quel personnage vous sentez-vous le plus proche ?

■ En quoi cette lecture vous permet-elle d'observer différemment le monde actuel ?

■ Auriez-vous en tête une citation de l'œuvre ?

> **À savoir**
>
> Vous passez votre oral assis(e) face à votre examinateur. Durant votre passage, un autre élève est également présent dans la salle pour préparer son oral.

■ Défendez vos goûts par des arguments littéraires justifiés.

■ Révisez vos cours et vos fiches.

La poésie

Fiche 10

Français

Le terme « poésie » vient du grec *poiêsis* (« création »). Le poète est un créateur dont la matière première est le langage qu'il travaille afin de le faire sonner différemment. Il crée souvent des images inédites qui rendent compte de sa sensibilité et de son rapport au monde.

1 À quoi sert la poésie ?

A. Exprimer ses émotions

■ La poésie est souvent associée aux émotions et utilise volontiers les tonalités lyrique et élégiaque. Un poème s'inscrit toujours dans une tradition et certains thèmes, appelés ***topoi***, sont repris au fil des siècles :

– le temps qui passe ou *memento mori* (« Souviens toi que tu vas mourir ») ;

– les plaisirs et la souffrance d'aimer (Louise Labé, Aragon, etc.) ;

– la description de la femme aimée, parfois sous forme de blason (célébration d'une partie du corps de la femme). Des parodies ou contre-blasons existent également.

> ***Topos***
>
> Motif littéraire récurrent, synonyme de « lieu commun ». Associer la rose à la femme est un *topos* poétique.

Notes

B. Décrire le monde

■ Le poète porte un regard particulier sur le monde :

– sur la nature (poètes romantiques comme Lamartine, Vigny) ;

– sur la ville (Baudelaire et son *Spleen de Paris*) ;

– sur le voyage (Anna de Noailles, « Trains en été », 1907).

■ Le poète choisit parfois d'évoquer des réalités qui ne sont pas « poétiques », qui appartiennent au quotidien. C'est le prosaïsme.

Ex. : Au XIXe siècle, Rimbaud compose un sonnet sur « Le Buffet ».

■ Dans le cas de la poésie engagée, la visée est argumentative et le texte permet de dénoncer.

C. Jouer avec le langage

■ Le poète joue avec le langage. On trouve :

– des poèmes ludiques, humoristiques, qui contiennent des jeux de mots ;

– des poèmes qui jouent et questionnent le langage ;

– des poèmes qui détournent les codes.

Notes

Ex. : Dans « Le Grand Combat » (1927), **Michaux** décrit une bagarre en n'utilisant que des néologismes : *« Il l'emparouille et l'endosque contre terre ; / Il le rague et le roupète jusqu'à son drâle. »*

2 Donner à entendre

A. Les liens avec la musique

La poésie entretient de nombreux liens avec la musique :

– elle était, au départ, chantée ;

– certaines de ses formes sont très musicales : le sonnet vient de l'italien *sonnetto* (« petite chanson »), la ballade est de la même famille que « bal », « baller » qui signifiait « danser » ;

– de nombreux poèmes sont mis en musique ;

– ses procédés sont identiques à ceux des chansons ou du slam.

B. Les effets sonores

■ La versification, les rimes, le rythme des vers participent de la musicalité d'un poème.

■ Certaines figures de style reposent sur des effets sonores : l'assonance et l'allitération, l'anaphore, la répétition, etc.

Œuvre-clé

Calligrammes (1918)

Recueil d'Apollinaire dans lequel les mots des poèmes sont disposés de façon à former des dessins. Le lecteur lit et voit l'image en même temps.

Ex. : **Senghor**, poète sénégalais, utilise l'allitération en [f] dans le poème intitulé « Femme noire » (*Chants d'ombre*, 1945) : *« Femme nue, femme obscure / Fruit mûr à la chair ferme. »*

■ La ponctuation vient rythmer le poème. Certains poètes de la modernité l'ont enlevée pour donner plus de fluidité.

3 Donner à voir

A. Le travail de la mise en page

Les poètes sont attentifs à la mise en page des poèmes, qu'ils soient en vers ou en prose. Le blanc qu'on trouve entre chaque strophe ou autour des vers s'oppose au noir de l'écriture.

B. Les images

■ Les poètes créent des images qui transcrivent leur façon singulière de voir le monde : métaphores, comparaisons, etc.

■ Les surréalistes veulent surprendre et rapprochent des éléments qui n'ont rien à voir entre eux.

Ex. : *« La Terre est bleue comme une orange. »*

Eluard, *L'Amour de la poésie*, 1929.

La versification et les formes poétiques

Fiche 11

Français

La poésie versifiée suit un ensemble de règles. Quand on étudie un poème, on observe la façon dont le poète a utilisé ces règles pour créer des effets et souligner le sens, mais aussi comment il s'en éloigne.

1 Les règles de la versification

A. Les vers et le mètre

■ Un vers se mesure en comptant le nombre de syllabes qu'il contient. C'est ce qu'on appelle le mètre (ou type de vers).

■ Le -e final « muet » (ou atone) n'est pas compté dans deux cas :

– s'il est à la fin du vers ;

– si le mot suivant commence par une voyelle.

■ Les principaux mètres sont : le pentasyllabe (5 syllabes), l'hexasyllabe (6), l'heptasyllabe (7), l'octosyllabe (8), le décasyllabe (10) et l'alexandrin (12). L'alexandrin est séparé en deux hémistiches de six syllabes par la césure.

Vers
Suite de mots mesurée et cadencée selon certaines règles, et constituant une unité rythmique.

■ Dans certains vers, deux voyelles successives doivent être prononcées séparément. On appelle cela la diérèse.

Ex. : **Boileau**, dans *Satires* (1666), écrit cet alexandrin avec une césure après « aujourd'hui », deux -e muets et une diérèse *(inqui-ète)* : *« Je / vous / trou / v(e) au / jour / d'hui // l'â / me / tou / tin / qui / èt(e) ».*

B. Les strophes

■ Une strophe est un ensemble de vers séparé par un « blanc ». C'est l'équivalent du paragraphe en prose.

■ Les strophes portent des noms différents selon le nombre de vers qu'elles contiennent : distique (2), tercet (3), quatrain (4), quintil (5), sizain (6), huitain (8), dizain (10).

Notes

Notes

2 Sonorités, formes et rythme

A. Les rimes

- La rime est un retour d'un même son à la fin de deux vers.
- La qualité des rimes dépend du nombre de sons en commun : la rime riche en a au moins trois ; la rime suffisante en a deux ; la rime pauvre n'en a qu'une.
- La nature des rimes : les rimes sont dites féminines quand le mot est terminé par un -*e* muet. Toutes les autres rimes sont masculines. La poésie classique fait alterner rimes masculines et rimes féminines.
- La disposition des rimes : elles peuvent être suivies ou plates (AABB), croisées (ABAB) ou embrassées (ABBA). Quand il n'y a pas d'ordre fixe, on dit qu'elles sont mêlées.

Ex. : « La Cigale et la Fourmi » de **La Fontaine** a des rimes mêlées, tantôt suivies *(famine/voisine)*, tantôt embrassées *(venant/déplaise/aise/maintenant)*. Cette fable est constituée de tous les types de rimes : pauvres *(dépourvue/venue)*, suffisantes *(animal/principal)* et riches *(prêteuse/emprunteuse)*.

B. Les formes fixes

Les formes fixes de poèmes respectent une structure définie et obéissent à des règles de disposition des rimes. Les plus connues sont :

Le sonnet	La ballade	Le rondeau
2 quatrains + 2 tercets	3 strophes longues de même format + 1 strophe plus courte appelée « envoi »	1 quintil + 1 tercet + 1 quintil

C. L'enjambement, le rejet et le contre-rejet

- L'enjambement est une unité syntaxique commencée dans un vers qui continue dans le vers suivant.
- Le rejet est un type d'enjambement où seul un mot ou un petit groupe de mots est renvoyé au vers suivant, pour être mis en relief.
- Le contre-rejet est l'inverse du rejet : un mot ou un groupe de mots commence, en fin de vers, une phrase qui sera continuée au vers suivant.

Ex. : *« Souvenir, souvenir, que me veux-tu ? L'automne*
Faisait voler la grive à travers l'air atone. »

Verlaine, « Nevermore », *Poèmes saturniens*, 1866.

- Depuis le romantisme, les poètes prennent des libertés. Un vers qui ne respecte aucune de ces règles est dit « libre ».

Attention !
Un texte poétique n'est pas forcément versifié (poème en prose), et un texte versifié n'est pas forcément un poème (théâtre en vers).

Les effets sonores

La poésie entretient un rapport particulier avec l'oralité et donne à entendre une musique : celle des mots. Mais d'autres genres peuvent être sensibles aux effets sonores qui renforcent l'esthétique d'un texte.

1 Les figures qui créent une continuité sonore

A. L'allitération et l'assonance

- Lorsqu'un même son-consonne est répété, on appelle cela une allitération. Lorsque c'est un son-voyelle, on parle d'assonance.
- Les allitérations et assonances créent toujours un effet d'insistance qu'il s'agit d'interpréter en fonction du contexte.

Attention !
Pour distinguer les deux figures, retenez qu'« allitération » se termine par une consonne et « assonance » par une voyelle.

Notes

Ex. : *« Pour qui **s**ont **c**es **s**erpents qui **s**ifflent **s**ur vos têtes ? »*

Racine, *Andromaque*, V, 5, 1668.

Cette allitération en [s] repose sur une harmonie imitative car elle donne à entendre le sifflement des serpents.

B. La paronomase

- La paronomase est une figure qui joue sur la proximité sonore entre deux mots qu'on appelle des paronymes. Les sonorités proches permettent d'associer les deux mots.

Ex. : *« Il pleure dans mon cœur comme il pleut sur la ville. »*

Verlaine, « Il pleure dans mon cœur », *Romances sans paroles*, 1874.

L'association entre le mauvais temps et l'état émotionnel est, ici, marquée par la comparaison et renforcée par la paronomase.

- La paronomase permet aussi d'associer des thématiques.

Ex. : *« Et la mer et l'amour ont l'amer pour partage,*
Et la mer est amère, et l'amour est amer,
L'on s'abîme en l'amour aussi bien qu'en la mer,
Car la mer et l'amour ne sont point sans orage. »

Marbeuf, « Et la mer et l'amour », *Recueil des vers*, 1628.

Le poète associe, ici, trois thématiques : l'amour, la mer et les dangers.

Notes

■ Parfois, la paronomase repose sur l'implicite puisqu'un seul des deux mots rapprochés est exprimé.

Ex. : « *Qu'ils aillent offrir au champ d'horreur*
Leurs vingt ans qui n'avaient pu naître ».

Jacques Brel, « Jaurès », *Les Marquises*, 1977.

L'attendu « *honneur* » est remplacé par « *horreur* » pour renforcer la critique de la guerre.

2 Les figures de répétition

A. La répétition et le polyptote

■ La **répétition** : un même mot est repris à l'identique.

■ Le **polyptote** : un mot est repris, mais il subit des variations morphologiques (changement de personne, de temps).

Ex. : « *Ah ! comme la neige a neigé !* »

Émile Nelligan, « Soir d'hiver », *Poésies complètes (1896-1941)*, 1991.

B. L'anaphore et l'épiphore

■ L'**anaphore** : répétition d'un mot ou d'un groupe de mots au début d'un groupe syntaxique.

Ex. : « *Afrique mon Afrique*
Afrique des fiers guerriers dans les savanes ancestrales
Afrique que chante ma grand-mère »

David Diop, « Afrique mon Afrique », *Coups de pilon*, 1956.

■ L'**épiphore** : figure inverse de l'anaphore. La répétition se fait en fin de groupe syntaxique et crée un effet d'insistance.

3 La versification

A. La musique des vers

■ Mettre en vers, c'est donner du **rythme**. Un alexandrin peut être rythmé de différentes façons, en fonction de l'emplacement des pauses **en 6/6** (rythme binaire) ou **en 4/4/4** (rythme ternaire), par exemple.

Ex. : « *J'ai disloqué / ce grand niais / d'alexandrin.* »

Victor Hugo, *Les Contemplations*, 1856.

B. Les rimes

■ Les rimes participent aussi de la **musicalité**. Les deux mots mis à la rime entrent en **résonance** et peuvent être **rapprochés** ou mis en opposition.

Les Contemplations (livres I à IV), Hugo

Fiche 13

Français

Notes

1 L'auteur

■ Victor Hugo (1802-1885) est né d'une mère royaliste et d'un père général d'armée de Napoléon. Très tôt, il se passionne pour la littérature et publie *Odes*, son premier recueil de poèmes, à 19 ans (1822).

■ À la même époque, il épouse Adèle Foucher avec qui il aura cinq enfants, dont Léopoldine. Mais son véritable amour sera Juliette Drouet, avec qui il entretiendra pendant plus de 50 ans une liaison.

■ Hugo est l'homme-clé du romantisme. Autour de lui se réunissent des écrivains et des artistes dans « le Cénacle ». Cet écrivain phare du XIXe siècle, touchant à tous les genres et très engagé politiquement, meurt en 1885. Ses funérailles sont nationales.

2 L'œuvre

A. Contexte et structure

■ Le 4 septembre 1843, Léopoldine se noie dans la Seine. Ce drame bouleverse la vie d'Hugo. Il continue à écrire, mais il ne publie rien pendant dix ans.

■ *Les Contemplations* est un recueil de 158 poèmes publié en 1856 alors qu'Hugo est en exil à Guernesey. La plupart des poèmes ont été écrits entre 1834 et 1855, mais certains sont plus anciens.

■ Le recueil se divise en deux parties : avant et après la mort de Léopoldine. Dans « Autrefois » (partie 1), le poète raconte sa jeunesse, son goût pour la nature, sa liaison heureuse avec Juliette Drouet et sa vie de famille. « Aujourd'hui » (partie 2), et surtout le livre IV *« Pauca Meæ »*, est centré sur le deuil et la souffrance.

> ***« Pauca Meæ »***
> Cette formule latine signifie « peu de choses pour la mienne », ce qui se comprend, ici, comme « ces quelques poèmes en l'honneur de ma fille ».

B. Enjeux

■ *Les Contemplations* se présentent dès la préface comme les « Mémoires d'une âme » qui se sont imposés à Hugo comme une nécessité : *« L'auteur a laissé, pour ainsi dire, ce livre se faire en lui. »*

■ La démarche autobiographique se double d'une volonté d'universalité. Hugo cite le début d'un vers du poète latin Térence *« Homo sum »* (en entier : *« Je suis un homme et rien de ce qui est humain ne m'est étranger »*). Le poète dépasse le lyrisme de l'expression des sentiments personnels pour unir dans un même geste

Notes

sa destinée et celle du lecteur qui doit reconnaître ses propres expériences et souffrances dans ces poèmes.

> **À savoir**
> Les livres V et VI ne sont pas au programme du bac.

3 Les « Mémoires d'une âme »

A. Autobiographie et poésie

■ L'autobiographie est traditionnellement assignée au récit. Le grand théoricien Philippe Lejeune exclut d'ailleurs la poésie de sa définition du genre : *« récit rétrospectif en prose qu'une personne réelle fait de sa propre existence »* (*Le Pacte autobiographique*, 1975).

■ Si beaucoup de poètes disent « je » dans leurs poèmes, on ne doit pas considérer automatiquement que l'expérience est autobiographique. Il faut distinguer le « je » autobiographique du « je » lyrique, qui est *« l'expression d'un sujet singulier qui tend à métamorphoser, voire à sublimer le contenu de son expérience et de sa vie affective »*, selon le poète contemporain Jean-Michel Maulpoix (*Du lyrisme*, 2000).

B. Différentes écritures de soi en poésie

■ Les poètes lyriques du XIXe siècle puisent dans leurs expériences personnelles pour écrire. Certains de leurs poèmes peuvent être considérés comme autobiographiques. Lamartine a ainsi publié des commentaires à ses *Méditations poétiques* en 1849, dans lesquels il recontextualise ses poèmes, comme pour « À Elvire » : *« C'étaient des vers d'amour adressés au souvenir d'une jeune fille napolitaine dont j'ai raconté la mort dans les* Confidences. *Elle s'appelait* Graziella. »

■ La poésie engagée est directement inspirée par les combats du poète dans le monde. Parfois, elle devient autobiographique comme avec *Le Roman inachevé* d'Aragon (qui est un recueil de poèmes publié en 1956).

■ La poésie explicitement autobiographique reste néanmoins très rare. On peut citer en exemple le cas de *Chêne et Chien* (1937) de Raymond Queneau qui commence ainsi : *« Je naquis au Havre un vingt et un février / En mil neuf cent et trois. »*

À retenir !

- Hugo est un des rares poètes à avoir confessé une réelle démarche autobiographique dans sa poésie.
- Son utilisation du « je » lyrique propose une poésie qui tend à l'universel : l'expérience individuelle permet l'évocation de sentiments propres à tous.
- Chez certains auteurs du XXe siècle, néanmoins, la poésie retrace un véritable parcours de vie où le « je » est autobiographique.

Les Fleurs du Mal, Baudelaire

Fiche 14

Français

Notes

1 L'auteur

■ Charles Baudelaire (1821-1867) est né à Paris. Il n'a que 5 ans lorsque son père, un artiste peintre, décède. Rapidement, sa mère se remarie avec un officier de l'armée, Aupick.

■ Baudelaire obtient son baccalauréat en 1839. Sa vie est alors faite d'excès et son beau-père décide de l'envoyer à Calcutta (Inde) en 1841. Son voyage s'achève finalement sur l'île Bourbon (La Réunion) où il reste quelques mois. Cette expérience éveille chez lui un goût pour l'exotisme.

■ De retour à Paris en 1842, il tombe amoureux de Jeanne Duval. Leur liaison passionnée dure jusqu'en 1856. Baudelaire mène une existence dissolue de dandy : il accorde une grande importance à l'élégance (tenue, langage). Endetté, il devient critique d'art et journaliste. Dès 1848, il commence à traduire l'écrivain Edgar Allan Poe.

■ Rattrapé par la maladie, il meurt de la syphilis à 46 ans. On parle parfois de lui comme d'un poète maudit car son œuvre ne fut reconnue qu'après sa mort. Baudelaire est l'héritier du romantisme. On le classe souvent parmi les poètes symbolistes.

2 L'œuvre

A. Contexte et structure

■ *Les Fleurs du Mal* est un recueil de poèmes versifiés publié d'abord en 1857. Dès sa sortie, l'œuvre est condamnée en justice pour immoralité, et six poèmes sont censurés. Baudelaire publie tout de même une seconde version en 1861.

> **À savoir**
> La même année, en 1857, Flaubert est aussi attaqué en justice pour *Madame Bovary* mais, contrairement à Baudelaire, il est acquitté.

■ Après un poème d'ouverture, « Au lecteur », le recueil est divisé en six sections. La deuxième section a été ajoutée en 1861 (édition enrichie). Le recueil contient alors 126 poèmes.

■ Le poète joue sur la syntaxe, réinvente des formes classiques comme le sonnet et ose mettre en poème des thématiques jusque-là exclues. Comme l'indique l'antithèse présente dans le titre du recueil, il trouve dans le « Mal » sa matière poétique première, le terreau sur lequel fleuriront les poèmes.

Notes

B. Enjeux

■ Le poète est partagé entre sa mélancolie (le *« spleen »*) et l'ambition d'atteindre un *« idéal »*, qu'il soit poétique, amoureux, esthétique.

■ Il considère l'imagination comme la *« reine des facultés »*, non pas au sens de « fiction » mais au sens d'un regard singulier sur le réel lui permettant de découvrir un sens caché, une surnature.

■ Baudelaire voit dans la nature des *« correspondances »* entre les différents sens : *« Les couleurs, les parfums et les sons se répondent. »*

■ Le poète aborde à la fois des thématiques traditionnelles et héritées du romantisme (la femme, l'exotisme, la mort) et des thèmes modernes et inédits comme la ville, synonyme de dépravation, mais aussi source de fascination.

3 Alchimie poétique : la boue et l'or

A. La beauté est dans l'acte de création

■ Le terme « alchimiste » désigne une personne qui pratique l'alchimie, c'est-à-dire une science occulte qui cherche la transmutation des métaux, notamment en or.

■ Ici, l'alchimie désigne le fait de transformer en poésie un matériau banal (sujet, thème, inspiration).

■ Le poète est donc celui qui métamorphose la réalité ordinaire dans tout ce qu'elle a d'abject (qui inspire le dégoût), grâce à la force du langage poétique. La beauté n'est plus dans le référent mais dans l'acte de création. On parle d'autotélisme : la poésie se prend elle-même pour but.

Citation

« Tu m'as donné ta boue et j'en ai fait de l'or. » Baudelaire, à propos de la ville de Paris dans le dernier vers de « Ébauche d'un épilogue pour la deuxième édition des Fleurs du Mal ».

B. Quelques textes-clés

■ Arthur Rimbaud a donné à une section de son recueil *Une saison en enfer* (1873) le titre « Alchimie du verbe ». Le poète y revient sur son expérience poétique et sur sa transformation du langage, qui rappelle les correspondances baudelairiennes.

Ex. : *« A noir, E blanc, I rouge, U vert, O bleu : voyelles. »*

■ Comme Baudelaire, Blaise Cendrars se fera le poète de la ville, et notamment de New York, transformant le matériau urbain déprécié en beauté poétique grâce à son travail du vers libre.

À retenir !

- *Les Fleurs du Mal* inaugurent la modernité en poésie.
- Baudelaire impulse une nouvelle conception du beau en poésie. Ce n'est plus dans le sujet du poème qu'il réside, mais dans la création poétique elle-même.

Alcools, Apollinaire

Fiche 15

Français

Notes

1 L'auteur

■ Wilhelm Apollinaris de Kostrowitzky, dit Guillaume Apollinaire (1880-1918), est abandonné par son père avant sa naissance. Après avoir échoué au baccalauréat (1897), il délaisse ses études et passe son temps à lire et à écrire. Il déménage à Paris en 1899.

■ En 1902, il se rend une année en Rhénanie (en Allemagne) en tant que précepteur de français, et tombe amoureux d'Annie Playden, la gouvernante de la famille.

■ De retour à Paris, il fréquente Picasso, Vlaminck, Derain et défend les avant-gardes artistiques. En 1907, il rencontre l'artiste peintre Marie Laurencin avec qui il entretient une relation tumultueuse jusqu'en 1912.

■ En 1914, il s'engage et part au front. Il sera blessé à la tempe en 1916 par un éclat d'obus. Il meurt de la grippe espagnole à 38 ans.

■ Apollinaire incarne *« l'esprit nouveau »*. Poète de la modernité, il s'affranchit des formes traditionnelles en supprimant la ponctuation, en bouleversant la syntaxe et en inventant le calligramme.

2 L'œuvre

A. Contexte et résumé

■ En 1913, Apollinaire rassemble 71 poèmes écrits depuis 1898, déjà publiés séparément, afin de composer le recueil initialement intitulé *Eau de vie* et qui deviendra *Alcools*.

À savoir

Inspiré par Cendrars, Apollinaire supprime toute marque de ponctuation lorsqu'il reprend ses poèmes pour les assembler dans le recueil *Alcools*.

■ Apollinaire est influencé par le symbolisme et l'esthétique cubiste. Ses amours déçues l'inspirent également : « La Chanson du Mal-Aimé » et le cycle des « Rhénanes » font allusion à Annie Playden qui l'a rejeté, tandis que Marie Laurencin lui inspire « Le Pont Mirabeau » ou « Marie ».

■ Pour constituer son recueil, Apollinaire ne respecte pas l'ordre chronologique d'écriture puisqu'il place en poème liminaire « Zone », rédigé tardivement.

■ Le titre *Alcools* désigne à la fois la soif de vivre et l'ivresse poétique qui permet d'accéder à un autre monde (*« Je suis ivre d'avoir bu tout l'univers »* *in* « Vendémiaire »).

Notes

B. Enjeux

	Tradition	Modernité
Thèmes abordés	– Reprise de *topoï* (clichés littéraires) : mélancolie, célébration de la femme, etc. – Galerie de personnages médiévaux ou légendaires.	– Célébration de la ville et de la « fée Électricité ». – Thème de l'errance. – « Zone » s'ouvre par une apostrophe à la tour Eiffel.
Techniques poétiques	– Tonalité lyrique. – Élégie (« L'Adieu »).	– Absence de ponctuation. – Utilisation de vers libres. – Présence de rejets et contre-rejets.

3 Modernité poétique ?

A. Tradition *versus* modernité

■ Le poète se situe souvent entre tradition et modernité. Il est l'héritier de thèmes, de formes qu'il s'approprie, réinvente ou délaisse.

■ La modernité en poésie passe par un renouvellement des thématiques (reprise des *topoï* modernisés ou choix de nouveaux matériaux poétiques) et par des innovations poétiques (prose, etc.).

Citation

« À la fin tu es las de ce monde ancien » : c'est ainsi que s'ouvre le poème liminaire « Zone ». Apollinaire place le recueil sous le signe de la modernité.

B. Comment être moderne ? Quelques exemples

	Tradition	Modernité
Aloysius Bertrand, *Gaspard de la Nuit* (1842)	Atmosphère médiévale.	Invention du poème en prose.
Rimbaud, *Les Cahiers de Douai* (1870)	Reprise de la forme traditionnelle du sonnet.	Cultive le mythe de l'artiste maudit.
Verlaine, *Romances sans paroles* (1874)	Thématiques du voyage, de l'amour, de la fuite du temps.	Vers libres et vers impairs.
Breton, *L'Union libre* (1931)	Thématique de « l'amour fou ».	Techniques surréalistes (écriture automatique, etc.).
Senghor, *Chants d'ombre* (1945)	Éloge du pays natal.	Métissage culturel, poète de la négritude.
Jaccottet, *L'Effraie* (1953)	Réflexion sur le deuil, lyrisme.	Images inédites, lyrisme singulier.

À retenir !

- Un poète est toujours l'héritier d'une tradition.
- Le poète veut être moderne pour rendre compte de sa singularité et pour décrire le monde nouveau qui l'entoure.
- La modernité poétique se lit à la fois dans les thématiques abordées et les techniques poétiques utilisées.

Les prolongements artistiques et culturels

Fiche 16

Français

1 Les « Mémoires d'une âme »

A. En peinture

■ Frida Kahlo (1907-1954) est une artiste peintre mexicaine qui a réalisé plus d'une centaine de tableaux dont 55 autoportraits. Sa vie fut faite de beaucoup de souffrances physiques. Elle meurt à 47 ans, officiellement d'une embolie pulmonaire et officieusement d'un suicide.

■ Ses autoportraits mis bout à bout retracent sa vie dans une démarche picturale qui rappelle certains procédés poétiques. C'est le cas avec *La Colonne brisée* (1944) qui représente le terrible corset de fer qu'elle est contrainte de porter suite à un accident.

Notes

B. En chanson

À partir de la seconde moitié du XXe siècle, la chanson a remplacé la poésie auprès du public. Le genre devient hautement littéraire dans les années 1960 avec des artistes comme Georges Brassens, Georges Moustaki ou Anne Sylvestre. Cette dernière a écrit en 2007 une chanson autobiographique, *Bye mélanco*, dans laquelle elle retrace son enfance dans un style qui rappelle le pointillisme en peinture.

2 Alchimie poétique : la boue et l'or

A. Un alchimiste célèbre

■ Nicolas Flamel (v. 1340-1418) était un bourgeois lettré et, selon la légende, il était aussi alchimiste. On raconte, en effet, qu'il réussit à mettre au point la pierre philosophale, qui permet de transformer les métaux en or.

■ Ses travaux et sa réputation ont fait de lui un véritable mythe qui a parcouru les siècles, bien qu'il fût largement critiqué durant les Lumières qui considéraient que l'alchimie relevait de la superstition. Toutefois, l'aspect magique et mystique a inspiré certains mouvements littéraires :

– les romantiques étaient fascinés par le Moyen Âge et voyaient en Nicolas Flamel une figure maudite. Gérard de Nerval lui consacra même une pièce de théâtre éponyme en 1830 et Victor Hugo le mentionne dans *Notre-Dame de Paris* (1831) ;

– les surréalistes sont enclins à croire à la vérité de l'alchimie et autres superstitions qui permettent de dépasser le réel.

Notes

■ Nicolas Flamel est évoqué plus récemment dans la saga *Harry Potter* (1997-2007) de J.K. Rowling.

B. En peinture

En 1861, Baudelaire dédie son poème « Rêve parisien » au dessinateur et peintre Constantin Guys (1802-1892). Il lui consacre même un essai élogieux : *Le Peintre de la vie moderne* (1863) car il partage avec lui cette conviction que de la modernité peut naître la beauté, à condition de savoir s'en faire l'alchimiste.

Ex. : *« Il s'agit, pour lui, de dégager de la mode ce qu'elle peut contenir de poétique dans l'historique, […] d'extraire la beauté mystérieuse qui y peut être contenue, si minime ou si légère qu'elle soit. »*

Baudelaire, *Le Peintre de la vie moderne*, 1863.

3 Modernité poétique ?

A. En peinture

■ Yves Klein (1928-1962) est un peintre avant-gardiste de l'après-guerre qui invente un bleu qu'il nomme « IKB » (**I**nternational **K**lein **B**lue) et qu'on retrouve dans plusieurs monochromes. À partir de 1958, Klein se lance dans les « anthropométries de l'époque bleue ». Il demande à des femmes, devenues « pinceaux vivants », de s'enduire de peinture et d'imprimer ensuite leur corps sur des toiles.

Monochrome
Tableau réalisé avec une seule couleur.

■ Toutefois, les « anthropométries » s'inscrivent dans toute l'histoire du nu en peinture (Vélasquez, Rembrandt, Courbet, etc.). Le choix de la couleur bleue s'ancre aussi dans un héritage : c'est le bleu du manteau de la Vierge, le bleu du manteau royal. Enfin, la technique de l'empreinte est atemporelle (grottes préhistoriques, référence au saint suaire du Christ).

B. En sculpture

■ Ron Mueck (né en 1958) est un artiste australien contemporain. Ses sculptures gigantesques représentent le corps humain dans ses moindres détails. En 2000, son œuvre *Big Man* montre un homme assis, laissant reposer sa tête dans sa main gauche. La sculpture fait 2 mètres de haut.

■ L'artiste se situe entre tradition (il reprend la posture mélancolique de la « main sous le menton » qu'on retrouve notamment chez Albrecht Dürer [*Melancholia I*, 1514], Edvard Munch [*Melancolie III*, 1902]), et modernité avec un regard ultra réaliste posé sur un corps banal et vieillissant.

L'argumentation

Fiche 17

Français

Notes

1 Qu'est-ce qu'argumenter ?

A. Définition

■ Argumenter implique de défendre une thèse, c'est-à-dire une affirmation, une prise de position sur un thème. Les arguments sont là pour étayer – soutenir – la thèse et les exemples permettent d'illustrer le propos.

Ex. : **Émilie du Châtelet**, dans son *Discours sur le bonheur* (1779), reprend un thème très à la mode au XVIIIe siècle : le bonheur. Sa thèse est que les passions permettent d'atteindre le bonheur : « *On n'est heureux que par des goûts et des passions satisfaites.* »

■ Une argumentation est toujours adressée à un destinataire : le lecteur, le spectateur, le roi, une personne en particulier, etc. Pourtant, les discours argumentatifs ont souvent une dimension universelle et s'adressent au plus grand nombre.

Ex. : Dans ses *Fables*, **La Fontaine** s'adresse « *À Monseigneur le Dauphin* », le fils de Louis XIV, alors âgé de sept ans. Le dauphin est le premier destinataire mais les fables touchent aussi les lecteurs adultes.

B. L'étude de l'argumentation

■ Lire, comprendre, analyser des textes argumentatifs permet de :

– s'informer et être sensible à tous les combats d'hier et d'aujourd'hui, menés par les intellectuels qui défendent des valeurs de tolérance, d'égalité, de liberté, etc. ;

– manier soi-même l'argumentation pour s'exprimer, faire passer ses idées, transmettre un message, affirmer ses pensées ;

– distinguer les « bonnes argumentations » des mauvaises. C'est en fréquentant des textes qu'on apprend à repérer les manipulations des auteurs et à ne pas être dupe des argumentations malhonnêtes. Dans l'Antiquité grecque, les sophistes étaient des orateurs dont le but était de persuader les auditeurs de choses souvent fausses.

Sophisme
Raisonnement qui semble logique mais qui ne l'est pas.

C. L'analyse d'un texte argumentatif

■ Un texte argumentatif peut être abordé sous un angle philosophique, en s'intéressant au fond, ou sous un angle plus littéraire, en observant sa forme, c'est-à-dire la façon dont il est construit.

Notes

■ Voici quelques éléments à identifier :
– le thème et la thèse ;
– le contexte (époque, mouvement) ;
– le (ou les) destinataire(s) ;
– les stratégies (convaincre, persuader, délibérer) ;
– le genre (argumentation directe ou indirecte : **voir fiche 18**) ;
– les tonalités utilisées (**voir fiches 47 à 54**) ;
– les principaux procédés littéraires (ponctuation, champs lexicaux, pronoms personnels, etc.).

À savoir
La dissertation ou l'essai sont des exercices d'argumentation.

2 Les stratégies argumentatives

A. Convaincre

Pour défendre une thèse, on peut chercher à convaincre le destinataire, en ayant recours à la raison. L'auteur utilise alors différents procédés : connecteurs logiques, arguments, exemples, oppositions, etc.

B. Persuader

Mais, le plus souvent, un auteur cherche aussi à persuader le destinataire, en s'adressant à ses sentiments. Il utilise alors divers procédés : lexique des émotions, interpellation du destinataire, exagérations, répétitions, questions rhétoriques, ponctuation forte, ironie, etc.

C. Délibérer

■ La délibération consiste à s'interroger et à confronter différentes prises de position.

■ Le dialogue permet d'opposer plusieurs énonciateurs qui confrontent leurs idées.

■ Au théâtre, le monologue délibératif permet au personnage en proie à un dilemme de peser le pour et le contre avant de prendre une décision.

Ex. : Médée, héroïne tragique, a été trompée par Jason. Pour se venger, elle envisage de tuer les enfants qu'elle a eus avec lui. Dans la pièce de **Corneille** (*Médée*, 1635), elle hésite et se demande si elle doit, ou non, commettre l'infanticide, dans un monologue délibératif (V, 2).

Argumentation directe et indirecte

Fiche 18

Français

Les textes de la littérature d'idées appartiennent à des genres très variés qu'on classe en deux catégories : l'argumentation directe et l'argumentation indirecte, selon si les auteurs ont, ou non, recours à la fiction.

1 Les genres de l'argumentation directe

L'argumentation directe consiste à défendre une thèse sans le détour de la fiction. Le destinataire sait tout de suite que le texte est argumentatif.

A. L'essai et la lettre

■ Un essai est :

– une réflexion personnelle le plus souvent écrite à la première personne. L'essayiste pèse (du latin *exagium*, « le poids »), examine une idée ;

– une forme libre qui épouse le cheminement de la pensée.

■ La lettre est proche de l'essai. Réelle ou fictive, il faut toujours observer les marques de l'énonciation et repérer qui s'adresse à qui. Lorsqu'elle est diffusée dans la presse, on parle de « lettre ouverte ».

Œuvre-clé

« J'accuse…! » (1898)

Dans cette lettre ouverte adressée au président de la République, Zola prend la défense du capitaine Dreyfus, accusé, à tort, d'avoir livré des documents à l'Allemagne.

Ex. : Dans le roman épistolaire de **Montesquieu**, *Lettres persanes* (1721), Usbek et Rica échangent une correspondance dans laquelle ils portent un regard perçant (et persan !) et critique sur la société française.

B. Le discours

Le discours est un genre oral qui développe une réflexion sur un thème en particulier, de façon très structurée. Il est hérité de la rhétorique, ou « art du discours », de l'Antiquité gréco-romaine.

C. Les formes brèves

■ Les maximes et les pensées sont des formules courtes qui énoncent une vérité générale. Étymologiquement, la *maxima sententia* est une « pensée très importante ». La maxime est courte mais donne beaucoup à penser ! Elle est souvent cinglante.

■ Le pamphlet est un écrit court qui traite d'un sujet d'actualité, en utilisant le registre polémique.

Notes

Notes

2 Les genres de l'argumentation indirecte

L'argumentation indirecte consiste à passer par la fiction.

A. Les apologues

■ Les apologues sont des récits brefs à visée morale qui cherchent autant à plaire qu'à instruire :

– la fable est constituée d'une narration et d'une morale, explicite quand elle est écrite noir sur blanc, implicite quand c'est au lecteur de la deviner. La plupart du temps, elle dénonce les travers humains ;

– le conte est un récit qui utilise volontiers le registre merveilleux pour délivrer une leçon. Le conte philosophique se développe au Siècle des lumières pour traiter de questions morales et philosophiques.

B. L'utopie

■ Au XVIe siècle, Thomas More forge le mot « utopie » à partir du radical grec *topos* (le « lieu ») et du préfixe négatif *u*-. Le mot signifie « en aucun lieu ». Une utopie désigne donc une société imaginaire et idéale qui permet, en creux, de critiquer la société réelle.

■ Lorsque la société imaginaire empêche ses membres d'être heureux, par exemple dans un monde totalitaire ou déshumanisé, on parle de contre-utopie ou de dystopie.

Ex. : Les habitant de l'abbaye de Thélème, dans *Gargantua* (1534/35) de **Rabelais**, vivent selon la devise « *Fais ce que voudras* ». C'est une utopie.

Œuvre-clé

Le Meilleur des mondes (1932)

Cette dystopie d'Aldous Huxley porte un titre ironique, en référence au « *meilleur des mondes possibles* » de Voltaire dans *Candide*.

C. Les autres genres

■ L'argumentation ne se limite pas aux seuls genres proprement argumentatifs.

■ La poésie engagée cherche à défendre une cause.

Ex. : Véritable poème de la résistance, « Liberté » (1942) de **Paul Eluard** a été parachuté par l'aviation anglaise en milliers d'exemplaires sur la France occupée.

■ Les pièces de théâtre peuvent avoir une portée critique.

Ex. : Dans *Le Mariage de Figaro* de **Beaumarchais**, Marceline dénonce le fait que les femmes soient « *traitées en mineures pour* [leurs] *biens, traitées en majeures pour* [leurs] *fautes* » (III, 16).

■ Dans un roman, une description ou un personnage peut faire passer un message.

Ex. : **Hugo** dénonce la misère grâce au personnage de Fantine dans *Les Misérables* (1862).

Les types de raisonnements et les connecteurs logiques

1 Les types de raisonnements

Pour défendre une thèse, un auteur construit un raisonnement que le lecteur identifie afin d'évaluer sa qualité.

A. Déductif

On part d'une loi générale pour en tirer une conclusion particulière. On passe du général au particulier ; des principes aux conséquences ; de la cause aux effets. Le syllogisme, par exemple, est un raisonnement déductif.

Syllogisme

Il se résume en logique par : A = B, or B = C, donc A = C.

B. Inductif

On part du particulier, d'un fait observé, pour en déduire une loi générale. On passe du particulier au général ; des conséquences aux principes ; des effets à la cause.

Ex. : « Le Corbeau et le Renard » de **La Fontaine** repose sur l'induction. Le renard flatte un corbeau pour s'emparer de son fromage. La morale tire une loi générale de l'anecdote : « *Apprenez que tout flatteur / Vit aux dépens de celui qui l'écoute.* »

C. Par concession

On commence par admettre l'idée opposée pour mieux affirmer, ensuite, son point de vue. Ce raisonnement s'articule souvent autour des connecteurs « certes » et « mais ».

D. Par l'absurde

Le raisonnement par l'absurde consiste à détruire la thèse adverse en montrant toutes les conséquences absurdes de celle-ci pour, finalement, défendre sa propre thèse.

Ex. : « *Si j'avais à soutenir le droit que nous avons eu de rendre les nègres esclaves, voici ce que je dirais* » : c'est ainsi que commence « De l'esclavage des nègres » écrit par **Montesquieu** en 1748. Le philosophe reprend les arguments des esclavagistes pour mieux dénoncer leur absurdité.

Notes

Notes

E. Par analogie ou par opposition

■ Par l'analogie, on compare la situation dans un domaine avec la situation dans un autre. En logique : C est à D ce que A est à B.

Ex. : « *L'homme d'État regrette les hommes destinés à la guerre comme un propriétaire regrette la terre employée à former le fossé qui est nécessaire pour conserver le champ.* »

Quesnay, « Grains », *L'Encyclopédie* de Diderot et d'Alembert, t. VII, 1769.

■ Par l'opposition, on compare deux situations mais pour en faire ressortir les oppositions.

2 Les connecteurs logiques

Ce sont des mots ou groupes de mots qui articulent des idées entre elles et permettent l'enchaînement logique des arguments.

		Liste de connecteurs			
		Conjonctions de coordination	**Conjonctions de subordination**	**Prépositions et locutions préposition-nelles**	**Adverbes et locutions adverbiales**
Types de liens logiques	**Addition**	et			puis, de plus, par ailleurs, etc.
	Opposition	mais, or	alors que, même si, tandis que	en dépit de, au contraire de, au lieu de, malgré	néanmoins, pourtant, cependant, etc.
	Concession		bien que, quoique, etc.		certes
	Cause	car	comme, puisque, parce que, etc.	à cause de, en raison de, grâce à, etc.	en effet, effectivement
	Conséquence	donc	de sorte que, si bien que	jusqu'à, de manière à	aussi, ainsi

Gargantua, Rabelais

Fiche 20

Français

1 L'auteur

- François Rabelais est né en 1483 ou en 1494 en Touraine. Fils d'avocat, il fait des études de droit avant d'entrer dans les ordres en 1510.
- Rabelais quitte la vie monastique et s'installe comme médecin en 1532 à Lyon où il évolue dans les cercles humanistes. La même année, il publie ses deux premières œuvres sous le pseudonyme anagrammatique d'Alcofribas Nasier. À cause de ses idées religieuses réformatrices, il est menacé lors de l'« affaire des Placards » en 1535 et fuit à Rome. Le pape Paul III l'autorise à exercer la médecine et l'absout du crime d'apostasie.
- Rabelais enseigne l'anatomie et pratique les dissections, formellement interdites par l'Église. Il s'implique politiquement et continue à écrire malgré la censure catholique et royale. Il obtient une place de curé près du Mans où il meurt en 1553.

Apostasie

Le fait de renoncer publiquement à sa religion. À l'époque de Rabelais, c'est aussi le fait de renoncer à la vie religieuse sans y avoir été autorisé.

Notes

2 L'œuvre

A. Contexte et résumé

- *Gargantua* est publié en 1534/35, presque trois ans après *Pantagruel*. Les intellectuels désapprouvent le rire grossier et démesuré de Rabelais et ne reconnaissent pas le sérieux implicite de l'œuvre.
- En 1543, la Sorbonne condamne publiquement *Pantagruel* et *Gargantua* et le Parlement les censure. Le *Tiers Livre* sera aussi censuré en 1546. Avec le *Quart Livre* (1552) et le *Cinquième Livre* (publication posthume), ces œuvres forment un cycle romanesque avec des personnages récurrents.
- Le récit de *Gargantua* suit un ordre chronologique, de la naissance du héros, à la fondation de l'abbaye de Thélème.

B. Enjeux

- Rabelais s'inspire de la littérature du Moyen Âge. La satire, le grotesque et l'outrance rappellent les fabliaux, les farces de foire et le carnaval ; la structure du récit fait écho aux épopées et certains motifs rappellent les romans de chevalerie et d'aventure.
- Le style rabelaisien est unique, mêlant et parodiant toutes les tonalités* (épique, pathétique*, lyrique, burlesque, etc.) avec un

Notes

travail sur la langue d'une grande richesse (néologismes, jeux linguistiques divers et foisonnants).

■ *Gargantua* est une œuvre-phare de l'humanisme par sa réflexion philosophique sur l'éducation, la guerre, les superstitions religieuses et le bien-gouverner.

3 Rire et savoir

A. Le comique au service de l'esprit critique ?

■ Le rire est-il un bon moyen de transmettre le savoir ? Chez Rabelais, le rire a une fonction pédagogique qui rappelle le « *placere et docere* » mais le lecteur doit être capable de voir au-delà du comique.

■ Le comique prend diverses formes : l'ironie* comme dans les contes voltairiens, le carnavalesque comme chez Rabelais, le burlesque fantaisiste de Cyrano de Bergerac, etc. Les auteurs utilisent le rire pour interroger les certitudes et susciter l'esprit critique.

À retenir

On doit la formule latine « *placere* et *docere* » à **Horace** : « *Il obtient tous les suffrages celui qui unit l'utile à l'agréable, et plaît et instruit en même temps.* »

■ Face à l'obscurantisme ou à la censure, les auteurs dissimulent leurs intentions critiques ou subversives derrière des personnages comiques de « faux sachants » destinés à montrer le « vrai savoir ». C'est ce que font Rabelais et Voltaire avec leurs personnages de précepteurs : Maître Thubal Holoferne et Pangloss, maître de métaphysico-théologo-cosmolo-nigologie.

B. Œuvres-clés

***Histoire comique des États et Empires de la Lune* de Cyrano de Bergerac (1657)**	Le narrateur se rend sur la Lune grâce à une fusée et rencontre les Séléniens dont les mœurs et croyances sont étranges. La dimension « comique » annoncée dans le titre permet à Cyrano de remettre en cause les vérités de son temps et de promouvoir le matérialisme.
***Le Malade imaginaire* de Molière (1673)**	Dans cette pièce, Molière poursuit sa satire des médecins par l'intermédiaire de deux personnages pédants et risibles dont le nom est d'emblée un signe de ridicule : les père et fils Diafoirus.
***Candide* de Voltaire (1759)**	Ce conte philosophique souvent comique et largement ironique permet à Voltaire de critiquer l'optimisme inconsidéré, la guerre ou encore l'esclavage en tournant en ridicule les prétendus savoirs de l'époque.

À retenir !

- Par-delà le rire, Rabelais invite à réfléchir mais ses lecteurs n'ont pas toujours su voir le sérieux de sa pensée. Le rire est-il un bon moyen d'accès au savoir ?
- Le comique est surtout utilisé pour critiquer le « mauvais savoir », celui des pédants et des dogmatiques, et pour se protéger de la censure.

Les Caractères (livres V à X), La Bruyère

Fiche 21

Français

Notes

1 L'auteur

- Jean de La Bruyère naît en 1645 dans une famille de roturiers. Il entre au service de la maison de Bourbon, d'abord comme précepteur, puis comme « gentilhomme ordinaire de M. le Duc ». Il aurait exercé en tant que bibliothécaire à Chantilly.
- Il a mené une vie très discrète et on ne sait quasiment rien de lui. Il est l'homme d'un seul livre, *Les Caractères*, édité pour la première fois en 1688. Il réussit à être élu à l'Académie française en 1693.
- Il meurt d'une attaque en 1696, alors qu'il avait entrepris l'écriture d'une nouvelle œuvre intitulée *Dialogues sur le quiétisme*.

2 L'œuvre

A. Contexte et structure

- *Les Caractères* connaissent huit éditions différentes : on compte 420 chapitres en 1688 et 1120 en 1694 ! L'œuvre est complétée et modifiée d'édition en édition, par touches successives.

À savoir

Théophraste, dont le nom signifie « divin parleur », était un philosophe antique du IVe siècle av. J.-C. qui a été l'élève d'Aristote.

- La Bruyère se place dans la continuité de la philosophie morale dont les sources remontent à Aristote et surtout aux *Caractères* de Théophraste. Il commence son œuvre par une traduction de ce texte grec, auquel il emprunte également son titre, et par un *Discours sur Théophraste*. La Bruyère se place en héritier mais devient à son tour un modèle pour les moralistes.

B. Enjeux

- *Les Caractères* sont une œuvre fragmentaire et variée. Les longueurs des textes vont de la simple phrase à plusieurs pages, et on retrouve toutes les formes de la littérature mondaine : dialogues, portraits, maximes…
- Le sous-titre de cette œuvre, *Les Mœurs de ce siècle*, rappelle bien la visée moraliste du tableau que brosse La Bruyère, fin observateur de la société des gens de Cour.

Citation

« [Le public] peut regarder avec loisir ce portrait que j'ai fait de lui d'après nature, et s'il se connaît quelques-uns des défauts que je touche, s'en corriger. » **La Bruyère**, « Préface », *Les Caractères*, 1688.

Notes

3 La comédie sociale

A. « Le monde est un théâtre » (Shakespeare)

■ L'intitulé « comédie sociale » est une expression qui se rapporte au théâtre. Le parcours invite à s'interroger sur le jeu de la sociabilité. La courtisanerie est très codifiée et tout le monde doit jouer son rôle dans le grand théâtre versaillais de Louis XIV.

Citation

Le « monde est un théâtre » est un *topos* de la littérature baroque, qu'on retrouve chez **Shakespeare** : *« Le monde entier est un théâtre, / Et tous, hommes et femmes, n'en sont que les acteurs »* (*Comme il vous plaira*, 1599).

■ Questionner la comédie sociale, c'est aussi dénoncer l'hypocrisie de la Cour. Il faut rappeler que le terme « hypocrite » désigne d'abord un comédien dans le théâtre antique. Ainsi, les relations sociales pourraient être vues comme une mise en scène dans laquelle chacun jouerait le rôle qui lui est dû.

B. Œuvres-clés

L'Honnête Homme **de Nicolas Faret (1630)**	Sous-titrée *L'Art de plaire à la cour*, cette œuvre donne des conseils pour devenir un honnête homme. Respectueux de l'ordre et de l'harmonie, l'honnête homme n'est ni un hypocrite, ni un courtisan. C'est l'homme idéal d'une société de cour idéale.
Les Peintures morales **de Pierre Le Moyne (1640)**	Prêtre et poète, Le Moyne mêle tradition morale et style mondain dans ses peintures car il est convaincu que les « charactères » (avec un « h » sous sa plume) sont plus édifiants s'ils sont présentés en action. Chaque caractère « peut passer pour une pièce sans masque et sans théâtre ».
Réflexions ou sentences et maximes morales **de La Rochefoucauld (1665)**	Avec un art affirmé de la formule brève et percutante, La Rochefoucauld brosse le tableau pessimiste d'une société qui ne fonctionne que par la vanité des hommes prêts à accepter ce jeu de faux-semblants par amour-propre.

À retenir !

- Conformément à la tradition des moralistes, *Les Caractères* utilisent des tons et des formes variés mais cherchent aussi à édifier le lecteur en critiquant la comédie sociale.
- La comédie sociale est un *topos* littéraire : les relations sociales peuvent être vues comme un jeu dont nous serions les acteurs.

Déclaration des droits de la femme et de la citoyenne, Olympe de Gouges

Fiche 22

Français

1 L'autrice

■ Marie Gouze, née à Montauban en 1748, adopte le pseudonyme d'Olympe de Gouges en changeant une lettre de son nom et en prenant le prénom de sa mère.

■ Elle s'installe à Paris en 1773 où elle mène une vie bourgeoise et de femme libre. Elle monte sa troupe de théâtre et écrit plusieurs pièces.

■ Le 26 août 1789, l'Assemblée nationale vote l'abolition des privilèges et adopte la *Déclaration des droits de l'homme et du citoyen* dont Olympe de Gouges rédige le pendant féminin en 1791 : la *Déclaration des droits de la femme et la citoyenne.*

■ Elle dénonce aussi les violences commises pendant la Terreur. En juillet 1793, elle fait placarder une affiche qui appelle les citoyens à choisir librement leur gouvernement. Cette affiche ne plaît pas aux Montagnards qui l'emprisonnent. Elle est guillotinée le 3 novembre 1793.

À savoir

Pour être au plus près des événements politiques, Olympe de Gouges déménage à Versailles en 1789 et assiste à l'ouverture des états généraux.

Notes

2 L'œuvre

A. Contexte et résumé

■ Olympe de Gouges fait de son écriture un lieu de combat pour l'égalité entre les sexes.

■ Elle présente son projet de *Déclaration des droits de la femme et de la citoyenne* à la Convention le 28 octobre 1791. Le projet est refusé, mais reste une étape fondamentale dans l'histoire de l'émancipation des femmes.

B. Enjeux

■ Dès le préambule, de Gouges dénonce la tyrannie masculine. Elle revendique le statut de citoyenne et demande le droit de vote et d'éligibilité des femmes.

■ De Gouges reprend les articles de la *Déclaration des droits de l'homme et du citoyen* en remplaçant le mot « homme » par « la femme et l'homme », ce qui colore ironiquement le texte.

Notes

■ « Femme, réveille-toi ! ». L'apostrophe suivie de l'impératif invite ici les femmes au combat. L'autrice use aussi de nombreux procédés rhétoriques : effets de rythmes, ponctuation expressive, questions rhétoriques…

Citation

« La femme a le droit de monter sur l'échafaud ; elle doit avoir également celui de monter à la Tribune. » **Olympe de Gouges**, *Déclaration des droits de la femme et de la citoyenne*, article x, 1791.

3 Écrire et combattre pour l'égalité

A. Écrire pour combattre

■ Le parcours invite à s'interroger sur le lien entre écriture et combat. Pour Olympe de Gouges, l'écriture est le prolongement d'actions révolutionnaires bien réelles. Ainsi, l'affiche appelant les citoyens à choisir leur gouvernement la conduira à la guillotine.

■ Pour combattre au nom de l'égalité, les auteurs ont recours à des stratégies diverses : proposition d'articles, conte philosophique, essais…

■ La *Déclaration des droits de la femme*, par le recours aux tournures oralisées, rappelle le genre du discours. L'emphase marquée du postambule contraste avec le vocabulaire juridique précis des articles de loi. Le texte se clôt par une anecdote personnelle racontée sur un ton plus léger.

À savoir

L'Esclavage des nègres ou l'Heureux Naufrage est une pièce anti-esclavagiste écrite par Olympe de Gouges qui a suscité une violente polémique avec le parti des esclavagistes.

B. Œuvres-clés

***De l'esprit des lois* de Montesquieu (1748)**	Dans « De l'esclavage des Nègres », le philosophe des Lumières prend position contre l'esclavage. Grâce aux antiphrases*, Montesquieu feint de justifier l'esclavage pour mieux en montrer l'absurdité et le dénoncer.
***Traité sur la tolérance à l'occasion de la mort de Jean Calas* de Voltaire (1783)**	Le protestant Jean Calas est accusé, à tort, d'avoir assassiné son fils pour l'empêcher de devenir catholique. Voltaire prend alors sa défense dans une véritable œuvre de combat, *Traité sur la tolérance*. Malgré l'interdiction de l'ouvrage, Calas sera réhabilité trois ans plus tard.
***Le Couvent ou Les Vœux forcés* d'Olympe de Gouges (1791)**	Pour ce drame, De Gouges s'inspire des débats sur l'utilité des couvents et sur la liberté des femmes qui ont eu lieu à l'Assemblée constituante. La pièce dénonce l'injustice faite à Julie, jeune orpheline forcée d'entrer au couvent.

À retenir !

- La plume est l'arme des écrivains qui s'engagent pour l'égalité (entre les sexes, aux yeux de la justice, contre l'esclavage…).
- Ces auteurs cherchent à persuader et à convaincre les lecteurs, de manière à changer les mœurs ou même les lois !

Les prolongements artistiques et culturels

Fiche 23

Français

Notes

1 Rire et savoir

A. En gravure

■ Sur la gravure de Gustave Doré (1832-1883), *Merveilleux entendement de Gargantua*, on voit le géant tout à son étude, penché sur un globe terrestre. Il est entouré d'hommes qui représentent les précepteurs de Gargantua, en particulier le maître de théologie Thubal Holoferne. Celui-ci meurt de la vérole et est alors remplacé par « un autre vieux tousseux ». Gustave Doré illustre le passage où Rabelais se moque de ces précepteurs.

■ On peut comparer cette gravure à la lithographie d'Honoré Daumier (caricaturiste du XIXe siècle) qui s'intitule « Demain nous nous occuperons de Saturne ». La caricature représente elle aussi une leçon de géographie autour d'un globe. Le bâillement exagéré de l'élève au premier rang participe de la critique de cette leçon bien ennuyeuse. Cet élève est d'ailleurs le seul tourné vers le spectateur, créant avec lui une certaine complicité.

B. En bande dessinée

■ Dans sa bande dessinée *Mes Hommes de lettres* (2008), précis d'histoire littéraire décalé, l'autrice et dessinatrice Catherine Meurisse retrace la vie et l'œuvre de François Rabelais par ses textes et ses dessins comiques, voire grotesques. Fidèle à l'humour de Rabelais, son œuvre incarne la vulgarisation scientifique moderne, qui met véritablement le rire au service de la transmission du savoir.

2 La comédie sociale

A. En peinture

■ Le peintre français Jean-Léon Gérôme (1824-1904) met en scène la société de La Bruyère.

■ Peint deux siècles plus tard, le tableau *Réception du Grand Condé par Louis XIV* (1878) représente parfaitement la société de Cour versaillaise et son goût pour la théâtralité. Tous les courtisans, amassés dans l'escalier, semblent être au spectacle dans un décor qui rappelle celui des amphithéâtres. La disposition des personnages permet les jeux de regards : tout le monde voit et est vu, à la fois acteur et spectateur de la comédie sociale.

Notes

B. Au cinéma

■ Bien que le film de Patrice Leconte, *Ridicule*, se déroule sous le règne de Louis XVI, la société dépeinte reste celle de l'Ancien Régime, avec ses vices et son hypocrisie généralisée. Nobles et courtisans, cherchent à s'attirer les faveurs du roi.

> **Citation**
> *« Ici les vices sont sans conséquences, mais le ridicule tue. »*, accroche de la bande-annonce du film *Ridicule* de **Patrice Leconte**, 1996.

■ Les dialogues rendent compte du goût pour le mot d'esprit ingénieux et la recherche de la formule percutante qui font tout l'art de la conversation mondaine. Dans cette société, qui était déjà celle de Louis XIV peinte par La Bruyère, l'apparence et l'art de plaire sont la seule manière de sortir victorieux de la comédie sociale. Le ridicule, qui donne son titre au film, devient un péché capital.

3 Écrire et combattre pour l'égalité

A. En peinture

■ Jean-Baptiste Lesueur (1749-1826) a représenté à la gouache sur des cartons découpés une série de scènes de la Révolution. On y voit la présence des femmes. Si les femmes n'avaient aucune légitimité politique, elles étaient pourtant très présentes au sein des assemblées révolutionnaires.

> **Citation**
> *« Tant que les femmes ne s'en mêlent pas, il n'y a pas de véritable révolution. »*
> **Mirabeau**

■ D'autres femmes se réunissaient dans des clubs politiques, notamment celui de la « Société des citoyennes républicaines révolutionnaires de Paris ». Le gouvernement révolutionnaire demandera la dissolution de tous ces « clubs » en 1793.

B. En musique

■ Joseph Bologne de Saint-George (1745-1799), dit « chevalier de Saint-George», est un esclave « mulâtre » (métis) né en Guadeloupe. Amené très jeune en métropole, il reçoit une éducation d'aristocrate. Il apprend les armes et il est reconnu comme un des meilleurs escrimeurs de son temps.

■ Véritable homme des Lumières, il manie aussi bien l'épée que l'archet. Violoniste, chef d'orchestre et compositeur, on dit même de lui que Mozart le jalousait.

■ Il est également le professeur de clavecin de Marie-Antoinette qui veut le nommer directeur de l'Opéra Royal mais nommer un « mulâtre » provoque une polémique et deux chanteuses s'y opposent au prétexte de sa couleur de peau. Le chevalier de Saint-George rejoint alors la Société des Amis des Noirs, aux côtés de Condorcet. Il a aussi rencontré Olympe de Gouges.

Le roman

Fiche 24

Français

Notes

Le roman est une longue fiction en prose qui présente des personnages, une intrigue et un cadre spatio-temporel spécifique.

1 La narration

A. L'auteur et le narrateur

■ Un roman est toujours une narration. Il existe plusieurs types de narrateurs :

– le narrateur extérieur à l'histoire (récit à la 3e personne). Le narrateur est une simple voix, une instance qui raconte.

– le narrateur est intérieur à l'histoire (récit à la 1re personne). Cette technique permet de faire « plus vrai ».

> **Attention !**
> Il ne faut pas confondre le narrateur, qui raconte l'histoire, avec l'auteur, personne réelle qui a écrit cette histoire.

B. Le rythme de la narration

■ Pour donner plus de vivacité au récit, les auteurs font varier le rythme.

■ Le temps de l'histoire (TDH) désigne le temps fictif des événements racontés. Le temps de la narration (TDN) qualifie le temps qu'on met à lire le récit :

– La scène : TDH = TDN. Le lecteur assiste à l'action en temps réel.

– Le ralenti : TDH < TDN. L'auteur décrit longuement les événements.

– Le sommaire : TDH > TDN. Le narrateur résume des actions.

– La pause : le TDH est suspendu (descriptions).

– L'ellipse : le narrateur omet délibérément de raconter un événement.

2 La construction du récit

A. La structure

■ Un roman est un ensemble structuré. Il peut se diviser en parties, chapitres ou paragraphes.

■ Le schéma narratif traditionnel d'un récit comporte cinq étapes :

situation initiale → élément perturbateur → péripéties
→ élément de résolution → situation finale

Notes

B. L'*incipit*

L'*incipit* désigne le début d'un roman. Sa longueur varie d'une phrase à quelques pages. Il sert à : indiquer le cadre spatio-temporel, préciser le genre, informer sur l'intrigue à venir, susciter l'envie de lire la suite.

C. L'*excipit* (ou *explicit*)

L'*excipit* est la fin d'un roman. Il permet de clore le récit, de proposer une leçon morale. Lorsqu'il ne ferme pas définitivement l'ouvrage, on parle de fin ouverte.

Ex. : La dernière phrase des *Faux-Monnayeurs* (1925) de **Gide** se termine sur le personnage de Caloub qui a pour anagramme « boucla ». Or Caloub ne boucle pas le roman mais, au contraire, l'ouvre.

3 Les sous-genres romanesques

Attention ! Un même roman peut appartenir à plusieurs catégories.

A. Les récits centrés sur l'intrigue

Ces récits reposent sur le suspense et les rebondissements. C'est le cas des romans d'aventures (Dumas au XIXe siècle) ou des romans policiers (Agatha Christie au XXe siècle).

B. Les récits centrés sur le personnage

- Le roman d'apprentissage : le personnage, souvent jeune, découvre le monde et évolue dans la société.
- Le roman d'analyse : l'auteur propose une exploration des pensées du personnage.

Ex. : *La Princesse de Clèves* (1678) de **Mme de Lafayette** donne au personnage une véritable profondeur psychologique.

C. Les récits du « je »

- L'autobiographie : auteur, narrateur et personnage se confondent.

Ex. : **Nathalie Sarraute**, dans *Enfance* (1983), raconte ses souvenirs en dialoguant avec elle-même.

- Le roman dit « à la 1re personne » : le personnage peut avoir véritablement existé ou être une pure invention de l'auteur.
- Le roman épistolaire : il se constitue de lettres.

Le personnage de roman

Fiche 25

Français

Un personnage est un être d'encre et de papier qui est le reflet d'une époque.

1 La fabrique d'un auteur

A. Son identité

■ Un personnage de roman, même s'il est fictif, est créé de manière à donner l'illusion d'authenticité : l'auteur cherche à faire croire qu'il existe. Pour cela, il lui donne :

– une identité avec : un nom, un âge, un métier, bref un état civil ;

– un nom qui fait sens et n'est jamais choisi au hasard. Il peut renseigner sur la catégorie sociale ou être symbolique.

■ Lorsqu'un personnage donne son nom à l'œuvre, on parle de personnage éponyme.

Œuvre-clé

Madame Bovary (1857)

Flaubert donne au personnage principal le prénom « Emma » (« aima ») tandis que le nom du mari « Bovary » évoque le bœuf. Le drame de la femme mal mariée se lit dans son nom !

Notes

B. Sa construction

■ Plusieurs procédés permettent à l'auteur de caractériser son personnage :

– le portrait physique laisse au lecteur la possibilité d'imaginer le visage et le corps du personnage (détails physiques, vêtements, etc.) ;

– le portrait moral donne, quant à lui, une profondeur psychologique au personnage et le rend cohérent ;

– en rapportant ses paroles, l'auteur donne une voix au personnage ;

– le point de vue interne révèle la vision du monde du personnage.

■ Parfois, un personnage est le représentant de toute une catégorie. Il s'agit alors d'un type : l'opportuniste, la femme abandonnée, la femme fatale, etc. Mais le personnage n'est pas figé : il évolue. C'est particulièrement vrai pour le roman d'apprentissage dans lequel le personnage rencontre des épreuves qui l'initient au monde.

C. Sa déconstruction

Dès le XVIIIe siècle, Diderot souligne que le personnage est une illusion dans *Jacques le Fataliste* (1796), mais c'est au XXe siècle qu'a lieu la grande crise du personnage, avec le Nouveau Roman.

Notes

Robbe-Grillet va même jusqu'à constater le « décès » du personnage traditionnel qui s'efface et apparaît sur le même plan que certains objets.

2 Le produit d'une époque

A. La place du personnage dans sa société

■ Le personnage évolue toujours au sein d'une société. En cela, il est le **reflet d'une époque et de ses mœurs**.

■ Au XIXe siècle, certains cherchent à **gravir les échelons de la société**.

Ex. : Georges Duroy dans *Bel-Ami* (1885) de **Maupassant** incarne le type de l'opportuniste.

■ D'autres personnages qui ne trouvent pas leur place au sein de la société s'y opposent.

Ex. : Dans *La Religieuse* (1780-1796) de **Diderot**, Suzanne Simonin s'oppose à la société en refusant d'entrer au couvent.

B. L'incarnation des valeurs morales d'une époque

■ Le personnage peut être un **héros** et incarne alors des valeurs morales élevées, il est un **modèle à suivre**.

Ex. : *La Princesse de Clèves* (1678) de **Mme de Lafayette** est, à cet égard, un exemple de vertu.

■ Les personnages dénués de toute qualité morale relèvent de la catégorie des **antihéros**. Mais la plupart des personnages échappent à cette conception manichéenne et sont des **personnages plus banals**.

■ Quand le personnage véhicule une vision du monde, on entend en filigrane la voix de l'auteur : le personnage devient alors son **porte-parole**.

C. Des lecteurs au fil des siècles

■ Le lecteur se sent plus ou moins proche des personnages. Ce lien personnage/lecteur est orchestré par l'auteur. Les récits à la première personne notamment renforcent l'**identification** entre lecteur et personnage.

■ Le lecteur peut ressentir de l'**empathie**, de la fascination, de la pitié, mais il peut également avoir de la **répulsion** pour un personnage. L'ironie de l'auteur permet alors de mettre le personnage à distance.

> **Citation**
> *« Le premier homme qui passe est un héros suffisant. »*
> **Zola**, *Deux définitions du roman*, 1866.

■ La vision d'un personnage est toujours **subjective** puisqu'elle dépend en partie de chaque lecteur et de son milieu.

Les points de vue et les types de discours

Fiche 26

Français

Connaître les différents points de vue et types de discours est important pour bien analyser les effets du texte et les intentions de l'auteur. Ils font partie des outils de l'énonciation.

1 L'énonciation et la focalisation

A. L'énonciation

■ L'énonciation est l'ensemble des éléments permettant de répondre aux questions : qui parle ? à qui ? de quoi ? comment ? quand ? pourquoi ? dans quel contexte ? (où ? quand ?)

■ Dès qu'on envoie un message, trois éléments sont nécessaires : un émetteur (il envoie le message) → un message → un récepteur ou destinataire (il reçoit le message).

■ Ce schéma de l'énonciation s'applique à toute forme de communication (orale ou écrite). En littérature, l'émetteur est l'auteur, le message est le texte écrit et le récepteur est le lecteur.

À savoir
Au théâtre, les personnages s'adressent à la fois aux autres personnages et aux spectateurs. C'est la double énonciation.

Notes

B. La focalisation

■ On appelle focalisation, ou point de vue, la façon dont les éléments d'une narration sont vus et racontés. Mais, avant de connaître le point de vue, il faut identifier le narrateur :

– le narrateur intérieur à l'histoire, narration « à la 1re personne » : le narrateur est un personnage qui dit « je » ;

– le narrateur extérieur à l'histoire, narration « à la 3e personne » : le narrateur est une simple voix, une instance qui raconte.

■ Si le narrateur est intérieur à l'histoire, le point de vue est forcément interne. En revanche, si la narration est faite à la 3e personne, trois points de vue sont possibles :

– le point de vue omniscient : le narrateur voit tout et sait tout. Il n'est pas un personnage de l'histoire mais un « conteur » capable de donner des informations inaccessibles à un simple témoin ;

– le point de vue interne : tout se passe comme si le lecteur était « dans la tête » du personnage. Le lecteur est donc dépendant du savoir et du ressenti de ce personnage et, souvent, s'identifie à lui ;

Notes

– le point de vue externe : l'histoire est racontée par un témoin neutre et objectif qui n'appartient pas aux événements.

2 Les types de discours

A. Les discours direct et indirect

	Indices textuels	Exemples
Discours direct	• Signes typographiques : guillemets, tirets, ponctuation expressive (? ! …). • Verbes de parole avant, après ou en incise. • Emploi de pronoms et de déterminants des 1re et 2e personnes. • Indices spatio-temporels (ici, demain, etc.). • Oralité dans le lexique et la syntaxe.	*« C'est plus affreux encore que vous ne pouvez le croire, dit-il avec calme. »* **A. Christie**, *Le Meurtre de Roger Ackroyd*, 1926.
Discours indirect	• Absence de signes typographiques. • Paroles rapportées introduites par des subordonnées. • Emploi des 3es personnes du singulier et du pluriel. • Indices spatio-temporels (en ce lieu, le lendemain, etc.).	Il dit avec calme que c'était encore plus affreux qu'il ne pouvait le croire et qu'il fallait qu'ils en discutent.

B. Les autres types de discours

■ Le discours indirect libre est un mélange des discours direct et indirect. On entend simultanément la voix du personnage et celle du narrateur. Les pronoms, déterminants, temps et connecteurs spatio-temporels sont identiques à ceux du discours direct, mais les marques de l'oralité sont celles du discours indirect.

> **Attention !**
> Il arrive souvent que les trois focalisations soient utilisées dans un même roman, en fonction de l'effet recherché par l'auteur à ce moment-là du récit.

Ex. : *« Je n'eus pas le temps de réfléchir longuement car Miss Ganett se précipitait sur moi, avide de s'informer.* **La mort de la pauvre chère Mme Ferras n'était-elle pas une chose affreuse ?** »

A. Christie, *Le Meurtre de Roger Ackroyd*, 1926.

■ Le discours narrativisé est une sorte de résumé de dialogue : on n'a pas le détail des paroles mais on en connaît le sujet.

Ex. : *« J'eus peur que Mme Ackroyd ne recommençât à m'entretenir du contrat et je fis rapidement diversion* **en lui parlant d'une nouvelle variété de pois de senteur**. »

Ibid.

Manon Lescaut, Abbé Prévost

Fiche 27

Français

1 L'auteur

■ Antoine-François Prévost (1697-1763) naît dans une famille bourgeoise. En 1721, il devient moine et commence à écrire puis, ordonné prêtre, il mène une vie mondaine.

■ Il commence alors, anonymement, les *Mémoires et aventures d'un homme de qualité qui s'est retiré du monde* (1728). Ses écrits et son mode de vie l'amènent à fuir en Angleterre puis en Hollande.

> **À savoir**
> Quand il désigne le genre littéraire, *mémoires* est un nom masculin pluriel.

■ Il y écrit *Manon Lescaut* en 1731. Cette même année, il commence une liaison tumultueuse avec Hélène Eckardt dont les ressemblances avec la liaison entre Des Grieux et Manon sont troublantes. Bientôt, il est emprisonné pour tentative d'escroquerie.

■ Deux ans après son absolution par le Pape en 1734, il devient aumônier du libertin Prince Conti. Il fréquente les salons, se lie d'amitié avec Mme de Pompadour et Jean-Jacques Rousseau, entretient des maîtresses. Il finit sa vie sous la protection du Prince et meurt d'apoplexie en 1763.

Notes

2 L'œuvre

A. Contexte

■ En 1733, la première édition indépendante de *Histoire du chevalier Des Grieux et de Manon Lescaut* rencontre un succès immédiat… mais elle cause aussi un grand scandale et le roman est interdit par la police de la Librairie. Grâce aux rééditions clandestines, le roman continue de circuler.

B. Enjeux

■ Ce roman a de multiples facettes : mémoires fictifs, roman d'aventures, peinture sociale, roman d'analyse psychologique… Mais avant tout, *Manon Lescaut* est le roman d'un amour sincère et passionné d'un homme pour une femme qui n'est pas de son rang.

■ Le système énonciatif de *Manon Lescaut* est essentiel : en 1717, le marquis de Renoncour raconte (c'est le récit cadre) qu'il a rencontré Des Grieux qui lui expose ses malheurs (c'est le récit enchâssé). La voix de Des Grieux qui a vécu ces aventures entre 1712 et 1715 se mêle alors à la voix du même Des Grieux qui commente son histoire en 1717.

Notes

■ Manon, qui a pourtant donné son nom au roman, n'existe qu'à travers le regard que Des Grieux porte sur elle, et comme objet de désir ou de mépris des autres hommes du roman. Elle n'est jamais décrite, le lecteur n'a jamais accès à son intériorité alors que la parole de Des Grieux est omniprésente. Ce dernier mêle sincérité et mauvaise foi, dans un registre pathétique, voire tragique, mais en se trouvant toujours des excuses.

Citation-clé

« Je suis sûr qu'en me condamnant, vous ne pourrez pas vous empêcher de me plaindre. »

Des Grieux.

3 Personnages en marge, plaisirs du romanesque

A. Une société marginale source de romanesque

■ Ce roman nous offre un tableau réaliste de la Régence, période marquée par un goût démesuré pour le divertissement et… l'argent ! Tout s'achète, y compris les faveurs de Manon qui ne voit pas en quoi cela contredit son amour sincère pour Des Grieux. Le roman fourmille de personnages marginaux et la fréquentation de ces milieux interlopes est prétexte aux événements romanesques : enlèvements, évasions, guet-apens, etc.

■ Manon et Des Grieux sont marginaux par obligation. L'ordre moral, incarné par le père de Des Grieux, leur interdit le mariage et les force donc à la clandestinité. Des Grieux est marginal par amour et Manon parce qu'elle cherche à échapper à la pauvreté. En Louisiane, prétendant être mariés, ils peuvent enfin mener une vie vertueuse jusqu'à ce que le Gouverneur les pousse à leur perte. Leur amour se heurte à une forme de fatalité sociale.

B. Œuvres-clés

***La Vie de Marianne* de Marivaux (1731-1745)**	Dans ces mémoires fictifs, une orpheline élevée par une lingère tente de retrouver la noblesse de ses origines. Ce roman mêle lui aussi l'analyse de soi aux péripéties romanesques.
***Madame Bovary* de Gustave Flaubert (1857)**	Emma Bovary rêve d'une vie romanesque, à l'image des romans qu'elle a lus, mais son mariage avec Charles n'est qu'ennui. Pour y échapper, elle flirte avec la marginalité, prenant des amants et contractant des dettes. Considéré comme immoral, ce roman réaliste est censuré à sa parution.
***Nana* d'Émile Zola (1880)**	Nana, pauvre et prostituée, connaît une ascension sociale en tant que « cocotte » sous le Second Empire. Contrairement à *Manon Lescaut* qui occulte totalement son personnage féminin, ce roman naturaliste explore le point de vue de la courtisane.

À retenir !

■ *Manon Lescaut* est un récit-mémoires dans lequel Des Grieux et Manon sont poussés vers la marginalité.

■ Le roman accumule les événements romanesques qui dégradent de plus en plus la situation des personnages.

La Peau de chagrin, Honoré de Balzac

Fiche 28

Français

Notes

1 L'auteur

■ Honoré Balzac (1799-1850) – il n'adoptera la particule qu'en 1830 – naît à Tours d'un père athée fervent lecteur de Voltaire et d'une mère qui apprécie la vie mondaine. À 15 ans, il s'installe à Paris avec sa famille où il reçoit une bonne éducation. Il obtient un diplôme de droit et exerce comme clerc de notaire. À 20 ans, il décide de devenir homme de lettres.

■ Pendant les dix années suivantes, il publie peu. Pour vivre, il diversifie ses activités : rééditions de Molière et La Fontaine, brevet d'imprimeur… Malheureusement, il accumule de lourdes dettes.

■ En 1829, il commence à fréquenter les salons et fait paraître le premier roman de ce qui deviendra *La Comédie humaine* : *Les Chouans*. Jusqu'à sa mort, il écrit alors plusieurs romans par an, mène une vie mondaine et voyage beaucoup.

■ Ses liaisons sentimentales sont nombreuses mais c'est avec Mme Hanska qu'il connaît le grand amour. Pendant seize ans, ils entretiennent une correspondance amoureuse. Balzac décède de mort naturelle six mois après leur mariage.

2 L'œuvre

A. Contexte

La Comédie humaine regroupe plus de 90 œuvres écrites entre 1829 et 1850. De nombreux personnages se retrouvent dans plusieurs romans qui sont regroupés en sections. *La Peau de chagrin* appartient aux *Études philosophiques*. Le roman est publié en 1830, c'est le premier grand succès de Balzac.

B. Enjeux

■ *La Peau de chagrin* peut se lire comme une nouvelle fantastique qui emprunte aussi aux contes orientaux. Le roman autorise aussi une lecture réaliste, Raphaël mourant finalement de phtisie.

■ Ce roman hybride emprunte à divers genres et courants. La peau magique évoque le conte *Peau d'âne* de Perrault ; Raphaël, écrivain déçu prêt à se suicider, est un personnage romantique. La fin, où le désir amoureux et la mort coïncident, s'inscrit dans la veine du roman noir.

Citation

« L'invention d'une peau qui représente la vie. Conte oriental. » (note de Balzac sur son manuscrit).

Notes

L'ensemble est aussi une vive critique réaliste de la nouvelle bourgeoisie de la monarchie de Juillet.

■ Le roman pose au personnage mais aussi au lecteur une question philosophique : vaut-il mieux « vivre avec excès » une vie courte ou avoir une vie plus longue faite de désirs inassouvis ?

3 Les romans de l'énergie : création et destruction

A. Romans de l'énergie et énergie romanesque

■ L'énergie peut d'abord s'entendre dans le sens de vitalité, de force intérieure. Dans *La Peau de chagrin*, la durée de vie de Raphaël est inversement proportionnelle à la réalisation de ses désirs. L'énergie se voit prise entre un pôle positif et un pôle négatif, comme dans un aimant. Du côté du positif, on trouverait les désirs, la passion mais aussi la création et, de l'autre, la destruction et la mort.

■ Le pacte avec le diable apparaît comme un *topos* de ces romans de l'énergie. Balzac fait plusieurs fois référence au *Faust* de Goethe et l'antiquaire est ainsi comparé à Méphistophélès.

■ *La Peau de chagrin*, mais plus largement le projet de *La Comédie humaine*, témoigne d'un projet romanesque de très grande ampleur. L'écriture balzacienne est, elle aussi, animée par une forte énergie créatrice.

B. Personnages-clés

« Le Portrait ovale » in *Nouvelles histoires extraordinaires* d'Edgar Allan Poe (traduit par Baudelaire en 1842)	Dans cette nouvelle, un narrateur-personnage passe la nuit dans un château abandonné. Il observe longuement le portrait d'une jeune femme. Il se plonge alors dans un volume qui explique l'histoire du tableau. À mesure que le peintre donne vie au tableau qui représente sa femme, cette dernière perd en vitalité. La dernière touche du portrait coïncide avec la mort de la femme.
***Faust* de Goethe (1808-1832)**	*Faust* est le titre de deux pièces de théâtre de Goethe. Balzac y fait explicitement référence dans *La Peau de chagrin*. Faust, vieillard désabusé, est prêt à se suicider. Le diable lui propose un pacte : sa jeunesse lui est redonnée, en échange de son âme.
***Frankenstein* ou *Le Prométhée moderne* de Mary Shelley (1818)**	Roman épistolaire dans lequel un jeune savant, Frankenstein, donne vie à un nouvel être à partir de cadavres. La créature monstrueuse se venge...

À retenir !

■ Plusieurs romans du XIXe siècle mettent en scène des héros désabusés, tiraillés entre création et destruction.

■ Les romans de l'énergie, souvent fantastiques, jouent avec les frontières entre le réel et le surnaturel.

Sido suivi de *Les Vrilles de la vigne*, Colette

Fiche 29

Français

Notes

1 L'autrice

■ Gabrielle-Sidonie Colette naît en 1873. Elle est la fille de Sidonie Langloy, dite « Sido », et du capitaine Colette.

■ À vingt ans, elle se marie et part à Paris. Elle fréquente les cercles musicaux et littéraires et y rencontre Proust, Debussy ou Ravel. C'est son mari qui signe ses œuvres jusqu'en 1904, notamment la série des quatre *Claudine* (1900-1903).

■ Deux ans plus tard, Colette divorce. *Les Vrilles de la vigne* paraissent en 1908 et *La Vagabonde* en 1910. Colette évolue dans le monde du music-hall : elle mène une vie jugée scandaleuse.

> **À savoir**
> Derrière la dédicace « Pour M... » dans « Nuit blanche », « Jour gris » et « Le Dernier Feu », se cache Mathilde de Morny dite Missy, amante de Colette.

■ En 1912, elle se remarie et aura une liaison avec le fils de son mari qui lui inspirera *Le Blé en herbe* (1923). En 1929, elle revient sur les souvenirs de son enfance et publie *Sido*.

■ Elle se marie pour la troisième fois en 1935. Elle est élue à l'Académie Goncourt en 1945. Elle meurt en 1954 à Paris.

2 L'œuvre

A. Contexte et résumé

■ Le texte au programme est constitué de deux ouvrages que la date de composition (1929 pour *Sido*, 1908 pour *Les Vrilles de la vigne*) et le genre (récit de souvenirs pour le premier, recueil de textes épars pour le second) distinguent *a priori* l'un de l'autre.

■ *Sido* est composé de trois parties qui chantent la jeunesse heureuse de Colette dans sa maison et son jardin.

■ *Les Vrilles de la vigne* rassemble vingt-trois textes, dont cinq en annexes. Colette a constitué ces textes en recueil. On y trouve ainsi pêle-mêle : des textes déjà publiés sous forme d'articles, des dialogues animaliers, des poèmes en prose, etc.

B. Enjeux

■ Le thème de l'enfance parcourt les deux textes. Dans *Sido*, l'autrice revient, une fois adulte, sur ses souvenirs de jeunesse. Dans *Les Vrilles de la vigne*, elle se remémore volontiers des souvenirs de la pré-adolescence. C'est souvent une anecdote ou un moment du présent qui déclenche en elle la rêverie du passé.

Notes

■ Les textes de Colette relèvent d'une esthétique du fragment. Chaque texte du recueil des *Vrilles de la vigne* est bref et s'arrête sur un moment ou un thème en particulier. Dans *Sido*, plusieurs extraits s'apparentent à des saynètes.

■ L'écriture du monde est à la fois poétique et sensible. Ce sont d'abord des couleurs, mais aussi des odeurs et surtout des sons. Colette, mélomane, s'attarde à décrire les beautés et harmonies du chant du monde.

À savoir

Le mot *vrille* désigne, en botanique, un organe qui permet à la plante de s'enrouler autour d'une base et de se fixer. Le terme contient l'idée de spirale, d'enroulement.

3 La célébration du monde

A. Célébrer pour rendre hommage

■ « Célébrer » signifie « glorifier, exalter, louer quelque chose ». Célébrer le monde reviendrait pour les auteurs et artistes à chanter ses beautés. La prose poétique apparaît comme un moyen efficace de décrire les beautés du monde. Le lien entre l'homme et la nature est également questionné : l'homme n'est-il que le spectateur du monde ? Quelle fusion est-elle possible ?

■ Les artistes célèbrent aussi le monde comme si c'était une fête. Le terme *célébrer* met du reste en évidence une dimension quasi religieuse et mystique du monde. L'écriture permet de fixer cette beauté et de la vénérer.

B. Œuvres-clés

***Les Rêveries du promeneur solitaire*, « Cinquième promenade » de Rousseau (1776-1778)**	À la fin de sa vie, Rousseau écrit ses rêveries de « promeneur solitaire », véritables réflexions philosophiques. Dans la cinquième promenade, il évoque un séjour en Suisse et y exprime la plénitude et l'harmonie qu'il partage avec le monde.
***Le Chant du monde* de Jean Giono (1934)**	Ce roman, à la fois épique et lyrique, est rythmé par les saisons et met en lumière la fusion de l'homme avec la nature. Les sens, comme chez Colette, sont très souvent convoqués.
***La Panthère des neiges* de Sylvain Tesson (2019)**	Dans ce récit de voyage à la fois lyrique et philosophique, l'écrivain-voyageur Sylvain Tesson part au Tibet pour tenter d'apercevoir la panthère des neiges. L'auteur décrit le voyage mais aussi la nature, les animaux et les hommes. La figure de la mère de Tesson, décédée, plane aussi sur le texte.

À retenir !

- Célébrer le monde, c'est apprendre à le regarder et à redécouvrir sa magie.
- C'est aussi une question philosophique.
- Le texte fait réfléchir sur notre rapport au monde, à l'espace qui nous entoure mais aussi au temps qui passe.

Les prolongements artistiques et culturels

Fiche 30

Français

1 Personnages en marge, plaisirs du romanesque

A. À l'opéra

■ Giaccomo Puccini crée en 1893 l'opéra *Manon Lescaut*, considéré comme son premier vrai succès. Le livret est écrit à partir du roman de l'Abbé Prévost. Ce drame lyrique est en italien et en quatre actes.

■ L'opéra de Puccini simplifie considérablement la trame romanesque d'origine. Le principe de récit enchâssé disparaît, de même que de nombreux personnages. Toute la période de rédemption morale en Louisiane est supprimée.

■ La forme de l'opéra permet de donner, littéralement, une voix à Manon. Elle devient un personnage à part entière, alors que dans le roman, elle n'existe qu'en creux, à travers l'effet qu'elle produit sur Des Grieux et sur les autres hommes.

Notes

B. En chanson et au cinéma

■ En 1968, Serge Gainsbourg écrit et compose la chanson « Manon » pour l'adaptation au cinéma de Jean Aurel avec Catherine Deneuve et Sami Frey et qui a pour titre *Manon 70*.

■ Les paroles sont articulées autour du vers « Perfide Manon », citation de Des Grieux dans le roman. Gainsbourg a fait le choix d'une interprétation réduite du personnage féminin, comme si la chanson reflétait uniquement les scènes de doute de Des Grieux, partagé entre son humiliation d'avoir été trompé (« Je te hais ») et ses sentiments pour elle (« Je t'aime »).

Perfide

Étymologiquement, qui transgresse *(per)* sa foi *(fides)*, donc sa parole, sa fidélité. Manon est perfide parce qu'elle trompe Des Grieux.

2 Les romans de l'énergie : création et destruction

A. Illustration de *La Peau de chagrin*

■ Le moment où Raphaël se livre à ses dernières méditations dans le cabinet de curiosités a été illustré dans l'édition de 1851-1853 (Éditions Marescq et Cie). On le voit assis dans un fauteuil, la tête posée sur sa main, dans une pose mélancolique.

■ Le cabinet de curiosités est marqué par le désordre et apparaît comme un « miroir plein de facettes dont chacune représentait un monde ». Cette tension entre science et mélancolie présente

Notes

dans l'illustration rappelle l'opposition entre « création et destruction » de notre parcours.

B. En musique

■ *Faust* est un mythe qui trouve son origine en Allemagne au XVIe siècle. Le *Faust* le plus connu est celui de Goethe mais le mythe a aussi inspiré de nombreux musiciens : Beethoven, Schubert, Liszt.

■ Charles Gounod a adoré les pièces de Goethe. Il compose son opéra en cinq actes sur un livret de Jules Barbier et Michel Carré. *Faust* est joué pour la première fois à Paris, en 1859. Dans le premier acte, Faust veut se suicider. On trouve ici un point commun avec le personnage de Raphaël. *La Peau de chagrin* a d'ailleurs parfois été qualifiée de « Faust balzacien ».

■ Le thème du pacte est lui aussi commun à *La Peau de chagrin*. Les personnages peuvent choisir la vie qu'ils vont mener : vie de plaisirs, de jeunesse, de désirs… mais tout cela a un prix !

3 La célébration du monde

A. En tapisserie

■ *Le Chant du monde* est une tapisserie réalisée par Jean Lurçat en 1959 que l'on peut aujourd'hui voir à Angers, dans l'ancien hôpital Saint-Jean. Cette gigantesque tapisserie est composée de dix panneaux qui retracent la catastrophe d'Hiroshima et la renaissance du monde.

■ Le panneau « Champagne » représente un tonneau d'où jaillissent, comme un feu d'artifice, des guirlandes colorées de fleurs et de papillons. Le titre du panneau connote la fête et la joie. Les arabesques colorées sont comme des bulles qui pétillent et célèbrent l'après-guerre. Toutefois, en bas à droite, un crâne renversé nous rappelle notre statut de mortel.

B. En musique

■ *L'Enfant et les Sortilèges* est une pièce lyrique composée par Maurice Ravel et dont le livret a été écrit par Colette.

■ Cette fantaisie lyrique se compose d'une succession de tableaux comme le « duo miaulé » ou la « musique d'insectes, de rainettes ». Le livret donne une voix à la rose, aux chats, aux rainettes, à l'écureuil, etc. La pièce, à la fois féerique et drôle, célèbre aussi, à sa façon, le monde qui nous entoure et la candeur de l'enfance.

■ Des instruments pour le moins originaux, comme une râpe à fromage ou un fouet, sont utilisés, de manière à respecter les onomatopées du livret de Colette !

Le théâtre

Fiche 31

Français

Notes

Le théâtre est un genre à part car le texte est écrit pour être joué. Cela entraîne de fortes contraintes d'écriture.

1 Les spécificités du texte théâtral

A. Le mot « théâtre »

Le mot désigne le lieu (la salle dans laquelle on assiste à une représentation) et les textes, c'est-à-dire les pièces de théâtre, le genre littéraire.

B. Un texte « incomplet »

- Le théâtre a pour spécificité d'être écrit pour être mis en scène. Sans sa mise en scène, il est considéré comme « incomplet » (Anne Ubersfeld).
- Deux éléments composent le texte théâtral :

– les paroles des personnages, destinées à être prononcées par un acteur ;

– les didascalies, qui rappellent que le texte doit être joué.

À savoir

Après l'échec de *La Nuit vénitienne* (1830), **Musset**, découragé, décide d'écrire des pièces destinées uniquement à être lues : *Un spectacle dans un fauteuil* (1832).

2 La double énonciation

A. Principe

- Le théâtre relève de la double énonciation puisque le personnage s'adresse simultanément à un autre personnage sur scène avec lui et au spectateur qui se trouve dans la salle.
- Le quatrième mur est une frontière imaginaire qui sépare les acteurs (monde de la fiction) des spectateurs (monde réel). « Briser le quatrième mur » signifie que l'acteur s'adresse directement au spectateur, en rompant l'illusion théâtrale.

B. Ses procédés et ses effets

- L'aparté : le personnage s'adresse au spectateur, sans que les autres personnages l'entendent. Reposant sur une complicité avec le public, il crée souvent un effet comique.

Notes

Ex. : « **LA FLÈCHE**, à part – *La peste soit de l'avarice et des avaricieux !*
HARPAGON – *Comment ? que dis-tu ?* »

Molière, *L'Avare*, I, 3, 1668.

Attention !
« Aparté » est un mot masculin : « **un** aparté ».

■ L'ironie tragique : un personnage annonce sans le savoir un événement funeste, sans que cela échappe au spectateur.

Ex. : « **JOCASTE** – [...] *Tout le jour, cette écharpe m'étrangle.* »

Cocteau, *La Machine infernale*, I, 1932.

Le spectateur qui connaît le mythe d'Œdipe voit ici une allusion directe au suicide de Jocaste par pendaison.

■ L'interpellation : le spectateur se sent pris à partie, interpellé par le personnage, qui s'adresse en fait à un autre personnage.

Ex. : Dans la scène d'exposition d'*Incendies* de **Wajdi Mouawad** (2003), le notaire ouvre la porte de son cabinet en répétant « *Entrez, entrez, entrez.* » C'est une invitation adressée aux personnages et une invitation à « entrer » dans la pièce pour le spectateur.

3 Le temps et l'espace

Au théâtre, on peut distinguer deux temporalités et deux espaces.

A. La double temporalité

■ Le temps de l'action : temps où se déroulent les événements fictifs.

■ Le temps de la représentation : temps réel de la durée de la pièce à laquelle assiste le spectateur.

■ Au XVIIe siècle, l'unité de temps voulait que le temps de l'action dure une journée.

B. Le double espace

■ L'espace dramatique représente les lieux qui sont évoqués à travers les personnages mais qui n'apparaissent pas sous les yeux du spectateur. C'est un espace imaginaire qui a lieu hors scène.

Ex. : « **LE DOMESTIQUE** – [...] *Dès le vestibule passé, prise de fureur, elle courait vers le lit nuptial.* »

Sophocle, *Œdipe roi*, trad. Jean Grosjean.

Le vestibule et la chambre de Jocaste appartiennent à l'espace dramatique.

■ L'espace scénique représente tout ce qui se trouve sur scène et est visible pour le spectateur. Les didascalies et autres indications scéniques renseignent sur ce lieu. Le metteur en scène, grâce au décor et aux accessoires, construit cet espace.

Parole, action et personnages

Fiche 32

Français

Notes

1 La parole au théâtre

A. Le dialogue

■ Le dialogue désigne l'échange de paroles entre des personnages. Il se compose de 3 types de paroles :

– la réplique : unité de parole prononcée par un personnage ;

– la tirade : très longue réplique ;

– les stichomythies : répliques brèves. Lorsqu'elles se suivent, elles créent de la vivacité et traduisent souvent un moment de tension entre les personnages.

■ Lorsqu'un dialogue est prononcé, il faut toujours être attentif à la situation d'énonciation. En effet, un personnage peut mentir, se faire passer pour un autre, s'interdire de révéler son amour, etc.

> **Attention !**
> Dans la **tirade**, le personnage s'adresse longuement à un autre, alors que, dans le **monologue**, le personnage est seul sur scène.

B. Le monologue

■ Le monologue est un discours que prononce un personnage lorsqu'il est seul ou se croit seul sur scène. Selon le principe de la double énonciation, le personnage s'adresse au spectateur et à lui-même. Mais il peut aussi parler :

– à quelqu'un qui est absent ;

– à un objet.

Ex. : « **HARPAGON** – *Hélas ! Mon pauvre argent, mon pauvre argent, mon cher ami ! On m'a privé de toi ; et puisque tu m'es enlevé, j'ai perdu mon support, ma consolation, ma joie.* »

Molière, *L'Avare*, IV, 7, 1668.

■ Le monologue a plusieurs fonctions :

– révéler l'intériorité du personnage, transcrire ses doutes et émotions sous la forme d'une introspection (plongée en soi-même) ;

Ex. : Dans *Lorenzaccio* (1834) de **Musset**, le héros s'interroge sur les raisons profondes qui le poussent à assassiner le duc de Florence (IV, 3).

– faire avancer l'action. On parle alors de fonction dramatique, *drama* signifiant l'action. C'est le cas du monologue délibératif.

Notes

2 L'action et les personnages

A. La construction d'une pièce

■ La structure en actes et en scènes est typique du théâtre classique du XVIIe siècle. Les scènes sont marquées par l'entrée ou la sortie d'un personnage. Ce découpage a été remis en question et n'est pas toujours respecté. Les actes peuvent être remplacés par des tableaux, ou bien totalement disparaître. Yasmina Reza, par exemple, ne propose pas de structure visible dans ses pièces, à l'exception de quelques astérisques.

■ Une pièce de théâtre se structure autour des actions qui font progresser une intrigue. Les pièces classiques s'organisent ainsi :

– l'exposition : premières scènes de la pièce qui présentent le genre, les enjeux et les personnages ;

– le nœud : moment où la tension est la plus forte. Le conflit éclate et aucune solution ne semble alors possible ;

– les péripéties : ensemble des actions qui modifient le cours des choses et font progresser l'intrigue vers son dénouement ;

– le dénouement : fin de la pièce où le « nœud » trouve sa résolution.

Attention !

On dit « **un** entracte ». Les entractes (entre les actes !) permettaient de changer les décors et les bougies qui éclairaient la salle.

B. Le personnage

■ Le personnage de théâtre est un être fictif qui se construit à partir de ses paroles et des paroles des autres personnages.

■ Les personnages dépendent en partie du genre de la pièce : la comédie met plutôt en scène des bourgeois et la tragédie des nobles.

■ Dans la comédie, les noms des personnages sont souvent symboliques. Dans la tragédie, les personnages sont tirés de la mythologie ou de l'histoire antiques. Dans les pièces contemporaines, certains personnages n'ont pas de nom.

Ex. : **Koltès** fait dialoguer « le Dealer » et « le Client » dans *Dans la solitude des champs de coton* (1985).

■ Les personnages se définissent aussi par leurs relations qui peuvent être amoureuses ou fondées sur la domination, notamment dans le couple maître-valet et ses avatars.

Ex. : Don Juan et Sganarelle chez **Molière** ; les bonnes et Madame chez **Genet** ; Hilda et Mme Lemarchand chez **Marie NDiaye**.

La représentation d'un texte théâtral

Fiche 33

Français

Notes

À la différence du roman ou de la poésie, le théâtre est destiné à être joué. Comment le passage de la page à la scène s'opère-t-il ?

1 Les indices textuels

A. Les didascalies

■ On peut lire une pièce de théâtre, mais il faut toujours garder à l'esprit que le texte porte en lui la promesse d'une représentation, comme en témoignent les didascalies. Elles peuvent avoir une valeur expressive lorsqu'elles renseignent sur des jeux de scène, la façon de prononcer telle ou telle réplique, etc. On distingue :

– les didascalies initiales qui énumèrent la liste des personnages au début de la pièce et précisent le nom de celui qui parle ;

– les didascalies fonctionnelles qui renseignent sur le décor, l'éclairage, etc.

■ Le lecteur lit les didascalies qui lui permettent d'imaginer la scène. Le metteur en scène, quant à lui, doit les respecter pour monter la pièce. Enfin, le spectateur n'en a pas connaissance. Il assiste simplement au résultat de la mise en scène, à leur traduction visuelle.

Œuvre-clé

Acte sans paroles (1957)

Cette création de Beckett est un exemple très original de pièce ne présentant aucune parole : elle n'est constituée que de didascalies !

B. Les autres formes d'indications scéniques

Si beaucoup de didascalies donnent des indications scéniques, certaines informations peuvent être données au sein de la parole d'un personnage. Ces indications ne sont pas, à proprement parler, des didascalies.

Ex. : Lorsque le personnage de Claire, dans *Les Bonnes* (1947) de **Genet**, déclare : « *Il y a trop de fleurs. C'est mortel* », cela suppose que la chambre de Madame soit effectivement remplie de fleurs.

2 La mise en scène

A. Le travail du metteur en scène

■ Le metteur en scène doit conserver le texte, mais il choisit :

– le lieu de la représentation (théâtre en plein air, à l'italienne, etc.) ;

Notes

– les costumes (d'époque ou contemporains, réalistes ou symboliques) ;

– le décor (accessoires, mobilier, cloisons, etc.) ;

– les intonations, la gestuelle, le placement des acteurs sur scène ;

– les effets de lumière et les bruitages (vidéos, effets spéciaux, etc.).

À savoir
Le dramaturge est l'auteur de pièces de théâtre tandis que le metteur en scène est celui qui les fait jouer.

Ex. : *En attendant Godot* (**Beckett**, 1952) s'ouvre sur cette didascalie : « *Route à la campagne, avec arbre.* » Les metteurs en scène qui ont présenté cette pièce ont fait des choix très variés pour figurer l'arbre : arbre en bois, en fer forgé, en plâtre, arbre symbolisé par un poteau électrique ou une plante verte, etc.

B. Traduction ou trahison ?

■ Une mise en scène est toujours une interprétation du texte d'origine. Elle est censée traduire le texte mais peut prendre le risque de s'en éloigner et, donc, de le trahir.

■ Le fait de moderniser ou d'actualiser les costumes ou les décors donne à la pièce une dimension atemporelle.

■ Certains metteurs en scène nuancent le texte d'origine, sans pour autant trahir le sens profond de l'œuvre.

Ex. : En 2008, **Braunschweig** fait le choix d'une mise en scène grave du *Tartuffe* de Molière, pour mieux dénoncer les dangers de l'hypocrisie religieuse.

■ Au fil du temps, le metteur en scène de théâtre a acquis de plus en plus d'importance. On parle aujourd'hui volontiers de la « *Médée* de Martinelli » ou du « *Tartuffe* de Braunschweig ».

C. Deux conceptions de la mise en scène

■ Antonin Artaud (1896-1948) théorise dans *Le Théâtre et son Double* (1938) la notion de « *théâtre de la cruauté* ». Selon lui, le théâtre doit retrouver une dimension sacrée et toucher tous les sens du spectateur. Le metteur en scène devient alors bien plus important que l'auteur.

■ Bertolt Brecht (1898-1956) s'oppose à l'idée que le théâtre doit imiter la réalité. Il préconise donc de détruire toute l'illusion théâtrale, tout ce qui cherche à « faire vrai », à travers le procédé de la distanciation. Par exemple, la mise en scène peut dévoiler la dimension factice du décor en présentant les machineries ou bien un personnage peut s'adresser au public et briser le quatrième mur. Cette distanciation amène le spectateur à ne jamais oublier qu'il est au théâtre et à réfléchir au rôle du théâtre au sein de la société.

Le Malade imaginaire, Molière

Fiche 34

Français

Notes

1 L'auteur

■ Après avoir entrepris des études de droit, Jean-Baptiste Poquelin (1622-1673) se tourne vers le théâtre et prend le nom de Molière. En 1643, il fonde la troupe de l'Illustre-Théâtre et part en tournée en province pendant plusieurs années. Il devient alors à la fois dramaturge, comédien et directeur de troupe.

■ En 1662, il crée *L'École des femmes* qui remporte un grand succès. Il compose ensuite des comédies parfois critiques, comme *Le Tartuffe* (1664) ou *Dom Juan* (1665) qui lui valent des accusations d'impiété et d'athéisme.

■ Malgré ses détracteurs, il conserve le soutien du roi et crée de nombreuses pièces dont des comédies-ballets et des farces.

Comédie-ballet
Genre théâtral inventé par Molière et Lully qui mélange comédie, musique et danse.

2 L'œuvre

A. Contexte

■ *Le Malade imaginaire* est une comédie-ballet en trois actes écrite en prose et avec des intermèdes musicaux. Elle a été jouée pour la première fois en 1673, à Paris. Les musiques ont été composées par Marc-Antoine Charpentier. C'est la dernière pièce jouée par Molière avant sa mort : à la quatrième représentation, il vomit du sang sur scène et meurt le soir même.

■ Cette pièce familiale, qui reprend les thèmes habituels des comédies de Molière, fait également la satire des médecins. On y retrouve les personnages de la comédie classique : un père âgé et égoïste, de jeunes amoureux, une servante intelligente, une épouse cupide.

B. Enjeux

■ Molière conçoit ses comédies-ballets comme des spectacles complets qui mêlent tous les arts : chant, danse, musique…

■ L'intrigue reprend tous les éléments de la mise en abyme (théâtre dans le théâtre) : les personnages se déguisent et changent d'identité. Cléante se fait passer pour un maître de musique, Louison et Argan feignent d'être morts, Toinette se déguise en médecin, Béline joue la bonne épouse amoureuse, Argan joue le rôle du malade.

Notes

■ Dans cette comédie satirique, Molière convoque tous les types de comique (gestes, caractère, mots, situation) et même la farce. Il critique les médecins, une de ses cibles favorites, ainsi que les pères autoritaires qui agissent contre l'intérêt et les sentiments de leurs enfants.

3 Spectacle et comédie

A. Mettre en scène la comédie

■ Le spectacle vivant regroupe différents arts : le théâtre, la danse, le cirque, l'opéra… Le genre de la comédie-ballet n'a pas survécu à Molière mais de nombreux metteurs en scène proposent des mises en scène polymorphes, surtout depuis le XXe siècle.

■ Le comique de gestes repose sur les mimiques, les chutes, etc. Le comique de mots joue avec le langage. Le comique de caractère s'incarne dans des types de personnages. Le comique de situation est généré par l'intrigue : quiproquos, rebondissements, coups de théâtre. La farce repose sur des ressorts grossiers dans une intrigue simple. La mise en scène joue donc un rôle important dans l'effet comique : l'humour est souvent visuel et lire une comédie ne suffit pas.

B. Œuvres-clés

Corneille, *L'Illusion comique* (1639)	Modèle de la mise en abyme, cette tragi-comédie met en scène plusieurs intrigues enchâssées. Un père, Pridamant, rend visite au magicien Alcandre afin de retrouver son fils. Par la magie, il assiste au spectacle de la vie de son fils, Clindor, qui est comédien.
Molière, *Le Médecin malgré lui* (1666)	Sganarelle est forcé de se déguiser en médecin et doit soigner une jeune fille promise à un homme contre son gré. La pièce est une farce.
Marivaux, *Le Jeu de l'amour et du hasard* (1730)	Silvia se fait passer pour sa servante, Lisette, afin d'observer l'homme qu'elle doit épouser, Dorante. Mais celui-ci fait de même avec son valet, Arlequin. Cette comédie est une mise en abyme du théâtre, où chacun prétend être un autre.
Beaumarchais, *Le Barbier de Séville* (1775)	Pour séduire Rosie, le comte Almaviva se déguise, aidé de son ancien valet Figaro. Tous les personnages jouent un rôle afin de servir leurs intérêts.

À retenir !

- L'écriture dramaturgique est fortement liée à l'idée de représentation. La mise en scène est donc essentielle.
- La comédie repose sur des ressorts très visuels qui relèvent souvent de la mise en abyme : le théâtre dans le théâtre.
- La mise en scène peut emprunter à tous les genres du spectacle vivant.

Les Fausses Confidences, Marivaux

Fiche 35

Français

Notes

1 L'auteur

■ Marivaux (1688-1763), issu d'une famille de petite noblesse, se consacre très jeune à l'écriture. Journaliste et romancier (*La Vie de Marianne*, *Le Paysan parvenu*), il reste surtout dans les mémoires pour sa quarantaine de pièces.

■ Son œuvre connaît un succès très modeste de son vivant. Il faut attendre le romantisme, deux siècles plus tard, pour que son œuvre soit réhabilitée.

■ Héritier de Molière et des moralistes, il écrit des pièces comiques et satiriques qui révèlent un engagement politique en faveur de l'égalité et la liberté, comme dans *L'Île des esclaves* (1725).

2 L'œuvre

A. Contexte

■ *Les Fausses Confidences* est une comédie en trois actes écrite en prose. Elle a été jouée pour la première fois en 1737, à cinq reprises seulement par manque de succès.

■ Cette pièce mêle comédie d'intrigue, comédie de mœurs à la manière de Molière et *commedia dell'arte* avec le personnage d'Arlequin. Elle est aussi fidèle à l'esprit de Marivaux, reconnaissable par son style enlevé ainsi que par les détours et la complexité de son intrigue.

Citation

« Je lui reprocherais de trop détailler les passions et de manquer quelquefois le chemin du cœur, en prenant des routes un peu trop détournées. » **Voltaire**, à propos de Marivaux.

■ La confidence est un secret partagé avec quelqu'un. Dans la pièce, les confidences sont fausses et font progresser l'intrigue par le biais des manipulations de langage de Dorante et de son valet Dubois.

B. Enjeux

■ Dubois est un valet d'intrigue, sur lequel repose la mécanique de la pièce. Il parvient à ses fins grâce à sa fine connaissance des sentiments amoureux.

À savoir

En 1733, Marivaux écrit la pièce *Un Heureux Stratagème*.

■ Dans cette comédie du langage s'enchaînent les dialogues enlevés, les révélations, les bons mots d'Arlequin ou encore le pastiche du vocabulaire romanesque.

Notes

■ Les intrigues de mariage empêché qui sont traditionnelles dans la comédie de mœurs sont ici modernisées grâce au triomphe de l'amour sur les valeurs bourgeoises.

3 Théâtre et stratagème

A. Le stratagème comme intrigue

■ Le stratagème est initialement une ruse employée pour gagner une guerre. Il est souvent à l'origine des intrigues de comédies. Dubois et Dorante utilisent une succession de ruses pour que ce dernier épouse Araminte. Chez Marivaux, le stratagème est mis au service de l'amour sincère alors que chez Molière, il permet de réfléchir sur la morale et l'hypocrisie (*Dom Juan, Tartuffe*).

■ Au théâtre, le stratagème repose sur la double énonciation : les intentions réelles des personnages stratèges sont inconnues de leurs victimes mais aisément déchiffrées par les spectateurs. Les mots ont donc un double sens. D'autres procédés de tromperie sont souvent utilisés par les stratèges : le travestissement, le mensonge, la corruption, la conspiration…

B. Œuvres-clés

Molière, *Le Tartuffe* (1669)	Tartuffe, un faux dévot, s'introduit dans la famille d'Orgon pour accaparer ses biens en épousant sa fille. Le stratagème hypocrite est ici mis au service du mal et de la critique des faux dévots.
Beaumarchais, *Le Barbier de Séville* (1775)	Pour séduire Rosie, le comte Almaviva enchaîne les déguisements (étudiant, soldat, maître de chant) aidé de son ancien valet Figaro. Tous les personnages jouent un rôle afin de servir leurs intérêts. L'intrigue repose sur ces stratagèmes comiques et leurs rebondissements.
Alfred de Musset, *Lorenzaccio* (1834)	Lorenzo, un noble florentin, se fait passer pour le compagnon de débauche du Duc afin de le tuer et de restaurer la République. Dans la tradition romantique, Lorenzo devient victime de son propre stratagème et éprouve une crise existentielle.
Edmond Rostand, *Cyrano de Bergerac* (1897)	Le mousquetaire Cyrano est amoureux de sa cousine Roxane qui aime Christian. Cyrano décide d'aider Christian à séduire Roxane en écrivant et en déclamant pour lui des vers d'amour. Toute la pièce repose sur ce stratagème qualifié de « généreuse imposture ».

À retenir !

- Le stratagème est une ruse élaborée reposant sur la double énonciation propre au théâtre.
- Les stratagèmes sont surtout utilisés dans les comédies comme source de rebondissements comiques, mais aussi comme révélateurs de l'hypocrisie ou de dilemmes moraux.

Juste la fin du monde, Lagarce

Fiche 36

Français

Notes

1 L'auteur

■ Jean-Luc Lagarce (1957-1995) est issu d'une famille modeste. Metteur en scène, comédien, directeur de troupe, il est aussi dramaturge. Traduit dans plusieurs langues, il est aujourd'hui le dramaturge contemporain français le plus représenté.

■ Théâtre de l'intime, ses œuvres mettent en scène les difficultés de communication mais aussi la complexité des rapports au sein de la famille. La parole et les non-dits sont le moteur même de l'action théâtrale.

■ En 1988, il apprend qu'il est séropositif. Son œuvre, à dimension autobiographique, évoque alors sa maladie. Il mourra du sida à l'âge de 38 ans.

À savoir

Juste la fin du monde a été porté à l'écran par Xavier Dolan qui a reçu, pour ce film, le Grand Prix du Festival de Cannes en 2016.

2 L'œuvre

A. Contexte et résumé

■ C'est en 1990, deux ans après avoir appris qu'il était infecté par le VIH, que Jean-Luc Lagarce écrit *Juste la fin du monde*.

■ Dès le prologue, l'argument de la pièce est posé : après une longue absence, Louis revient voir sa famille pour annoncer qu'il est malade et va bientôt mourir. Le titre est à cet égard assez ironique, avec l'adverbe « juste » dans *Juste la fin du monde*.

■ Le motif du retour de Louis dans sa famille évoque la parabole biblique du fils prodigue.

B. Enjeux

■ La difficulté à dire est centrale et constitue le moteur même de la pièce. En effet, la seule véritable action consiste dans le fait que Louis cherche à annoncer l'approche imminente de sa mort à sa famille. Les non-dits sont au cœur de cette pièce. On observe de très nombreuses répétitions, comme si la parole n'arrivait plus à progresser, aucun personnage ne parvenant à trouver les bons mots.

Citation-clé

« Je décidai de retourner les voir […] / pour annoncer, / dire, / seulement dire, / ma mort prochaine et irrémédiable. » Dès le prologue, le thème de la difficulté à dire est mis en avant.

■ Le tragique de la pièce réside dans l'impossibilité de Louis à délivrer son message à sa famille.

Notes

■ Le retour de Louis dans la maison familiale ouvre sur les souvenirs où chacun interprète les paroles de l'autre, accuse, règle ses comptes. La pièce explore les faiblesses humaines et les complexités des rapports au sein de la famille.

3 Crise personnelle, crise familiale

A. Mettre en scène les crises personnelle et familiale

■ La famille est la première cellule sociale dans laquelle se développe un individu. L'articulation entre les sphères personnelle et familiale interroge : comment être soi et trouver sa place au sein de sa famille ? Peut-on se libérer du poids du passé ?

■ La mise en scène de la crise a un intérêt dramatique : elle révèle aux spectateurs le mécanisme qui vient rompre l'équilibre au sein de la famille.

■ La crise, en tant que manifestation violente d'un déséquilibre, possède aussi un intérêt scénographique : comment représenter visuellement la rage, les cris, le désespoir, la solitude, la folie... ? Quels mots peuvent rendre compte de la force des émotions ressenties ?

B. Œuvres-clés

Jean Anouilh, *Le Voyageur sans bagage* (1937)	Gaston, de retour de la Première Guerre mondiale, est amnésique. Plusieurs familles le réclament. Pour échapper à son passé, il décide de cacher sa véritable identité. La pièce développe le thème du retour du fils qu'on trouve chez Lagarce.
Wajdi Mouawad, *Incendies* (2003)	À sa mort, la mère, Nawal, laisse à ses jumeaux, Jeanne et Simon, deux enveloppes : la première doit être donnée à leur père qu'ils croyaient mort et la seconde à un frère dont ils ignoraient l'existence. Cette quête des origines revient sur l'histoire de Nawal dans un pays en guerre du Moyen-Orient qui évoque le Liban.
Joël Pommerat, *Cendrillon* (2011)	Sandra, au chevet de sa mère mourante, interprète mal ses dernières paroles : Sandra comprend qu'elle ne doit jamais cesser de penser à sa mère, sous peine de la faire disparaître « pour de bon ». Sandra vit avec ce fardeau. Cette pièce, qui est une réécriture de *Cendrillon*, pose la question de la loyauté et de l'affranchissement vis-à-vis de sa famille.

À retenir !

■ Le genre théâtral permet de rendre compte de la crise personnelle d'un personnage (par le monologue) mais aussi de la crise familiale (non-dits, mensonges...).

■ Le théâtre interroge et donne à voir la complexité des rapports au sein de la famille et ses répercussions sur l'individu.

Les prolongements artistiques et culturels

Fiche 37

Français

1 Spectacle et comédie

A. En musique

■ Jean-Baptiste Lully (1632-1687) est surintendant de la musique du roi Louis XIV puis maître de musique de la famille royale. Son influence est déterminante sur la musique du Grand Siècle et il collabore plusieurs fois avec Molière pour des comédies-ballets, notamment pour *L'Amour médecin* (1665) et *Le Bourgeois gentilhomme* (1670). La musique n'est pas un simple ornement, elle participe au spectacle total voulu par Molière et apprécié par la Cour.

Citation

« Le texte de théâtre est incomplet, illisible, sans la représentation qui achève de lui donner sens. »

Anne Ubersfeld

Notes

■ Marc-Antoine Charpentier (1643-1704) est l'autre grand compositeur du XVIIe siècle. Il entre à la Cour grâce à Molière qui, fâché avec Lully, lui commande la musique du *Malade imaginaire*. La musique du *Malade imaginaire*, qui avait été perdue, a été rejouée pour la première fois dans son intégralité en 1990 par Les Arts Florissants.

B. Mise en scène

En 2019, à Nantes, Clément Pouillot propose une mise en scène du *Malade imaginaire* qui reprend l'intention moliéresque de spectacle total. Le texte original est respecté, sauf celui des intermèdes. La musique n'est pas celle de Charpentier : un pianiste est présent sur scène et les acteurs proposent numéros de music-hall et de cirque, morceaux chantés et dansés… Les deux Diafoirus sont joués par le même acteur qui change de profil selon les répliques et dont le costume rappelle le travestissement de cabaret. Le sous-titre de la pièce a d'ailleurs été transformé de « comédie-ballet » à « cabaret médical ».

2 Théâtre et stratagème

A. En peinture

■ Antoine Watteau (1684-1721), connu pour ses nombreux tableaux de fêtes galantes, a beaucoup représenté le théâtre et les comédiens sur scène, dans les coulisses, ou encore dans leurs costumes.

■ Fragonard (1732-1806) est un peintre de scènes galantes. Il est surtout connu pour *Le Verrou* et *L'Escarpolette*. En 1775, il peint

Notes

La Lettre qui représente une jeune femme dans un intérieur bourgeois en train de lire une lettre de son amant. Contrairement à Araminte, elle ne lit pas sa lettre en public mais son regard tourné vers le spectateur invite à la confidence et à l'indiscrétion.

B. Mises en scène

■ En 2015, Luc Bondy met en scène sa version des *Fausses Confidences* au théâtre de l'Odéon qu'il dirige. Isabelle Huppert incarne Araminte, une star de cinéma, et Louis Garrel est son secrétaire particulier.

■ Alors que les acteurs jouent la pièce le soir, Luc Bondy les filme en journée dans des décors naturels et en tire un téléfilm posthume (2017). Sa version de la pièce est plus mélancolique et plus sombre.

3 Crise personnelle, crise familiale

A. En peinture

■ *La Famille Bellelli*, tableau réalisé par Degas en 1867, représente une mère, autoritaire et froide, posant avec ses deux filles, toutes trois en habit noir de deuil. Le père est de dos, sur la droite, à l'écart du trio féminin.

■ Ce tableau représente les failles et crises de la famille bourgeoise : douleur du deuil, absence de communication, climat angoissant. Degas propose une vision originale, en contrepoint aux idéaux bourgeois de cette époque pour qui l'équilibre de la famille va de pair avec la réussite économique.

B. Au cinéma

■ Xavier Dolan a réalisé en 2016 une adaptation cinématographique de la pièce de Lagarce. Ce film franco-canadien a remporté le Grand Prix au festival de Cannes en 2016 puis trois Césars en 2017 : meilleur réalisateur, meilleur acteur et meilleur montage. Pour rendre compte du malaise et de la crise familiale et être au plus près des émotions des personnages, le réalisateur cadre en plans serrés.

■ La musique originale a été composée par Gabriel Yared. Dolan voulait une musique répétitive pour marquer la fin de la scène de dispute, juste avant l'intermède. Le compositeur a proposé une adaptation du *Prélude en Do* de Bach. Au sens figuré, un « prélude » est censé annoncer quelque chose. De façon très ironique, ce « prélude » ne sera jamais suivi par la révélation de Louis.

La nature d'un mot

Fiche 38

Français

Notes

On répertorie les mots selon leur nature dans des classes grammaticales. La nature est la « carte d'identité » d'un mot, ce qu'il est, peu importe le rôle qu'il joue dans la phrase. Un mot ne change jamais de nature, mais il existe des homonymes grammaticaux : ce sont des mots qui ont la même orthographe mais pas la même nature.

1 Les principales natures ou classes de mots

A. Les classes de mots variables

Nom	commun	***Ex. :*** enfant, bateau, générosité, etc.
	propre	***Ex. :*** Allemagne, Victor Hugo, Saturne, etc.
Déterminant	article défini	• formes simples : le, la, les, l' (article défini élidé) • formes contractées : au, du, aux, des, ès
	article indéfini	un, une, des (et « de » quand un adjectif est intercalé entre lui et le nom : « De gentils clowns m'ont fait rire. »)
	article partitif	du, de l', de la, des
	possessif	mon, ma, mes, ton, ta, tes, son, sa, ses, notre, nos, votre, vos, leur, leurs
	démonstratif	ce, cet, cette, ces
	interrogatif / exclamatif	***Ex. :*** quel, quelle, quels, quelles, etc. *(employés devant un nom)*
	indéfini	***Ex. :*** aucun, autre, certain, chaque, plusieurs, etc. *(employés devant un nom)*
	numéral cardinal	***Ex. :*** un, deux, trois, quatre, etc. *(employés devant un nom)*
	numéral ordinal	***Ex. :*** premier, deuxième, etc., dernier. *(employé devant un nom)*
Adjectif	verbal	***Ex. :*** fatigant, provocant, etc.
	qualificatif	***Ex. :*** beau, grand, gentil, etc.
Pronom (remplace un nom ou un groupe)	possessif	***Ex. :*** le mien, la tienne, le sien, les leurs, etc.
	démonstratif	***Ex. :*** ce, ça, ceux, celui-ci, celle-là, etc.
	interrogatif	***Ex. :*** qui, que, quoi, lequel, lesquels, laquelle, etc.
	indéfini	***Ex. :*** quelqu'un, personne, aucun, etc. *(employés seuls)*
	numéral	***Ex. :*** un, deux, trois, quatre, etc. *(employés seuls)*
	personnel	***Ex. :*** je, moi, tu, te, il, lui, la, nous, elles, leur, etc.
	relatif	***Ex. :*** qui, que, quoi, dont, où, lequel, auquel, duquel

Notes

Verbe	d'état ou attributif	***Ex. :*** être, sembler, devenir, paraître, etc. *(se construisent avec un attribut du sujet)*
	transitif direct	***Ex. :*** manger, regarder, acheter [quelque chose] *(se construisent avec un COD)*
	transitif indirect	***Ex. :*** succéder à, téléphoner à, jouer de/du, etc. *(se construisent avec un COI)*
	intransitif	***Ex. :*** dormir, s'enfuir, etc. *(n'acceptent ni COD ni COI)*

B. Les classes de mots invariables

Adverbe	de manière, temps, lieu, quantité, intensité, modalité	***Ex. :*** lentement, demain, ici, beaucoup, tellement, peut-être, etc.
	de négation et d'affirmation	***Ex. :*** ne... pas, ne... que, etc.
	interrogatif	***Ex. :*** si, quand, pourquoi, comment, etc.
	de relation logique	***Ex. :*** pourtant, toutefois, de plus, etc.
Préposition	***Ex. :*** à, de, sur, chez, avant, après, pour, vers, grâce à, jusqu'à, moins de, par rapport à, près de, vis-à-vis de, etc.	
Conjonction	de coordination	mais, ou, et, donc, or, ni, car
	de subordination	***Ex. :*** comme, quand, lorsque, puisque, que, si, quoique, etc.

2 Deux homophones grammaticaux fréquents

A. « Que »

- Pronom interrogatif. ***Ex. :*** **Que** me demandes-tu ? [= quoi]
- Pronom relatif. ***Ex. :*** La femme **que** j'ai rencontrée est astrophysicienne.
- Adverbe interrogatif. ***Ex. :*** **Que** ne l'avez-vous dit plus tôt ? [= pourquoi]
- Adverbe de négation restrictive. ***Ex. :*** Elle ne vient **que** le matin.
- Conjonction de subordination. ***Ex. :*** Je veux **que** tu arrives à l'heure en cours.

B. « Si »

- Nom commun. ***Ex. :*** Le **si** bémol est difficile à faire sur ma harpe.
- Adverbe interrogatif. ***Ex. :*** Sais-tu **si** Laura ira à la chorale mardi soir ?
- Adverbe d'affirmation. ***Ex. :*** Tu ne veux pas de chocolat ? – **Si** !
- Adverbe d'intensité. ***Ex. :*** Ce garçon est **si** gentil !
- Conjonction de subordination. ***Ex. :*** **Si** tu le souhaites, nous irons au cinéma.

La fonction d'un mot

Fiche 39

Français

Notes

La fonction est le rôle que joue le mot ou le groupe de mots dans la phrase.

Un même mot ou groupe de mots peut changer de fonction selon la façon dont il est employé dans la phrase.

1 Les fonctions liées au verbe

Complément d'objet direct (COD)	Il représente l'objet sur lequel s'exerce l'action du verbe. Il se rattache directement au verbe, sans préposition.	*Ex. :* Elle écrit **un livre**.
Complément d'objet indirect (COI)	Il représente l'objet sur lequel s'exerce l'action du verbe mais introduit par une préposition.	*Ex. :* Je parle à **ma mère**.
Complément d'objet second (COS)	C'est un COI qui désigne une personne lorsqu'il y a déjà un COD (pour les verbes qui ont pour sens « dire » et « donner »).	*Ex. :* Il offre des fleurs **à sa fiancée**.
Complément d'agent	Dans une phrase à la voix passive, il indique qui fait l'action exprimée par le verbe. Il est introduit par « par » ou « de ».	*Ex. :* Le bébé est lavé par **son père**.
Attribut du sujet	Avec les verbes d'état (« être », « sembler », « devenir », « paraître », etc.).	*Ex. :* Elle deviendra **une grande scientifique**.
Attribut du COD	Avec les verbes du type « juger », « estimer », « élire », etc.	*Ex. :* Toute la classe les [COD] a élus **délégués** [attribut du COD] à l'unanimité.

2 Les fonctions liées au nom

Déterminant	Il est toujours placé avant le nom et appartient au groupe nominal **(voir fiche 38)**.	
Complément du nom	C'est une expansion du nom, qui apporte une indication souvent introduite par une préposition. Il peut être un nom, un adverbe, un verbe ou une proposition.	*Ex. :* la mayonnaise **de Dijon** [nom] / Les gens **d'ici** [adverbe] sont accueillants. / J'ai acheté une machine **à laver** [verbe]. / La peur **que vous inspirez à vos élèves** [proposition] les empêche de progresser.

Nom apposé	Le nom apposé marque une équivalence. Il ne faut pas le confondre avec le complément du nom. Plusieurs constructions sont possibles. L'apposition peut : – être introduite par la préposition « de » ; – suivre le nom ; – précéder le nom ; – être séparée du nom par un signe de ponctuation.	*Ex. :* la ville de **Paris** [la ville = Paris] / la mayonnaise de **Dijon** [la mayonnaise ≠ Dijon, mais elle vient de Dijon : complément du nom]. *Ex. :* le royaume d'**Espagne** *Ex. :* une femme **médecin** *Ex. :* le **philosophe** Rousseau *Ex. :* Élisabeth, **mon amie**, est journaliste.
Épithète liée ou détachée	C'est un adjectif qualificatif placé à côté du nom qu'il qualifie.	*Ex. :* l'**aimable** adolescent, les personnes **âgées**.
Adjectif apposé (ou épithète détachée)	L'adjectif est apposé quand il est séparé du nom par au moins une virgule et qu'on peut le déplacer dans la phrase.	*Ex. :* **Honteux** et **confus**, il jura qu'on ne l'y prendrait plus.

3 Les autres fonctions

Complément circonstanciel	Complément non essentiel qui précise et nuance le sens, la pensée. Il peut être de lieu, de temps, de cause, de manière, de but, etc.	*Ex. :* Elle travaille **avec beaucoup de sérieux** [CC de manière] **pour réussir ses examens** [CC de but] **malgré ses difficultés** [CC de concession].
Complément de l'adjectif	Il modifie le sens d'un adjectif. Il peut être un adverbe ou bien être introduit par une préposition.	*Ex. :* Je suis **très** [adverbe] fatigué. / Je suis fière **de toi**, tu peux être content **de tes efforts** [introduit par une prép.].
Complément de l'adverbe	Il modifie le sens et donne des précisions sur un adverbe. Il peut être : – un adverbe qui vient en modifier un autre ; – introduit par une préposition.	*Ex. :* Je suis **vraiment** très fatigué. *Ex. :* Malheureusement **pour toi**, nous résilions ton contrat.
Apostrophe	Elle interpelle un être vivant ou personnifié. Elle peut être précédée d'une interjection *(Ô)*.	*Ex. :* **Céline !** Peux-tu venir m'aider ?
Interjection	Elle sert à exprimer une émotion ou une réaction soudaine et vive.	*Ex. :* Ah ! Oh ! Allons ! À la bonne heure !

La conjugaison (1)

Fiche 40

Français

Notes

Le verbe se conjugue. C'est un mot variable : il change de forme en fonction du nombre, de la personne, du temps et du mode.

1 Le classement des verbes

- On classe traditionnellement les verbes en trois groupes, selon leur terminaison à l'infinitif.
- 1er groupe : les verbes en *-er*, sauf « aller », sont réguliers et se conjuguent sur le modèle de « chanter ».
- 2e groupe : les verbes en *-ir* qui ont une forme gérondive en *-issant*. Par exemple, « finir » (« en finissant ») mais pas « cueillir » (« en cueillant »).
- 3e groupe : tous les autres verbes.

2 Les modes

Le mode est la manière d'exprimer le point de vue du locuteur sur l'énoncé.

A. Les quatre modes personnels

- Les formes du verbe varient selon la personne.
- Indicatif : mode de l'affirmation, de la déclaration ou de l'interrogation.
- Subjonctif : mode utilisé dans les subordonnées pour marquer le désir, la nécessité, le doute, etc.
- Impératif : pour signifier l'ordre ou le conseil.
- Conditionnel : pour l'hypothèse, la condition, l'imaginaire, etc. et le futur dans le passé (discours rapporté).

Attention !

On utilise toujours le subjonctif après « bien que » : « Bien qu'il soit très grand, il n'a jamais voulu faire partie de l'équipe de basket. »

B. Les trois modes impersonnels

- Les formes du verbe n'ont pas de personne.
- L'infinitif présent (« chanter ») ou passé (« avoir chanté »).
- Le participe présent (« chantant ») ou passé (« chanté »).
- Le gérondif : la préposition « en » + participe présent (« en chantant »).

Notes

3 La formation des temps

■ Le temps donne toujours une indication chronologique (avant, après, etc.).

■ Chaque mode possède des temps simples et des temps composés.

■ À chaque temps simple correspond un temps composé qui est toujours formé de la même façon : auxiliaire conjugué au temps simple + participe passé.

Ex. : indicatif plus-que-parfait = auxiliaire à l'imparfait de l'indicatif + participe passé
subjonctif passé = auxiliaire au présent du subjonctif + participe passé

	Temps simples	Temps composés
Indicatif	***Présent*** j'aime il aime	***Passé composé*** j'ai aimé il a aimé
	Imparfait j'aimais il aimait	***Plus-que-parfait*** j'avais aimé il avait aimé
	Passé simple j'aimai il aima	***Passé antérieur*** j'eus aimé il eut aimé
	Futur simple j'aimerai il aimera	***Futur antérieur*** j'aurai aimé il aura aimé
Subjonctif	***Présent*** que j'aime qu'il aime	***Passé*** que j'aie aimé qu'il ait aimé
	Imparfait que j'aimasse qu'il aimât	***Plus-que-parfait*** que j'eusse aimé qu'il eût aimé
Conditionnel	***Présent*** j'aimerais il aimerait	***Passé 1re forme*** j'aurais aimé il aurait aimé ***Passé 2e forme*** *(identique au subjonctif plus-que-parfait)*

Attention !

Au subjonctif imparfait, il n'y a jamais de « -sse » à la 3e personne du singulier, contrairement aux autres personnes, mais toujours « ^-t ».

La conjugaison (2)

Fiche 41

Français

Chaque temps a une ou plusieurs valeurs qui peuvent être chronologiques (pour se situer dans le temps) ou **sémantiques**. Connaître ces valeurs permet d'analyser l'intention du locuteur et les effets d'un texte.

> **Sémantique**
> Étude du sens des mots.

1 Les valeurs du présent et du futur

A. Le présent

■ Le présent de narration permet de relater au présent des faits du récit au passé et renforce l'effet dramatique.

Ex. : « *On* **défait** *de son emballage de papier brun une grande boîte de carton, on* **enlève** *le couvercle, les papiers de soie, et on* **découvre** *couchée, les yeux fermés, une énorme poupée…* »

Sarraute, *Enfance*, 1983.

■ Le présent d'énonciation marque la prise de parole du narrateur.

Ex. : « Je **tourne** une page de l'album ; maman tient dans ses bras un bébé qui n'est pas moi. »

De Beauvoir, *Mémoires d'une jeune fille rangée*, 1958.

■ Le présent de vérité générale.

Ex. : « Pour chaque homme, sa mort **est** un accident et, même s'il la **connaît** et y **consent**, une violence indue. »

De Beauvoir, *Une mort très douce*, 1964.

■ Le temps présent peut également exprimer un futur proche (le verbe est au présent, l'action se passe juste après le moment où le narrateur parle).

Ex. : « Adieu, ma chère, demain je **pars**. »

Balzac, *Scènes de la vie privée*, 1830.

■ Le passé récent (l'action se passe juste avant le moment où le narrateur parle), par exemple avec les périphrases verbales.

Ex. : « Tu **viens** de faire un long chemin. »

Musset, « À une fleur », 1838.

Notes

Notes

B. Le futur et le futur antérieur

■ Le futur peut avoir une valeur modale injonctive (ordre), de promesse ou d'indignation.

Ex. : « C'est bien, – fit Néron, – mais désormais tu **feras** couper la langue aux chrétiens, ou bien tu les **feras** bâillonner. »

Sienkiewicz, *Quo Vadis*, 1896.

■ Le futur antérieur peut marquer l'antériorité dans le futur ou une hypothèse.

Ex. : « Il **aura** sans doute **vu** Tomaso et lui **aura acheté** ce mensonge. »

Mérimée, *Colomba*, 1840.

2 Les valeurs des temps du passé

A. L'imparfait

■ L'imparfait désigne une action passée de durée non limitée ou d'arrière-plan.

■ On distingue :

– l'imparfait d'habitude (désigne une action qui se répète dans le passé) ;

Ex. : « Le soir, quand le maître, découragé, **jetait** ses pinceaux au sol, il les **ramassait**. »

Yourcenar, « Comment Wang-Fô fut sauvé », *Nouvelles orientales*, 1938.

– l'imparfait de description.

Ex. : « Elle aussi **portait** un chapeau de paille d'où **sortaient** quelques mèches d'un châtain roux. »

Duras, *Un barrage contre le Pacifique*, 1950.

B. Le passé simple

■ Le passé simple désigne une action passée de durée limitée ou de premier plan.

Ex. : « L'empereur et sa suite **s'arrêtèrent** quelques jours en Commagène pour des fêtes triomphales. »

Yourcenar, *Mémoires d'Hadrien*, 1951.

■ Le passé simple indique une succession d'actions passées.

Ex. : « Lucius **se plaignit** du poids du bouclier de bronze. Au bout de quelques secondes, il **s'arrêta** hors d'haleine et **s'effondra**. »

Ibid.

Les propositions

Fiche 42

Français

Notes

Le verbe est toujours le noyau de la proposition, et on compte en général autant de verbes que de propositions.

1 Les propositions et leurs enchaînements

A. Les trois types de propositions

■ La proposition indépendante ne dépend d'aucune proposition et n'en a aucune sous sa dépendance.

Ex. : Myriam est assise à son bureau.
[prop. indépendante]

Rappel
Une phrase simple ne contient qu'une seule proposition ; une phrase complexe en contient plusieurs.

■ La proposition principale est une proposition dont dépend au moins une subordonnée, parfois plusieurs.

Ex. : Myriam est assise au bureau [**que** son père vient de lui acheter].
[prop. principale] [prop. subordonnée]

■ La proposition subordonnée dépend d'une autre proposition, qui peut être la principale ou une autre subordonnée.

Ex. : Myriam est assise au bureau [**que** son père, [**qui** est très soucieux de sa réussite], vient de lui acheter].
[prop. principale] [prop. sub. 2 enchâssée] [prop. sub. 1]

B. Les enchaînements possibles

■ La subordination enchaîne une principale et une subordonnée.

■ Entre des indépendantes, des principales ou des subordonnées, on trouve deux autres types d'enchaînements :

– la juxtaposition : les propositions sont placées côte à côte, sans mot d'enchaînement, généralement séparées par une virgule ;

Ex. : César s'exclama [qu'il était venu], [qu'il avait vu], [qu'il avait vaincu].
[prop. princ.] [prop. sub. 1] [prop. sub. 2] [prop. sub. 3]

– la coordination : les propositions s'enchaînent grâce à une conjonction de coordination *(mais, ou, et, donc, or, ni, car)*.

Ex. : [Henri aime beaucoup la glace] [**donc** il en réclame sans cesse].
[prop. indépendante 1] [prop. indépendante 2]

Notes

2 Les subordonnées complétives

Une subordonnée complétive joue, dans la phrase, une fonction de complément essentiel.

A. La subordonnée conjonctive par « que » ou « ce que »

- Cette subordonnée est introduite par la conjonction de subordination « que » ou « ce que ».
- Elle peut dépendre d'un verbe dont elle est COD, COI ou sujet.

Ex. : Je voudrais [**que** tous les enfants aient accès aux mêmes droits].

Je m'attends à [ce que tous les participants arrivent à l'heure].

[**Que** cet élève échoue au bac] serait une très mauvaise surprise.

- Elle peut dépendre d'un nom ou d'un adjectif : elle est alors complément du nom ou de l'adjectif.

Ex. : Je suis épatée par le fait [**que** tu puisses improviser aussi facilement !]

Je suis sûr [**que** tu réussiras brillamment !]

B. L'infinitive

- L'infinitive est construite autour d'un verbe à l'infinitif.
- Le sujet du verbe à l'infinitif doit être différent du sujet de la principale.

Ex. : Je vois [les enfants **jouer**].

3 La subordonnée relative

A. Le principe de la relative

- Elle est introduite par un pronom relatif **(voir fiche 38)**.
- Elle est parfois substantive (remplaçable par un nom et sans antécédent) mais le plus souvent elle est adjective (remplaçable par un adjectif) et complète le sens de son antécédent.

Ex. : [**Qui** va à la chasse] perd sa place.

→ La relative substantive sans antécédent est sujet de « perd ».

J'aime beaucoup les deux livres [**que** tu m'as conseillés].

→ La relative adjective est complément de l'antécédent « livres ».

B. La fonction du pronom relatif

Le pronom relatif a toujours une fonction à l'intérieur de la proposition relative. Il peut être COD, COI, sujet, etc.

Ex. : J'aime beaucoup les deux livres [**que** tu m'as conseillés].

→ Tu m'as conseillé quoi ? Ces deux livres. « Que » est COD de « as conseillés ».

La grammaire à l'oral du Bac

Fiche 43

Français

Notes

Lors de l'épreuve orale du Bac, une question de grammaire est systématiquement posée au candidat. Elle porte sur une de ces trois notions au programme.

1 Les subordonnées conjonctives utilisées en fonction de compléments circonstanciels

Les subordonnées circonstancielles sont fréquemment introduites par une conjonction de subordination (un seul mot) ou par une locution conjonctive (plusieurs mots). Elles sont de sept types.

Circonstancielle de but	*Ex. :* Jeanne devra faire preuve de beaucoup de patience [**pour que** son nouvel ami l'accepte enfin comme confidente].
Circonstancielle de cause	*Ex. :* Je ne sortirai pas demain [**parce qu**'ils prévoient du mauvais temps].
Circonstancielle de conséquence	*Ex. :* Ils prévoient du mauvais temps demain, [**si bien que** je ne sortirai pas].
Circonstancielle de temps	*Ex. :* Laura aime bien observer l'océan déchaîné [**quand** la tempête fait rage].
Circonstancielle d'hypothèse ou de condition	*Ex. :* [**Si** Roméo et Juliette avaient été plus discrets], la pièce se serait peut-être mieux terminée.
Circonstancielle de concession	*Ex. :* [**Bien que** Catherine ait terminé plus tôt que prévu sa réunion], elle est en retard pour son rendez-vous suivant.
Circonstancielle de comparaison	*Ex. :* Je te soutiendrai [**comme** tu m'as toujours soutenu].

2 L'interrogation

A. Interrogatives directe et indirecte : transposition

Interrogative directe	Interrogative indirecte
Elle peut avoir un **verbe introducteur** suivi de **deux-points** et éventuellement de **guillemets**. *Ex. :* L'homme demanda : « Qui est là ? ».	Elle a **toujours** un **verbe** introducteur. *Ex. :* L'homme demanda qui était là.
Elle se termine toujours par un **point d'interrogation**. *Ex. :* Comment vas-tu ?	Elle ne se termine **jamais** par un **point d'interrogation**. *Ex. :* Elle lui demanda comment il allait.
Elle peut être introduite par ***est-ce que***. *Ex. :* Est-ce que tu viendras ?	***Est-ce que*** est remplacé par ***si***. *Ex. :* Il se demandait si elle viendrait.

Elle peut avoir un **sujet inversé**. *Ex.* : Quand viendras-tu ?	Elle n'a **jamais** de **sujet inversé**. *Ex.* : Je me demandais quand tu viendrais.

B. L'interrogative indirecte

- L'interrogative indirecte est une proposition complétive qui dépend d'une proposition principale construite avec un verbe du type « se demander », « ignorer » et d'autres formes négatives comme « ne pas savoir ».

À savoir

Une subordonnée interrogative indirecte peut dépendre d'une principale interrogative directe : « Sais-tu [s'il arrivera à l'heure] ? »

- Elle est introduite par un adverbe interrogatif (« si », « pourquoi ») ou un pronom interrogatif (« qui », « que », « quoi », « lequel » et ses dérivés) ou un déterminant interrogatif (« quel » et ses dérivés).

Ex. : Jasmine et Héloïse ne savent pas encore [**qui** participera à leur course d'orientation].

3 La négation

La négation peut porter sur le mot ou sur la phrase.

- La négation lexicale porte sur le mot. Elle est formée avec des préfixes.

Ex. : la non-violence, asymétrique, impassible, illogique…

- La négation grammaticale est une forme de phrase qui s'oppose à la forme affirmative. Il faut alors regarder la portée de la négation :

Forme	Construite avec…	Exemples
Négation totale	*ne… pas, ne… point* Elle porte sur toute la proposition.	*Ex.* : « Tu ne veux pas te nommer joie » Victor Hugo, « À celle qui est voilée », *Les Contemplations*, 1856. *Ex.* : « Tu ne te tueras point, et tu l'épouseras » Molière, *L'Avare*, Acte I, scène 4, 1668.
Négation partielle	un déterminant + ne un pronom + ne Elle porte sur une partie de la proposition.	*Ex.* : « Une mer qu'aucun bord n'arrête / S'étendait bleue à l'horizon » Alphonse de Lamartine, *Méditations Poétiques*, 1820. *Ex.* : « Rien n'égale votre puissance, / Sinon votre fragilité. Alfred de Musset, *Poésies nouvelles*, 1850.
Négation restrictive	ne… que Elle équivaut à « seulement » ou « uniquement ».	*Ex.* : « Et vos grands cils émus, de leur aile inquiète, / Ne voilent qu'à demi leur vif rayonnement. » Théophile Gautier, « À deux beaux yeux », *La Comédie de la mort*, 1838.

Astuces pour écrire sans fautes

Fiche 44

Français

Notes

1 Les homophones grammaticaux

J'hésite entre :	Si :	Je choisis :
a et ***à***	• je peux remplacer par « avait » • je ne peux pas remplacer par « avait »	→ a → à
ça et ***sa***	• je peux remplacer par « cela » • je peux remplacer par « ma »	→ ça → sa
ce et ***se***	• je peux remplacer par « cela » • le mot est entre le sujet et son verbe	→ ce → se
on et ***ont***	• je peux remplacer par « nous » • je peux remplacer par « avaient »	→ on → ont
ou et ***où***	• je peux remplacer par « ou bien » • je ne peux pas remplacer par « ou bien »	→ ou → où
or et ***hors***	• je peux remplacer par « mais » • je peux remplacer par « sauf » ou « dehors »	→ or → hors
son et ***sont***	• je peux remplacer par « le sien » • je peux remplacer par « étaient »	→ son → sont
censé et ***sensé***	• je peux remplacer par « intelligent », « qui a du bon sens » • je peux remplacer par « supposé »	→ sensé → censé
leur et ***leurs***	• le mot est devant un verbe • le mot est devant un nom	→ leur (invariable) → leur(s) (s'accorde avec le nom)
quoique et ***quoi que***	• je peux remplacer par « bien que » • je peux remplacer par « peu importe ce que »	→ quoique → quoi que
quand et ***quant***	• je peux remplacer par « lorsque » ou « à quel moment » • je peux remplacer par « en ce qui concerne »	→ quand → quant
quelquefois et ***quelques fois***	• je peux remplacer par « parfois » • je peux remplacer par « plusieurs fois »	→ quelquefois → quelques fois
quelques et ***quel que***	• je peux remplacer par « plusieurs » • je peux remplacer par « peu importe »	→ quelques → quel(les) que

Notes

2 Le cas de « tout »

■ Quand « tout » est **déterminant**, il est placé devant un groupe nominal et s'accorde en genre et en nombre avec ce qui suit.

Ex. : Toute la foule, tous les enfants.

■ Quand « tout » peut être remplacé par « toutes les choses », il est **invariable**.

Ex. : J'ai tout vu. Tout me fatigue.

■ Quand « tout » représente un **groupe de personnes**, on écrit « tous » pour le masculin (le *-s* final s'entend à l'oral) et « toutes » pour le féminin.

Ex. : Tous sont venus. Toutes étaient présentes.

■ Quand « tout » peut être **remplacé par « complètement, très »** et qu'il est devant un adjectif, il ne s'accorde que si l'adjectif est au féminin et commence par un son-consonne.

Ex. : Ils sont tout contents. Elles sont toutes contentes. Elle est tout étonnée.

3 Singulier ou pluriel ? Féminin ou masculin ?

■ Après « sans », on accorde selon le sens et la logique.

Ex. : Un ciel sans nuages. / Un homme sans chapeau.

■ « Tel » s'accorde avec **ce qui suit**, mais « tel que » s'accorde avec **ce qui précède**.

Ex. : Telle mère, tel fils. / Cette fille est telle que son père.

Attention !
« Sans faute » = à coup sûr et « sans fautes » = sans aucune faute.

■ « Aucun », « aucune » sont **toujours suivis du singulier**, sauf si le mot n'a pas de singulier.

Ex. : Aucune personne, aucun problème, aucunes fiançailles.

■ « Chaque » est toujours **suivi du singulier**.

4 Erreurs relatives aux verbes

■ « Fait » suivi d'un infinitif est **toujours invariable**.

Ex. : Elle s'est fait gronder. Elles se sont fait mouiller par la pluie.

■ Les verbes du 1er groupe (en *-er*) ne prennent **pas de *-s* à l'impératif**.

Ex. : Chante-moi une chanson. Regarde-moi.

■ Seul le **masculin singulier** du participe passé du verbe « devoir » prend un **accent** *(dû, due, dus, dues)*.

La ponctuation

Fiche 45

Français

Notes

La ponctuation désigne un système de signes graphiques marquant des relations syntaxiques ou des faits d'intonation. Elle est codifiée mais offre aussi un espace de liberté pour les auteurs. Elle permet de faciliter la lecture, de donner du sens et de créer des effets stylistiques.

1 Les marques de ponctuation

A. Bref historique

Antiquité	Pas (ou très peu) de signes de ponctuation. La *scriptio continua* (« écriture continue ») est très utilisée : les mots ne sont pas séparés.
Du Moyen Âge au XVe siècle	Quelques rares signes de ponctuation sont utilisés pour aider le chanteur ou l'orateur à marquer certaines pauses.
XVIe siècle	C'est l'invention de l'imprimerie : les imprimeurs mettent en pages les textes. Ils utilisent les signes [,] [;] [:].
XVIIIe siècle	La ponctuation se développe (marques du discours rapporté).
XIXe siècle	Les normes typographiques se précisent.
XXe et XXIe siècles	On compte une dizaine de signes de ponctuation. Leur utilisation est très codifiée.

B. Structurer un texte écrit

■ La ponctuation cherche à retranscrire sur la page les pauses faites à l'oral. Elle aide à mieux comprendre un texte et sert à le structurer.

■ Elle joue un rôle de démarcation :
- entre deux mots : le trait d'union ;
- au sein d'une même phrase : [,] [;] [:] ;
- entre deux phrases : les différents points [.] […] [?] [!].

■ La ponctuation peut créer une rupture (le point en fin de phrase) ou permettre un enchaînement (le deux-points qui annonce un exemple).

■ La ponctuation donne du sens. En effet, une même phrase peut avoir un sens totalement différent en fonction de sa ponctuation.

Notes

2 Les effets stylistiques

A. Ponctuation et rythme

La ponctuation marque des pauses avec le point (pause longue), le point-virgule (pause moyenne) et la virgule (pause brève).

Ex. : L'écriture de **Duras** est très « sèche » dans *Le Ravissement de Lol V. Stein*. Les phrases courtes créent un effet haché qui renforce le sentiment de vide : « *L'orchestre cessa de jouer. Une danse se terminait. La piste s'était vidée lentement. Elle fut vide.* »

B. Ponctuation et émotions

- La ponctuation marque également le type de phrase (déclaratif, interrogatif, exclamatif) et permet de transmettre une émotion, de varier les intonations de lecture.
- L'interrogation marque la question, le doute, parfois l'indignation.
- L'exclamation rend compte d'une large gamme d'émotions, de la colère à la joie.
- La ponctuation forte se marque par l'utilisation de nombreux points d'exclamation et d'interrogation. Elle indique une grande expressivité.

Ex. : « *Dis ? Mon âme ? Où est-elle ? Qui est-elle ? Que fait-elle ? [...] À quoi ressemble-t-elle ? À une gousse d'ail que l'on écrase dans un mortier ou à un balai que l'on remise derrière une porte ?* »

Chraïbi, *La Civilisation, ma Mère !...*, 1972.

3 La ponctuation : un espace de liberté

A. Un effet de style

Tout écart par rapport aux codes et tout emploi original d'une ponctuation doivent être envisagés comme un effet de style voulu par l'auteur.

Citation

« On a dit, "Le style, c'est l'homme." La ponctuation est encore plus l'homme que le style. »

George Sand.

Ex. : Dans *Corniche Kennedy* (2008), **Maylis de Kerangal** enlève toutes les ponctuations qui permettent de rapporter des paroles. Cela renforce le naturel de la conversation et le mélange des voix : « [Eddy] *annonce d'une voix ferme ouais, ouais, alors on est pareils, t'as qu'à me suivre* [...]. *La fille l'interroge, t'as peur alors ?* »

B. L'absence de ponctuation

Certains auteurs, notamment des poètes, suppriment la ponctuation, renforçant la fluidité du texte.

Ex. : Apollinaire a proposé une version du « Pont Mirabeau » sans ponctuation.

Étudier les mots

Fiche 46

Français

Notes

Les mots constituent la matière première de tout texte. Ils peuvent être étudiés isolément (étymologie, définitions d'un dictionnaire) mais ils font surtout sens dans un contexte particulier. Ils doivent alors être envisagés dans leurs rapports aux autres mots. L'étude des mots et des liens entre eux constitue alors une entrée pertinente dans l'analyse d'un texte. Elle offre la possibilité d'explorer les thématiques abordées, la structure du texte, mais aussi l'originalité d'un style, etc.

1 Les notions essentielles

Famille de mots	Ensemble de mots qui ont un même radical.	***Ex. :*** un voyage, voyager, un voyageur, un voyagiste
Synonyme	Qui a un sens identique ou très voisin.	***Ex. :*** généreux, bon, charitable
Antonyme	Mot de sens opposé à un autre.	***Ex. :*** ombre/lumière
Homonymes	Se dit des mots de même orthographe (homographes) ou de même prononciation (homophones), mais qui ont des significations différentes.	***Ex. :*** Les religieuses vivent au **couvent**. / Les poules **couvent** leurs œufs. (Les mots « couvent » sont des homographes non homophones.)
Polysémie	Pluralité de sens d'un mot.	***Ex. :*** « Voler » peut désigner le fait de se déplacer par les airs ou celui de prendre ce qui ne nous appartient pas.
Néologisme	Mot créé avec un sens nouveau.	***Ex. :*** Dans *Vipère au poing*, **Hervé Bazin** a inventé le mot « cleftomanie » pour désigner la manie de tout fermer à clé.
Mot-valise	Mot créé à partir de 2 mots.	***Ex. :*** « Adulescent » vient de « adulte » et « adolescent ».

2 Le sens des mots

A. Le sens propre et le sens figuré

- Le sens propre désigne le sens premier d'un mot, qui est souvent concret. C'est le sens le plus courant.
- Le sens figuré désigne un sens dérivé du sens premier ; il est souvent plus abstrait et plus imagé. Le contexte permet de dire dans quel sens le mot est utilisé.
- Les auteurs peuvent jouer avec ce double sens : ils font alors un jeu de mots.

Notes

Ex. : Dans *La Jalousie* de **Robbe-Grillet**, le mot utilisé comme titre du roman désigne à la fois le sentiment du mari qui soupçonne sa femme de le tromper et les « jalousies » (sortes de fenêtres avec persiennes) à travers lesquelles il l'espionne.

B. La connotation et la dénotation

■ La connotation représente l'ensemble des sens seconds qui s'ajoutent au sens premier du mot (qu'on appelle « dénotation »).

Ex. : « Mère » et « maman » ont le même sens mais la connotation est différente : « maman » est beaucoup plus familier et marque une certaine intimité.

■ La connotation peut être méliorative ou péjorative. Elle peut aussi être subjective puisqu'elle dépend de chacun et de sa culture. Certains suffixes apportent une connotation négative (« -asse », « -ot »).

3 Les réseaux de mots

A. Le champ lexical

■ Dans un texte, plusieurs mots peuvent se rapporter au même champ lexical, c'est-à-dire au même domaine de sens. Celui-ci donne une cohérence thématique au texte et permet souvent d'identifier sa tonalité.

B. Les répétitions

■ Parfois, les mots sont répétés. Cela aussi est voulu par l'auteur et crée toujours un effet d'insistance. Pour qu'il y ait répétition, il faut que le mot soit repris à l'identique.

■ Quand le mot répété a subi une variation (singulier/pluriel, changement du temps d'un verbe, etc.), on parle de polyptote.

Attention !

En analyse de texte, le simple relevé d'un champ lexical n'est d'aucune utilité. Il faut observer les mots choisis et se demander dans quelle mesure ce choix est original.

La tonalité d'un texte

Fiche 47

Français

Étudier la (ou les) tonalité(s) d'un texte revient à se placer du côté du lecteur et à analyser les émotions suscitées par le texte. La tonalité constitue donc un outil d'analyse littéraire.

1 Définition

A. Tonalité et émotions

■ La tonalité (ou registre) se définit comme l'effet qu'un texte produit sur son lecteur, et en particulier l'émotion suscitée. La palette émotionnelle est très large : la tonalité comique vise à faire rire, la tonalité épique suscite l'admiration, la tonalité polémique indigne, etc.

■ La tonalité est en lien direct avec le contenu de l'œuvre et les thématiques abordées (la souffrance pour le pathétique, l'amour pour le lyrique, etc.) mais, surtout, avec le style et la manière dont le thème est traité.

Notes

Ex. : Dans sa tirade du nez, Cyrano propose des variations sur un même thème, à savoir la longueur démesurée de son appendice :

Attention !
Un même thème peut se présenter sous différentes tonalités.

*« **CYRANO** – […] Lyrique : "Est-ce une conque, êtes-vous un triton ?"*

Naïf : "Ce monument, quand le visite-t-on ?"

Respectueux : "Souffrez, monsieur, qu'on vous salue,

C'est là ce qui s'appelle avoir pignon sur rue !"

Campagnard : "Hé, ardé ! C'est-y-un nez ? Nanain !

C'est queuqu'navet géant ou ben queuqu'melon nain !" »

Rostand, *Cyrano de Bergerac*, I, 4, 1897.

B. Identifier la tonalité d'un texte

■ Identifier une tonalité permet de savoir quelle émotion l'auteur a cherché à déclencher chez son lecteur et pourquoi.

Ex. : Dans *Les Misérables*, **Hugo** décrit Fantine avec une tonalité pathétique. Très pauvre, elle est obligée de se prostituer pour élever sa fille Cosette. Le lecteur, ému, est d'autant plus sensible au tableau de la misère.

■ Identifier une tonalité, c'est aussi être sensible au texte et à l'écoute des émotions ressenties. L'identification passe souvent

Notes

d'abord par une intuition à laquelle il faut faire confiance : si vous êtes ému(e) ou que vous ressentez un malaise en lisant un texte, dites-vous que cela est très certainement voulu par l'auteur. Une fois la tonalité identifiée, il faut trouver les preuves en relevant et en analysant les procédés propres à cette tonalité.

■ Bien identifier une tonalité permet d'inscrire l'auteur dans une tradition (il n'est pas le seul à utiliser cette tonalité) pour mieux distinguer l'originalité de son style.

2 Les pièges à éviter

A. Tonalité et genre

■ Il ne faut pas confondre la tonalité d'un texte (émotions suscitées, registre) et le genre du texte (roman, comédie, essai, etc.).

■ Bien sûr, certains genres privilégient une tonalité (par exemple, la tonalité comique vient de la comédie, la tonalité tragique de la tragédie et la tonalité épique de l'épopée), mais les tonalités ne se limitent jamais à un seul genre. Certains genres ont même disparu alors que les tonalités dont ils sont issus subsistent. C'est le cas de l'épopée ou de la tragédie qui n'existent plus à proprement parler mais dont les tonalités tragiques et épiques sont encore très fortement utilisées dans les œuvres contemporaines.

Attention !
La tragédie est un genre, mais le tragique est une tonalité.

Ex. : *« Zama sera donc le nom de sa victoire ou de sa défaite. Il est temps de savoir. Il donne l'ordre de lancer l'assaut et les quatre-vingts éléphants chargent, excités par leurs cornacs. »*

Gaudé, *Écoutez nos défaites*, 2016.

B. Une identification difficile

■ Le classement des textes selon leurs tonalités a son utilité, mais il comporte des limites :

- la frontière entre deux tonalités est parfois floue, ce qui rend l'identification difficile (proximité entre les tonalités lyrique et élégiaque, pathétique et tragique) ;
- plusieurs tonalités peuvent cohabiter au sein d'un même texte.

Ex. : L'*excipit* de *Thérèse Raquin*, roman naturaliste de **Zola**, décrit avec précision le suicide des deux amants sous les yeux de la mère Raquin et relève à la fois du réalisme, du tragique (évocation de la fatalité et utilisation du terme « *dénouement* », propre au théâtre) et du fantastique (allusion aux lumières « *jaunâtres* »).

La tonalité comique

Fiche 48

Français

La tonalité comique suscite le rire. La palette d'émotions liées au comique est très large : elle va du trait d'esprit raffiné qui fait sourire au rire franc.

1 Le comique

A. Un art du décalage

■ La tonalité comique cherche à faire rire le lecteur/spectateur, mais il est parfois difficile d'analyser les ressorts du comique, c'est-à-dire ce qui permet de déclencher le rire. Le comique repose sur un effet de décalage et il existe autant de formes de comiques qu'il existe de décalages :

Citation

« FIGARO – Je me presse de rire de tout, de peur d'être obligé d'en pleurer. »

Beaumarchais, *Le Barbier de Séville*, 1775.

Notes

– entre une situation sérieuse et un propos léger ;

Ex. : Deux couples de parents se retrouvent parce que leurs fils se sont battus. Le comique tient ici au décalage entre le thème léger du clafoutis d'Annette et la raison de l'entrevue des parents :

« ***VÉRONIQUE*** – *Un aménagement du clafoutis picard. Pour être honnête, je le tiens de sa mère.*

ALAIN – *Pain d'épice, délicieux… Au moins ça nous permet de découvrir une recette.*

VÉRONIQUE – *J'aurais préféré que mon fils ne perde pas deux dents à cette occasion.* »

Yasmina Reza, *Le Dieu du Carnage*, 2007.

– entre le propos et la façon de le raconter ;

– entre une situation attendue et son résultat (effet de surprise) ;

Ex. : Momo raconte la piqûre à Mme Rosa : « *Il est venu faire la piqûre à Mme Rosa mais ça a failli mal tourner parce qu'il s'était trompé d'ampoule et il avait foutu dans le cul de Mme Rosa la ration d'héroïne qu'il se réservait pour le jour où il aurait fini sa désintoxication.* »

Émile Ajar (Romain Gary), *La Vie devant soi*, 1975.

– entre le propos explicite et le sous-entendu implicite.

Notes

B. Les fonctions

- Le rire qui divertit : il cherche seulement à distraire, à amuser.
- Le rire libérateur : il permet de mettre à distance certains thèmes graves ou tabous et d'apprivoiser ses angoisses.
- Le rire sérieux : il permet de faire passer un message, d'amener le lecteur à réfléchir, de critiquer ou de dénoncer.

Citation

« Castigat ridendo mores » est la devise de Molière qui signifie « Elle *[la comédie]* corrige les mœurs en faisant rire ».

2 Les procédés

A. Les types de comiques

- Le comique de mots : répétition d'un mot de façon mécanique, jeu de mots, dialogue de sourds, etc.
- Le comique de gestes : coups de bâton, chute, gestes qui se répètent, grimaces, etc.
- Le comique de situation : quiproquo, personnage caché, rebondissements, etc.
- Le comique de caractère : l'auteur force les traits d'un personnage ou le caricature (égoïste, avare, etc.). Les personnages sont alors des types.
- Le comique de mœurs critique les coutumes et les conduites des hommes d'une époque. Le défaut tient à un milieu, une classe sociale, une mode.

B. Les nuances de comique

- La tonalité comique est souvent nuancée par d'autres tonalités.
- Les tonalités ironique et satirique suscitent le rire par la moquerie et cherchent à critiquer.
- Le burlesque et l'héroï-comique opèrent un renversement entre le thème traité et le style utilisé. Le burlesque évoque un thème sérieux, héroïque, élevé, décrit de manière triviale ; à l'inverse, l'héroï-comique traite un thème bas avec un style élevé.

Ex. : **La Fontaine** use de l'héroï-comique pour sa fable « Les Deux Coqs ». Cette histoire de basse-cour (thème bas) fait explicitement référence à la guerre de Troie et emploie un style élevé.

- L'humour noir permet d'évoquer l'absurdité ou la cruauté du monde.
- L'absurde fait rire d'une situation illogique et dont le sens échappe au lecteur/spectateur.

La tonalité ironique

Fiche 49

Français

La tonalité ironique est utilisée principalement en argumentation. Elle repose sur le décalage : l'auteur cherche à faire comprendre le contraire de ce qu'il dit.

1 Les formes de l'ironie

A. L'art du décalage

■ L'ironie repose toujours sur un décalage entre l'explicite et l'implicite, entre ce qui est écrit et ce que l'auteur veut vraiment exprimer.

■ Souvent, l'auteur feint (fait semblant) d'épouser la voix de celui qu'il cherche à critiquer, tout en laissant entendre qu'il le critique.

Notes

Ex. : *« Rien n'était si beau, si leste, si brillant, si bien ordonné que les deux armées. Les trompettes, les fifres, les hautbois, les tambours, les canons formaient une harmonie telle qu'il n'y en eut jamais en enfer. »*

Voltaire, *Candide*, 1759.

Voltaire montre le point de vue admiratif de Candide face à la guerre. L'accumulation des termes mélioratifs et hyperboliques indique que le personnage assiste à la guerre comme à un beau spectacle. Mais le lecteur doit comprendre que l'auteur se moque, en réalité, de la naïveté du personnage et propose une féroce dénonciation des horreurs de la guerre.

B. Les procédés

■ La figure de style principale de l'ironie est l'antiphrase. Elle consiste à dire le contraire de ce qu'elle énonce.

Ex. : Simone de **Beauvoir** utilise l'antiphrase dans le titre de son roman autobiographique : *Mémoires d'une jeune fille rangée* (1958).

■ L'ironie peut aussi utiliser l'euphémisme, qui consiste à atténuer une réalité brutale ou blessante en tempérant son expression. Dans ce cas, l'auteur ne dit pas le contraire de ce qu'il pense mais nuance son propos, ce qui crée un décalage entre ce qui est dit et la réalité.

Notes

■ Lorsqu'un personnage annonce sans le savoir un événement funeste, on parle d'ironie tragique. Ce type d'ironie repose, cette fois, sur le décalage entre l'ignorance du personnage et les connaissances du lecteur/spectateur.

Sarcasme
Moquerie ironique très vive qui cherche à être blessante.

2 Une tonalité difficile à identifier

A. Une arme à double tranchant

■ Quand un auteur manie l'ironie, mais aussi le sarcasme, il prend toujours le risque que celui à qui il s'adresse ne les perçoive pas et fasse un contresens sur le message qu'il souhaite faire passer.

■ Pour bien repérer l'ironie d'un texte, il faut donc replacer l'œuvre dans son contexte. Connaître l'auteur et sa position sur tel ou tel sujet permet d'éviter tout contresens.

Ex. : *« Le sucre serait trop cher, si l'on ne faisait travailler la plante qui le produit par des esclaves. »*

Montesquieu, « De l'esclavage des nègres », *De l'esprit des lois*, 1748.

Montesquieu feint d'adopter le point de vue des esclavagistes en reprenant leurs arguments pour mieux en montrer la bêtise et critiquer l'esclavage. Mais en lisant ce texte au premier degré, un lecteur mal averti pourrait penser que l'auteur est raciste.

B. Les indices de l'ironie

■ Les exagérations : pour mieux faire entendre l'absurdité du discours critiqué, les auteurs l'exagèrent. À l'oral, on va parfois changer d'intonation. À l'écrit, on privilégiera les hyperboles, les accumulations, etc.

■ Les modalisateurs : leur présence insistante (« bien sûr », « évidemment », « comme chacun sait », etc.) peut alerter le lecteur sur l'ironie d'un texte.

■ Les guillemets ou italiques : ces signes typographiques marquent parfois le décalage entre ce que dit l'auteur et ce qu'il pense vraiment.

■ La ponctuation : l'exclamation ou les points de suspension peuvent, dans certains cas, marquer l'ironie.

Ex. : *« On trouva même, au bout d'un mois, qu'elle avait fait des progrès considérables. »*

Flaubert, *Madame Bovary*, 1857.

Ici, le narrateur manie l'ironie : Emma Bovary fait croire qu'elle prend des cours de piano à Rouen alors qu'elle y retrouve, en réalité, son amant.

Les tonalités satirique et polémique

Fiche 50

Français

Les tonalités satirique et polémique sont utilisées dans la littérature d'idées : la satire critique en se moquant tandis que la tonalité polémique critique en s'indignant.

1 La tonalité satirique

A. Définition

■ La tonalité satirique repose sur une complicité entre l'auteur et le lecteur et cherche à faire rire ce dernier, invite à se moquer.

Attention !
La « satire » désigne un écrit ou un discours qui critique. Le « satyre » désigne, dans la mythologie grecque, une créature mi-homme mi-bouc.

■ La satire est aussi un genre littéraire à part entière qui peut critiquer une personne, un groupe social, des mœurs, des idées, etc.

■ Le satiriste dévalorise son adversaire, tourne en dérision ses idées, le ridiculise et suscite le rire. L'auteur se place donc en position de supériorité par rapport à son adversaire.

B. Les procédés

■ La caricature : elle consiste à grossir certains traits, à les exagérer, de manière à les rendre ridicules.

Ex. : **La Bruyère** brosse le portrait caricatural de Gnathon dans ses *Caractères* (1688) : « *Le jus et les sauces lui dégouttent du menton et de la barbe ; s'il enlève un ragoût de dessus un plat, il le répand en chemin dans un autre plat et sur la nappe ; on le suit à la trace.* »

■ L'accumulation : elle consiste à énumérer différents éléments, sous forme de liste, de catalogue. C'est un autre moyen d'exagérer.

Ex. : **Proust**, dans *À la recherche du temps perdu*, brosse le portrait ridicule de la bourgeoise Mme Verdurin. Le principe de l'accumulation participe de la raillerie : « *Et c'était chez elle* [Mme Verdurin] *une collection de chauffe-pieds, de coussins, de pendules, de paravents, de baromètres, de potiches, dans une accumulation, des redites et un disparate d'étrennes.* »

■ Un vocabulaire caustique et des termes dévalorisants.

Ex. : **Rimbaud**, dans son poème « À la musique », fait la satire des bourgeois et bourgeoises de Charleville : « *Tous les bourgeois* ***poussifs*** *qu'étranglent les chaleurs* […] / *Les* ***gros*** *bureaux bouffis* ***traînent*** *leurs* ***grosses*** dames. »

Notes

Notes

2 La tonalité polémique

A. Définition

■ Le terme « polémique » vient du grec *polemos* (« la guerre, le combat »).

■ La tonalité polémique a une portée critique, mais elle ne suscite pas le rire : elle crée l'indignation chez le lecteur. Elle est souvent employée dans la littérature d'idées pour convaincre et persuader (pamphlet, lettre ouverte, blâme, débat, etc.).

■ La tonalité polémique mène donc un combat grâce aux mots. L'expression « faire polémique » signifie « faire débat ».

B. Les procédés

■ La presse réserve un accueil très défavorable à *Thérèse Raquin* de Zola, lors de sa publication. Le journaliste Ferragus (Louis Ulbach) publie, en janvier 1868, un article polémique dans lequel on retrouve la plupart des procédés de la tonalité polémique :

– **argument *ad hominem*** : le journaliste s'en prend directement à Zola avec la pique *« qui passe pour un jeune homme de talent »* ;
– vocabulaire péjoratif : lexique de la putridité ;
– vocabulaire de l'indignation : *« soulever un peu de colère »* ;
– exagérations : *« toutes les putridités »* ;
– comparaison dégradante : la lecture du livre est comparée à la préparation d'un mort dans une morgue.

> **Argument *ad hominem***
> Argument par lequel on s'attaque directement à son adversaire en tant que personne.

Ex. : *« Ma curiosité a glissé ces jours-ci dans une flaque de boue et de sang qui s'appelle* Thérèse Raquin, *et dont l'auteur, M. Zola, passe pour un jeune homme de talent. […] Il semble, pour rester dans les comparaisons de ce livre, qu'on soit étendu sous le robinet d'un des lits de la morgue, et jusqu'à la dernière page, on sent couler, tomber goutte à goutte sur soi cette eau faite pour délayer des cadavres. […] Ce livre résume trop fidèlement toutes les putridités de la littérature contemporaine pour ne pas soulever un peu de colère […]. »*

Ferragus, « La littérature obscène » in *Le Figaro*, publié le 23 janvier 1868.

Les tonalités tragique et pathétique

Fiche 51

Français

Les tonalités tragique et pathétique sont différentes, certains traits les distinguent. Néanmoins, elles sont souvent utilisées conjointement pour mieux émouvoir et toucher le cœur du lecteur/spectateur.

1 La tonalité tragique

A. Susciter la terreur et la pitié

- La tonalité tragique est, bien sûr, en lien avec le genre de la tragédie.
- Les principes de la tragédie ont été théorisés par Aristote dès l'Antiquité, et repris ensuite par les auteurs classiques. La tragédie doit susciter à la fois la terreur et la pitié des spectateurs.

Ex. : Dans la tragédie de Racine, Phèdre est amoureuse de son beau-fils Hippolyte. L'amour incestueux suscite l'effroi [terreur] du spectateur, mais Phèdre est aussi victime de cet amour qu'elle ne contrôle pas [pitié]. Elle finit par avouer son amour coupable à Hippolyte :

« ***PHÈDRE*** – […] Eh bien ! Connais donc Phèdre et toute sa fureur :

J'aime ! Ne pense pas qu'au moment que je t'aime,

Innocente à mes yeux, je m'approuve moi-même ;

Ni que du fol amour qui trouble ma raison

Ma lâche complaisance ait nourri le poison ;

Objet infortuné des vengeances célestes,

Je m'abhorre encor plus que tu ne me détestes.

Les dieux m'en sont témoins, ces dieux qui dans mon flanc

Ont allumé le feu fatal à tout mon sang ;

Ces dieux qui se sont fait une gloire cruelle

De séduire le cœur d'une faible mortelle. […] »

Racine, *Phèdre*, V, 2, 1677.

B. Quelques motifs tragiques

Inéluctable
Qui est inévitable.

- La fatalité : les événements tragiques arrivent de façon **inéluctable**, et nul ne peut échapper à son destin funeste. Une force supérieure (dieux, Dieu, destin, etc.) guide les actions des personnages.
- Les personnages sont à la fois coupables et victimes.

Notes

Notes

- La mort : les tragédies se terminent très souvent par un dénouement malheureux.
- Le héros est en proie à un dilemme.

C. Les procédés

- Pour susciter la terreur et la pitié, la tonalité tragique fait appel aux champs lexicaux de la mort, de la souffrance, du désespoir, de la colère, ainsi qu'à une ponctuation forte (phrases exclamatives et interrogatives), à des interjections, à des procédés d'amplification pour exprimer la douleur (exagérations, hyperboles, accumulations).
- Pour faire sentir le poids de la fatalité cette tonalité a recours aux interjections et interpellations (appel aux dieux, par exemple), aux tournures impersonnelles qui montrent que l'homme subit son destin, aux verbes exprimant la nécessité, et à l'emploi du futur à valeur prophétique.

2 La tonalité pathétique

A. Émouvoir le lecteur

- Le terme « pathétique » vient du grec *pathos* qui signifie « souffrance ». Il expose les malheurs du personnage dans le but de susciter la compassion ou la pitié du lecteur/spectateur.

Pathos

On retrouve la racine *pathos* dans les mots « pathologie » (étude des souffrances) ou « sympathie » (*sýn*, ensemble, et *pathos*, la souffrance).

- Cette tonalité est essentielle dans la tragédie, mais elle est également fréquente dans la littérature d'idées pour persuader (faire appel aux sentiments) le lecteur.

B. Les procédés

- Les procédés de cette tonalité sont proches de ceux utilisés par la tonalité tragique.
- On retrouve l'utilisation des champs lexicaux de la souffrance et du désespoir, une ponctuation forte, des interjections, des figures d'insistance (accumulations, exagérations), des figures d'opposition (antithèses, oxymores).

3 Distinguer le tragique et le pathétique

	Le tragique	Le pathétique
Enchaînement des événements	On connaît l'issue inéluctable des événements, dictés par une force supérieure.	Les événements ne sont pas prévus d'avance (effet d'attente, de suspense).
Émotions suscitées	Il suscite des émotions contradictoires (terreur et pitié).	Il suscite la compassion du lecteur/spectateur, qui se met pleinement à la place du personnage et souffre avec lui.

La tonalité épique

Fiche 52

Français

La tonalité épique repose sur la célébration de la grandeur des héros et de leurs faits guerriers. Cette tonalité suscite essentiellement l'admiration du lecteur.

1 Épopée et tonalité épique

A. Le genre de l'épopée

■ La tonalité épique est issue d'un genre spécifique, l'épopée, long poème racontant les exploits et hauts faits guerriers d'un héros ou la grandeur d'une nation ou d'un peuple.

Attention !

Bien que dominante dans l'épopée, la tonalité épique apparaît souvent au détour d'une page de roman, d'une tirade ou d'un poème, dès lors que la thématique est celle du combat et de la bravoure.

Notes

B. Les principales épopées

■ IIIe millénaire av. J.-C. : l'*Épopée de Gilgamesh* est un récit de la Mésopotamie qui met en scène le roi de la cité d'Uruk.

■ Antiquité grecque : l'*Iliade* et l'*Odyssée* d'Homère racontent la guerre de Troie et le retour d'Ulysse chez lui.

■ Antiquité latine : l'*Énéide* de Virgile suit les aventures d'Énée, un prince troyen dont descendent les fondateurs de Rome.

■ Moyen Âge : *La Chanson de Roland* (chanson de geste) narre les exploits de Roland, neveu de Charlemagne.

■ XVIIe siècle : *Les Tragiques* d'Aggripa d'Aubigné évoquent les guerres de Religion et, en particulier, les persécutions des protestants.

■ XIXe siècle : dans *La Légende des siècles*, Victor Hugo déroule l'histoire de l'humanité en poèmes.

■ XXe siècle : *Canto general* (1950) du poète chilien Pablo Neruda chante toute l'histoire de l'Amérique latine.

2 Les principaux motifs et procédés

A. Les motifs épiques

■ L'épopée étant à l'origine un genre oral et souvent chanté, le *canto* (« je chante ») est un motif fréquemment repris. Il vient du premier vers de l'*Énéide* de Virgile : *« Arma virumque canto »* (« Je chante les armes et le héros »).

■ L'invocation aux Muses.

■ La descente aux Enfers ou le voyage en mer (par exemple, Ulysse).

Notes

- La description des armes : dans l'*Iliade*, par exemple, avec la description du bouclier d'Achille, forgé par Héphaïstos.
- L'arrêt sur image d'un geste guerrier.

Ex. : *« Liboko se battait sur son sol, pour défendre sa ville, et l'ardeur qui l'animait semblait ne jamais devoir le quitter. Il frappait sans cesse. […] Soudain, il suspendit son bras. Un homme était à ses pieds. Là. À sa merci. Il pouvait lui fendre le crâne mais ne le faisait pas. Il resta ainsi. Le bras suspendu. »*

Gaudé, *La Mort du roi Tsongor*, 2002.

B. Les procédés

- Afin de valoriser le héros, la tonalité épique repose sur :

– les champs lexicaux de l'héroïsme et de l'action ;
– les figures de comparaison et d'animation ;
– les figures d'insistance (hyperboles, gradations, etc.).

Ex. : « ***DON RODRIGUE*** :

Nous partîmes cinq cents ; mais par un prompt renfort
Nous nous vîmes trois mille en arrivant au port,
Tant, à nous voir marcher avec un tel visage,
Les plus épouvantés reprenaient du courage ! […]
Ô combien d'actions, combien d'exploits célèbres
Sont demeurés sans gloire au milieu des ténèbres,
Où chacun, seul témoin des grands coups qu'il donnait,
Ne pouvait discerner où le sort inclinait ! »

Corneille, *Le Cid*, IV, 3, 1637.

Attention !
Certains auteurs détournent de façon parodique la tonalité épique (ex. : l'épisode de frère Jean des Entommeures – dans *Gargantua* – qui se lance à corps perdu dans une bataille pour protéger… ses vignes !).

- Les procédés d'amplification sont également récurrents au fil du texte : hyperbole, anaphore, répétitions, accumulation, utilisation de phrases longues, verbes de mouvement et utilisation de pluriels et du singulier collectif.

Ex. : *« Quand cette légion ne fut plus qu'une poignée, quand leur drapeau ne fut plus qu'une loque, quand leurs fusils épuisés de balles ne furent plus que des bâtons, quand le tas de cadavres fut plus grand que le groupe vivant, il y eut parmi les vainqueurs une sorte de terreur sacrée autour de ces mourants sublimes, et l'artillerie anglaise, reprenant haleine, fit silence. »*

Hugo, *Les Misérables*, 1862.

La tonalité lyrique

Fiche 53

Français

Notes

La tonalité lyrique cherche à faire vibrer le cœur du lecteur. Elle se définit comme l'expression personnelle des sentiments.

1 Qu'est-ce que le lyrisme ?

A. De la lyre au lyrisme

Le terme « lyrique » vient de la « lyre », l'instrument d'Apollon et d'Orphée.

Orphée

Dans la mythologie grecque, Orphée est un poète musicien qui a le pouvoir de charmer les bêtes sauvages avec sa lyre.

B. Les procédés

■ L'auteur exprime ses sentiments grâce à plusieurs procédés :

– l'énonciation : le plus simple moyen de rendre compte de ses émotions, c'est de parler en son nom ! L'utilisation de la 1re personne est la marque principale du lyrisme. Parfois, l'auteur s'adresse à l'être aimé ou à la nature et utilise la 2e personne (*tu* ou *vous*) ;

Ex. : « N'écris pas. **Je** suis **triste**, et je voudrais m'éteindre. / Les beaux étés sans **toi,** c'est la nuit sans flambeau. / **J**'ai refermé **mes** bras qui ne peuvent **t**'atteindre, / Et frapper **à mon cœur**, c'est frapper au tombeau. / N'écris pas ! »

Desbordes-Valmore, « Les Séparés », *Poésies inédites*, 1860.

La poétesse demande à son amant, séparé d'elle, de ne pas lui écrire afin de lui éviter de souffrir.

– la ponctuation forte : les émotions sont souvent rendues sensibles par des phrases exclamatives, et les doutes et questionnements intérieurs par des phrases interrogatives ;

– le champ lexical des sentiments est très développé ;

– l'utilisation de comparaisons ou métaphores permet de mieux rendre compte de l'émotion ressentie ;

– l'intensité des émotions se traduit par des procédés d'insistance comme l'hyperbole, l'emploi de superlatifs, l'accumulation, etc.

C. La musicalité

■ Conformément aux origines du mot, le lyrisme est en lien avec la musique. C'est pour cela qu'il se trouve tout particulièrement en poésie, genre qui accorde une importance aux sons. On trouve, par exemple, dans les textes à tonalité lyrique :

– la référence explicite à la musique, aux sons, aux instruments ;

Notes

– des effets sonores (allitérations, assonances, travail sur la versification, rimes, répétitions, anaphores, etc.).

Ex. : Dans ce poème lyrique, la poétesse apostrophe son instrument de musique, le luth, qui lui permet d'exprimer ses souffrances liées à l'amour :

« *Luth, compagnon de ma calamité, / De mes soupirs témoin irréprochable, / De mes ennuis contrôleur véritable, / Tu as souvent avec moi lamenté.* »

Labé, « Luth, compagnon de ma calamité », *Sonnets*, XIII, 1555.

2 Bien identifier le lyrisme

A. Les thèmes

■ Le lyrisme exprime à la fois la singularité d'une émotion ressentie et son universalité.

■ Les thèmes lyriques, souvent repris, deviennent des thèmes récurrents, des *topoï* : l'amour, la fuite du temps, la mélancolie et la nostalgie.

Ex. : Le poète sénégalais évoque le souvenir de sa ville natale, Joal, dans un poème sur l'exil. Les « *signares* » sont les femmes noires ou métisses :

« *Joal ! / Je me rappelle. / Je me rappelle les signares à l'ombre verte des vérandas, / Les signares aux yeux surréels comme un clair de lune sur la grève.* »

Senghor, « Joal », *Poèmes*, 1964.

B. Où trouver le lyrisme ?

La tonalité lyrique se trouve essentiellement dans les poèmes mais également dans le théâtre, notamment le théâtre versifié qui prête, lui aussi, beaucoup d'attention aux effets sonores. Une page de roman peut bien sûr, tout autant, avoir recours au lyrisme.

Attention !

Si les tonalités lyrique et élégiaque utilisent les mêmes procédés, elles ne doivent pas être confondues. La tonalité élégiaque traite toujours de la perte d'un être cher.

Ex. : Dans son roman autobiographique, **Chateaubriand** revient sur son lien privilégié avec la nature : « *Comment exprimer cette foule de sensations fugitives que j'éprouvais dans mes promenades ? Les sons que rendent les passions dans le vide d'un cœur solitaire ressemblent au murmure que les vents et les eaux font entendre dans le silence d'un désert ; on en jouit, mais on ne peut les peindre.* »

Chateaubriand, *René*, 1802.

Le réalisme, le fantastique et le merveilleux

Fiche 54

Français

La littérature joue avec le réel, soit en cherchant à le reproduire (réalisme), soit en se situant à ses marges (fantastique), soit en le quittant définitivement (merveilleux).

1 La tonalité réaliste

A. Le désir de faire vrai

- La tonalité réaliste cherche à faire vrai, à donner l'illusion du réel.
- Au XIXe siècle, ce désir d'authenticité est si fort que les romanciers créent les mouvements réaliste et naturaliste. Pourtant, la tonalité réaliste ne se limite ni à ces mouvements littéraires ni au genre romanesque. On la trouve, en effet, sous les plumes de Villon (XVe siècle), de Rabelais (XVIe), chez les écrivains du Nouveau Roman (XXe), dans les romans policiers.
- Les écrivains soucieux de reproduire le réel décrivent des personnages ordinaires, issus de toutes les classes sociales. Ces auteurs ont parfois une fascination pour le corps et un goût prononcé pour le sordide, le laid.

Ex. : Baudelaire dépeint de façon réaliste une femme en décomposition : *« Les mouches bourdonnaient sur ce ventre putride, / D'où sortaient de noirs bataillons / De larves, qui coulaient comme un épais liquide / Le long de ces vivants haillons. »*

Baudelaire, « Une charogne », *Les Fleurs du Mal*, 1857.

B. Les procédés

- L'auteur accumule les détails (dates, lieux, objets, vêtements, etc.) afin de faire croire que l'univers décrit existe réellement.

Ex. : Dans son court roman réaliste, **Irène Némirovsky** brosse le portrait des parents d'Antoinette, « nouveaux riches » : « *Antoinette savait qu'auparavant,* [son père] *avait été employé à la Banque de Paris, et plus loin dans le passé, petit chasseur à la porte de la banque, en livrée bleu… Un peu avant la naissance d'Antoinette, il avait épousé sa maîtresse, Mlle Rosine, la dactylo du patron. Pendant onze ans, ils avaient habité un petit appartement noir, derrière l'Opéra-Comique.* »

Irène Némirovsky, *Le Bal*, 1930.

- Il joue également sur le langage et reproduit les paroles des personnages, leurs expressions, parfois argotiques, mais aussi le lexique spécialisé (médical, agricole, etc.).

Notes

Notes

■ La description permet au lecteur de visualiser les lieux et les personnages. Les objets décrits n'ont pas forcément d'utilité pour l'histoire mais permettent de « faire vrai ».

Ex. : *« Un vieux piano supportait, sous un baromètre, un tas pyramidal de boîtes et de cartons. »*

Flaubert, « Un cœur simple », *Trois Contes*, 1877.

2 Le fantastique et le merveilleux

A. La tonalité fantastique

■ Le fantastique joue sur les frontières entre le réel et le surnaturel. L'intrigue est d'abord ancrée solidement dans le réel pour, ensuite, glisser vers le surnaturel.

■ L'intrusion du surnaturel crée un effet d'inquiétude, d'étrangeté ou de peur chez le lecteur qui hésite entre une explication rationnelle et une explication irrationnelle.

Ex. : Dans la nouvelle fantastique *Le Horla* de **Maupassant** (1887), le lecteur hésite entre l'idée que le narrateur est en proie à la folie et à des hallucinations (explication rationnelle) et le fait qu'il soit vraiment hanté par le Horla, créature surnaturelle qui le pousse à commettre des actions insensées (explication irrationnelle).

Attention !

Dans le fantastique, le lecteur hésite entre explication rationnelle ou irrationnelle. Dans le merveilleux, il accepte d'être transporté dans un univers surnaturel.

■ Les thèmes privilégiés sont : la folie, la nuit, les lieux hantés, ainsi que la question du double.

Ex. : En 1886, paraît *L'Étrange Cas du Dr Jekyll et de Mr Hyde*, de **Stevenson**. Cette nouvelle raconte l'histoire d'un homme qui met au point une drogue lui permettant de séparer les deux aspects de sa personnalité (son bon côté : Dr Jekyll ; son mauvais côté : Mr Hyde).

B. Le merveilleux

■ Le mot « merveilleux » vient du latin *mirabilia* (« choses étonnantes »).

■ Dans le merveilleux, le surnaturel est présent du début à la fin. Le lecteur n'y croit pas mais l'accepte, selon un pacte implicite avec l'auteur.

■ On trouve le merveilleux dans les contes.

■ Aujourd'hui, le merveilleux est principalement présent dans la fantasy qui en est une de ses formes contemporaines (les romans de Tolkien, par exemple).

Les figures de style (1)

1 Les figures de comparaison et d'animation

A. La comparaison

La comparaison rapproche deux éléments, le comparé et le comparant, au moyen d'un outil de comparaison (« comme », « tel », « de même que », « ainsi que », « ressembler à », etc.).

Ex. : *« Dieu ! qu'il est tard ! quelle surprise ! / Le temps a fui **comme un éclair**. »*

Desbordes-Valmore, « L'Adieu du soir », 1860.

B. La métaphore

La métaphore n'utilise pas d'outil de comparaison : le comparé et le comparant sont directement associés. C'est au lecteur de décoder le rapport de similitude. La métaphore produit des images surprenantes ou poétiques.

Ex. : *« On ne me connaissait pas, on ne me regardait pas, on ne me reprenait pas : **j'étais un atome perdu** dans cette immense foule. »*

Sand, *Histoire de ma vie*, 1855.

C. L'allégorie

L'allégorie représente de façon imagée une idée abstraite, un concept ou une valeur.

Ex. : La justice est souvent représentée de façon allégorique par une femme aux yeux bandés qui tient une balance.

D. La personnification

- La personnification donne des caractéristiques humaines à un objet, un animal, un élément, etc., traité comme une personne.

Ex. : *« Je ne me sens pas très bien auprès* [des mots], ***ils m'intimident**…, mais ça ne fait rien, je dois les accueillir le mieux que je peux, c'est ici qu'**ils doivent vivre**… dans un roman… dans mon roman. »*

Sarraute, *Enfance*, 1983.

- Lorsqu'on lui donne la parole en plus, il s'agit d'une prosopopée.

2 Les figures de substitution

A. La métonymie

La métonymie désigne le contenant pour le contenu, la matière pour l'objet, l'auteur pour l'ouvrage, le contenu pour le contenant, la partie pour le tout, etc.

Notes

Ex. : « Je ne regarderai ni l'or du soir qui tombe,
Ni ***les voiles*** [= les bateaux] *au loin descendant vers Harfleur,*
Et quand j'arriverai, je mettrai sur ta tombe
Un bouquet de houx vert et de bruyère en fleur. »

Hugo, « Demain, dès l'aube... », *Les Contemplations*, 1856.

B. La périphrase

La périphrase nomme une idée, une personne ou une chose par une expression qui la définit ou évoque ses caractéristiques.

Ex. : « J'ai longtemps entretenu avec ***la Diane des forêts*** [= la chasse] *des rapports changeants et passionnées. »*

Yourcenar, *Mémoires d'Hadrien*, 1951.

3 Les figures d'insistance et d'atténuation

A. La gradation et l'accumulation

La gradation est une suite d'éléments ordonnés de façon croissante (gradation ascendante) ou décroissante (gradation descendante). Si les éléments sont nombreux, de même nature et sans ordre particulier, on parle d'accumulation.

Ex. : « J'allais être ***influencée, remaniée, orientée*** *par Anne. »*

Sagan, *Bonjour tristesse*, 1954.

B. L'hyperbole

L'hyperbole consiste à exagérer une idée pour la mettre en relief.

Ex. : « Je m'en vais vous montrer la chose ***la plus étonnante, la plus surprenante, la plus merveilleuse, la plus miraculeuse***. *»*

Mme de Sévigné, *Lettres choisies*, éd. 1846 (1re éd. 1725).

C. L'euphémisme

L'euphémisme est une figure d'atténuation qui consiste à remplacer une expression qui pourrait choquer. L'euphémisme peut avoir plusieurs effets : la pudeur, la crainte, la gentillesse, etc. Certains euphémismes sont entrés dans le langage courant, notamment ceux du domaine de la mort : « rendre son dernier soupir », « le disparu ».

D. La litote

La litote est une figure d'atténuation qui consiste à dire le moins pour suggérer plus. Elle se construit souvent avec la négation, comme dans l'exemple célèbre du *Cid* de Corneille : « *Va, je ne te hais point* » pour signifier « Je t'aime ».

Les figures de style (2)

Fiche 56

Français

Notes

1 Les figures d'opposition

A. L'antithèse

L'antithèse est une opposition entre deux expressions ou deux mots afin de mettre en valeur une idée. La Bruyère la définit comme *« une opposition de deux vérités qui se donnent du jour l'une à l'autre »*.

Ex. : *« Je vis, je meurs ; je me brûle et me noie ; / J'ai chaud extrême en endurant froidure : / La vie m'est et trop molle et trop dure. / J'ai grands ennuis entremêlés de joie. »*

Labé, *Sonnets*, 1555.

B. L'oxymore

Un oxymore consiste à allier deux mots ou deux expressions contradictoires, ce qui crée une image surprenante, voire impossible. C'est une forme d'antithèse mais avec un lien syntaxique beaucoup plus fort entre les termes, souvent un nom et son adjectif.

Ex. : L'oxymore le plus connu de la littérature se trouve dans *Le Cid* (1637) de **Corneille** : *« Cette **obscure clarté** qui tombe des étoiles. »*

C. La prétérition

La prétérition consiste à annoncer qu'on ne parlera pas d'une chose avant d'en parler tout de même.

Ex. : Mme de La Fayette écrit à M. de Coulanges : « *… une chose qui se fera dimanche, et qui ne sera peut-être pas faite lundi. **Je ne puis me résoudre à la dire** ; devinez-la : je vous le donne en trois. Jetez-vous donc votre langue aux chiens ? Eh bien ! Il faut donc vous la dire : **M. de Lauzun épouse dimanche au Louvre, devinez qui…*** »

Mme de Sévigné, *Lettres choisies*, éd. 1846.

Notes

D. L'antiphrase

L'antiphrase exprime une idée par son contraire dans une intention ironique. C'est la figure de style clé de l'ironie. L'antiphrase repose sur une connivence avec le lecteur qui doit décoder le sens véritable grâce au contexte ou à des sous-entendus partagés.

Ex. : Le titre même du pamphlet de **Voltaire** *De l'horrible danger de la lecture* (1765) est une antiphrase : l'auteur y défend évidemment la lecture !

2 Les figures de construction

A. Le parallélisme

Le parallélisme est le fait d'utiliser la même construction pour deux énoncés (deux phrases ou deux segments de phrase). Cette figure permet d'insister sur une idée et de créer un effet rythmique.

Ex. : Dans ces deux vers de **Louise Labé**, on trouve un parallélisme de construction doublé d'une antithèse *(noires nuits/jours luisants)* qui souligne le cycle des jours passés à attendre l'être aimé : « *Ô noires nuits vainement attendues, / Ô jours luisants vainement retournés !* » (« Ô beaux yeux bruns », 1555).

B. L'anaphore

L'anaphore est la répétition d'un même mot ou d'une même expression en début de phrase, de vers, ou de proposition. Cela permet d'insister et de créer un effet rythmique.

Ex. : Dans le sonnet de **Louise Labé** « Ô beaux yeux bruns, ô regards détournés », l'anaphore en « ô » s'étend sur les dix premiers vers.

C. Le chiasme

Le chiasme est une construction « en croix » qui inverse l'ordre de deux éléments, par exemple : nom/adjectif puis adjectif/nom ou idée positive/idée négative puis idée négative/idée positive.

Ex. : « ***L'amour*** *était toujours mêlé aux* ***affaires****, et les* ***affaires*** *à l'****amour****.* »

Mme de Lafayette, *La Princesse de Clèves*, 1678.

D. Le zeugma (ou zeugme)

Le zeugma consiste à utiliser un mot à la fois dans son sens abstrait et son sens concret grâce à deux compléments différents.

Ex. : « *Il admirait l'exaltation de son âme et les dentelles de sa jupe.* »

Flaubert, *Madame Bovary*, 1857.

La citation témoigne ici de la passion de Léon pour Emma Bovary. Le zeugma marque une certaine ironie du narrateur qui place ces rendez-vous du jeudi sous le signe du charnel.

Notes

Lexique d'analyse littéraire

A

Accumulation : procédé qui consiste à énumérer plusieurs termes de même nature.

Acte : divisions principales d'une pièce de théâtre. Chaque acte est lui-même divisé en scènes.

Alexandrin : vers de douze syllabes.

Allégorie : représentation concrète d'une idée abstraite sous la forme d'une image ou d'une personne. *Ex. :* Liberté.

Allitération : répétition d'une consonne ou d'un groupe de consonnes.

Analepse : retour en arrière dans un récit. Équivalent du flash-back au cinéma.

Anaphore : répétition d'un ou de plusieurs mots au début de phrases ou de vers. Ce procédé crée un effet d'insistance.

Antiphrase : figure de style qui consiste à employer un mot, une phrase, dans un sens contraire à sa véritable signification. C'est le procédé principal de l'ironie.

Antithèse : rapprochement de deux termes opposés afin de les mettre en valeur l'un par rapport à l'autre.

Aparté : ce qu'un acteur dit à part soi et qui est censé n'être entendu que par les spectateurs. Le mot est masculin : *un aparté.*

Apologue : récit bref souvent allégorique à visées morale et didactique.

Apostrophe : figure qui consiste à interpeller une chose ou une personne en la nommant.

Assonance : répétition du même son-voyelle.

C

Calligramme : poème dont la typographie forme un dessin (mot inventé par Guillaume Apollinaire).

Caricature : représentation délibérément déformée et exagérée de la réalité, dans une intention satirique ou polémique.

Césure : coupe ou repos dans le vers après une syllabe accentuée afin de marquer une pause, une respiration et/ou de créer un rythme.

Champ lexical : ensemble des mots relatifs à un même thème.

Chiasme : figure de style disposant en ordre inverse les mots de deux propositions qui s'opposent.

Comparaison : figure de style qui rapproche deux éléments avec un outil de comparaison (*comme*, *tel*).

Connotation : sens appliqué à un terme, plus général que celui qui lui est propre.

D

Décasyllabe : vers qui a dix syllabes.

Dénotation : sens communément admis d'un mot, par opposition à la connotation.

Dénouement : fin d'un roman ou d'une pièce de théâtre.

Dialogue : 1. Ensemble des paroles échangées entre les personnages d'une pièce de théâtre, d'un film. 2. Composition littéraire ayant la forme d'une conversation entre deux ou plusieurs personnes.

Didactique : se dit d'une œuvre ou d'un texte qui cherche à instruire.

Didascalie : indication scénique donnée par le dramaturge. Les

Notes

didascalies sont souvent en italique et désignent tout ce qui ne relève pas du dialogue théâtral (noms des personnages, indications sur le ton, le décor, les déplacements, etc.).

Diérèse : division d'une diphtongue en deux syllabes.

Digression : développement qui s'écarte du sujet traité ou de l'intrigue principale.

Discours rapporté : façon dont les paroles d'un personnage sont rapportées par le narrateur dans un récit ou un roman : discours direct, indirect ou indirect libre.

Double énonciation : au théâtre lorsque les paroles s'adressent simultanément à deux destinataires : un autre personnage et le spectateur.

E

Ellipse : procédé syntaxique ou stylistique consistant à omettre un ou plusieurs mots à l'intérieur d'une phrase ou à omettre volontairement un épisode dans une intrigue.

Emphase : exagération prétentieuse dans le ton, le geste, l'expression et le style.

Enjambement : en versification, décalage entre l'unité du vers et l'unité de la phrase qui déborde sur le vers suivant. Les rejets et contre-rejets sont des types d'enjambements.

Énumération : donner à la suite les différents éléments d'un ensemble ou partageant une caractéristique.

Épistolaire : un roman épistolaire est un roman uniquement constitué de lettres.

Éponyme : « qui donne son nom à ». On parle de personnage éponyme lorsqu'il donne son nom à l'œuvre.

Essai : ouvrage où un auteur traite librement un sujet sans prétendre l'épuiser.

Euphémisme : façon de présenter une réalité brutale ou blessante en atténuant son expression pour éviter de choquer.

Exagération : procédé qui consiste à présenter quelque chose comme plus grand, plus important qu'il n'est en réalité.

Explicite : ce qui est énoncé de façon claire et directe.

F

Focalisation : en narratologie, point de vue du narrateur sur l'action. Il existe trois focalisations : interne, externe ou zéro (ou omnisciente).

G

Genre : catégorie littéraire qui se distingue par ses caractéristiques formelles. Il existe plusieurs genres littéraires : le roman, la fable, la poésie, le théâtre, etc.

Gradation : figure de style consistant à présenter des éléments de manière croissante (gradation ascendante) ou décroissante (gradation descendante).

H

Hémistiche : chacune des deux moitiés d'un vers.

Héros/Héroïne : 1. Demi-dieu dans la mythologie. 2. Celui qui se distingue par sa grandeur d'âme exceptionnelle, son dévouement total, etc. 3. Personnage principal d'une œuvre littéraire, dramatique ou cinématographique.

Hétérométrie : se dit d'un poème versifié qui a recours à plusieurs types de vers (alternance d'alexandrins et d'octosyllabes, par exemple).

Hyperbole : procédé littéraire qui consiste à exagérer.

I

Implicite : qui, sans être exprimé formellement, peut être déduit de ce qui est exprimé. S'oppose à *explicite*.

Interjection : mot invariable qui traduit l'émotion du locuteur. Les interjections sont souvent suivies d'une ponctuation forte. Ex. : *Bof ! Ah ! Ciel !*

Ironie : tonalité qui consiste à dire le contraire de ce qu'on veut faire entendre, souvent sous forme de moquerie.

L

Litote : figure de rhétorique consistant à dire moins pour faire entendre plus. *Ex. : « Va, je ne te hais point »* (Corneille).

M

Manifeste : œuvre par laquelle un auteur expose la théorie d'un mouvement littéraire. *Ex. : Le Manifeste du surréalisme* d'André Breton.

Mélioratif : se dit d'un terme, d'une expression qui présente ce dont on parle d'une façon avantageuse. Contraire de *péjoratif*.

Métaphore : comparaison sans outil de comparaison.

Métonymie : figure de style consistant à désigner la partie pour le tout, l'auteur pour l'œuvre, la matière pour l'objet, etc.

Monologue : au théâtre, scène où un personnage prend la parole alors qu'il est seul sur scène.

N

Narration : récit ou relation d'un fait, d'un événement.

Néologisme : création d'un mot nouveau.

Nœud : moment capital d'une pièce de théâtre, d'un roman.

Nouvelle : brève composition littéraire de fiction. Roman en miniature.

O

Octosyllabe : vers qui a huit syllabes.

Ode : poème chanté, chez les Grecs ; poème lyrique composé de strophes égales par le nombre et la mesure des vers (du grec *ôdê*, « chant »).

Oxymore : figure de style consistant à relier syntaxiquement deux mots qui s'opposent totalement, en général un nom et un adjectif.

P

Paradoxe : 1. Étymologiquement, proposition contraire à l'opinion commune. 2. Une seule proposition qui associe deux idées opposées et contradictoires.

Parallélisme : procédé qui consiste à reprendre la même structure syntaxique dans deux propositions ou groupes de mots distincts.

Paratexte : ensemble des informations données autour du texte (titre, préface, notes, etc.).

Paronyme : mot ressemblant par sa forme et sa prononciation à un autre mot de sens différent. *Ex. : avènement* et *événement*.

Pathétique : tonalité qui cherche à émouvoir l'interlocuteur.

Péjoratif : se dit d'une expression, d'un mot, d'un suffixe, d'un préfixe, d'une intonation qui implique un jugement négatif. Contraire de *mélioratif*.

Péripéties : ensemble des différentes actions qui affectent une situation et participent au déroulement de l'intrigue, dans un roman ou un récit.

Périphrase : figure consistant à désigner un objet ou une personne par ses caractéristiques.

Personnage : création fictive qui ressemble à une personne au sein d'une œuvre artistique (littérature, cinéma, etc.).

Point de vue : voir « Focalisation ».

Polémique : qui critique, qui incite à la dispute, à la discussion par son ton agressif.

Polysémie : pluralité de sens d'un mot, d'une phrase.

Prolepse : 1. Récit anticipé d'événement (équivalent de *flash forward*

Notes

Notes

au cinéma), contraire d'*analepse*. 2. Figure de rhétorique consistant à prévoir une objection et à la réfuter par avance.

Q

Quatrain : strophe constituée de quatre vers.

Question rhétorique : procédé qui consiste à poser une question dont la réponse est sous-entendue. Le locuteur n'attend donc pas de réponse.

Quiproquo : méprise qui fait prendre une chose pour une autre, malentendu.

R

Rejet : type d'enjambement. Le rejet consiste à placer au début du vers un mot ou groupe de mots qui appartient au vers précédent au niveau syntaxique. Le rejet est un débordement d'un vers sur le suivant.

Répétition : retour du même mot, de la même idée.

Réplique : type de parole au théâtre (ce qu'un acteur répond à un autre).

Rhétorique : art de bien parler ; ensemble des procédés qu'un orateur emploie pour persuader, convaincre.

Rime : retour des mêmes sons à la fin de deux unités rythmiques ou de deux vers.

S

Satire : œuvre, texte qui critique en se moquant, souvent en utilisant la tonalité comique.

Scène : partie d'un acte ; épisode d'une œuvre narrative (roman, film, etc.).

Sonnet : poème de quatorze vers constitué de deux quatrains à rimes embrassées et de deux tercets.

Stichomythie : répliques brèves échangées entre deux personnages, au théâtre. Elles marquent souvent une tension et créent un rythme enlevé.

Strophe : groupe de vers cohérent par son système de rimes et séparé du reste du poème par des blancs.

Synérèse : réunion en une seule syllabe de deux voyelles qui se suivent dans un mot et qui sont normalement prononcées séparément.

T

Tercet : strophe de trois vers.

Thèse : proposition, opinion qu'on s'attache à soutenir, à défendre.

Tirade : longue réplique prononcée par un acteur ; à ne pas confondre avec le monologue.

Tonalité : synonyme de *registre*. La tonalité d'un texte dépend de l'émotion suscitée chez le locuteur et présente de nombreuses caractéristiques (thèmes, champs lexicaux, procédés, etc.). *Ex. :* tonalités pathétique, lyrique, tragique, etc.

V

Vers : suite de mots mesurée et cadencée selon des règles, et constituant une unité rythmique.

Versification : ensemble des règles qui régissent la manière dont un vers est composé (nombre de syllabes, schéma de rimes, etc.). La versification s'oppose à la prose.

Vraisemblance : qui a l'apparence de la vérité.

Z

Zeugma : figure de style qui consiste à mettre sur le même plan syntaxique deux termes qui appartiennent à des domaines de sens différents. *Ex. :* concret/abstrait.

Histoire-Géographie

Sommaire

Notes

Cartes

Descriptif du contrôle continu

L'enseignement commun d'histoire-géographie fait l'objet de devoirs en temps limité tout au long de l'année. L'ensemble de vos notes servira à établir votre moyenne générale prise en compte dans le cadre du contrôle continu. Ces évaluations portent sur le programme de Première.

1 Objectifs du contrôle continu

Le contrôle continu a pour objectif d'évaluer votre aptitude à :

– mobiliser, au service d'une réflexion historique et géographique, des connaissances fondamentales pour la compréhension du monde et la formation civique et culturelle du citoyen ;

– rédiger des réponses construites et argumentées, montrant une maîtrise correcte de la langue ;

– exploiter, organiser et confronter des informations ;

– analyser un document de source et de nature diverses ;

– comprendre, interpréter et pratiquer différents langages graphiques.

2 Exercices possibles

A. Réponse à une question problématisée

Il s'agit d'une réponse rédigée et construite. Vous devez montrer que vous avez acquis des capacités d'analyse, que vous maîtrisez des connaissances, savez les sélectionner et les organiser de manière à répondre à la problématique de la question.

L'intitulé de la question suggère des éléments de construction de la réponse.

B. Analyse de document(s)

L'analyse de document(s) est accompagnée d'une consigne suggérant une problématique et des éléments de construction de l'analyse. Le ou les document(s), en histoire comme en géographie, comporte(nt) un titre et, si nécessaire, des notes explicatives.

C. Réalisation d'une production graphique

Lorsque la production graphique est un croquis, ce croquis est réalisé à partir d'un texte élaboré pour l'exercice qui présente une situation géographique. Un fond de carte est fourni.

Le titre et l'organisation du texte indiquent de grandes orientations pour la réalisation du croquis.

Notes

Dans le cas d'une autre production graphique, les consignes et les données servant à l'élaboration de cette production sont fournies avec l'exercice.

Répondre à une question problématisée

Fiche 1

Histoire

Notes

La réponse à une question problématisée en histoire vous permet de montrer que vous maîtrisez les connaissances du programme et que vous savez utiliser à bon escient les notions et les échelles chronologiques. Vous traitez le sujet par une réponse organisée, composée d'une introduction, de plusieurs paragraphes et d'une conclusion.

1 Étapes de préparation

A. Analyser le sujet

Il faut bien comprendre les mots du sujet et le délimiter dans le temps et dans l'espace.

B. Mobiliser ses connaissances

Cet exercice doit répondre à la problématique avec logique, grâce à une certaine hiérarchie et organisation des connaissances. Pour cela, il faut se poser les grandes questions : *qui ? quoi ? comment ? pourquoi ? quand ? où ?* etc. Elles permettent de mettre toutes ses connaissances en vrac, au brouillon, avant de les trier et de les hiérarchiser.

2 Appliquer les savoir-faire

A. Rédiger une problématique

Dégagez une problématique : discernez la ou les questions auxquelles le devoir devra répondre. Elle sert de fil directeur à la réflexion et donc au plan.

B. Faire un plan

Cadre de la démonstration, le plan permet de classer les éléments de réponse à la problématique. Souvent, les sujets invitent à utiliser un plan qui combine les plans chronologique, thématique (le sujet demande de faire le point à un moment précis de l'histoire) et analytique (qui vise à rechercher les causes et les conséquences d'un phénomène historique).

3 Rédiger le devoir

A. L'introduction

Après avoir montré que vous avez bien compris le sujet par une analyse

Rappel

Tout le devoir doit être rédigé en soignant l'expression et l'orthographe.

Notes

des termes, présentez la problématique sous forme de question directe ou indirecte et annoncez le plan, c'est-à-dire les thèmes principaux du devoir.

B. Le développement du devoir

■ Le corps du devoir est formé de 2 à 4 paragraphes. Chacune de ces parties comprend plusieurs arguments – 2 ou 3 – développés par un exemple, un fait précis et/ou une explication.

Attention !
Aucun titre de partie ne doit apparaître dans le corps du développement.

■ À chaque début de paragraphe, une phrase annonce l'idée principale qui y sera développée.

■ À la fin de chaque paragraphe, une transition annonce le paragraphe suivant.

C. La conclusion

■ Elle apporte une réponse à la problématique. Elle présente le bilan, l'aboutissement du raisonnement qui répond de façon nuancée à la problématique.

■ Elle peut finir par l'élargissement du sujet : il s'agit de l'ouvrir sur des perspectives plus larges.

Ex. de question problématisée : Quelle est la place du peuple sous la Révolution et sous l'Empire en France de 1789 à 1815 ? Vous expliquerez d'abord comment la souveraineté du peuple remplace celle du roi, puis vous démontrerez que le peuple est un acteur majeur des événements révolutionnaires, enfin, vous montrerez que le peuple est contrôlé par Napoléon sous l'Empire.

Analyser un ou deux document(s)

Fiche 2

Histoire

Notes

1 Analyser un document

A. Comprendre l'exercice

■ Cet exercice permet à l'élève de faire la preuve de sa capacité à comprendre le contenu, l'apport et la portée d'un document. Aussi, après l'avoir replacé dans son contexte historique, il s'agit de le mettre en relation et de le confronter à des connaissances personnelles pertinentes, grâce à la consigne qui accompagne le document et qui a pour but d'orienter l'analyse.

■ Lorsqu'un document est proposé, il faut :

– en dégager le sens général par rapport au chapitre d'histoire auquel il se rapporte ;

– le critiquer, c'est-à-dire en montrer l'intérêt et les limites, permettant ainsi de mieux comprendre la période historique concernée.

B. Cerner le contexte

Après avoir présenté le document, dégagez les éléments qui permettent d'expliquer le contexte historique, les circonstances immédiates et globales dans lesquelles ce document a été produit.

C. Analyser le texte selon la ou les questions

D'abord, lisez attentivement le document et prenez soin de bien le comprendre. Repérez les mots-clés et la structure de l'argumentation, puis lisez attentivement la consigne pour bien cerner la logique de l'exercice. Ensuite, relisez le texte en soulignant et en annotant les éléments qui vous permettront de répondre à la consigne. Enfin, organisez les éléments du texte pour répondre de manière structurée au questionnement historique auquel il se rapporte.

D. Rédiger l'analyse

■ Votre rédaction doit être organisée mais elle doit rester concise en raison du temps limité. Présentez le document à travers une courte introduction.

■ Le développement en deux ou trois parties s'appuie sur les thèmes principaux du document en respectant l'orientation donnée par la consigne.

> **Rappel**
> La paraphrase est totalement à proscrire : il faut reformuler les idées du document en justifiant l'analyse par des citations courtes et bien sélectionnées.

■ Votre analyse doit toujours s'appuyer d'abord sur les documents, en localisant le mieux possible l'élément que vous souhaitez

Notes

expliquer (en utilisant les différents plans d'une photographie, les lignes et paragraphes d'un texte, les figurés d'une carte...).

- La conclusion fait le bilan de la réponse en une ou deux phrases de synthèse.
- Bien que l'ensemble de vos réponses ne comporte pas de limite de volume, attention à ne pas rédiger une sorte de mini-composition, un exposé général qui n'utilise le document que comme support d'un cours.

2 Analyser deux documents

A. Comprendre l'exercice

L'analyse de documents peut demander à l'élève de confronter deux documents de même nature ou de nature différente. L'objectif de l'exercice reste le même : il s'agit de répondre à la question posée à partir de l'analyse des documents développée par l'ajout de connaissances. Aussi, lorsque deux documents sont proposés, l'élève doit dégager le sens général de chacun des documents dans la perspective de la question historique à laquelle il se rapporte, puis il doit les mettre en relation afin de souligner l'intérêt de cette confrontation.

B. Identifier les documents

L'identification de chaque document est primordiale pour pouvoir les confronter avec un certain esprit critique. Après avoir bien identifié la nature et la source du document, il faut en cerner avec précision l'auteur et le contexte. Cette première étape permet de poser la base de l'exercice : les deux documents s'opposent-ils ? Ou vont-ils se renforcer l'un l'autre ? On commence à identifier la relation entre les deux documents.

C. Les reporter à la question

Travaillez ensuite sur les documents en fonction de la question posée. Il s'agit de bien comprendre chaque élément – ce qui demande du temps –, et d'identifier les éléments de réponses. La structure des documents apparaît. Confrontez-les alors avec la question historique à laquelle ils se rapportent et faites ressortir des axes qui formeront les idées.

D. Cerner la relation entre les documents

Le travail sur les documents permet de faire ressortir des points communs ou des points de divergence, des relations de cause à effet ou une évolution entre les documents. Certains éléments peuvent expliquer des arguments présents dans l'un des documents ou souligner les limites ou l'intérêt particulier des sources. Cette confrontation, cette relation entre les documents vous permettra de trouver le plus souvent l'articulation des arguments.

Répondre à une question problématisée

Fiche 3

Géographie

Comme en histoire, la réponse à une question problématisée en géographie permet à l'élève de montrer qu'il maîtrise les connaissances du programme et qu'il sait utiliser à bon escient les notions et les échelles géographiques.

1 Étapes de préparation

A. Les points communs avec l'épreuve d'histoire

- Les étapes de préparation sont exactement les mêmes : analysez le sujet, mobilisez vos connaissances, faites un plan détaillé au brouillon.

- Le devoir doit avoir la même forme qu'en histoire (introduction, paragraphes, conclusion) et les différentes étapes de rédaction sont identiques.

Rappel
La rédaction de la problématique comporte les mêmes enjeux qu'en histoire.

B. Spécificités en géographie

Mais il existe quelques particularités :

- dans l'introduction, lorsque le sujet est défini, pensez à en préciser les limites spatiales ;

- vous pouvez utiliser un plan à échelles, pour montrer un phénomène sous ses différents aspects. Quel que soit le plan choisi, la dimension spatiale doit toujours être au centre de votre réflexion.

2 Appliquer les savoir-faire

A. Attitude à avoir

- Tout au long du temps de l'exercice, demandez-vous régulièrement si vous êtes toujours dans l'optique du sujet.

- Relisez-vous régulièrement et, à la fin, prenez cinq à dix minutes pour vérifier l'expression et l'orthographe.

B. Conseils liés à la rédaction

- N'employez jamais le futur, n'utilisez pas « va » ou « vont ».
- Évitez les parenthèses ou les guillemets, sauf pour une citation (dont on indiquera l'auteur, la date et les circonstances).
- Évitez l'emploi de la première personne du singulier (*je*) ainsi que certaines expressions (*au niveau de, sur le plan de, de tout temps, il y a...*).

Notes

Notes

- Faites des phrases simples et assez courtes, avec une ponctuation précise.
- La présentation doit être claire : sautez deux lignes entre chaque paragraphe, avec des alinéas.

Rappel
Veillez à l'équilibre des parties.

C. Erreurs à éviter

- Ne vous contentez pas de généralités : à chacune de vos idées doit correspondre un exemple précis (daté, localisé, chiffré), à chaque exemple correspond une idée.
- Enchaînez logiquement les idées en évitant de « passer du coq à l'âne » : il s'agit de faire une démonstration.
- Évitez le hors sujet, en particulier la simple récitation intégrale d'un cours et d'une leçon sans avoir sélectionné ce qui concernait uniquement le sujet.

Ex. de réponse à une question problématisée :

[question] Comment l'agriculture continue-t-elle à structurer des espaces ruraux de plus en plus multifonctionnels en France ?

[réponse]

Paragraphe 1. Une agriculture qui façonne les espaces ruraux

a) La place de l'agriculture dans les paysages ruraux

b) La diversité des systèmes agricoles

c) Mais une agriculture en crise

Paragraphe 2. Une agriculture qui cohabite avec d'autres fonctions

a) Fonction résidentielle

b) Fonctions productives : tourisme, industrie, production d'énergie

c) Des conflits d'usage

Paragraphe 3. Une agriculture encore importante dans le développement rural

a) Des formes de valorisation locale des produits agricoles

b) Une pluriactivité des agriculteurs

c) Un rôle d'entretien du paysage

Réaliser un croquis

Un croquis de géographie est une réponse cartographique à un sujet qui pose une problématique. Il est le produit d'une réflexion argumentée et montre comment un territoire s'organise en fonction du sujet traité. Il suppose un tri, des croisements, des choix et une hiérarchisation des informations.

1 Étapes de préparation

A. Analyser le sujet et dégager une problématique

La démarche est la même que pour une composition. Définissez les termes du sujet et le cadre spatial, dégagez-en les enjeux pour élaborer une problématique qui sert de fil directeur à la réflexion spatiale et donc à la construction de la légende.

B. Mobiliser ses connaissances

Rassemblez les informations cartographiables qui répondent à la problématique et ne retenez que les informations nécessaires au traitement du sujet pour éviter de surcharger la carte ce qui nuirait à sa lisibilité.

Notes

2 Appliquer les savoir-faire

A. Construire la légende

La légende doit être structurée, hiérarchisée et faire apparaître une démonstration. Elle est organisée en parties (deux ou trois en général), voire en sous-parties, qui portent un titre court et qui doivent révéler la cohérence de l'argumentation.

Rappel

Les informations figurées dans la légende doivent bien correspondre aux titres et sous-titres proposés.

B. Choix des figurés

- À chaque information doit correspondre un figuré pertinent en vérifiant si les figurés choisis peuvent se superposer et se hiérarchiser, en respectant les conventions du langage cartographique.
- Il existe trois types de figurés : de surface, ponctuels, linéaires, dont on fait varier la taille, la couleur (gradation ou contrastes), l'épaisseur, l'orientation (pour les hachures).
- Les figurés de surface permettent de représenter les aires géographiques.
- Les figurés ponctuels permettent de localiser des phénomènes précis.

Notes

■ Les figurés linéaires (lignes, flèches) doivent être utilisés pour représenter les réseaux de communication routiers et fluviaux, les axes, ainsi que les échanges (flux).

■ Les figurés cartographiques et leur représentation :

Les signes	Le caractère de l'information	
	qualitatif	quantitatif ordonné
Les figurés ponctuels (points)	□ ○ △ . . .	○ ○ ○ taille variable
Les figurés linéaires (lignes)	- - - - - - ; —— ; ——→	— ▬ ▬ épaisseur variable
Les figurés de surface (aires)	couleurs hachures	ton variable gradation des hachures

C. Choix des couleurs

■ La couleur doit suggérer le phénomène représenté (par exemple, utilisez le bleu pour tous les éléments se rapportant à l'eau ou au froid).

■ Le blanc ne doit pas être un figuré de surface dans la légende.

Attention !
Le blanc est la couleur du vide : un espace laissé en blanc sur le fond de carte signifie qu'il n'est pas compris dans le sujet.

3 Réaliser le croquis

C'est un travail de localisation précise d'informations sélectionnées et de respect de codes graphiques. La légende doit pouvoir être lue en même temps que le croquis. Il faut être attentif à l'exactitude des localisations, au soin et à la lisibilité du croquis.

A. Reporter les informations

■ Commencez par dessiner les figurés de surface (plages de couleur, puis hachures), puis les figurés ponctuels et linéaires.

■ Chaque information de la légende doit se retrouver à l'identique sur le croquis.

B. Indiquer la nomenclature

■ Les noms en relation avec le sujet doivent être écrits horizontalement, sauf ceux du réseau hydrographique qui doivent suivre les cours d'eau.

■ L'écriture et la taille des noms sont les mêmes pour un même type d'information.

■ Vous devez donner un titre et orienter le croquis.

Analyser deux documents

Notes

Comme en histoire, l'exercice d'analyse de documents comporte un titre, un ou deux documents qui peuvent être de nature différente. Il est accompagné d'une consigne qui guide l'analyse du ou des documents. Cette analyse doit permettre à l'élève de faire la preuve de sa capacité à comprendre le contenu, l'apport du ou des documents, en fonction de la question posée, et les enjeux spatiaux qu'ils abordent.

1 Étapes de préparation

A. Comprendre la consigne

Commencez par bien lire et comprendre la consigne qui oriente l'analyse des documents. Or, celle-ci comporte forcément une dimension spatiale, propre à la géographie, que vous devez cerner dès le début du travail. Elle mène à la confrontation des documents.

B. Comprendre les documents

Il s'agit souvent de deux documents de nature différente. Vous devez discerner l'importance de chacun et leur appliquer une dimension spatiale : *quel est l'espace concerné ? quelle est l'échelle concernée ? peut-on l'analyser sous différentes échelles spatiales ?* De plus, il est indispensable de les confronter pour les situer l'un par rapport à l'autre et saisir la pertinence de ce choix.

Rappel

Le travail sur les documents permet de faire ressortir des points communs ou des points de divergence.

2 Appliquer les savoir-faire

A. Étapes de la réponse

- Comme en histoire, après une introduction succincte mais claire où vous posez le sujet, le développement se présente sous forme de paragraphes.
- Chaque paragraphe développe une idée, un argument qui s'appuie sur des éléments du document : lorsqu'il s'agit d'une carte, d'un graphique ou d'un tableau, il faut donner des chiffres, des localisations, etc. Il faut ensuite les expliquer et les développer à l'aide des connaissances.
- Enfin, la conclusion répond à la problématique, critique éventuellement les documents et peut ouvrir la perspective.

Notes

B. Éclairer les documents

■ Partir de la description des documents est primordial. Mais complétez aussi impérativement cette description par un apport de connaissances lesquelles viennent expliquer l'analyse des cartes ou des tableaux.

Rappel

La démarche géographique doit toujours être appliquée : faites attention aux échelles géographiques et aux systèmes des acteurs spatiaux.

■ Enfin, confronter les documents permet de voir s'ils se complètent, se contredisent, se développent…

Ex. exercice d'application :

[énoncé] Comparez deux cartes régionales de la Chine afin d'étudier les recompositions socio-économiques du territoire.

[corrigé] Les deux cartes représentent les données fournies par le Bureau national des statistiques de Chine au niveau de la trentaine de provinces (sheng) que compte le pays. La première carte fait figurer l'IDH régional en 2018, la seconde l'évolution du PIB régional entre 2008 et 2018. Ces deux cartes orientent l'analyse sur les recompositions démographiques et le développement en Chine depuis dix ans. L'émergence économique a d'abord permis l'amélioration des conditions de vie dans les régions littorales. Aujourd'hui, ce sont les régions intérieures qui connaissent les plus fortes croissances.

La Révolution française et l'Empire

Fiche 6

Histoire

1 De la monarchie constitutionnelle à la République

A. La mise en avant de grands principes

Frise → p.165

■ La révolution des députés. L'absence de réaction de Louis XVI face à ses réclamations pousse le tiers état à se proclamer le 17 juin Assemblée nationale. Les députés, réunis dans la salle du Jeu de paume, font le serment de ne se séparer qu'après avoir rédigé une Constitution.

■ L'effondrement de la monarchie. Une révolution populaire violente débouche, le 14 juillet, sur la prise de la Bastille, symbole de l'arbitraire royal. Afin de sauver le droit de propriété, l'Assemblée abolit les privilèges et les droits seigneuriaux et adopte, le 26 août, la Déclaration des droits de l'homme et du citoyen.

Mot-clé

La Déclaration des droits de l'homme et du citoyen : s'inspire de la pensée des Lumières et des Déclarations des droits anglaise et américaine. Elle a inspiré la rédaction de la Déclaration universelle des droits de l'homme de 1948.

■ Le divorce entre le roi et la nation. Le 14 juillet 1790, la fête de la fédération célèbre une France nouvelle où la souveraineté réside dans la nation et où les Français sont devenus des citoyens. Mais la fuite de Louis XVI ouvre une grave crise politique entre une partie du peuple, acquise à la République et la bourgeoisie modérée. La République est proclamée dans l'urgence en septembre 1792.

B. Conflits et débats

■ Des députés divisés. Au sein de l'Assemblée, les Montagnards souhaitent se diriger vers une démocratie sociale. Leurs adversaires, les Girondins, s'inquiètent de cette pression populaire permanente et entendent surtout consolider les grands principes de 1789. Lors du procès du roi, les arguments des Montagnards l'emportent et Louis XVI est déclaré coupable de trahison.

■ La République montagnarde. Face aux attaques des États voisins et au soulèvement des Vendéens, le gouvernement est confié en mars 1793 à un Comité de salut public où Robespierre joue un rôle dominant. Les libertés individuelles sont

Mot-clé

La Terreur : mise à l'ordre du jour le 5 septembre 1793 dans le but d'éliminer les ennemis de la Révolution. À l'automne, les invasions étrangères sont arrêtées, les fédéralistes et vendéens écrasés mais la Terreur a fait 17 000 victimes et la guerre civile environ 200 000.

Notes

Notes

suspendues et Robespierre instaure une véritable dictature, éliminant ses opposants. Inquiets, les députés modérés le font arrêter et guillotiner le 28 juillet 1794 sans procès.

2 Du Consulat à l'Empire

A. Réconcilier les Français

■ **Consolider l'héritage de la Révolution.** Marqué par les acquis de la Révolution et décidé à stabiliser le nouveau régime, Bonaparte fait adopter une Constitution qui maintient la République, mais fonde un régime exécutif fort, le Consulat. Le Code civil confirme l'égalité des droits proclamée en 1789, mais le droit de grève et d'association est interdit.

■ **Pacifier le pays.** Bonaparte mène une politique de réconciliation nationale. Il autorise le retour des nobles émigrés. Il offre des postes de fonctionnaires aux anciens royalistes comme aux anciens révolutionnaires. Il se réconcilie avec les catholiques en signant avec le pape le Concordat de 1801. Prenant le prétexte d'un complot royaliste, il se fait proclamer en 1804, par plébiscite, empereur des Français.

B. Armer la nation

■ **Un régime autoritaire.** Après son sacre, Napoléon se comporte comme un roi. Il crée une cour autour de lui et une nouvelle noblesse, la noblesse impériale. Il gouverne désormais seul ; les assemblées ne sont plus consultées, ni même les ministres. Les libertés de presse et de réunion disparaissent et les opposants sont arrêtés.

■ **Des guerres meurtrières.** À partir de 1803, la guerre reprend, opposant bientôt de nouveau la France à toute l'Europe. En 1812, Napoléon subit un grave revers en Russie et, en 1814, la France est envahie par l'Europe coalisée. De nouveau vaincu à Waterloo en 1815, il est exilé dans la lointaine île de Sainte-Hélène, où il meurt en 1821.

C. L'Europe et la Révolution française

■ **Espoirs de liberté.** En Europe, la Révolution de 1789 a d'abord suscité l'espoir des partisans des Lumières. Dans les pays où elles pénètrent à partir de 1794, les armées françaises sont accueillies en libératrices : la France supprime la dîme, les droits seigneuriaux, les privilèges.

■ **Rejet de la domination.** Mais les armées françaises survivent en pillant les pays qu'elles occupent ; de plus les populations doivent payer de lourds impôts à la France et fournir des soldats à la Grande Armée de Napoléon. En Espagne, le peuple se soulève contre l'occupant à partir de 1808 et, dans la plupart des pays occupés, le sentiment national se développe.

L'Europe entre restauration et révolution

Fiche 7

Histoire

Notes

1 L'Europe du congrès de Vienne

Frise → p.166

A. La restauration de l'ordre monarchique

■ **Le système Metternich.** Les monarques européens vainqueurs de Napoléon à Waterloo en juin 1815, refusent de prendre en compte les aspirations de leurs peuples et suppriment les libertés, de peur de voir leur pouvoir se fragiliser. Une diplomatie nouvelle est mise en place à l'instigation du ministre des Affaires étrangères autrichienne, Metternich.

■ **Le mépris des nationalités.** Le congrès de Vienne rétablit un ordre conservateur. En 1815, les souverains ont rétabli leur pouvoir absolu. Ils ont redessiné les frontières sans tenir compte des nationalités. Ainsi les Allemands sont divisés en plusieurs États, alors que l'Empire autrichien comprend de nombreuses nationalités : Allemands, Hongrois, Tchèques, Croates…

■ **De nouvelles aspirations.** Après 1815, des mouvements libéraux et nationaux se développent. Les libéraux veulent des constitutions limitant le pouvoir des rois et plus de libertés. Les patriotes réclament l'indépendance pour leur peuple, ou son unification lorsqu'il est divisé en plusieurs États.

B. Restauration et monarchie de Juillet en France

■ **La Restauration par Louis XVIII.** En 1814, la monarchie est restaurée par les souverains d'Europe. Un frère de Louis XVI devient roi sous le nom de Louis XVIII. Il reprend le drapeau blanc et accorde une constitution aux Français.

■ **La Monarchie de Juillet.** On qualifie de monarchie de Juillet le règne de Louis-Philippe arrivé sur le trône en juillet 1830. Plus libéral que son prédécesseur, le roi adopte le drapeau tricolore et élargit le droit de vote.

2 Les révolutions en France et en Europe

A. À l'origine de l'indépendance grecque

■ **Le mouvement national et libéral grec.** C'est dans le milieu de la bourgeoisie fortunée qu'est fondée une société secrète, l'Hétairie, qui se donne pour but d'unir les Grecs en vue de leur indépendance. Un véritable réseau clandestin de résistance aux Turcs se forme dans le pays et les Grecs parviennent à proclamer en janvier 1822 l'indépendance du pays.

Notes

■ **Répression ottomane et intervention européenne.** La riposte des Turcs est féroce : le massacre de Chios (avril 1822) provoque l'indignation de l'Europe et la naissance d'un puissant courant philhellénique. Face à la triple alliance (Grande-Bretagne, France, Russie) dirigée contre eux, les Ottomans sont obligés de reconnaître en février 1830 un État grec indépendant.

B. 1830 en France et en Europe

■ **Les Trois Glorieuses.** Charles X, qui avait succédé à son frère Louis XVIII en 1824, suspend en 1830 la liberté de la presse et limite le droit de vote aux propriétaires terriens les plus riches. Ces décisions provoquent une révolution : du 27 au 29 juillet 1830, les Parisiens chassent Charles X, qui est remplacé par Louis-Philippe.

■ **Des guerres meurtrières.** D'autres soulèvements ont lieu en Europe mais ils n'aboutissent pas ; seuls les Belges, révoltés contre la Hollande, obtiennent leur indépendance en 1830.

C. 1848 en France et en Europe

■ **La Révolution de 1848 en France.** En 1848, une nouvelle vague révolutionnaire secoue l'Europe. Elle commence à Paris, le 24 février. La population est épuisée par la crise économique qui la plonge dans le chômage et la misère, et elle revendique davantage de libertés. Les ouvriers et les étudiants se soulèvent ; le roi Louis-Philippe est renversé et la monarchie est remplacée par une république. Mais les premières mesures des parlementaires ne sont pas favorables aux ouvriers, qui se révoltent (23-26 juin). L'Assemblée réprime violemment l'insurrection.

Giuseppe Mazzini (1805-1872)

Nationaliste italien, membre de la société secrète Carbonaria, il fonde le mouvement Jeune Italie en 1831. Il est le principal acteur du nationalisme italien jusqu'en 1848.

■ **Le « printemps des peuples ».** Cette révolution se propage dans toute l'Europe au printemps 1848. Dans l'Empire d'Autriche, les États allemands, les États italiens, les libéraux et les patriotes dressent des barricades et obtiennent des constitutions. Les patriotes allemands tentent aussi de réaliser l'unité nationale, alors que, dans l'Empire d'Autriche, les Tchèques et les Hongrois proclament leur indépendance. L'Italie, divisée en sept États, est en proie depuis 1847 à une agitation menée par le Risorgimento, mouvement unificateur.

■ **L'échec des mouvements.** Le « printemps des peuples » ne dure pas. Les armées, fidèles aux souverains, matent les révoltes. Les frontières restent inchangées. L'écrasement par l'armée autrichienne de la révolution viennoise, puis, avec l'aide des Russes, de l'insurrection hongroise, rétablit l'Autriche dans son rôle de gendarme de l'ordre de 1815.

La difficile entrée dans l'âge démocratique (1848-1871)

Les révolutionnaires de février 1848 entendent établir une république démocratique et sociale. Les mesures prises en faveur des chômeurs effraient le reste de la société. La question sociale conduit à une guerre civile et au retour d'un pouvoir autoritaire. Napoléon III rétablit l'Empire et réprime les opposants.

Frise → p.167

Notes

1 La Deuxième République

A. De grandes avancées démocratiques

■ Les premières mesures. Après la révolution de février 1848, la République est proclamée et un gouvernement provisoire se met en place avec des personnalités comme le poète Lamartine, Ledru-Rollin ou Louis Blanc, favorables à une république démocratique et sociale. Il établit le suffrage universel masculin, crée des ateliers nationaux pour employer des chômeurs, diminue la durée de la journée de travail.

■ L'abolition de l'esclavage. Sous-secrétaire d'État à la Marine en 1848, Victor Schœlcher prépare et fait voter le décret d'abolition immédiate et complète de l'esclavage dans les colonies françaises, ainsi que l'article de la Constitution qui fait des esclaves libérés des citoyens français. Mais la réalité est rude : livrets de travail et passeports intérieurs obligatoires pour tout déplacement de « nouveaux libres » sont instaurés et des arrêtés fixent la police du travail.

B. Des tensions qui font échouer le projet républicain

■ Le pouvoir aux républicains modérés et aux bourgeois libéraux. Les élections à l'Assemblée constituante ont lieu en avril 1848. Elles donnent une large majorité aux républicains modérés. Ils décident aussitôt la fermeture des ateliers nationaux accusés d'être trop coûteux. Les ouvriers se révoltent (23-26 juin), mais l'Assemblée réprime violemment l'insurrection (20 000 morts).

■ Une République divisée. Des tensions s'expriment entre conservateurs et républicains, villes et campagnes, bourgeois et ouvriers. En mai 1850, l'Assemblée vote une loi qui oblige à justifier de trois ans de résidence dans la même commune pour pouvoir voter. Elle a pour conséquence de retirer le droit de vote à 3 millions de Français, essentiellement des ouvriers.

■ Louis Napoléon Bonaparte, premier président. Le 10 décembre 1848, Louis Napoléon Bonaparte, le neveu de Napoléon Ier, avait

Notes

été élu président de la République au suffrage universel. Mais, peu avant la fin de son mandat, le 2 décembre 1851, il organise un coup d'État : il dissout l'Assemblée et s'empare de la totalité des pouvoirs. La résistance au coup d'État est faible et rapidement brisée.

2 Le Second Empire (1852-1870)

A. Un régime autoritaire

■ **Le rétablissement de l'Empire.** Après son coup d'État, Louis Napoléon crée une nouvelle constitution qui lui donne la totalité du pouvoir. En décembre 1852, il rétablit l'Empire à la suite d'un plébiscite et devient empereur sous le nom de Napoléon III.

■ **Des mesures économiques efficaces.** Durant son règne, Napoléon III favorise la croissance économique du pays. Le réseau ferré passe ainsi de 3 600 à 16 000 kilomètres ; les premières banques de dépôts apparaissent : le Crédit Lyonnais (1863) et la Société Générale (1864). Pour développer le commerce, l'empereur signe un traité de libre-échange avec l'Angleterre (1860).

■ **Une politique de grandeur nationale.** Napoléon III mène une politique extérieure active. Il aide le Piémont-Sardaigne à unifier l'Italie et obtient en contrepartie Nice et la Savoie (1860). Il achève la conquête de l'Algérie et acquiert la Nouvelle-Calédonie.

■ **La limitation des libertés.** Jusqu'en 1860, le régime est autoritaire. Les libertés fondamentales (de réunion, de presse...) sont fortement limitées.

George Sand (1804-1876)

De son vrai nom Amantine Aurore Lucile Dupin, l'écrivain George Sand ouvre ses romans à la question sociale en défendant les ouvriers et les pauvres. Elle s'engage activement en politique à partir de 1848.

B. Oppositions et répression

■ **L'exil de Victor Hugo.** Les opposants sont arrêtés ou contraints à l'exil. Ainsi, l'écrivain Victor Hugo, farouche opposant à Napoléon III, doit quitter la France.

■ **Vers un Empire plus libéral.** Après 1860, l'Empire devient plus libéral. Napoléon accorde le droit de grève aux ouvriers en 1864, tolère les syndicats et rétablit partiellement les libertés de presse et de réunion (1868). Mais l'opposition républicaine progresse et ces mesures ne font que la renforcer.

■ **La fin de l'Empire.** En 1870, Napoléon III déclare la guerre à la Prusse mais il est fait prisonnier avec le gros de son armée à Sedan, dans les Ardennes. À Paris, un gouvernement provisoire proclame la République, le 4 septembre 1870.

La mise en œuvre du projet républicain (1870-1914)

Fiche 9

Histoire

Notes

1 La mise en place de la IIIe République

Frise → p.168

A. L'affirmation de la démocratie et des libertés

■ **Les débuts de la République.** En 1871, après la défaite contre la Prusse, une organisation ouvrière révolutionnaire se met en place à Paris : la Commune. Mais cette insurrection est écrasée dans le sang par la toute nouvelle Assemblée nationale à majorité monarchiste.

■ **Un régime parlementaire.** En 1875, une partie des royalistes de l'Assemblée se joint aux républicains pour voter les lois constitutionnelles qui organisent la nouvelle République. Le parlement, élu au suffrage universel, joue un rôle prépondérant dans la vie politique d'autant qu'à partir de 1879, le président de la République renonce à utiliser son droit de dissolution de l'Assemblée.

■ **Les libertés : socle de la démocratie.** La liberté d'expression est renforcée en 1881 par des lois instaurant une large liberté de la presse, du colportage et de l'affichage. Le développement de la vie politique est encouragé par la liberté de réunion. En 1884, une loi autorise les syndicats et accorde ainsi au monde ouvrier la possibilité légale de s'organiser et de défendre ses intérêts.

B. L'enracinement de la culture républicaine

■ **République et sentiment national.** L'idée républicaine est indissociable du patriotisme. La grandeur de l'histoire nationale et la diversité du territoire français sont exaltées afin de renforcer l'amour de la patrie et de présenter la défense du pays comme un devoir.

■ **L'école au cœur du projet républicain.** L'école primaire devient obligatoire, gratuite et laïque en 1881-1882. L'école forme les futurs citoyens en les préparant à leurs devoirs civiques. Elle est aussi censée assurer l'égalité des chances et la promotion par le mérite. Mais, si l'école primaire est ouverte à tous, le lycée reste payant et les bourses sont peu nombreuses.

> **Mot-clé**
>
> Les lois Ferry : en juin 1881 et mars 1882, Jules Ferry, ministre de l'Instruction publique, fait voter les lois scolaires (gratuité de l'école primaire publique, obligation scolaire de 6 à 13 ans et laïcité de l'enseignement).

■ **Symboles et lieux de référence.** *La Marseillaise* redevient hymne national en 1879 et le 14 juillet est institué fête nationale en 1880. Dans toutes les villes de France, des avenues et des places prennent le nom de la République. La devise « Liberté, Égalité, Fraternité »

Notes

est inscrite sur les bâtiments publics où sont installés des bustes de Marianne. Le Panthéon est laïcisé en 1880 et on y enterre les grands hommes auxquels la République se réfère (Voltaire, Rousseau). À l'occasion des funérailles de personnalités républicaines, comme Victor Hugo (1885), sont organisées d'imposantes cérémonies populaires.

2 Des oppositions qui perdurent

A. Les tensions avec l'Église

■ **L'avènement d'une République laïque.** Les gouvernements successifs de la IIIe République adoptent une législation anticléricale à partir des années 1880. Les symboles religieux sont retirés des lieux publics, le divorce est rétabli (1884). La campagne de laïcisation se fait dans une ambiance de lutte politique au Parlement et de débats enflammés dans la société.

■ **La séparation des Églises et de l'État.** En décembre 1905 est votée la loi de séparation des Églises et de l'État. Un inventaire des biens ecclésiastiques est prévu pour qu'ils deviennent propriété de l'État. En 1907, tous les biens de l'Église sont remis aux communes, les lieux de culte sont laissés à la disposition des fidèles et des ministres du culte.

B. Crises et faiblesses de la République

■ **Nationalisme et antisémitisme.** Plusieurs crises politiques secouent la République à la fin du XIXe siècle. En 1889, le général Boulanger rallie autour de lui les opposants à la République et semble prêt à faire un coup d'État, mais il y renonce. Entre 1892 et 1894, des anarchistes multiplient les attentats pour déstabiliser la République, sans y parvenir. Enfin, en 1898-1899, l'affaire Dreyfus divise les Français et révèle l'existence de l'antisémitisme en France.

■ **Le refus du vote des femmes.** La première suffragette française, Hubertine Auclert, considère le droit de vote comme le préalable nécessaire à tout progrès pour la condition féminine. En 1880, elle refuse de s'acquitter de ses impôts estimant que, ne votant pas, elle n'avait pas à les payer. Ses actions sont soutenues par un certain nombre de personnalités mais le droit de vote des femmes n'est pas mis en discussion à l'Assemblée.

■ **La place croissante de la question militaire.** À partir de 1909, la rivalité avec l'Allemagne met les questions militaires au premier plan.

Mot-clé

Suffragettes : les femmes qui se sont battues pour obtenir le droit de vote pour les femmes. Les premières suffragettes apparaissent au Royaume-Uni à partir des années 1870 sous le nom de « suffragistes ».

Industrialisation et société française (1848-1914)

Fiche 10

Histoire

La seconde moitié du XIXe siècle est marquée au niveau économique et social par le développement d'une industrialisation massive, qui s'accompagne d'un essor des villes et d'un important exode rural. Ces changements provoquent de nombreuses mutations dans la société et des tensions qui font de la question ouvrière un élément-clé de la vie politique.

Frise → p.169

1 Industrialisation, urbanisation et modernisation

A. La transformation des modes de production

■ **Une première industrialisation.** L'industrialisation concerne d'abord le textile, où les nouvelles machines permettent de produire beaucoup de tissus. La sidérurgie et la métallurgie fournissant des quantités croissantes de machines, de rails, de ponts, de charpentes métalliques (tour Eiffel pendant l'Exposition universelle de 1889), la production de charbon, nécessaire à la machine à vapeur et à la sidérurgie, augmente fortement.

■ **Une seconde industrialisation.** Une seconde industrialisation démarre dans les années 1880 avec le début de l'électricité qui sert d'abord à produire de la lumière, puis à actionner des machines. Le pétrole commence aussi à être exploité pour alimenter des moteurs. L'industrie chimique (colorants, engrais) connaît à cette époque un essor rapide. À partir de 1900, c'est le début de l'industrie automobile.

■ **Les régions industrielles.** Les industries textiles et métallurgiques se concentrent surtout sur les gisements de charbon et de minerai de fer, donnant naissance aux pays noirs. Les industries de la seconde industrialisation se localisent en général près des grandes villes, où se situent la main-d'œuvre et les consommateurs, et dans les ports.

> **Émile (1800-1875) et Isaac Pereire (1806-1880)**
> Ces hommes d'affaires sont parmi les plus importants du Second Empire. Ils dominaient le secteur des transports, des banques et assurances et de l'immobilier.

Notes

B. Croissance urbaine et exode rural

■ **L'essor des villes.** La croissance urbaine concerne surtout la capitale, les cités industrielles ou minières, et les ports. La croissance des villes s'explique surtout par l'exode rural. En effet, la situation des ruraux est difficile : les artisans des campagnes subissent la concurrence de l'industrie, les ouvriers agricoles sont remplacés par les

Notes

machines et les petits paysans souffrent de la baisse des prix agricoles. Ils partent donc pour les villes où ils peuvent facilement trouver du travail dans les nouvelles usines. Le salariat se développe.

■ **La nécessaire modernisation urbaine.** Les nouveaux venus s'entassent dans des quartiers insalubres du centre des villes ou à leur périphérie, dans les banlieues misérables. Cet afflux de personnes entraîne des problèmes de logement, d'hygiène (eau potable et égouts insuffisants), de circulation (éloignement entre domicile et travail), de délinquance. Entre 1852 et 1870, à Paris, de grands travaux d'urbanisme dirigés par le préfet Haussmann ont pour principal objectif de résoudre ces problèmes.

2 Permanences et mutations de la société

A. Le poids croissant des ouvriers

■ **Un lent progrès social.** Depuis 1803, les ouvriers devaient posséder un livret rempli par les patrons (dates d'embauche, salaire, comportement), faute de quoi ils pouvaient être arrêtés pour vagabondage. En 1864, la grève est autorisée, le livret supprimé.

■ **La question ouvrière.** Face à des conditions de travail encore très difficiles, les ouvriers multiplient les actions afin d'obtenir petit à petit une réduction du temps de travail et une législation sociale plus favorable. Ces revendications prennent la forme de manifestations qui sont parfois réprimées dans le sang par les forces de l'ordre, appelées par les préfets sur la demande du patronat local.

> **À savoir**
>
> La fusillade de Fourmies : le 1er mai 1891, les ouvriers de cette petite ville textile du Nord manifestent pour revendiquer l'amélioration de leurs conditions de travail. Des grévistes sont arrêtés et, lorsque la foule marche pour les libérer, l'armée ouvre le feu.

B. Immigration et place des étrangers

■ **Un recours massif à la main-d'œuvre étrangère.** Du fait des progrès de l'industrialisation et de la dénatalité précoce, la France a trouvé une réponse à la pénurie de main-d'œuvre en ayant massivement recours à l'immigration depuis la fin du XIXe siècle. À la veille de la Première Guerre mondiale, les étrangers représentent 3 % de la population totale.

■ **Des conditions de vie précaires.** L'État encourage d'abord la venue d'une population frontalière (Belges, Italiens et Allemands). En 1889, la loi sur le droit du sol (don de la nationalité française aux enfants nés en France de parents étrangers) facilite leur intégration. Ce sont ainsi plus de 5 000 enfants qui sont naturalisés Français tous les ans jusqu'en 1914. Mais les étrangers ne peuvent pas bénéficier des lois sociales, par exemple de la protection pour les accidentés du travail (1889).

La France en Europe et dans le monde (1848-1914)

Fiche 11

Histoire

Notes

La seconde moitié du XIXe siècle est marquée en France par une politique d'expansion territoriale. En Europe, Napoléon III entend intervenir dans les affaires politiques des Italiens et des Allemands. La IIIe République met en œuvre une politique coloniale, qui concurrence les ambitions des autres grandes puissances européennes.

1 La construction des unités italienne et allemande

A. Le Second Empire et l'unité italienne

■ L'appui de Napoléon III à Cavour. Après l'échec des révolutions de 1848, l'Italie demeure divisée en plusieurs États. Le royaume de Piémont-Sardaigne est le plus industrialisé des États italiens. Son roi, Victor-Emmanuel II, est un roi libéral qui respecte une constitution. En 1852, il nomme un Premier ministre libéral, Cavour, qui se donne pour objectif de réaliser l'unité de l'Italie. Cavour, avec l'appui des troupes françaises de l'empereur Napoléon III, réussit à chasser les Autrichiens de Lombardie (région de Milan) en 1859. Dans le centre de l'Italie et dans les États du pape, les partisans de l'unité italienne votent leur rattachement au Piémont. La France laisse faire en échange de la Savoie et de Nice (1860).

■ La protection de Rome par Napoléon III. En 1860, Garibaldi, un ardent patriote, débarque en Sicile, puis en Italie du Sud, à la tête d'une armée de volontaires ; les régions du Sud sont à leur tour rattachées au Piémont. En 1861, Victor-Emmanuel II est proclamé roi d'Italie. En 1866, la Prusse bat l'Autriche. L'Italie profite de l'affaiblissement de cette dernière pour lui arracher la Vénétie. Soucieux de ne pas mécontenter les catholiques français, l'empereur Napoléon III maintient des troupes à Rome pour protéger les États du pape. Mais, en 1870, la France, en guerre contre la Prusse, rappelle son armée. Rome est aussitôt occupée par l'armée italienne et devient la capitale de l'Italie en 1871.

B. Le Second Empire et l'unité allemande

■ La Prusse pousse Napoléon III à la guerre. Au milieu du XIXe siècle, les Allemands sont dispersés en 39 États. Deux d'entre eux veulent réaliser l'unité des Allemands : la Prusse et l'Autriche. En 1862, le roi de Prusse, Guillaume Ier, nomme Bismarck chancelier. Pour réaliser l'unité de l'Allemagne, celui-ci doit d'abord éliminer l'Autriche. Il modernise et renforce l'armée prussienne, puis provoque une guerre contre l'Autriche et la bat à Sadowa,

Notes

en 1866. La victoire de la Prusse renforce sa puissance et son prestige. En 1870, Bismarck manœuvre pour que la France déclare la guerre à la Prusse. Les États de l'Allemagne se rangent aussitôt à ses côtés. La France est envahie et vaincue.

■ **La proclamation du Reich à Versailles.** La victoire sur la France permet l'achèvement de l'unité allemande. Le 18 janvier 1871, dans la galerie des Glaces du palais de Versailles, les princes allemands proclament Guillaume Ier empereur d'Allemagne. La France, défaite, signe le traité de Francfort avec l'Empire allemand en mai 1871. Elle lui cède l'Alsace et le nord-est de la Lorraine.

Carte → p.171

2 Métropole et colonies

A. Une colonisation avant tout militaire

■ **Les conquêtes coloniales.** À partir de 1830, les pays européens se lancent à la conquête de nouveaux territoires en Asie et en Afrique. La colonisation s'intensifie après 1870. La supériorité militaire des Européens leur permet de s'imposer facilement, parfois à la suite de massacres. En 1914, les conquêtes coloniales sont presque achevées : la France et le Royaume-Uni possèdent à cette époque les empires coloniaux les plus étendus.

> **Mot-clé**
> **Code de l'indigénat :** recueil des mesures d'exception que doivent suivre les populations indigènes dans les colonies, d'abord en Algérie, puis dans toutes les colonies à partir de 1887. Il place les populations colonisées dans un statut juridique inférieur.

B. Une société coloniale très hiérarchisée

■ **Plusieurs types de colonies.** Certaines colonies sont des colonies de peuplement. Mais la plupart sont essentiellement destinées à être exploitées, et les Français sont peu nombreux à y vivre. Les colonies proprement dites, comme l'Algérie, sont administrées par un gouverneur et des fonctionnaires issus de la métropole. Dans les protectorats, comme la Tunisie ou le Maroc, la métropole laisse un gouvernement indigène en place, mais celui-ci doit obéir aux ordres.

■ **L'exploitation des colonies.** Après la colonisation, les colons et les sociétés françaises s'approprient les meilleures terres agricoles pour y faire des plantations, c'est-à-dire des cultures destinées à l'exportation. Ils se mettent aussi à exploiter les richesses minières. Mais ils ne développent pas l'industrie. Les Français construisent des voies de chemin de fer et des ports afin de faciliter le commerce avec la métropole. Autour des ports, ils bâtissent de nouvelles villes sur le modèle français, destinées à l'administration coloniale et aux colons. Les indigènes doivent payer de nouveaux impôts en argent. Dans la plupart des colonies, ils doivent aussi fournir des corvées pour la construction des routes ou des chemins de fer.

Carte → p.172

1914-1918 : une guerre mondiale et totale

1 Un embrasement mondial et ses grandes étapes

A. Aux origines de la guerre

Frise → p.170

■ **Les rivalités européennes.** Depuis la fin du XIXe siècle, les rivalités économiques entre les pays européens s'intensifient. Ainsi, le Royaume-Uni craint la concurrence commerciale de plus en plus vive de l'Allemagne. Les puissances européennes se disputent aussi les derniers territoires à coloniser ; en 1905 et en 1911, par exemple, la France et l'Allemagne évitent deux fois une guerre à propos du Maroc. Enfin, les rivalités territoriales sont importantes. L'Autriche-Hongrie et la Russie veulent toutes deux étendre leur influence dans les Balkans.

■ **Alliances et marche à la guerre.** Dans la crainte d'affrontements, les États d'Europe contractent des alliances défensives à partir de la fin du XIXe siècle : la Triple-Alliance rassemble l'Empire allemand, l'Autriche-Hongrie et l'Italie, alors que la Triple-Entente unit la France, la Russie et le Royaume-Uni. Chaque État augmente aussi fortement ses dépenses militaires et semble ainsi se préparer à la guerre. À la suite de la mobilisation de l'armée russe contre l'Autriche-Hongrie dans les Balkans, l'engrenage des alliances débouche sur le début de la guerre.

B. Plusieurs phases dans les combats

■ **De la guerre de mouvement...** En 1914, l'armée allemande envahit la Belgique neutre, puis la France. Elle espère l'écraser rapidement pour pouvoir ensuite retourner ses troupes contre la Russie. Mais, en septembre, le général français Joffre lance une contre-offensive sur la Marne et parvient à arrêter l'invasion. Sur le front oriental, les armées russes pénètrent en Prusse, mais elles sont battues à Tannenberg (27 août) et commencent alors à reculer.

■ **...à la guerre de position.** À partir de 1915, les deux camps se trouvent de nouveaux alliés et la guerre gagne les Balkans (offensive des Dardanelles, 1915), l'Italie et le Moyen-Orient. À l'ouest, les deux armées se fixent sur un front qui va de la mer du Nord à la Suisse. De 1915 à 1917, les offensives pour percer ce front se soldent à chaque fois par des échecs sanglants (offensive de l'Entente sur la Somme en 1916).

> **Mot-clé**
> **Brutalisation :** notion forgée par l'historien George Mosse qui exprime un accroissement de la violence subie et donnée par les combattants.

Notes

Notes

■ **Le tournant de 1917.** L'année 1917 est un tournant. En avril, les États-Unis déclarent la guerre à l'Allemagne. En octobre, les bolcheviks s'emparent du pouvoir en Russie ; peu après ils signent l'armistice, puis la paix de Brest-Litovsk avec l'Allemagne (mars 1918). Cela provoque la dernière offensive allemande vers l'ouest, qui les mène de nouveau jusqu'à la Marne. Mais les armées alliées disposent du renfort de près de deux millions de soldats américains. En quelques mois, les puissances centrales s'effondrent. En Allemagne, une révolution chasse l'empereur Guillaume II et le nouveau gouvernement républicain signe l'armistice à Rethondes, le 11 novembre 1918.

2 Les sociétés en guerre

A. Combattants et civils subissent les violences de la guerre

■ **L'épreuve du feu.** Avec la guerre de position, les soldats connaissent des conditions de vie effroyables. Les bombardements pulvérisent les corps, mal protégés, provoquant de terribles mutilations et des troubles psychiques durables. La scientifique Marie Curie se bat pour que des appareils à rayon X puissent arriver sur le front afin de repérer les fractures et localiser les éclats d'obus.

■ **Une guerre qui touche aussi les civils.** Toutes les armées ont commis des atrocités sur les civils. Cette violence atteint son paroxysme avec le génocide commis contre les Arméniens par les Ottomans en 1915 : 1,5 million d'Arméniens périssent. Le 24 mai 1915 la Triple-Entente publie une déclaration à propos des « crimes contre l'humanité et la civilisation » perpétrés contre les Arméniens de l'Empire ottoman.

> **Mot-clé**
>
> **Génocide :** crime qui consiste en l'élimination physique intentionnelle, totale ou partielle, d'un groupe national, ethnique ou religieux.

B. À l'arrière, des sociétés civiles mobilisées

■ **Les liens entre le front et l'arrière.** Dans les usines ou les champs, les femmes remplacent les hommes partis au combat. Les colonies fournissent des soldats, mais aussi des travailleurs qui viennent en Europe occuper les postes vacants dans l'industrie. Des associations de bénévoles, comme les « marraines de guerre », apportent leur soutien moral aux soldats.

■ **La mobilisation des esprits.** La censure stricte de la presse et de la correspondance des soldats doit empêcher le découragement des populations. Une propagande active se met en place qui se transforme en « bourrage de crâne » lorsqu'elle diabolise l'ennemi décrit comme un barbare.

Sortir de la guerre, construire la paix (1918-1923)

Fiche 13

Histoire

1 Bilans de la guerre et traités de paix

A. Le bilan humain et matériel

■ **Un désastre d'abord européen.** Entre 1914 et 1919, la guerre a fait plus de 8 millions de victimes et 6 millions d'invalides. Il faut y ajouter les morts de la grippe espagnole qui a fait des ravages en 1919 sur la population affaiblie (1 million de morts). Le désastre est aussi matériel et financier. Les régions situées sur les fronts sont ravagées. Les États sont déjà très endettés et ils doivent en plus financer la reconstruction et aider les veuves, les orphelins, les invalides. Enfin, la hausse des prix s'amplifie, liée à la création artificielle de monnaie, mais aussi à la forte demande de marchandises alors que la production est faible.

Notes

B. Les traités de paix

■ **L'Europe redessinée.** La Conférence de la paix s'ouvre à Paris en janvier 1919. Les pays vainqueurs y réfléchissent à des traités de paix mettant en place un ordre international plus juste tout en satisfaisant leurs intérêts nationaux.

■ **Un programme de paix.** Le texte servant de base à leurs discussions est le message en 14 points du président Wilson. À l'issue des discussions, un traité est signé entre les Alliés et chaque pays vaincu (1919 et 1920) ; le traité de Versailles, signé avec l'Allemagne, cherche avant tout à l'empêcher de refaire une guerre ; les autres traités signés avec l'Autriche, la Hongrie et la Turquie démembrent les empires et dessinent les frontières de nouveaux États. Une Société des nations (SDN) est créée pour maintenir la paix dans le monde. En 1922, le Haut-commissariat pour les réfugiés de la SDN permet aux apatrides de pouvoir voyager (passeport Nansen).

> **Rappel**
>
> Les 14 points du président Wilson : programme de paix présenté par le président des États-Unis Woodrow Wilson devant le Congrès le 8 janvier 1918 pour mettre fin à la Première Guerre mondiale et reconstruire l'Europe.

■ **La paix, une œuvre fragile.** Le traité de Versailles entre les puissances victorieuses et l'Allemagne est signé le 28 juin 1919. Les Allemands considèrent que le traité a été « dicté » par les Alliés et qu'il est profondément injuste. Dans les années qui suivent la guerre, ils le rendent responsable de toutes les difficultés que traverse le pays. Si les principales nationalités d'Europe ont obtenu leur indépendance, il subsiste des minorités nationales avides

Notes

de libertés dans de nombreux États (Allemands et Hongrois en Tchécoslovaquie par exemple).

2 La guerre après la guerre

A. À l'Est, une guerre qui continue

■ **La guerre civile en Russie.** Le 3 mars 1918, la Russie bolchevique de Lénine signe la paix de Brest-Litovsk avec l'Allemagne au prix de lourdes pertes territoriales (le quart de son territoire). À partir de 1918, les « Russes blancs », partisans de l'ancien régime tsariste, cherchent à renverser le gouvernement bolchevik avec le soutien des puissances européennes. En 1920, la Pologne attaque aussi la Russie pour étendre son territoire vers l'est.

■ **Le « communisme de guerre ».** Dans la tourmente, les bolcheviks mettent en place le « communisme de guerre » : ils imposent leur dictature, nationalisent l'industrie et le commerce, réquisitionnent les récoltes des paysans pour ravitailler l'armée et les villes et organisent l'Armée rouge. En 1922, ils l'emportent, mais le pays est ravagé.

Mot-clé

Communisme de guerre : ensemble des politiques adoptées par les bolcheviks de 1918 à 1922 dans le contexte de la guerre civile russe.

B. À l'Ouest, des mémoires divisées

■ **La question des disparus.** Au sortir de la guerre, plus de 250 000 soldats demeurent disparus en France, leurs corps n'étant pas localisés. Le 10 novembre 1920, huit cercueils contenant les corps de soldats non identifiés sont rassemblés dans la forteresse de Verdun, lieu symbolique de la guerre. Un des cercueils est transporté vers Paris et placé le 11 novembre 1920 sous l'arche de l'Arc de Triomphe, lors d'une cérémonie officielle. Une « flamme du souvenir » est installée près de ce « soldat inconnu ».

■ **Les monuments aux morts.** Durant les années 1920, presque toutes les communes de France financent, avec l'aide de l'État et d'associations d'anciens combattants, la construction d'un ou plusieurs monuments aux morts. Ces constructions révèlent des sentiments bien différents dans la société au sortir de la guerre, certaines soulignant l'héroïsme des poilus, d'autres mettant en avant leurs souffrances ou appelant au pacifisme.

Notes

Frises et cartes d'histoire

De la Révolution à l'Empire

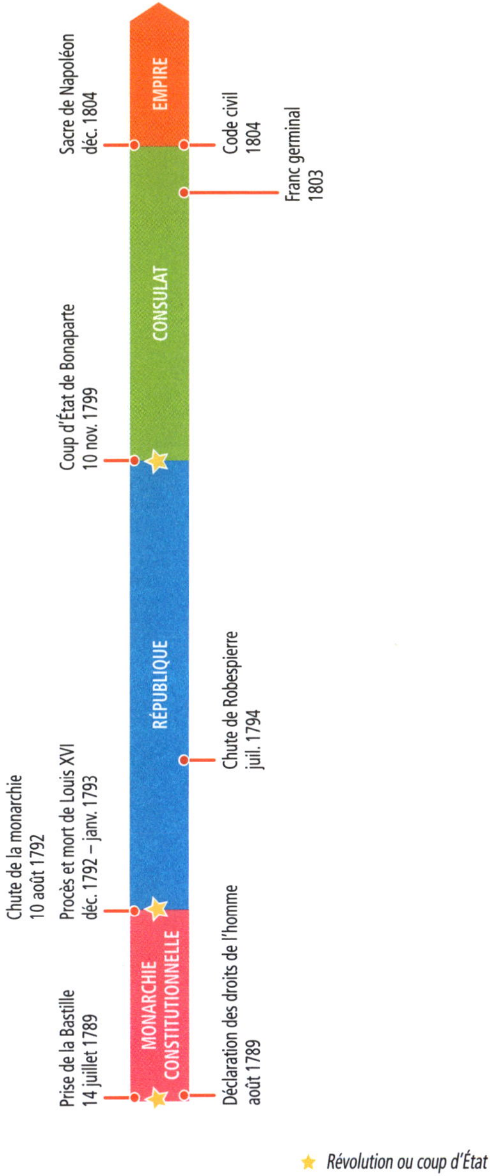

Notes

Notes

L'Europe entre restauration et révolution

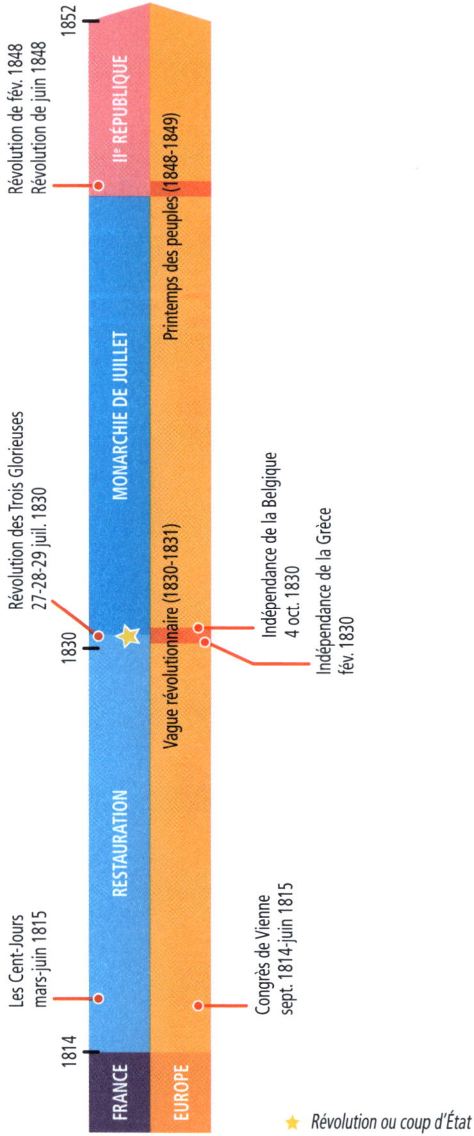

L'entrée dans l'âge démocratique

Notes

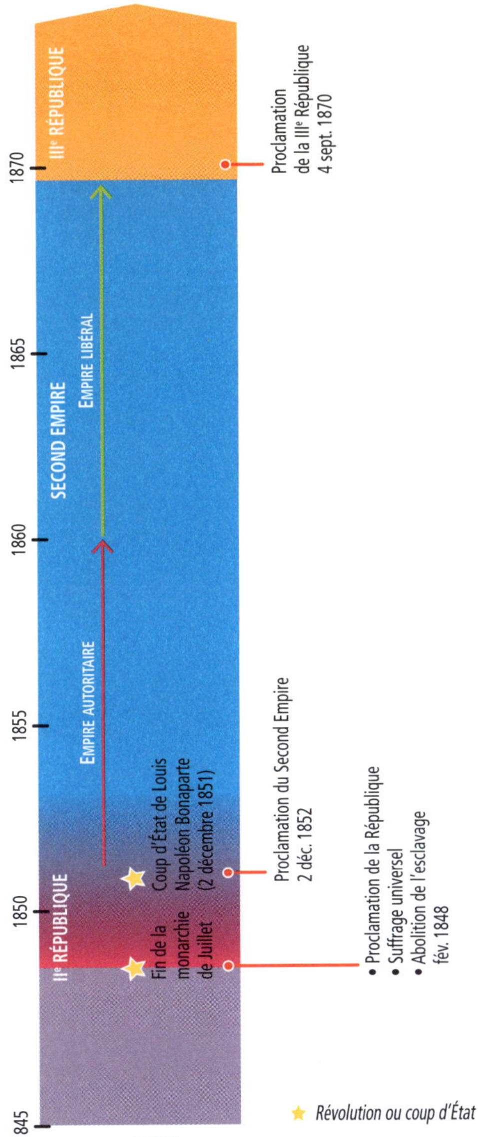

Notes

La mise en œuvre du projet républicain

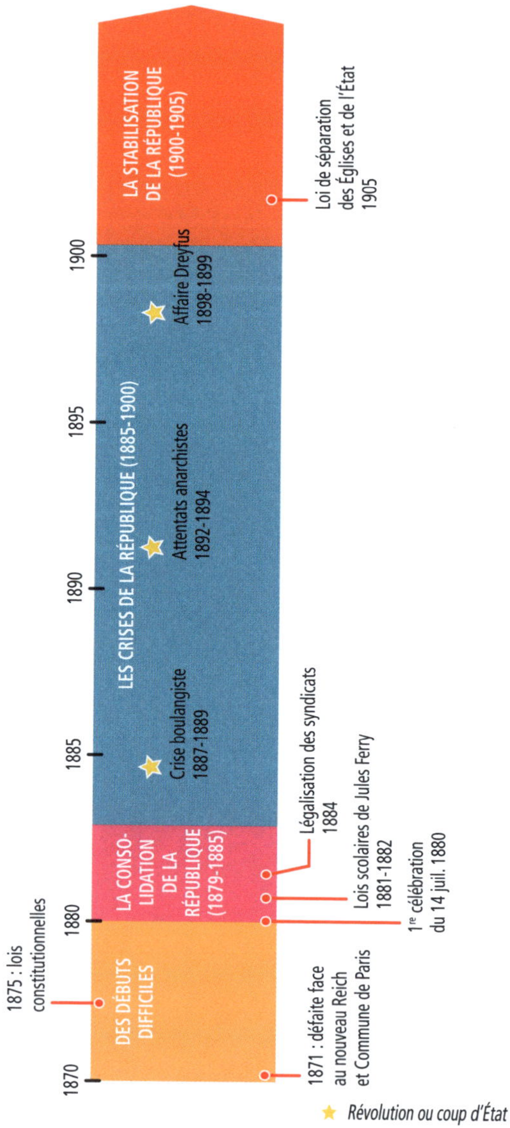

L'industrialisation de la société française

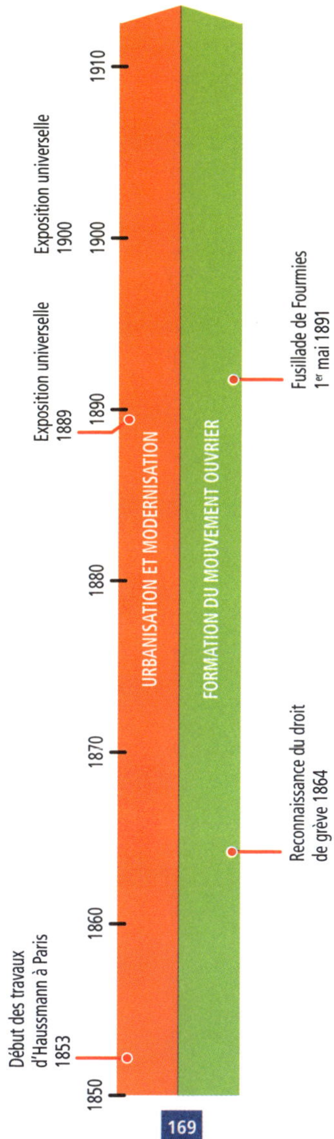

Frises

Notes

La Première Guerre mondiale

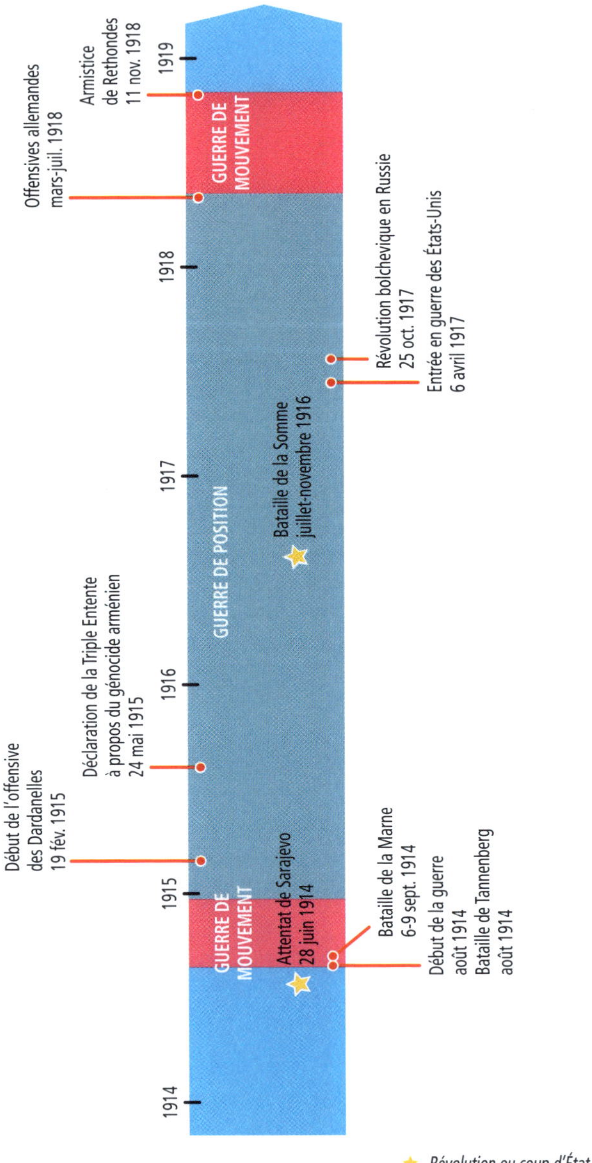

Les unifications italienne et allemande entre 1864 et 1870

Notes

Notes

Fachoda, le choc des impérialismes

La métropolisation, un processus différencié

Fiche 14

Géographie

1 Le poids croissant des métropoles

A. Un monde d'urbains

■ Un phénomène mondial. En 2019, 56 % de la population mondiale, soit plus de 4 milliards de personnes, se concentre dans les agglomérations urbaines alors qu'elles étaient 800 millions en 1950. En 2050, cette proportion devrait atteindre 66 % et les villes devraient accueillir 6,3 milliards d'habitants.

■ Une urbanisation ralentie dans les villes du Nord. La forte croissance urbaine des pays du Nord date des années 1950-1980 et les taux d'urbanisation, aujourd'hui, y dépassent souvent 75 %. La croissance urbaine se poursuit mais à un rythme ralenti (0,5 % par an).

Carte → p.191

■ Des villes du Sud en pleine expansion. Si l'urbanisation est moindre dans les pays du Sud, 40 % en moyenne, les rythmes d'urbanisation sont plus forts que dans les pays développés (plus de 3 % par an). L'Afrique et l'Asie, moins urbanisées pour l'instant, ont des villes en très forte croissance.

Notes

B. Une métropolisation croissante mais inégale

■ Métropoles et mégapoles. Une métropole est un pôle urbain majeur exerçant une influence sur un vaste territoire et doté de fonctions de commandement, de capacités d'innovation et d'investissement ainsi que d'activités de niveaux national et international. Selon leur taille, leurs fonctions et leur influence, on peut différencier les métropoles. Trois continents vont ainsi accueillir des mégapoles de plus de 20 millions d'habitants en 2050 selon l'ONU : l'Asie (Delhi, Tokyo, Shanghai, Dacca, Mumbai, Beijing, Karachi, Jakarta, Séoul), l'Amérique (Mexico, São Paulo, New York) et l'Afrique (Kinshasa, Lagos, Le Caire).

■ Les grands projets métropolitains. Autre marqueur du caractère métropolitain des villes, l'existence de grands projets urbains, portés par les élus et sollicitant les architectes et les urbanistes les plus renommés (gratte-ciels, musées, monuments).

Mot-clé

Ville mondiale : mégapole qui exerce une influence au niveau mondial. Londres, New York, Paris et Tokyo sont traditionnellement considérées comme les quatre grandes villes du monde.

■ Des métropoles en concurrence. Ces très grandes villes entretiennent d'importants réseaux (télécommunications, congrès,

Notes

voyages aériens). Elles bénéficient d'excellentes conditions d'accessibilité, d'accueil et d'hébergement, mais également d'effets d'image positifs. Dans l'espace mondialisé, l'enjeu pour les métropoles consiste à attirer hommes et capitaux pour asseoir leur croissance, d'où l'importance du « marketing urbain ».

2 Des espaces métropolitains en mutation

A. Partout, des métropoles qui s'étalent

■ **L'extension spatiale de l'espace métropolitain.** Le processus qui domine est l'étalement ; la croissance s'opère par l'intégration des zones rurales devenues périurbaines. Du point de vue démographique, cet étalement profite surtout aux périphéries, alors que les centres voient leur population se stabiliser, voire décroître.

■ **Au Nord, périurbanisation et « desserrement urbain ».** Le long des voies de communication, puis, en taches d'huile entre ces principaux axes, les citadins s'éloignent du centre des agglomérations pour trouver un cadre de vie plus agréable, plus près de la nature et moins cher.

■ **Au Sud, un étalement anarchique.** Si les centres-villes restent encore densément peuplés, l'habitat précaire, ou bidonvilles, s'est emparé des périphéries où s'installent les nouveaux venus sur des terrains inoccupés, ce qui entretient le processus d'étalement.

B. Fractures sociales, fractures spatiales

■ **Spécialisation des espaces métropolitains.** Le centre-ville concentre les fonctions les plus prestigieuses. Il est aussi rénové et réhabilité pour les populations aisées. À la périphérie, se situent les quartiers résidentiels et certaines activités de production qui recherchent de l'espace (aéroports, aires de stockage, etc.).

■ **De nouveaux centres fonctionnels.** De nouvelles centralités, à proximité des nœuds de communication, s'affirment à la périphérie des villes, là où, aujourd'hui, se concentrent les urbains : centres commerciaux, technopôles, nouveaux quartiers d'affaires.

■ **De forts contrastes spatiaux et sociaux.** Plus du tiers de la population des métropoles des pays en développement vit dans des bidonvilles. Aux quartiers populaires dégradés s'opposent des quartiers résidentiels fermés pour les populations aisées.

Mot-clé

Ségrégation socio-spatiale : processus de division sociale et spatiale des populations urbaines en unités distinctes (par exemple par quartiers), impliquant à la fois un mouvement d'exclusion et un mouvement de réunion des semblables.

La France : la métropolisation et ses effets

Fiche 15

Géographie

Notes

1 La diversité des métropoles françaises

A. Paris, ville primatiale

■ **Une ville mondiale.** L'influence politique de Paris est liée au fait qu'elle est le siège d'institutions internationales comme l'UNESCO et l'OCDE. Ses monuments (tour Eiffel, Notre-Dame de Paris) et ses musées (le Louvre) attirent, chaque année, plus de 40 millions de touristes du monde entier. Ses universités et ses écoles prestigieuses accueillent des dizaines de milliers d'étudiants venus de l'étranger.

Carte → p. 192

■ **Une dynamique démographique particulière.** Jeunes étudiants et jeunes actifs qualifiés (célibataires ou en couple sans enfants) affluent à Paris. Ce renouveau profite aux arrondissements péricentraux (notamment X^e et XIe), voire centraux (IIe, IIIe et IVe). Dans la périphérie parisienne, les arrivées sont le fait des étudiants, mais aussi de jeunes actifs ou de familles à revenus modestes.

■ **La métropole du Grand Paris (MGP).** Depuis le 1er janvier 2016, la métropole du Grand Paris regroupe les communes de Paris, les trois départements de la petite couronne (Hauts-de-Seine, Seine-Saint-Denis et Val-de-Marne) et quelques communes de la grande couronne (Argenteuil et les communes de la communauté d'agglomération Les Portes de l'Essonne).

B. Des dynamiques urbaines variées

■ **Une hiérarchisation des métropoles.** Les métropoles les plus peuplées sont celles de Paris (12 millions d'habitants), de Lyon (2,2 millions), de Marseille-Aix (1,7 million), de Toulouse, Lille, Bordeaux et Nice (entre 1 et 1,3 million). La localisation des pôles de haute technologie obéit en partie à un processus de polarisation sur les grandes métropoles du Midi et, à un moindre degré, de l'Ouest. Outre Paris, les principales métropoles de l'innovation sont Lyon, Grenoble, Toulouse, Bordeaux, Rennes, Nantes, Montpellier, Strasbourg et Lille.

■ **Un rayonnement européen limité.** Hormis Paris, la France compte peu de métropoles de rang international. C'est un effet du centralisme français. Seule Lyon a un rayonnement international,

> **Mot-clé**
> **Grand Paris :** le futur réseau de transports du Grand Paris comprendra 200 km de métro automatique, 4 lignes et 68 nouvelles gares, pour près de 2 millions de voyageurs quotidiens. Il devrait être achevé en 2030.

Notes

comparable à des métropoles européennes comme Glasgow, Bologne ou Cologne. Les autres métropoles ont un rayonnement international soit modeste (Marseille, Strasbourg, Nantes, Toulouse, Lille), soit potentiel (Bordeaux, Nice, Montpellier, Grenoble et Rennes). Cela tient notamment à leur faible influence scientifique et au nombre modeste de grands groupes ou de banques internationales.

2 Attractivité des métropoles et effets

A. Une attractivité variable et des croissances inégales

■ **Une attractivité variable.** L'attractivité des métropoles varie selon les régions. Les jeunes de 20 à 29 ans cherchent d'abord un emploi à Paris ou dans une métropole d'une région économiquement dynamique (Alsace, Rhône-Alpes). Ce n'est qu'ensuite qu'ils cherchent à s'installer dans une métropole du Sud.

■ **Des croissances inégales.** Les métropoles ont globalement des taux de croissance supérieurs à ceux des villes moyennes. Les grandes agglomérations qui connaissent toutefois une faible croissance se concentrent dans le quart nord-est du pays (au nord d'une ligne Le Havre-Montbéliard), à l'exception notable de l'Alsace avec Strasbourg. Ce sont surtout les métropoles des régions industrielles en reconversion qui perdent de la population (Lens, Valenciennes, Thionville…).

B. Des effets contrastés sur les villes petites et moyennes

■ **De la périurbanisation à la rurbanisation.** La croissance de la population des villes petites ou moyennes est positive autour des grandes métropoles ou dans leurs aires d'influence, comme en région parisienne. Depuis 1999, la croissance de la population dans les communes de moins de 10 000 habitants est forte jusqu'à 50 km de la métropole et son maximum est atteint dans un rayon de 25 km autour d'elle.

■ **L'émergence des villages-dortoirs.** Mais même dans ce périmètre sous influence métropolitaine, on assiste à une dévitalisation des centres-villes des petits pôles urbains. Les nouveaux habitants préfèrent s'installer dans des lotissements de maisons individuelles en périphérie, à proximité des échangeurs des voies rapides et des grandes surfaces commerciales. Cet habitat récent ressemble à celui des banlieues pavillonnaires : on passe des cités-dortoirs aux villages-dortoirs.

Mot-clé

Rurbanisation : intégration de communes rurales dans les couronnes périurbaines du fait de l'installation de personnes conservant leur emploi dans la métropole.

Espaces et acteurs de la production de richesses

Fiche 16

Géographie

Notes

1 Espaces productifs majeurs et facteurs de localisation

A. Le poids des héritages dans la localisation des activités

■ **L'importance des facteurs naturels.** La diversité et la richesse des sols et des climats sont à l'origine de la puissance de certains grands espaces agricoles. Les conditions climatiques des côtes maritimes et de certaines montagnes ont favorisé aussi très tôt le développement du tourisme saisonnier. De nombreuses localisations industrielles sont liées à la présence de gisements de matières premières (charbon, fer) et de sources d'énergie (barrages hydroélectriques).

■ **Le rôle de la main-d'œuvre pour la grande industrie.** Pour la grande industrie (textile, mécanique), le facteur premier de localisation est celui d'une main-d'œuvre abondante. Cela suppose une implantation de ces espaces industriels à proximité de métropoles susceptibles de fournir des dizaines de milliers de travailleurs.

■ **L'importance nouvelle du cadre de vie.** La nature est devenue davantage un élément du cadre de vie qu'un gisement de ressources à exploiter. À titre d'exemple, l'énergie est à présent disponible dans de nombreuses régions du monde avec la généralisation de l'électricité produite par les centrales nucléaires, les éoliennes ou les panneaux photovoltaïques. Les activités qui ne nécessitent pas la proximité immédiate d'un grand bassin d'emploi ou de consommation (comme les nouvelles technologies) ont donc tendance à se localiser dans des régions à l'environnement agréable.

Carte → p.193

B. Littoralisation et métropolisation de la production

■ **La révolution des transports et des télécommunications.** L'accessibilité des lieux est devenue un facteur déterminant pour de nombreuses localisations. Les transports (notamment par conteneurs) sont un vecteur essentiel de l'intégration des espaces. Les positions de carrefour (métropoles, ports, aéroports) et les grands axes d'échanges à l'échelle nationale, continentale, voire mondiale, apparaissent comme des lieux privilégiés de localisation des activités.

■ **Le rôle des grands ports.** On peut citer l'exemple de l'industrie lourde, qui est devenue une industrie sur l'eau, dans

> **Mot-clé**
>
> Technopôle : pôle d'activité réunissant des universités, des laboratoires de recherche et des entreprises fabriquant des biens de haute technologie.

Notes

des zones portuaires permettant l'importation rapide de la matière première et facilitant l'exportation du produit manufacturé.

■ Compétence de la main-d'œuvre. Avec l'essor de l'économie de la connaissance ou du savoir, les hautes qualifications sont devenues une des principales exigences pour la localisation des nouvelles activités.

2 De nouvelles stratégies pour les entreprises

A. Les entreprises obéissent à de nouvelles logiques

■ Les stratégies des firmes transnationales (FTN). Les firmes des secteurs énergétique, minier et agroalimentaire ont investi dans les pays du Sud pour y exploiter les richesses minérales et agricoles, destinées à alimenter l'industrie des pays du Nord. D'autres ont délocalisé leur production pour contourner les barrières douanières ou pour réduire les coûts de production.

■ La division internationale du travail. Les FTN mettent en place un marché mondial du travail : les cadres internationaux sont gérés par la maison mère, les travailleurs peu qualifiés de l'industrie et des services sont recrutés dans les territoires aux règles fiscales et sociales quasi inexistantes, ce qui permet de mettre en concurrence des milliers de fournisseurs dans les pays à bas salaires de l'Amérique latine et de l'Asie, et de maintenir des salaires excessivement bas.

B. Délocalisations des espaces productifs

■ Les phénomènes de délocalisation. Délocaliser, c'est déplacer vers des pays étrangers tout ou partie des activités, des capitaux et des emplois d'une entreprise. Les phénomènes de délocalisation d'activités industrielles, voire d'activités de services, apparus dès les premières décennies du XXe siècle, se sont multipliés et accélérés depuis la fin des années 1990. Si les délocalisations concernaient d'abord des secteurs comme l'habillement, l'électroménager ou l'électronique, elles touchent aujourd'hui des activités de services à distance.

> **Mot-clé**
>
> Firme transnationale : entreprise qui, à partir d'une base nationale, développe son activité à une échelle internationale en implantant des filiales et des unités de production dans au moins cinq États différents.

■ Une géographie mouvante. La stabilité de la nouvelle localisation dépend du but recherché par l'entreprise. Lorsqu'il s'agit d'une implantation sur un marché stable, celle-ci est souvent durable. En revanche, lorsque la délocalisation est liée à un avantage comparatif à court terme (coût de la main-d'œuvre par exemple), l'installation peut n'être que temporaire.

La France : les systèmes productifs

Fiche 17

Géographie

L'espace économique français a connu de profondes transformations depuis les années 1970. Les espaces productifs se reconvertissent ou se relocalisent, sur le territoire ou au-delà des frontières nationales. On assiste comme ailleurs à une polarisation des activités dans ou près des grandes métropoles.

Carte → p.194

1 De nouvelles localisations des espaces productifs

A. Un espace économique déséquilibré

■ **Des disparités qui ne s'effacent pas.** Certaines grandes oppositions tendent à disparaître : entre la France industrielle (à l'est d'une ligne Le Havre-Marseille) et la France rurale (à l'ouest), et entre l'Île-de-France et la province. Pourtant l'espace économique reste déséquilibré. Des régions, comme l'Île-de-France, l'Alsace, la région lyonnaise ou les Alpes du Nord, demeurent puissantes. Elles continuent de concentrer capitaux, main-d'œuvre et consommateurs.

B. L'exemple des zones industrialo-portuaires

■ **Les littoraux, lieux privilégiés de la nouvelle géographie économique.** Les littoraux sont aussi les lieux privilégiés de cette nouvelle géographie économique. À partir des années 1960 par exemple, l'État crée des ZIP pour promouvoir l'industrie sur l'eau française et assurer les approvisionnements en hydrocarbures. Quatre ports se spécialisent : sidérurgie à Dunkerque, produits pétroliers à Fos-sur-Mer, chantiers navals à Saint-Nazaire, terminaux porte-conteneurs au Havre.

2 Entre valorisation locale et intégration mondiale

A. L'ouverture sur l'Europe et le monde

■ **Les bases du système productif français.** La puissance de la France à l'exportation repose d'abord sur ses FTN : on parle d'internationalisation des entreprises. Des sociétés comme Danone, Total, Michelin, Carrefour, AXA sont présentes partout dans le monde et peuvent réaliser des alliances (Renault avec le Japonais Nissan). Les petites et moyennes entreprises et industries (PME et PMI) emploient près de 50 %

> **Mot-clé**
>
> **Polarisation** : attraction ou influence qu'exerce une métropole sur un espace périphérique plus ou moins étendu et hétérogène et qui se trouve dans une situation de dépendance à l'égard de ce centre.

Notes

Notes

des salariés. Leur flexibilité permet aux grands groupes de développer une sous-traitance très performante.

■ **L'importance des nœuds de communication et des espaces frontaliers.** La performance des communications concerne évidemment Paris mais aussi la région lyonnaise, Bordeaux, Toulouse, les grandes vallées (comme celle du Rhin), les littoraux et les espaces frontaliers surtout du Nord-Est. L'État aménageur s'engage dans la construction des grandes infrastructures (projets actuels du canal Seine-Nord Europe et du tunnel ferroviaire Lyon-Turin).

■ **Délocalisation ou relocalisation ?** Dans le contexte de crise financière internationale et de fermeture d'usines en France, l'État a décidé de renforcer les aides à la réindustrialisation (ARI) ou à la relocalisation, en proposant aux entreprises des avances remboursables. Le gouvernement veut, par exemple, encourager la création de nouveaux centres d'appels en France. Le mouvement de relocalisation ne se fait cependant qu'au rythme d'une centaine d'entreprises par an : on compte en moyenne un cas de relocalisation pour vingt cas de délocalisation.

B. Le rôle des métropoles et des espaces technopolitains

■ **Des métropoles de plus en plus spécialisées.** La décision de l'État de favoriser le développement extra-parisien a abouti à soutenir le développement des grandes métropoles du sud et de l'ouest de la France (les huit métropoles d'équilibre), notamment l'essor des universités et des grandes écoles. L'État a choisi Toulouse pour accueillir l'aéronautique, Bordeaux pour les activités aérospatiales, Rennes pour les télécommunications, Grenoble pour l'électronique.

■ **Répartition des industries de pointe et des activités high-tech.** Trois grands types d'espaces accueillent les pôles de l'innovation : la région parisienne, qui concentre main-d'œuvre qualifiée et grand marché d'emploi et de consommation, les périphéries méridionales et occidentales, aux nombreuses aménités pour les ingénieurs (mer ou océan, soleil et cadre champêtre ou montagnard) et, enfin, les villes proches des frontières, qui profitent des dynamiques transfrontalières.

■ **Les synergies puissantes des parcs technologiques ou scientifiques.** Les espaces technopolitains se caractérisent d'abord par les synergies qu'ils ont suscitées entre les entreprises ou les start-up d'un même secteur, entre des spécialités différentes mais complémentaires, entre des grandes entreprises et un vivier de PME, entre l'industrie d'une part et d'autre part l'appareil de recherche public (CNRS, INRA, CNES…) et privé et l'appareil de formation de haut niveau (universités, IUT, grandes écoles).

Mot-clé

Aménités : ensemble d'éléments contribuant à rendre appréciable et agréable un lieu pour ceux qui y vivent (climat, paysage, ambiance).

Les espaces ruraux : multifonctionnalité ou fragmentation ?

Fiche 18

Géographie

1 Nouvelles campagnes, nouveaux espaces ruraux

A. Des campagnes en négatif des villes ?

■ Espace rural, espace urbain. La notion de campagne comporte étymologiquement une dimension plus agricole (champs et terres cultivés, au service de la ville) que celle d'espace rural. On définit généralement l'espace rural en négatif de l'espace urbain. Ce serait donc un espace marqué par les faibles densités (de population, de constructions, d'emplois, d'équipements, etc.), par les paysages où prédominent les formations végétales (forêts, prairies, cultures, friches, etc.) et, enfin, par l'importance des activités agricoles en termes de surfaces (plus qu'en termes d'actifs).

■ La campagne, un territoire mineur ? Dans le monde d'aujourd'hui, et plus particulièrement dans les pays du Nord, la campagne apparaît comme vidée de sa population, fragilisée. Pourtant, il convient de rappeler que les campagnes continuent d'accueillir 3,5 milliards d'êtres humains. On passe donc plutôt de sociétés paysannes à des sociétés rurales qui entretiennent des liens étroits avec les espaces urbains.

Notes

B. Des espaces ruraux marqués par la multifonctionnalité

■ Une fonction agricole entre enjeux alimentaires et non alimentaires. Dans les pays en développement et émergents, l'agriculture reste encore, et largement, la première activité rurale : les campagnes peuvent, dans leur très grande majorité, y être encore qualifiées de paysannes. Au contraire, dans les pays développés, l'agriculture est désormais très minoritaire dans les espaces ruraux en termes d'emploi (moins de 10 % des ruraux sont des actifs liés à ce secteur) et de création de richesses, même si elle continue de marquer la plupart des paysages ruraux et d'occuper la majeure partie de l'espace. Au-delà de sa fonction première de production alimentaire, l'agriculture y remplit des rôles multiples (entretien des paysages, renforcement des identités territoriales par les produits de qualité du terroir, production d'agrocarburants…).

■ L'essor des fonctions résidentielles. Certaines campagnes, proches des grands centres urbains, se mettent à accueillir des populations venues des

> **Mot-clé**
>
> Ruralité : au sens large, caractère rural d'un espace, d'une population, etc. ; au sens plus étroit, ensemble de représentations collectives et de caractères concourant à une forme d'identité et de fonctionnement des espaces ruraux.

Notes

villes, à la recherche d'un logement moins cher et d'un environnement considéré comme plus agréable.

■ **Fonctions productives et fonctions de protection.** Certains espaces ruraux voient se développer des activités productives industrielles (souvent le fait de petits établissements) et touristiques (dans les campagnes offrant un patrimoine culturel et naturel remarquable). Mais les conflits entre fonctions productives et fonctions de protection ne sont pas rares. On attribue en effet de plus en plus aux espaces ruraux des fonctions de protection de l'environnement, sous forme de parcs naturels et d'aires protégées.

2 Des espaces ruraux entre contraste et fragmentation

A. À l'échelle mondiale

■ **Une diversification croissante.** On constate un accroissement des inégalités entre les campagnes qui demeurent principalement agricoles, et celles qui parviennent à diversifier leurs activités, et donc à créer de nouveaux emplois et à renouveler leur population.

■ **Une opposition Nords-Suds.** À l'échelle mondiale, les contrastes sont forts entre espaces ruraux développés et multifonctionnels des Nords et espaces ruraux en développement des Suds, dans lesquels les « petites » agricultures peu productives restent prépondérantes.

B. Aux échelles régionales et locales

■ **Entre déclin et maintien de fortes densités.** Les inégalités sont fortes entre les espaces ruraux qui doivent gérer une déprise démographique, ceux qui connaissent une « renaissance rurale », et ceux qui atteignent des niveaux records de densités. Les trajectoires démographiques et les enjeux de développement rural sont très différents entre les espaces ruraux anciennement très peuplés (Asie du Sud-Est), les espaces ruraux nouvellement confrontés au défi du nombre (Afrique subsaharienne) ou les campagnes en phase de réinvention entre déclin et renouveau (Europe).

Mot-clé

Néoruraux : citadins choisissant de s'installer à la campagne et y travaillant également, que ce soit dans l'agriculture (généralement de qualité, maraîchère ou d'élevage), dans le tourisme ou dans des activités tertiaires, grâce au télétravail.

■ **Le cas des espaces en déprise.** La déprise est un processus de fragilisation de l'espace rural, marqué par le dépeuplement des campagnes (exode rural) et une disparition progressive des activités rurales (agriculture, commerces, services, etc.). La déprise rurale peut accompagner une déprise agricole (fragilisation, voire abandon progressif des activités agricoles et des terres agricoles).

La France : des espaces ruraux multifonctionnels et aménagés

Fiche 19

Géographie

Notes

1 Des espaces ruraux en mutation

A. L'isolement du rural profond ou hyper-rural

■ **La diagonale des déprises.** Les campagnes en décroissance démographique sont celles qui sont éloignées d'un pôle urbain ; les déplacements quotidiens vers les lieux de travail n'y sont pas possibles. On constate qu'elles sont presque toutes situées le long d'une diagonale traversant des régions avec une faible densité de population, la « diagonale du vide » ou « diagonale aride », qui va du sud du Massif central aux Ardennes, coupant la France en deux.

■ **Les autres campagnes isolées.** Une grande partie des Alpes du Sud et de la Corse donne aussi une impression de vide. À une échelle plus fine, les campagnes « profondes » sont celles où les pôles urbains sont moins importants, où l'activité agricole est la plus en difficulté, où la diversité des emplois est moindre.

■ **Le manque de services et d'équipements.** Au total, le rural isolé ou profond comprend plus de 16 000 communes et abrite environ 12 % de la population sur plus de la moitié du territoire. Dans les espaces en déprise, on assiste, malgré la mobilisation des habitants, à la fermeture de certains services publics (écoles, poste, centre des finances publiques, tribunaux de grande instance, maternités) et commerciaux (boulangeries…). Les difficultés des familles pauvres et des personnes âgées y sont tout aussi sensibles, bien que moins visibles, que celles rencontrées dans certaines banlieues.

Carte → p.195

B. De nouvelles formes de développement

■ **Le développement résidentiel.** Dans certains de ces espaces isolés, des retraités réinvestissent la maison de famille. Le télétravail permet aussi à quelques familles, disposant en général de plusieurs voitures, de venir s'installer.

■ **Le développement touristique.** Dans les espaces peu peuplés, se développent des formes de tourisme vert ou de vacances à la ferme, avec la création d'écomusées, de gîtes ruraux, de parcours de golf ou de réserves naturelles ouvertes aux visiteurs.

■ **Le développement des PME.** Les petites et moyennes entreprises peuvent aussi être attirées par les avantages

Mot-clé

Agrotourisme : forme de tourisme fondée sur l'articulation entre activité agricole et activité touristique ; il s'appuie sur une pluralité de produits touristiques (hébergement, restauration, dégustation de produits du terroir, etc.).

Notes

comparatifs de ces espaces ruraux : main-d'œuvre parfois qualifiée (dans les anciennes régions spécialisées) et moins exigeante en termes de salaire, cadre de travail calme… C'est le cas de la plasturgie d'Oyonnax dans le Jura, de la coutellerie dans la région de Thiers ou à Laguiole dans le Massif central, du textile dans la région de Cholet (Maine-et-Loire).

2 Enjeux d'aménagement aux niveaux local et européen

A. À l'échelle locale et nationale

■ **L'accès au numérique.** 2 % des lignes téléphoniques (600 000 foyers) sont inéligibles à l'ADSL. Pour désenclaver ces zones blanches rurales, les collectivités territoriales proposent des aides pour accompagner l'équipement en accès haut débit par des technologies alternatives comme le satellite ou le WiMax. Mais 27 % des lignes (8 millions de foyers, localisés notamment en zones rurales isolées) ne permettent pas un accès à plus de 2 Mbits par seconde, ce qui rend l'accès à certains sites difficile.

■ **Pôles d'excellence et zones de revitalisation.** Parmi les territoires de projet, les pôles d'excellence rurale doivent favoriser l'activité économique ou l'offre de services des régions rurales. Pour lutter contre la déprise qui touche près de 40 % du territoire, des zones de revitalisation rurale (ZRR) sont créées en 1996 : maintien de services publics (écoles, poste) et d'activités (subventions aux petits commerces), aide à l'installation de jeunes agriculteurs et au développement des gîtes ruraux et des installations touristiques. L'ouverture du prêt à taux zéro (PTZ) permet la rénovation de logements anciens dans 6 000 communes rurales.

Mot-clé

PAC : politique agricole commune, mise en place par la Communauté européenne en 1962 pour atteindre l'autosuffisance alimentaire et améliorer les revenus des agriculteurs.

B. À l'échelle européenne

■ **L'UE et la réduction des inégalités socio-spatiales.** Le Fonds européen de développement régional (FEDER) a pour vocation de renforcer la cohésion économique et sociale dans l'UE en accordant une attention particulière aux spécificités territoriales. Il cible particulièrement les problèmes économiques, environnementaux et sociaux dans les zones présentant des handicaps géographiques naturels (régions peu peuplées).

■ **Les financements du FEDER.** Les investissements du FEDER se concentrent sur plusieurs domaines : l'innovation et la recherche ; la stratégie numérique ; le soutien aux petites et moyennes entreprises (PME) ; l'économie sobre en carbone.

La Chine : développement, inégalités et ressources

Fiche 20

Géographie

1 Développement et inégalités

A. Vers une société de plus en plus inégale

■ **Un des États les plus inégalitaires au monde.** Les inégalités de richesse sont de plus en plus fortes en Chine, faisant du pays l'un des États les plus inégalitaires au monde : 20 % de la population concentre plus de la moitié des richesses du pays alors que les 20 % les plus pauvres ne s'en partagent que 4,7 %.

Carte → p.196

■ **Surmasculinité et vieillissement.** La Chine présente une situation démographique particulière issue d'une politique ancienne de l'enfant unique (1979) avec une préférence accordée aux garçons et des progrès spectaculaires de l'espérance de vie. On prévoit un déficit en femmes estimé à 50 millions en 2050 ainsi qu'un vieillissement accéléré dans un contexte d'urbanisation rapide et de faible couverture sociale.

> **Mot-clé**
>
> Surmasculinité : le sex-ratio ou rapport de masculinité, exprime la proportion des hommes et des femmes dans une population. Il permet de mesurer un surnombre d'hommes (surmasculinité) ou de femmes (surféminité). En Chine, il y aurait en moyenne 120 garçons pour 100 filles.

B. La première des puissances émergentes

■ **La Chine dans la mondialisation.** En ouvrant leur pays aux investissements étrangers, les dirigeants chinois ont sorti leur pays du sous-développement et ont voulu élever le niveau de vie de leur population. Entrée dans l'OMC en 2001, la Chine est devenue le pays asiatique le plus attractif pour les investisseurs. Elle connaît un taux de croissance d'environ 7 à 10 % par an. Atelier du monde, elle accueille les produits semi-finis et les réexpédie vers les marchés extérieurs une fois finis. Premier exportateur mondial, la Chine inonde la planète de ses produits manufacturés à bas prix.

■ **Un pays de plus en plus dépendant de l'économie mondiale.** Pour garantir sa propre croissance, la Chine doit être de plus en plus présente sur tous les continents et sur les lignes de communications maritimes (océan Indien, pourtour de l'Afrique). Elle investit surtout sur le marché des matières premières (hydrocarbures, métaux) en raison de ses besoins élevés. Elle est devenue le deuxième consommateur de pétrole après les États-Unis et en importe pour 100 milliards de dollars chaque année.

Notes

Notes

■ Une diplomatie au service de ses besoins. La diplomatie doit permettre à la Chine de s'assurer un accès privilégié aux ressources naturelles indispensables, à la fois chez ses proches voisins riches en sources d'énergie (Russie, Kazakhstan), mais aussi chez les pays du Moyen-Orient, d'Afrique et d'Amérique latine qui lui fournissent des métaux et du pétrole.

2 Des ressources et des environnements sous pression

A. Le risque énergétique

■ Le poids des énergies fossiles. 70 % de l'électricité consommée en Chine provient encore des énergies fossiles. La Chine représente 25 % de la consommation globale de l'énergie, 16 % de la consommation chinoise étant satisfaite par l'importation de pétrole et de gaz. On estime que la demande chinoise d'énergie pourrait augmenter de 75 % à l'horizon 2035, ce qui peut générer une pénurie d'approvisionnement.

■ Les impacts environnementaux. La Chine est le plus grand producteur et consommateur de charbon, bien qu'elle ne détienne que 13 % de la réserve mondiale avec 114,5 milliards de tonnes. Sa production représente 48 % de la production mondiale avec 1,8 milliard de tonnes, et sa consommation de charbon s'élève à 1,9 milliard de tonnes soit la moitié de la consommation mondiale. Les impacts du charbon sur l'environnement sont sévères en Chine où la pollution dans les grandes villes ainsi que la forte diminution des terres arables sont des phénomènes préoccupants.

B. Déforestation et désertification

■ L'avancée des déserts. Croissance urbaine et surexploitation agricole ont provoqué une désertification dans des régions comme la Mongolie-Intérieure. Les étendues sablonneuses qui touchent 27 % du pays progressent rapidement.

■ La Grande muraille verte (GMV). Depuis 1978, des barrières vertes sont construites contre le vent : des millions de pins, de peupliers et de saules sont plantés à travers tout le nord de la Chine. Le projet de « Brise-Vent des trois Nords » vise à planter, d'ici à 2050, 35 millions d'hectares, créant une ceinture végétale d'environ 4 500 kilomètres de long sur 1 450 kilomètres de large.

Mot-clé

Désertification : dégradation progressive des terres les transformant en milieux désertiques. La désertification peut avoir pour origine des variations climatiques et/ou les activités humaines.

La Chine : des recompositions spatiales multiples

Les disparités régionales sont flagrantes entre les régions littorales de l'Est et celles de l'intérieur ou de l'Ouest, moins dynamiques.

1 Des inégalités qui s'accentuent

A. Organisation et déséquilibres du territoire

■ **Une littoralisation massive.** La Chine est un pays immense (18 fois la France) où les masses humaines se concentrent principalement dans les plaines, ce qui crée un premier déséquilibre au profit de l'est de la Chine. Le développement du pays depuis les années 1980 a fortement aggravé ces inégalités régionales. Les régions littorales représentent 14 % du territoire mais concentrent 43 % de la population, 85 % des investissements venus de l'étranger et sont à l'origine de 98 % des exportations chinoises.

Carte → p.197

■ **Un découpage régional.** L'espace chinois se découpe en trois bandes Nord-Sud : le littoral intégré à l'espace mondial, l'intérieur densément peuplé mais insuffisamment développé et l'Ouest faiblement peuplé et peu développé.

B. Les provinces littorales : le centre de la Chine

■ **Hong Kong, porte d'entrée vers la Chine.** Hong Kong diffuse des informations, des capitaux et des activités industrielles dans son arrière-pays. Elle est à la tête d'un vaste ensemble industriel et urbain : le delta de la « rivière des Perles ».

■ **Shanghai, premier port mondial.** Shanghai, premier port mondial, commande la plus riche région de Chine (un cinquième du PIB national). Elle s'appuie aussi sur son arrière-pays pour tisser des liens avec l'extérieur, mais n'a pas encore atteint la place de carrefour international d'une ville comme Hong Kong.

■ **Beijing et les services.** Les activités de services se sont beaucoup plus développées à Beijing (Pékin) ces dernières années que dans l'industrielle Shanghai.

■ **Un phénomène de mégalopolisation.** Ce processus concerne les trois grandes agglomérations de l'est de la Chine : le delta de la « rivière des Perles », le delta du Yangzi et l'agglomération de Beijing-Tianjin.

> **Mot-clé**
>
> Mégalopole : très grand ensemble urbain formé de plusieurs grandes agglomérations proches dont les banlieues et couronnes périurbaines se rejoignent. Il ne faut pas confondre une mégalopole et une mégapole, agglomération de plus de 10 millions d'habitants.

Notes

Notes

2 L'aménagement du territoire

A. Favoriser les liaisons littoral/arrière-pays

■ **Les tensions dans l'Ouest.** Dans les régions de l'Ouest où l'on trouve des minorités non chinoises (Tibet, Xinjiang), les tensions ont augmenté suite à l'arrivée massive de colons chinois (Han). Le Xinjiang, où vivent les Ouïgours turcophones et musulmans, riche en pétrole et en charbon, constitue une zone de transit pour les hydrocarbures venus d'Asie centrale.

■ **Le désenclavement des périphéries marginalisées de l'Ouest.** Le gouvernement chinois s'efforce de faciliter les liaisons entre le littoral et l'intérieur pour que les provinces de l'arrière-pays se développent. L'État a pour projet de désenclaver les marges lointaines de l'Ouest par le développement du transport aérien et la construction de neuf nouvelles autoroutes.

■ **Le Yangzi et le barrage des Trois-Gorges.** La construction de ce barrage visait à améliorer la navigabilité entre Shanghai et Chongqing, produire de l'énergie hydroélectrique et alimenter Pékin en eau. Cet ouvrage doit surtout permettre de désenclaver la Chine centrale qui deviendra une périphérie bien intégrée au centre.

Mot-clé

Désenclavement : action d'aménagement du territoire qui consiste à sortir une région ou une ville, peu desservie par des routes ou des voies de communication, de son isolement.

B. Développer l'ouverture internationale

■ **Une nouvelle route de la soie.** L'initiative « *One Belt, One Road* », rebaptisée Belt and Road Initiative (BRI), repose sur un important volet terrestre, ferroviaire et routier (*Silk Road Economic Road*). Le corridor Chine-Asie Centrale-Asie occidentale doit relier le grand Ouest chinois à l'Asie centrale et au Moyen-Orient vers la Turquie *via* l'Iran. Le corridor Chine-Pakistan (CEPC), ou route méridionale, doit aller de la province chinoise du Xinjiang au port en eau profonde pakistanais de Gwadar, officiellement placé sous le contrôle d'une compagnie chinoise, la China Overseas Port Holding Company Pakistan.

■ **La relance du train.** Des relations ferroviaires intercontinentales sont prévues entre la côte Pacifique et Rotterdam. La nouvelle voie ferrée qui permet d'atteindre Lhassa en deux jours depuis Pékin servira à faire du Tibet une plate-forme d'exportation des produits chinois vers l'Asie du Sud. Ces projets visent aussi à assimiler et à siniser les minorités tibétaines et ouïgoures.

Notes

Cartes de géographie

L'urbanisation dans le monde en 2025 : projection de l'ONU

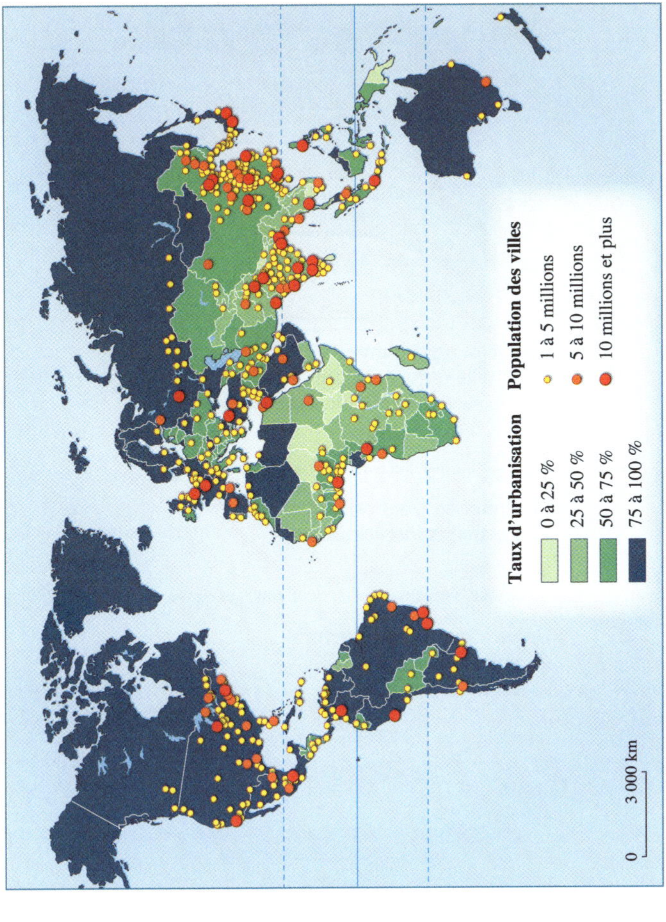

Notes

Notes

Paris, ville mondiale

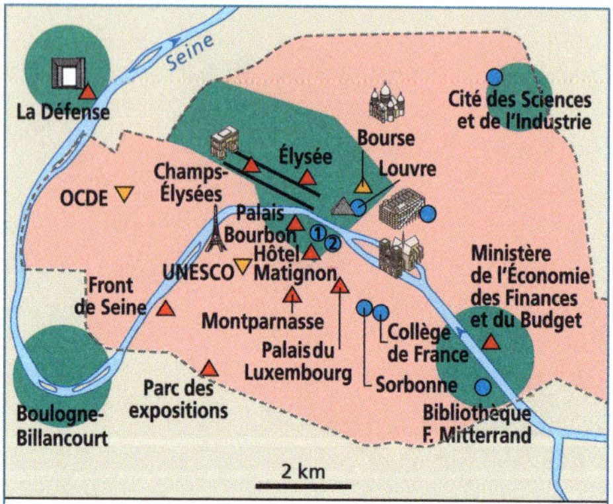

Des lieux de commandement à l'échelle européenne et mondiale

- centres du pouvoir politique et économique
- UNESCO, OCDE
- espace d'activités tertiaires supérieures

Des lieux de création et d'activités intellectuelles

- Sorbonne
- 1 musée d'Orsay
- 2 Institut de France

Un patrimoine architectural universellement connu

- Louvre

Notes

La concentration des hommes et des activités sur les littoraux asiatiques

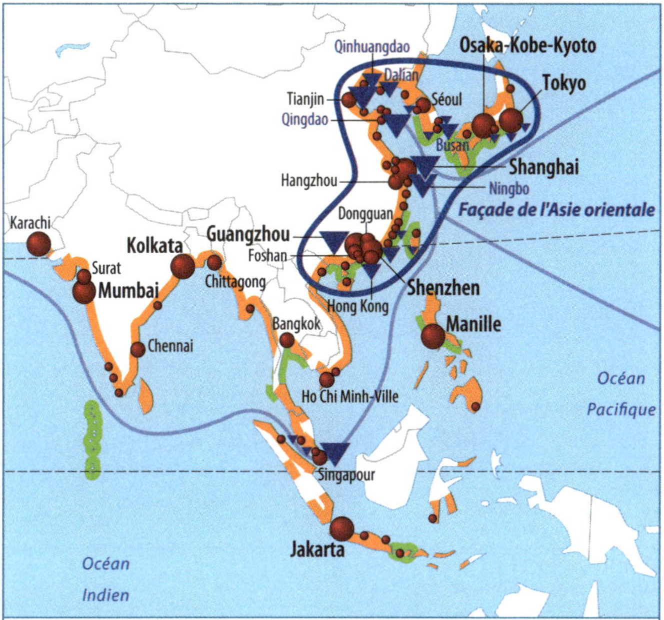

Une forte concentration des hommes
agglomération littorale :
nombre d'habitants en 2014, en millions
1 5 10 38
littoral densément peuplé (densité supérieure à 100 hab./km² en 2014)

Une forte concentration des hommes
agglomération littorale :
nombre d'habitants en 2014, en millions
1 5 10 38
littoral densément peuplé (densité supérieure à 100 hab./km² en 2014)

Notes

L'espace industriel français

Héritage en 1945

Vieilles régions industrielles

- fondées sur les ressources énergétiques et minières
- fondées sur les facteurs humains et la localisation géographique (carrefours, ports)
- régions d'industries diffuses en milieu rural

Évolution de 1945 à 1973

- importance des grands axes de circulation
- littoralisation des industries lourdes
- déconcentration et décentralisation de la région parisienne

Évolution depuis 1973

- implantation de capitaux étrangers
- technopôle
- désindustrialisation des vieilles régions manufacturières
- région industrielle du Nord-Est en perte de vitesse
- régions et pôles industriels dynamiques en France
- pôles de compétitivité (16 d'envergure mondiale)

La diversité des campagnes françaises

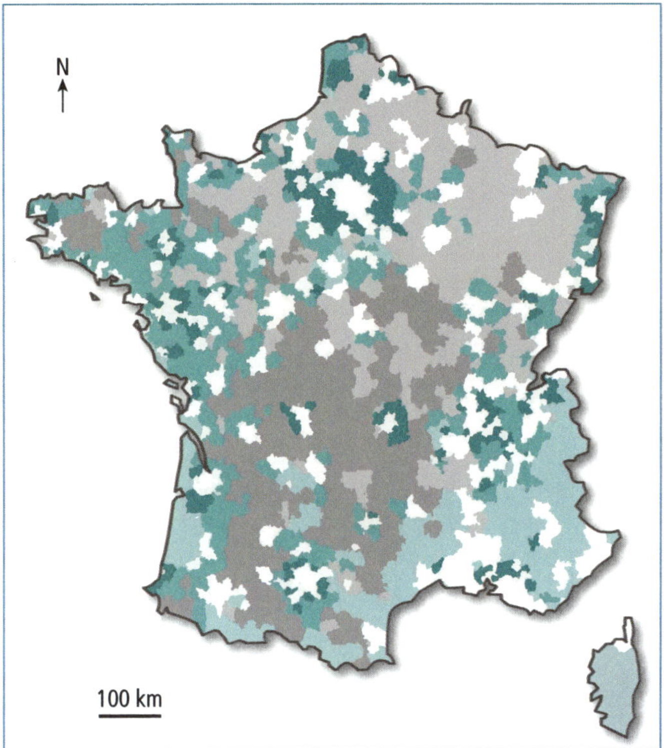

bassins de vie urbanisés

Bassins de vie ruraux

Les campagnes attractives

- périurbain de proximité
- rural en voie de périurbanisation
- rural à attractivité touristique

Les campagnes fragiles

- rural ouvrier
- rural peu dense, agricole, vieilli

Source : *Gonin et Quéva, Géographie des espaces ruraux*, Armand Colin, 2018.

La Chine, entre croissance économique et défis environnementaux

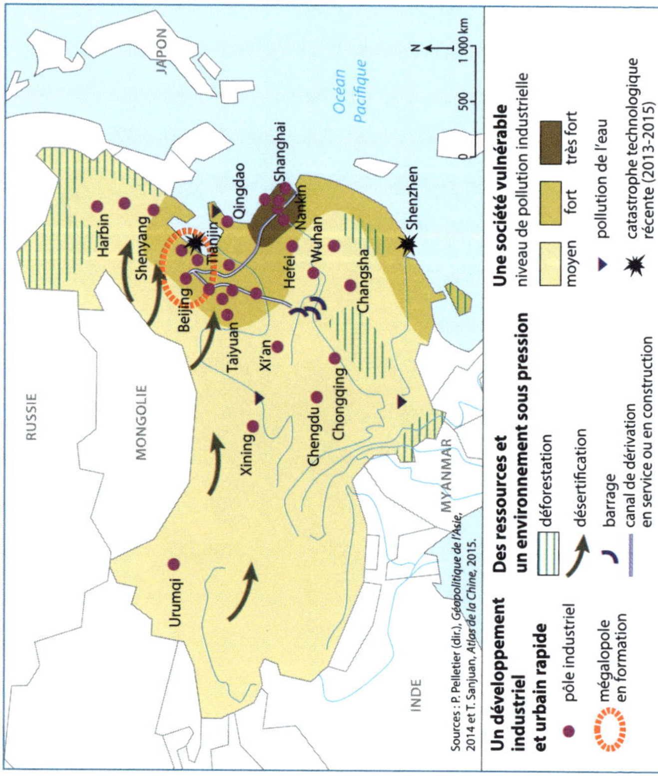

Aménagement du territoire chinois

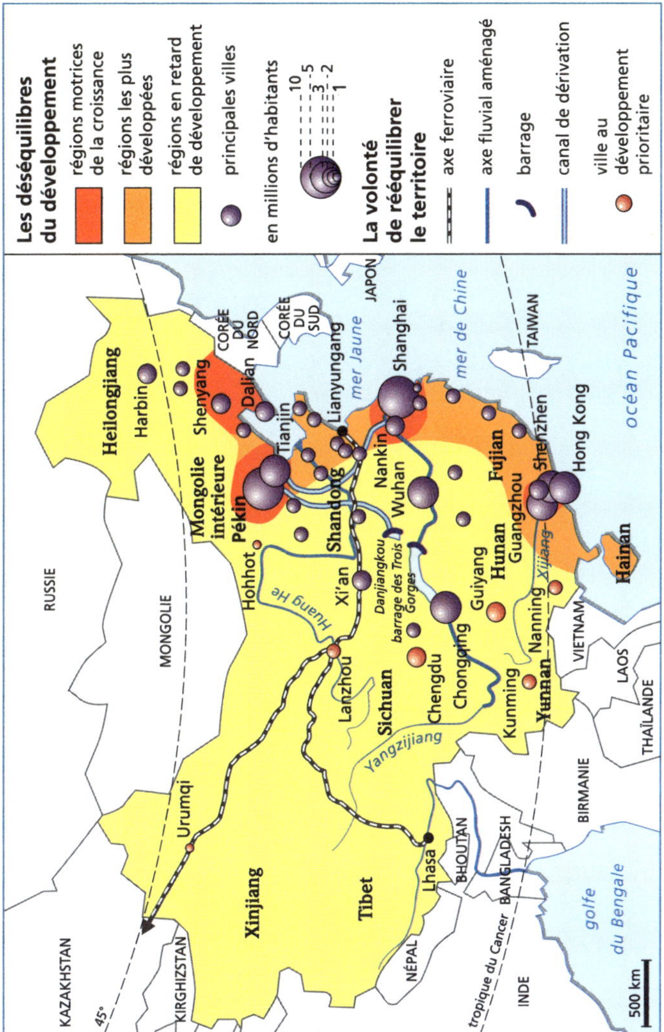

Notes

Enseignement scientifique

Sommaire

Notes

Descriptif du contrôle continu

1 Objectif du contrôle continu

Le contrôle continu pour l'enseignement scientifique dans la voie générale a pour objectif d'évaluer les connaissances et les compétences figurant au programme de l'enseignement scientifique pour la classe de première, en lien avec ses trois objectifs généraux de formation :

– comprendre la nature du savoir scientifique et ses méthodes d'élaboration ;

– identifier et mettre en œuvre des pratiques scientifiques, notamment à travers l'utilisation de savoirs et des savoir-faire mathématiques ;

– identifier et comprendre les effets de la science sur les sociétés et sur l'environnement.

2 Exercices possibles

Chaque exercice présente une cohérence thématique et porte sur un ou deux thèmes du programme.

Le sujet évalue les compétences suivantes :

– exploiter des documents ;

– organiser, effectuer et contrôler des calculs ;

– rédiger une argumentation scientifique.

Chaque exercice évalue plus particulièrement une ou deux de ces compétences. Toute formulation des questions est envisageable : de la question ouverte jusqu'au questionnaire à choix multiples.

Chaque sujet précise si l'usage de la calculatrice est autorisé.

En classe de première, l'épreuve porte sur l'ensemble du programme de première, en dehors du projet expérimental et numérique.

Notes

Notes

Un niveau d'organisation : les éléments chimiques (1)

Fiche 1

Enseignement scientifique

Les noyaux des atomes des éléments chimiques stables naissent au sein des étoiles. Certains noyaux, instables, peuvent se désintégrer. Comment peut-on décrire ces réactions nucléaires ?

1 L'origine des éléments chimiques

- Le big bang est un modèle permettant de décrire l'évolution de l'Univers depuis sa naissance, ainsi que la formation des éléments chimiques qui le composent. Lors de son évolution, les constituants de l'Univers se sont peu à peu formés et organisés.

Rappel
Lors d'une réaction nucléaire, un élément se transforme en un autre élément.

- La matière dans l'Univers se transforme continuellement. L'hydrogène se transforme en hélium puis en d'autres éléments plus lourds, comme l'oxygène, le carbone, le fer, le silicium par des réactions nucléaires au sein des étoiles.

- Abondance des éléments chimiques (proportions) dans l'Univers :

Hydrogène H	Hélium He
90 %	9 %

- Abondance des éléments chimiques (proportions) dans le globe terrestre :

Oxygène O	Magnésium Mg	Fer Fe	Silicium Si
48,8 %	16,5 %	14,3 %	13,8 %

- Abondance des éléments chimiques (proportions) dans le corps humain :

Hydrogène H	Oxygène O	Carbone C	Azote N
61 %	24 %	13 %	1,4 %

Notes

Notes

2 La source d'énergie des étoiles

■ Une étoile est principalement composée d'hydrogène. Elle est le siège de réactions de fusion nucléaire qui libèrent une grande quantité d'énergie. Lors de la fusion nucléaire, des noyaux légers s'unissent (ils fusionnent) pour former un noyau plus lourd.

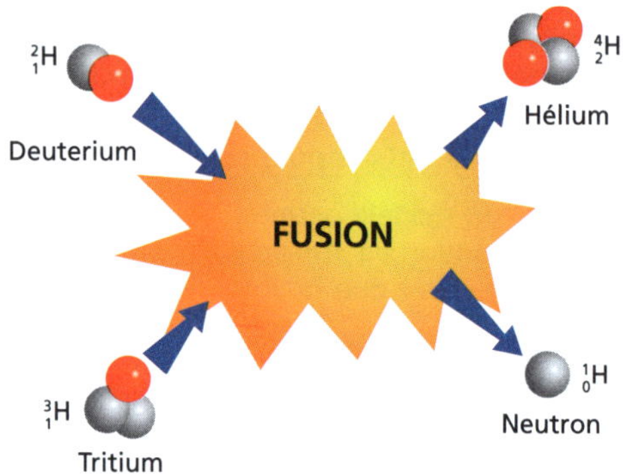

$$^{3}_{1}H + ^{2}_{1}H \rightarrow ^{4}_{2}He + ^{1}_{0}n$$

■ Au cours d'une réaction nucléaire, il y a :
- conservation du nombre de masse ;
- conservation du nombre de charge.

$$^{3}_{1}H + ^{2}_{1}H \rightarrow ^{4}_{2}He + ^{1}_{0}n$$

$3 + 2 = 4 + 1$

$1 + 1 = 2 + 0$

À noter

Au cours d'une réaction nucléaire il n'y a pas conservation des éléments chimiques.

Un niveau d'organisation : les éléments chimiques (2)

Fiche 2

Enseignement scientifique

1 La radioactivité

■ Certains noyaux sont instables et se désintègrent en émettant d'autres particules plus petites et un rayonnement gamma (γ) de haute énergie. On parle de désintégration radioactive (radioactivité).

■ La désintégration radioactive d'un noyau est un phénomène aléatoire. Il n'est pas possible de prévoir à quel instant elle aura lieu.

Mot-clé

Période radioactive (ou demi-vie) : temps T nécessaire à la désintégration de la moitié des noyaux contenus dans un échantillon macroscopique. C'est une caractéristique du noyau.

■ La demi-vie. Soit N_0 le nombre de noyaux radioactifs dans un échantillon à l'instant $t = 0$.

Au bout d'une demi-vie ($t = T$), le nombre de noyaux radioactifs sera divisé par deux, soit

$$N = \frac{N_0}{2}$$

Date	$t = 0$	$t = T$	$t = 2T$	$t = 3T$	$t = nT$
Nombre de noyaux radioactifs	$N = N_0$	$N = \frac{N_0}{2}$	$N = \frac{N_0}{4}$	$N = \frac{N_0}{8}$	$N = \frac{N_0}{2^n}$

■ Périodes radioactives de quelques isotopes :

Isotope		Période
Tritium	^{3}H	12,3 ans
Plutonium	^{239}Pu	24 300 ans
Iode	^{129}I	17 millions d'années
Uranium	^{238}U	4,5 milliards d'années

2 Dater la matière avec la radioactivité

■ La datation au carbone 14 (^{14}C) est basée sur la mesure de l'activité radioactive du carbone 14 contenu dans la matière organique.

■ Un organisme vivant échange du carbone (et donc du carbone 14) avec son environnement. La proportion de carbone 14 par rapport au carbone total dans un organisme vivant à un instant t est la même que dans l'atmosphère au même instant.

Notes

Notes

■ Lorsqu'un organisme vivant meurt, ces échanges cessent. La quantité de carbone 14 qu'il contient décroît au cours du temps car les noyaux se désintègrent.

■ En mesurant le rapport du carbone 14 au carbone total dans un échantillon de matière, on peut donc déterminer son âge.

Zoom

La période radioactive du carbone 14 est de 5 600 ans.

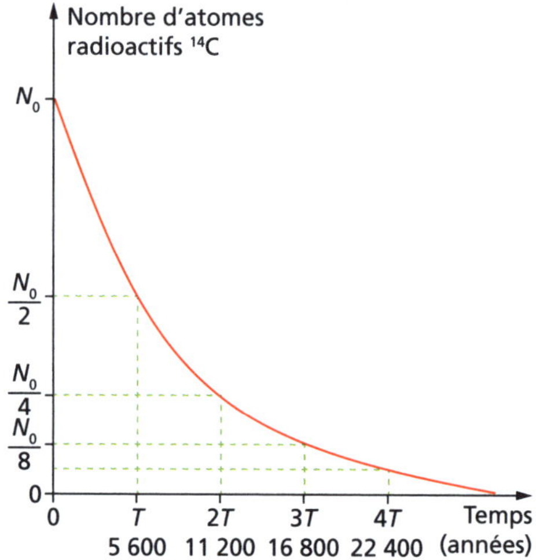

Décroissance radioactive du carbone 14

■ On appelle activité d'un échantillon radioactif le nombre de noyaux qui se désintègre par seconde. L'activité s'exprime en bequerel (Bq). 1 Bq correspond à une désintégration par seconde.

■ Certains objets du quotidien sont naturellement radioactifs. Un litre d'eau du robinet à une activité de 1 à 2 Bq, un kilogramme de granit a une activité de l'ordre de 8 000 Bq.

Des édifices ordonnés : les cristaux (1)

Lors d'un repas, on peut servir les boissons dans un verre ordinaire ou bien dans un verre « en cristal ». Cette appellation est trompeuse. Pour le scientifique, le cristal est bien différent du verre. Comment distinguer cristal et verre ?

1 Le chlorure de sodium : un exemple de cristal

■ Le chlorure de sodium provient de deux sources : il est récolté par évaporation de l'eau de mer dans les marais salants, ou bien extrait en profondeur à partir du sel gemme ou halite, une roche.

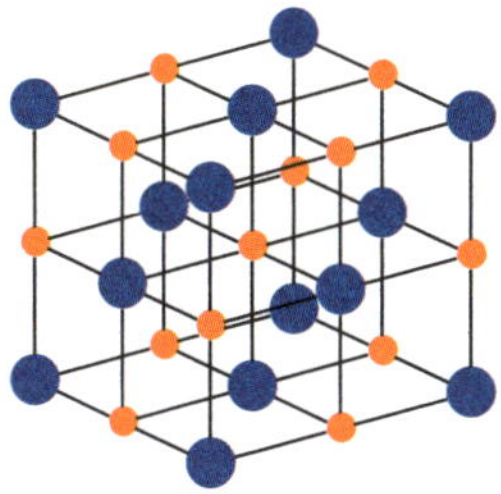

Structure d'un cristal de chlorure de sodium. Bleu : Cl^-, orange : Na^+

■ Le cristal de chlorure de sodium est constitué d'un empilement régulier de deux ions : Na^+ et Cl^-. Ces ions se disposent les uns par rapport aux autres dans un empilement cubique. Au sommet du cube, on trouve un ion Cl^-, ainsi qu'au centre de chaque face du cube. Au milieu des arêtes du cube, on trouve un ion Na^+ ainsi qu'au centre du cube.

■ La structure cubique est répétée. Cet empilement régulier et répété désigne l'état cristallin. Cet état cristallin se manifeste dans la structure du cristal au niveau macroscopique : il est possible de distinguer des formes cubiques dans des cristaux de sel gemme.

Notes

2 La structure cristalline

A. La maille cristalline

■ L'exemple du chlorure de sodium peut être généralisé. Tous les solides cristallisés présentent une structure cristalline qui est définie par une maille élémentaire caractérisée par une forme géométrique où sont empilés les constituants, ou entités, du solide cristallisé. Cette maille est répétée périodiquement.

■ Une maille a une forme géométrique particulière. Les entités qui sont empilées dans la maille sont de natures diverses : atomes, ions ou molécules. La position des entités dans la maille n'est pas la même d'une structure cristalline à l'autre. Ainsi, un type cristallin est-il défini par la forme géométrique de la maille.

■ Les cristaux les plus simples correspondent à une maille cubique. La position des entités dans cette maille permet de distinguer les réseaux cubiques simples et des réseaux cubiques à faces centrées.

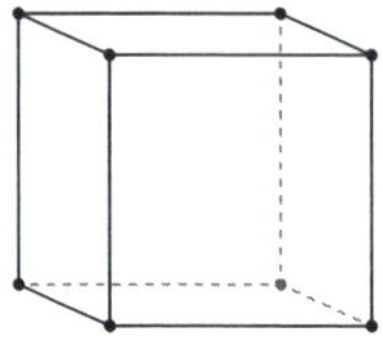

Maille cubique simple

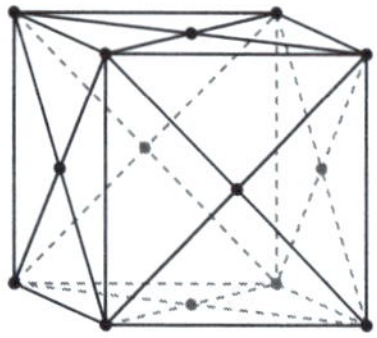

Maille cubique à face centrée

B. Caractéristiques microscopiques de la maille

La connaissance des caractéristiques de la maille d'un cristal est importante pour déterminer différents paramètres d'un cristal.

■ Nombre d'entités par maille, noté N.

– Une entité située au sommet du cube est commune à huit mailles voisines.

– Une entité située sur une face du cube est commune à deux mailles.

■ Volume de la maille, noté V.

Pour une maille cubique, son volume est calculable par la formule : $V = a^3$, a désignant la longueur d'un côté du cube.

■ Compacité de la maille, notée C.

La compacité est un rapport entre le volume occupé par les entités dans la maille et le volume de la maille. On considère que les entités chimiques de la maille sont sphériques et tangentes entre elles.

$$C = N \times \frac{\frac{4}{3} \times \pi \times r^3}{V}$$

, r étant le rayon des entités sphériques.

■ Masse volumique du cristal, notée ρ.

Le cristal a une masse volumique qui est celle de la maille.

$$\rho = \frac{N \times M}{N_A \times V}$$

M est la masse molaire des entités.

N_A est le nombre d'Avogadro, il a pour valeur $6{,}02 \cdot 10^{23}$ mol^{-1}.

Zoom

Les propriétés microscopiques d'un cristal conditionnent ses propriétés macroscopiques, comme la masse volumique.

Des édifices ordonnés : les cristaux (2)

Fiche 4

Enseignement scientifique

1 L'état cristallin à différentes échelles

A. La notion de minéral

■ Un cristal est composé de mailles répétées.

■ Les géologues utilisent le terme de minéral qui désigne un état cristallin. Un composé de formule chimique donnée peut cristalliser sous différents types de structures qui ont des propriétés macroscopiques différentes. La même composition chimique peut alors cristalliser sous différents minéraux. La silice a comme formule chimique SiO_2 ; elle cristallise sous différentes formes minérales qui ont des mailles, et par conséquent des masses volumiques, différentes. Le plus connu des minéraux de la silice est le quartz, mais on connaît aussi la tridymite, la calcédoine, la coésite…

B. Des minéraux dans la nature

■ Les minéraux peuvent se présenter dans la nature sous la forme d'un cristal parfait : on parle alors de minéraux automorphes. Le plus souvent, ils sont associés entre eux dans des roches. Une roche peut être formée de l'association de cristaux d'un même minéral ou de plusieurs minéraux. Ces minéraux présentent des caractéristiques optiques qui permettent de les distinguer les uns des autres.

Notes

Exemple de roche observée au microscope (chaque plage correspond à un minéral)

Notes

■ Des structures cristallines existent aussi dans les organismes biologiques (coquille, squelette, calcul rénal…).

2 Solides cristallisés et solides amorphes

A. La notion de solide amorphe

■ Dans certains cas, les entités s'empilent sans ordre géométrique. Cela génère un solide dit amorphe. C'est le cas du verre.

À noter

Dans le langage courant, il y a confusion entre les termes « verre » et « cristal ».

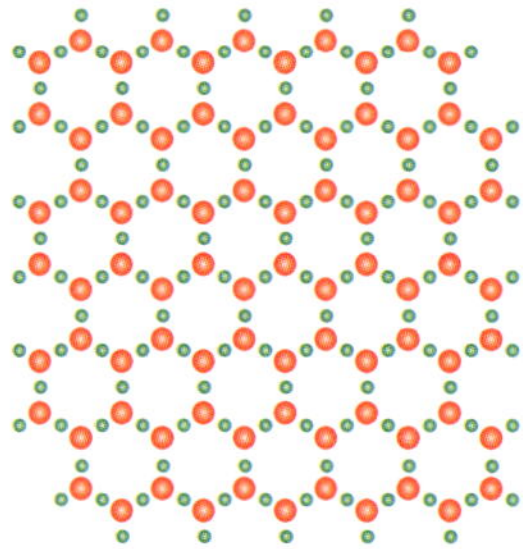

Disposition des entités dans un édifice cristallin (modélisation)

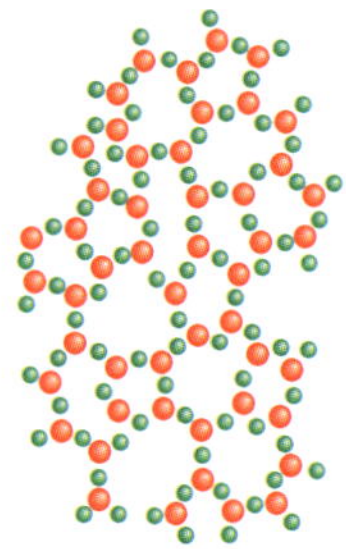

Disposition des entités dans un solide amorphe (modélisation)

■ L'introduction de la fiche 3 avait posé la question de la différence d'un verre en verre et d'un verre en cristal. Les deux sont constitués de solide amorphe mais de compositions chimiques différentes.

B. Les roches volcaniques

■ Les roches sont constituées principalement de minéraux, donc de cristaux. Certaines roches volcaniques peuvent contenir du verre. Si la lave refroidit lentement, les entités chimiques s'empilent dans un ordre géométrique particulier formant des minéraux. Si la lave refroidit très rapidement, les entités chimiques ne peuvent pas s'empiler dans un ordre géométrique ; cette absence d'ordre est à l'origine du verre volcanique.

Une structure complexe : la cellule vivante (1)

Fiche 5

Enseignement scientifique

La compréhension de l'organisation cellulaire et de ses implications est le fruit d'une succession de progrès techniques. Comment l'organisation cellulaire a-t-elle été découverte ?

1 La naissance de la théorie cellulaire

Depuis l'Antiquité, deux faits étaient communément admis : les animaux et les plantes sont constitués d'éléments qui se répètent mais que l'on ne connaît pas. Par ailleurs, la génération spontanée explique l'apparition des êtres vivants.

A. Le bouleversement du XVIIe siècle

- En 1632, Anton Van Leeuvenhoek, naturaliste et drapier hollandais, invente le premier microscope optique qui permet une observation de formes de vie microscopiques avec des appareils qu'il perfectionne tout au long de sa vie. Les plus puissants associent différentes lentilles pour un grossissement de 400.
- En 1665, Robert Hooke, physicien britannique, utilise un microscope pour observer des fragments minces de liège (tissu végétal). Il remarque des petites loges répétées qu'il nomme « cellules ». Ce qu'il décrit sont des cellules mortes dont il voit uniquement la paroi. Il dessine ce qu'il observe.
- La mise au point de microscopes plus puissants aux XVIIIe-XIXe siècles s'accompagne de progrès notables sur la notion de cellule.

B. La théorie cellulaire

- Au XIXe siècle est formulée la théorie cellulaire. Trois savants ont un rôle important.
- En 1838, Mathias Jakob Schleiden, botaniste allemand, publie un ouvrage sur les végétaux dans lequel il relate que ses études sur les différents tissus végétaux montrent que ces derniers sont tous constitués de cellules et, plus particulièrement, il identifie le noyau, élément constant dans les cellules.
- Théodore Schwann est un zoologiste allemand, collègue de Schleiden. Lors d'un dîner en 1838, Schleiden montre ses travaux à Schwann. Celui-ci prend conscience de l'existence du noyau, et donc de cellules, dans les tissus animaux qu'il observe.

Zoom

Les principes de la théorie cellulaire : tout être vivant est constitué de cellules ; toute cellule est issue d'une autre cellule.

Notes

Notes

■ En 1858, Rudolph Virchow, physicien allemand, observe des divisions cellulaires et comprend que les cellules proviennent de cellules pré-existantes, remettant en causes la génération spontanée. Ces trois savants ont permis l'énoncé des deux principes de la théorie cellulaire.

2 L'ultrastructure cellulaire

■ La fin du XIXe et le début du XXe siècle voient les microscopes optiques devenir de plus en plus performants. Des techniques de **colorations** sont mises en place. Le contenu cellulaire devient plus visible.

■ Deux grands groupes de cellules sont décrits : les procaryotes sans organite et les eucaryotes contenant des organites.

■ Chez les eucaryotes, le noyau est de mieux en mieux décrit. On constate qu'il disparaît lors de la division cellulaire pour laisser place à des bâtonnets qui seront appelés chromosomes. De nombreux organites sont décrits : c'est le cas de l'appareil de Golgi, par exemple.

■ Dans la seconde moitié du XXe siècle est mis au point un nouveau microscope : le microscope électronique qui permet d'observer des échantillons à des grossissements bien plus importants que les meilleurs microscopes optiques. Les plus performants grossissent jusqu'à 5 millions de fois l'échantillon. Ce type de microscopie n'utilise pas la lumière pour illuminer l'échantillon, mais un faisceau d'électrons. L'ultrastructure cellulaire devient alors de plus en plus complète.

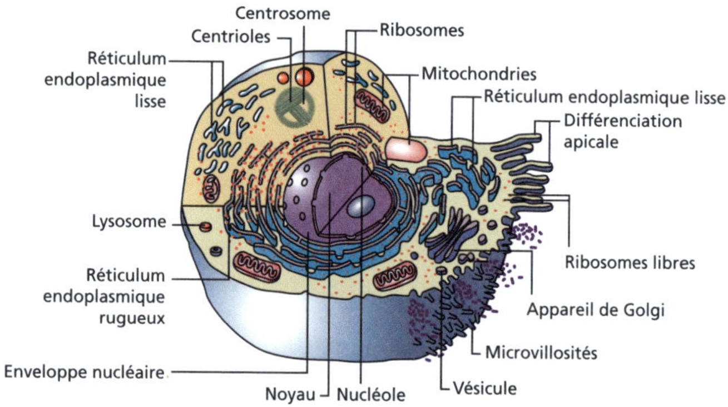

Ultrastructure d'une cellule animale

■ Les progrès des moyens d'observations, mais également des techniques biochimiques d'identification des molécules, ont permis aussi de faire le lien entre molécules et structure cellulaire. Le cas de la membrane plasmique va être développé par la suite.

Une structure complexe : la cellule vivante (2)

Fiche 6

Enseignement scientifique

1 De nouvelles observations

■ Au début du XXe siècle, on savait que les membranes étaient de nature lipidique. C'est en 1925, que deux scientifiques, Gorter et Grendel, démontrent que la membrane contient d'autres molécules. Pour cela, ils récupèrent des globules rouges dont ils mesurent la surface. Puis, ils dissolvent les lipides des membranes de ces globules rouges dans un solvant organique. Enfin, ils étalent ces lipides sur une pellicule d'eau dans une cuve et montrent que la surface lipidique d'un globule rouge est inférieure à la surface de la membrane de ce même globule rouge. Des études biochimiques vont montrer, par la suite, qu'il y a des protéines dans la membrane.

■ En 1972, Singer et Nicholson observent des membranes en Microscopie Électronique à Balayage (MEB). Pour cela, ils réalisent une cryofracture de la membrane. Ils comprennent alors que la membrane est composée de deux feuillets dont l'un, celui du coté cytoplasmique, est très riche en protéines.

2 La membrane plasmique

A. L'organisation de la membrane

■ La membrane plasmique délimite toute cellule. Les organites sont, eux aussi, limités par une ou deux membranes. L'organisation de la membrane est assez générale. Elle est décrite dans le modèle dit « de Sanger et Nicholson », illustré ci-dessous. La membrane est constituée d'un assemblage de différentes molécules : des lipides, des protéines mais aussi des glucides.

Notes

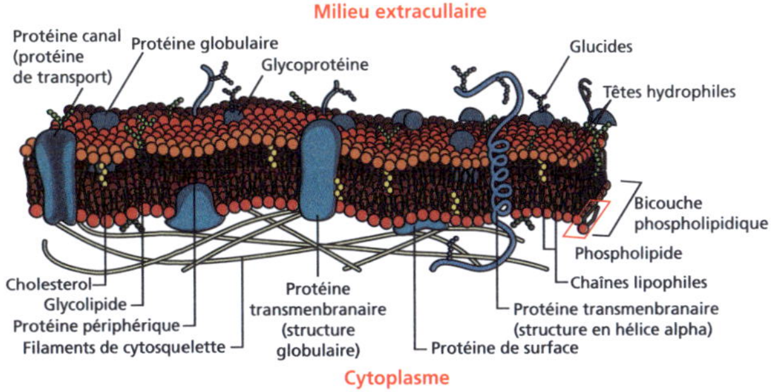

Modèle de la membrane plasmique

Notes

B. Les constituants de la membrane

- Les lipides (phospholipides) sont associés en deux couches se faisant face : c'est une bicouche lipidique. Ces lipides sont des molécules dites « amphiphiles » : ils portent des parties hydrophiles (littéralement « qui aime l'eau » ; « têtes hydrophiles » sur le schéma de la page précédente) et des parties lipophiles (littéralement « qui aime les lipides » ; « chaînes lipophiles » sur le schéma). Les parties lipophiles sont tournées vers le cœur de la membrane, alors que les parties hydrophiles sont au contact du milieu aqueux (cytoplasme et milieu extracellulaire).

- Des protéines sont associées à la membrane avec des positions différentes : protéines transmembranaires, mais aussi des protéines plus périphériques à la membrane. Les protéines transmembranaires ont une partie lipophile qui traverse la membrane, alors que les parties externes sont hydrophiles.

- Les glucides associés à la membrane sont hydrophiles et se trouvent surtout du côté extracellulaire.

3 Ordres de grandeur

- La cellule eucaryote (20 à 100 micromètres ou µm) apparaît constituée d'organites (quelques µm pour les plus gros), eux-mêmes limités par une membrane épaisse d'une dizaine de nanomètres (nm).

- La membrane est constituée d'une association de molécules (dont la taille est de l'ordre de quelques nm).

- Les molécules sont constituées d'atomes de taille inférieure au nm.

Le rayonnement solaire

Fiche 7

Enseignement scientifique

La Terre reçoit son énergie du Soleil. Comment notre étoile produit-elle son énergie ? Quelles informations apporte l'étude du rayonnement émis par une étoile ?

1 L'énergie du Soleil

■ Au cœur du Soleil, la température est de 15 millions de degrés Celsius. L'énergie du Soleil est due à une chaîne de réactions nucléaires de fusion qui s'y produisent. Des noyaux d'hydrogène se transforment en noyaux d'hélium. Ces réactions peuvent être schématisées par l'équation :

$$4\,{}_{1}^{1}\text{H} \rightarrow {}_{2}^{4}\text{He} + 2\,{}_{1}^{0}\text{e}$$

■ Lors d'une réaction nucléaire, la masse des produits formés est inférieure à la masse des réactifs utilisés. La différence de masses est appelée perte de masse $|\Delta m|$. La relation d'Einstein permet de calculer cette perte de masse :

> **Rappel**
> Relation entre puissance et énergie : $E = P \times \Delta t$, avec E en joule, P en watt et Δt en seconde.

$$E = |\Delta m| \times c^2$$

avec E : énergie libérée en joule ;
$|\Delta m| = |m_{produit} - m_{réactif}|$ en kilogramme ;
c : célérité de la lumière, $c = 3 \cdot 10^8\ \text{m} \cdot \text{s}^{-1}$.

Notes

2 La masse du Soleil

■ La puissance totale émise par le Soleil est de $3{,}9 \cdot 10^{26}$ W. Chaque seconde, l'énergie émise par le Soleil est donc égale à $3{,}9 \cdot 10^{26}$ J. La perte de masse s'obtient par le calcul :

$$|\Delta m| = \frac{E}{c^2} = \frac{3{,}9 \cdot 10^{26}}{9 \cdot 10^{16}} \approx 4{,}3 \cdot 10^{9}\ \text{kg}$$

■ Chaque seconde, la masse solaire transformée en énergie est d'environ 4,3 millions de tonnes.

3 Profil spectral et température des étoiles

■ Le profil spectral d'une étoile représente l'intensité lumineuse des radiations émises par ce corps, en fonction des longueurs d'onde de ces radiations. En utilisant le profil spectral de l'étoile, on détermine la longueur d'onde λ_{max} donnant une intensité

Notes

maximale. La loi de Wien permet de déterminer la température de surface d'un corps chaud.

■ La température θ de l'étoile s'obtient alors par la formule :

$$\theta = \frac{2,89 \cdot 10^6}{\lambda_{max}} - 273$$

avec θ en degré Celsius ;
λ_{max} en nanomètre.

Plus la longueur d'onde maximale est faible, plus la température de surface de l'étoile est élevée.

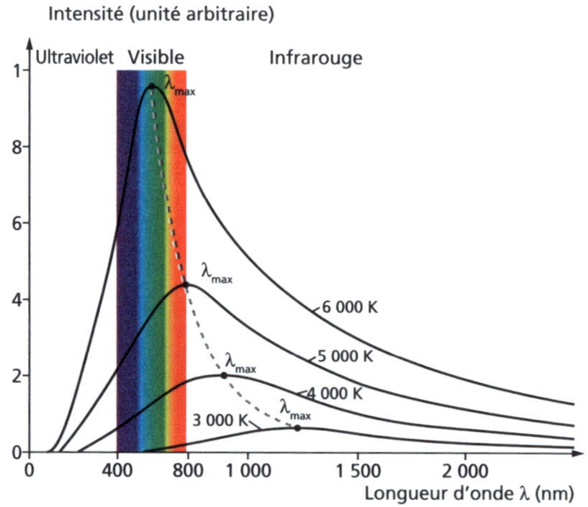

Intensité lumineuse émise en fonction de la longueur d'onde pour des corps de températures différentes

4 Rayonnement solaire

■ Comme toutes les étoiles, le Soleil perd de l'énergie par rayonnement. Le rayonnement solaire est l'ensemble des ondes électromagnétiques émises par le Soleil. C'est ce rayonnement électromagnétique que la Terre intercepte et qui nous fournit lumière et chaleur.

■ Le spectre visible de la lumière du Soleil fait partie des ondes électromagnétiques. Il est compris entre 400 nm et 800 nm.

5 Puissance solaire reçue par la Terre

La puissance radiative reçue du Soleil par une surface plane est proportionnelle à l'aire de la surface éclairée. Elle dépend aussi de l'angle entre la normale à la surface et la direction des rayons du Soleil.

Rappel

Pour une même surface, la puissance solaire reçue dépend aussi de l'heure, de la saison, de la latitude.

Le bilan radiatif terrestre (1)

Fiche 8

Enseignement scientifique

La Terre est l'une des planètes du système solaire. Elle reçoit du Soleil l'énergie indispensable à la vie et aux différents phénomènes physiques qui s'y produisent. Quel est le devenir de l'énergie reçue ?

1 Le rayonnement solaire reçu par la Terre

■ L'énergie de la fusion nucléaire de l'hydrogène au cœur de notre Soleil traverse de nombreuses couches jusqu'à sa surface pour y être libérée, en grande partie sous forme de rayonnement solaire. Ce flux de photons forme des ondes électromagnétiques qui se propagent dans toutes les directions de l'espace, et notamment vers la Terre.

■ Le maximum d'émission lumineuse du Soleil se situe à une longueur d'onde d'environ 0,5 μm. La partie visible du spectre est comprise entre 0,38 et 0,78 μm (du violet au rouge). Le Soleil émet donc la plus grande partie de son rayonnement dans le visible (le jaune, plus exactement).

■ La puissance émise par le Soleil par unité de surface, E_s, est égale à $6 \cdot 10^7$ W · m^{-2}. La surface du Soleil étant une sphère, sa puissance est émise dans toutes les directions de l'espace. Le rayonnement solaire est un rayonnement électromagnétique, il ne se dissipe pas pendant sa propagation dans le vide. La puissance totale émise par le Soleil est équivalente à celle émise par la mégasphère qui a pour rayon la distance Terre-Soleil.

Notes

$$P_{\text{totale}} = E_s \times (\text{surface solaire}) = E_s \times 4 \times \pi \times R_{\text{Soleil}}^{\ 2}$$

$$P_{\text{totale}} = 6 \cdot 10^7 \times 4 \times \pi \times (7 \cdot 10^8)^2 = 3{,}7 \cdot 10^{26}\ \text{W}.$$

■ La Terre étant en moyenne à 148 millions de kilomètres du Soleil :

$$C_T = \frac{P_{\text{totale}}}{\text{surface}_{\text{mégasphère}}} = \frac{P_{\text{totale}}}{4 \times \pi \times D^2}$$

$$C_T = \frac{3{,}7 \cdot 10^{26}}{4 \times \pi \times (1{,}48 \cdot 10^{11})^2}$$

$$C_T = 1\,344\ \text{W} \cdot \text{m}^{-2}$$

Cette valeur C_T est la constante solaire.

2 Le rayonnement solaire incident moyen

■ La Terre intercepte un disque de rayonnement solaire. Ce disque est de rayon égal à celui de la Terre. À la surface de ce disque, on sait que la puissance reçue du Soleil est C_T (1 344 W·m^{-2}), la puissance totale reçue par la Terre vaut donc C_T multipliée par la surface de ce disque. Cette puissance va être répartie sur la totalité de la surface de la Terre. La valeur de la constante solaire par unité de surface terrestre sera donc :

$$C_V = C_T \times \frac{\text{surface}_{\text{disque}}}{\text{surface}_{\text{Terre}}} = C_T \frac{\pi \times R_T^2}{4 \times \pi \times R_T^2} = \frac{1\,344}{4} = 336 \text{ W} \cdot \text{m}^{-2}$$

■ La constance solaire par unité de surface terrienne vaut donc 336 W·m^{-2}.

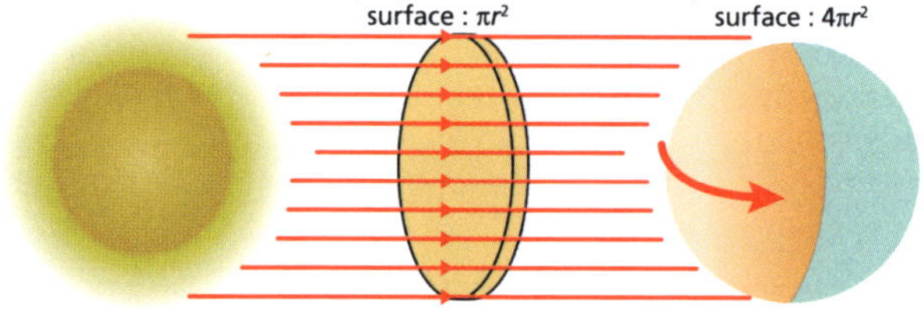

Calcul de la surface de projection du rayonnement solaire

■ Il ne faut pas confondre la constante solaire qui exprime la quantité d'énergie solaire que recevrait une surface de 1 m^2 située à la distance moyenne Terre-Soleil, exposée perpendiculairement aux rayons du Soleil, en l'absence d'atmosphère, pendant 1 seconde et le rayonnement solaire incident moyen sur la surface totale qui exprime la quantité d'énergie solaire que reçoit 1 m^2 de sol.

Le bilan radiatif terrestre (2)

1 Devenir du rayonnement solaire que reçoit la Terre

■ L'atmosphère terrestre interagit avec le rayonnement solaire qui n'atteint pas complètement le sol au niveau de la mer. L'essentiel du spectre reçu se trouve ainsi entre 400 et 700 nm, ce qui correspond au domaine de sensibilité de l'œil humain.

■ Les molécules constituant l'air diffusent également le rayonnement solaire. La lumière bleue est plus diffusée dans l'atmosphère que la lumière rouge. Cela explique la couleur bleue du ciel.

■ La fraction du rayonnement solaire incident réfléchie sans être absorbée est appelée « albédo ». Sur Terre, environ 30 % du rayonnement solaire est réfléchi sans être absorbé (20 % par les nuages et 10 % par les surfaces gelées). Le reste est absorbé par l'atmosphère, les continents et les océans. L'albédo global de la Terre est donc de 0,3. Le flux de photons réellement absorbé par la Terre est donc de $340 \times 0{,}7 = 238\ W \cdot m^{-2}$.

■ Le rayonnement solaire absorbé par l'atmosphère est réémis en grande partie sous forme d'un rayonnement infrarouge vers le sol et vers l'espace.

■ Les continents et les océans réémettent également l'énergie absorbée sous forme d'un rayonnement électromagnétique dans le domaine infrarouge. Plus la température de la surface est élevée, plus la puissance réémise par unité de surface est importante.

Notes

■ Si l'on considère que la Terre est en équilibre radiatif, ce qui signifie qu'elle émet autant de rayonnement qu'elle en absorbe, on peut utiliser la loi dite de Stefan pour déterminer sa température de surface. On obtient une température de – 18 °C, soit un écart de plus de 30 °C par rapport à ce qui est mesuré.

■ L'absorption des radiations infrarouges par certaines molécules atmosphériques est responsable de cette différence. On nomme ce phénomène effet de serre.

Rappel
L'air est constitué à 80 % de N_2, 19 % de O_2 et d'autres gaz comme H_2O, l'argon…

■ L'étude des spectres du rayonnement solaire mesuré au sommet de l'atmosphère (en rouge sur la figure ci-après) et au niveau de la mer (en bleu) permet de déterminer les molécules responsables de cet effet de serre. Ce sont les molécules d'eau et de dioxyde de carbone.

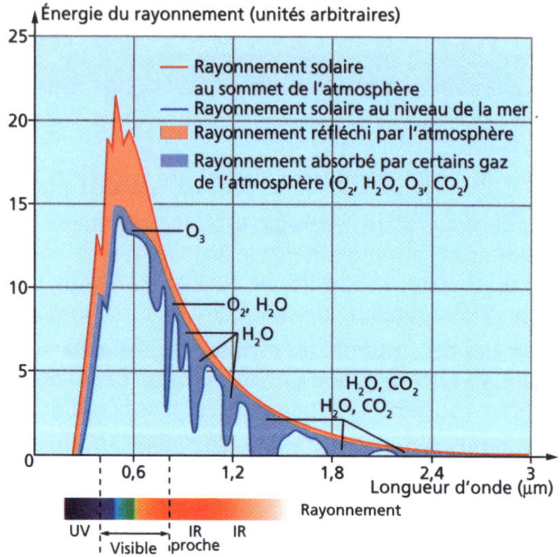

Spectres du rayonnement solaire mesuré au sommet de l'atmosphère (en rouge) et au niveau de la mer (en bleu)

2 La puissance reçue par le sol

■ La puissance reçue par le sol en un lieu donné est égale à la somme de la puissance reçue du Soleil et de celle reçue de l'atmosphère. Ces deux dernières sont du même ordre de grandeur.

■ Un équilibre, qualifié de dynamique, est atteint lorsque le sol reçoit au total une puissance moyenne égale à celle qu'il émet. La température moyenne du sol est alors constante.

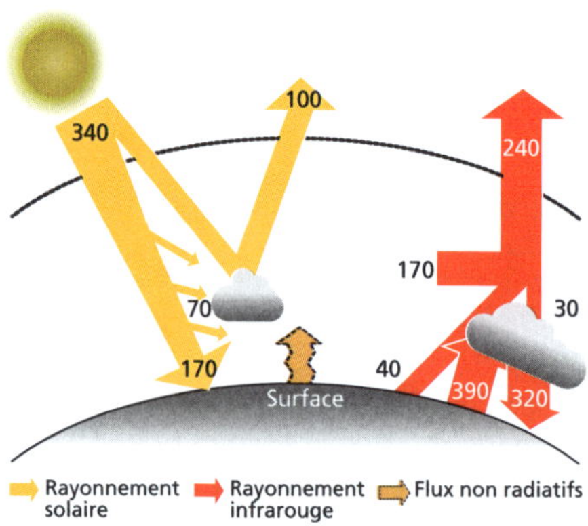

Bilan radiatif de la Terre

Une conversion biologique de l'énergie solaire : la photosynthèse (1)

L'utilisation par la photosynthèse d'une infime partie de l'énergie solaire reçue par la planète fournit l'énergie nécessaire à l'ensemble des êtres vivants. Quelle place occupe la photosynthèse dans la biosphère ?

1 Synthèse de matière organique

- À la lumière, les végétaux produisent des glucides à partir de CO_2 et H_2O. Cette production est accompagnée d'un rejet de O_2.
- Cette synthèse photo-dépendante, appelée « photosynthèse » a lieu dans des organites particuliers, les chloroplastes. Ce processus permet la transformation d'énergie lumineuse en énergie chimique.

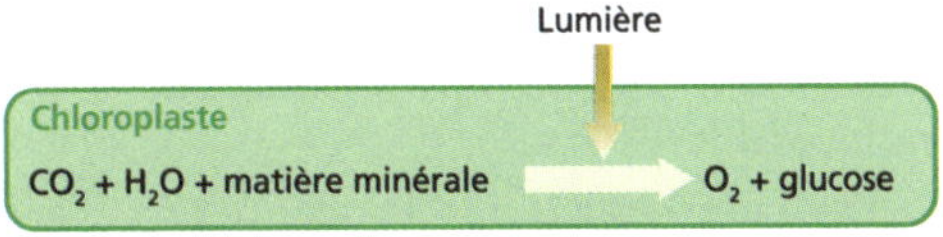

Équation bilan de la photosynthèse

- À partir des premiers produits de la photosynthèse, un végétal fabrique d'autres types de molécules organiques (lipides, protéines, acides nucléiques…).
- La photosynthèse a lieu dans les parties chlorophylliennes du végétal. Les feuilles sont les principaux organes chlorophylliens.

2 Énergie solaire et photosynthèse

- Lorsque la lumière rencontre la matière, celle-ci peut la diffuser ou l'absorber. Les substances qui absorbent la lumière visible chez les organismes s'appellent pigments. Si un pigment absorbe toutes les longueurs d'onde, il paraît noir.
- Une feuille nous semble verte parce que les pigments qu'elle contient absorbent la lumière rouge et la lumière bleue en même temps qu'ils diffusent la lumière verte.
Les algues rouges, au contraire, nous paraissent rouges parce que leurs pigments absorbent surtout la lumière verte et la bleue.

Mot-clé
Pigment : substance responsable de la couleur d'un milieu dans lequel elle est insoluble.

Notes

■ On peut mesurer la capacité d'un pigment à absorber diverses longueurs d'onde en utilisant un spectrophotomètre. Cet appareil dirige un faisceau lumineux de plusieurs longueurs d'onde à travers une solution du pigment en question et mesure la proportion de lumière transmise selon chaque longueur d'onde. Cela permet de réaliser un spectre d'absorption des pigments chlorophylliens.

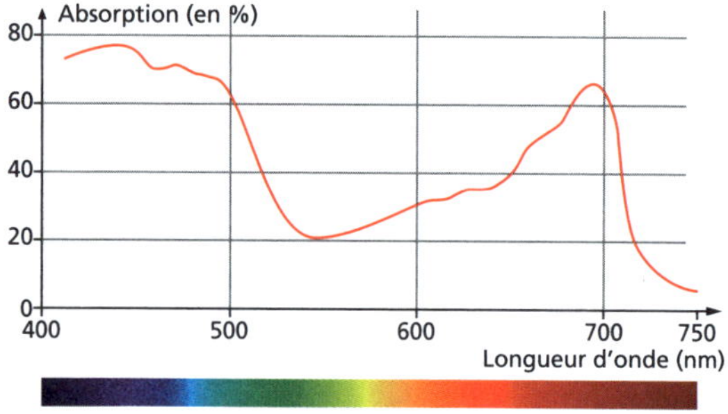

Spectre d'absorption des pigments chlorophylliens

■ Ce spectre permet d'imaginer que la lumière bleu-violet et la lumière rouge sont les plus favorables à la photosynthèse chez les plantes, parce qu'elles sont absorbées, tandis que la lumière verte est la moins favorable.

■ Cette hypothèse a été validée par Theodor W. Engelmann en 1883. Il a dirigé sur une algue filamenteuse de la lumière qu'il avait préalablement fait passer à travers un prisme. Il a ainsi exposé des segments distincts de l'algue à des longueurs d'onde différentes. Il a utilisé des bactéries pour repérer les segments libérant le plus de dioxygène, ce qui permet de savoir à quels endroits la photosynthèse est la plus productive. Les bactéries se sont agglutinées autour des parties de l'algue exposées à la lumière rouge et à la lumière bleu-violet.

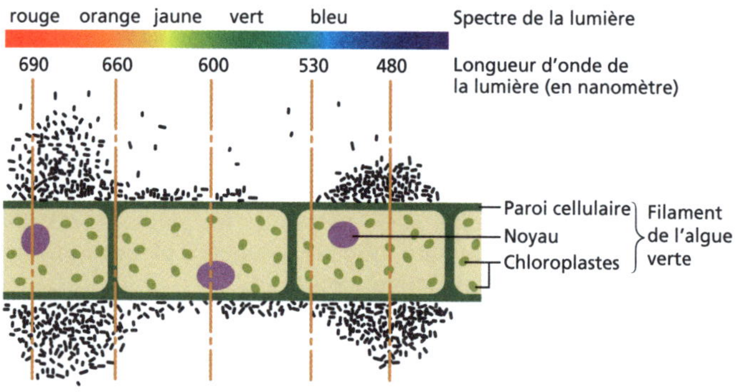

Résultat de l'expérience réalisée par Engelmann

Une conversion biologique de l'énergie solaire : la photosynthèse (2)

1 L'importance de la photosynthèse dans la biosphère

- La biosphère est constituée d'un ensemble d'écosystèmes. Un écosystème est composé d'êtres vivants, d'un environnement et de l'ensemble des relations entre les êtres vivants et l'environnement.
- Dans un écosystème, les végétaux occupent une place particulière. Étant les seuls êtres vivants à pouvoir synthétiser de la matière organique à partir de matière minérale et de lumière, les végétaux se trouvent à la base des réseaux trophiques dans les écosystèmes. Ils sont les producteurs primaires de la matière organique.
- À l'échelle de la planète, la photosynthèse permet l'entrée d'énergie et de matière minérale dans la biosphère. L'énergie solaire ayant permis la photosynthèse est stockée sous forme chimique. Ce n'est qu'une infime partie de l'énergie solaire reçue par la planète : environ 0,1 % de la puissance solaire totale disponible.
- La respiration cellulaire et la fermentation extraient l'énergie emmagasinée dans les molécules organiques pour produire l'énergie nécessaire au fonctionnement des êtres vivants.

Notes

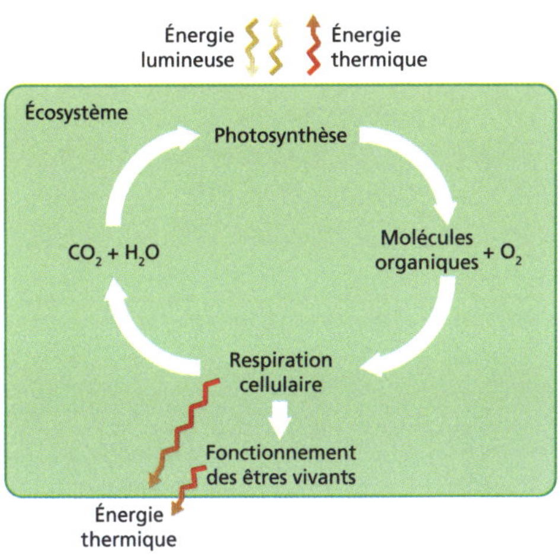

Flux d'énergie et de matières dans un écosystème

Notes

2 L'origine des combustibles fossiles

■ L'étude de gisements permet d'obtenir des indices concernant l'origine des combustibles fossiles. La présence de restes organiques (pollen, bois...) ou de fossiles, leur capacité à être brûlés montrent qu'ils sont issus d'une biomasse qui s'est transformée et fossilisée au cours des temps géologiques.

■ La répartition des gisements de combustibles fossiles montre que transformation et conservation de la matière organique se déroulent dans des circonstances géologiques tout à fait exceptionnelles.

■ Il faut un environnement de haute productivité, une eau pauvre en dioxygène et un enfouissement rapide de la matière organique. Ces trois caractéristiques permettent qu'une faible proportion de la matière organique échappe à l'action des décomposeurs.

■ La transformation de la matière organique en combustible fossile s'effectue de façon très lente et progressive. Elle nécessite une augmentation de la pression et de la température, indispensable à la transformation de la matière organique en combustible fossile.

■ Brûler un combustible fossile, c'est en réalité utiliser une énergie solaire du passé piégée dans des roches depuis longtemps (plusieurs dizaines, voire centaines de millions d'années).

Le bilan thermique du corps humain

Fiche 12

Enseignement scientifique

Il existe différents échanges d'énergie entre l'organisme et le milieu extérieur. Quels sont-ils ?

1 L'apport énergétique des aliments

■ Les nutriments sont de petites molécules présentes dans le sang. C'est notre alimentation qui permet à notre organisme de s'approvisionner en nutriments. Ceux-ci appartiennent à trois groupes : les glucides, les protides et les lipides.

■ Il est possible d'estimer la quantité d'énergie chimique contenue dans les nutriments en la transformant en énergie thermique. L'unité dans laquelle on exprime l'énergie est le **joule** (J). Lorsque l'on fait brûler 1 g de protides, 1 g de glucides et 1 g de lipides, la chaleur dégagée lors de cette combustion reflète l'énergie thermique libérée par ces substances :

– 1 g de protides fournit 17 kJ ;

– 1 g de glucides fournit 17 kJ ;

– 1 g de lipides fournit 38 kJ.

■ Dans l'organisme, cette transformation s'accomplit lors de la respiration cellulaire. Cette succession de réactions chimiques nécessite du dioxygène qui est prélevé dans le sang, comme les nutriments.

■ Les nutriments fournissent aux organes de l'énergie en fonction de la valeur énergétique qu'ils possèdent : les lipides sont, par exemple, les nutriments les plus énergétiques (38 kJ contre 17 kJ pour la même quantité de protides ou de glucides).

■ Le rendement énergétique du corps humain (énergie consommée par rapport au travail fourni par les muscles) se situe entre 20 % et 25 %.

■ Selon l'activité physique réalisée, la dépense énergétique sera variable :

Nature de l'activité	Dépense énergétique
1 h de travail scolaire	180 kJ
1 h de marche	400 kJ
1 h de natation	1 600 kJ
1 h de football	2 200 kJ

Notes

Notes

■ Si l'apport énergétique provenant de l'alimentation est supérieur à la dépense énergétique, l'organisme stockera le surplus sous forme de graisse.

2 Échanges d'énergie entre organisme et milieu extérieur

■ La température usuelle du corps humain se situe entre 36,1 °C et 37,8 °C. Cette valeur dépend de l'endroit du corps où est faite la mesure, de l'heure de la journée et du niveau d'activité de la personne.

■ La température du corps est relativement stable. Cette stabilité résulte d'un équilibre dynamique entre l'énergie thermique produite la respiration cellulaire, ou fermentation, et l'énergie dissipée par l'organisme.

■ Les pertes de chaleur du corps humain se répartissent ainsi :
– 40 % par rayonnement infrarouge ;
– 30 % par évapotranspiration ;
– 20 % par convection ;
– 10 % par conduction.

■ Globalement, la puissance thermique d'un corps humain adulte est de l'ordre de 100 W, celui d'un adolescent environ 130 W. Cela veut dire qu'un adulte doit consommer 100 × 3 600 × 24 = 8 600 kJ d'aliments et un adolescent de l'ordre de 11 000 kJ. Évidemment, si l'activité physique augmente, les pertes augmentent, ainsi que les besoins alimentaires. Le même phénomène se produit lorsque l'on s'éloigne de la température d'équilibre thermique du corps humain (de l'ordre de 20 °C).

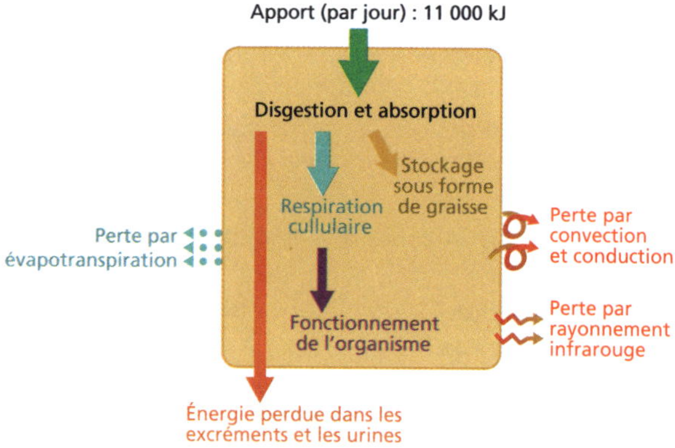

Équilibre énergétique d'un organisme

La forme de la Terre (1)

Fiche 13

La Terre est ronde alors que, localement, elle nous apparaît plane dans la plupart des expériences quotidiennes. Pourquoi la Terre est-elle ronde ? Comment peut-on la décrire ? Comment a-t-on déterminé la longueur du méridien terrestre ?

1 La forme de la Terre

La forme de la Terre est due à une force appelée force gravitationnelle. Cette force a permis à la matière de se rapprocher et de former la Terre primitive. Une fois la planète formée, le centre de la Terre attire la matière avec une force égale dans toutes les directions. Progressivement, la Terre prend alors sa forme : une sphère.

2 Se repérer sur la Terre

- Pour se situer sur la Terre, l'Homme a tracé des lignes imaginaires à sa surface : les méridiens et les parallèles.
- Les méridiens sont des demi-cercles qui joignent les deux pôles. Le méridien de référence est le méridien de Greenwich.

Rappel

Attraction gravitationnelle. Deux corps possédant une masse exercent l'un sur l'autre une action attractive, à distance, qui dépend de la masse des corps et de la distance qui les sépare.

- Les parallèles sont des cercles imaginaires parallèles à l'équateur. L'équateur est le parallèle de référence.

Notes

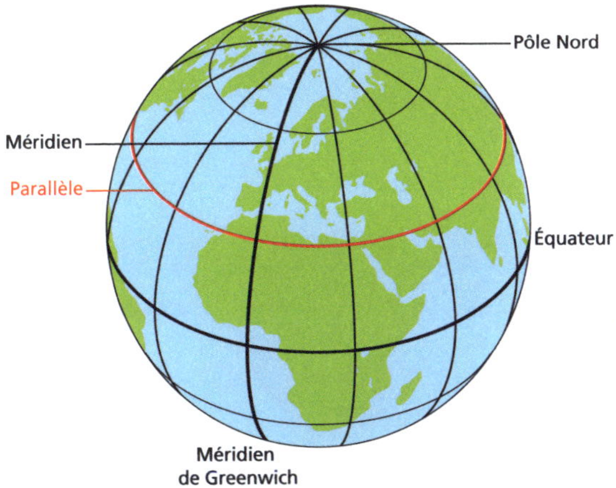

Notes

■ Pour repérer un point à la surface de la Terre, on utilise ses coordonnées géographiques (ou coordonnées angulaires) : la longitude et la latitude.

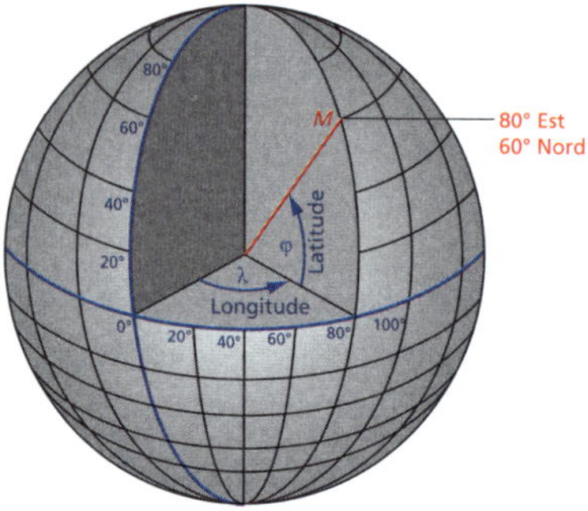

■ La longitude l est l'angle formé entre le méridien de référence (méridien de Greenwich) et le méridien du point *M*. Ici la longitude est 80° Est.

■ La latitude j est l'angle formé entre l'équateur et le parallèle du point *M*. Ici la latitude est 60° Nord.

3 L'inclinaison de la Terre

■ L'axe de rotation de la Terre est incliné de 23 degrés par rapport au plan de l'écliptique. Les rayons du Soleil n'arrivent donc pas toujours avec la même inclinaison selon la position de la Terre autour du Soleil.

■ L'inclinaison de la Terre combinée à sa position autour du Soleil expliquent donc l'alternance des saisons.

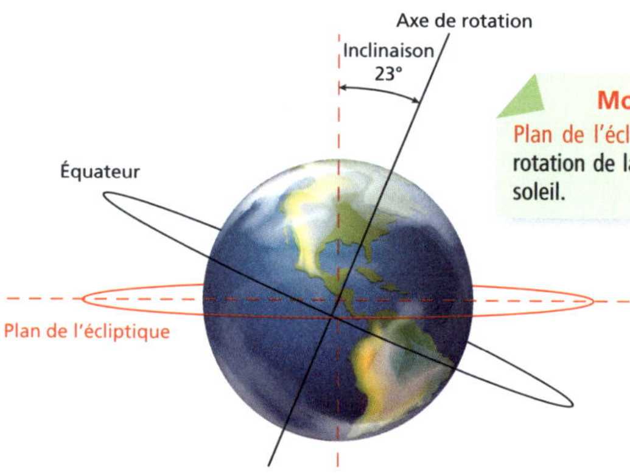

Mot-clé

Plan de l'écliptique : plan de rotation de la Terre autour du soleil.

La forme de la Terre (2)

1 La mesure du méridien par Ératosthène

■ L'expérience d'Ératosthène. Il fut le premier à mesurer la longueur du méridien terrestre et à en déduire le diamètre de la Terre. À Syène (actuelle Égypte), il observa qu'au solstice d'été, à midi (lorsque le Soleil est à la verticale du sol) les rayons du Soleil éclairaient le fond d'un puits (ils sont donc verticaux). À la même date, à Alexandrie, il observa l'ombre d'un bâton planté verticalement et en mesura l'angle au sommet.

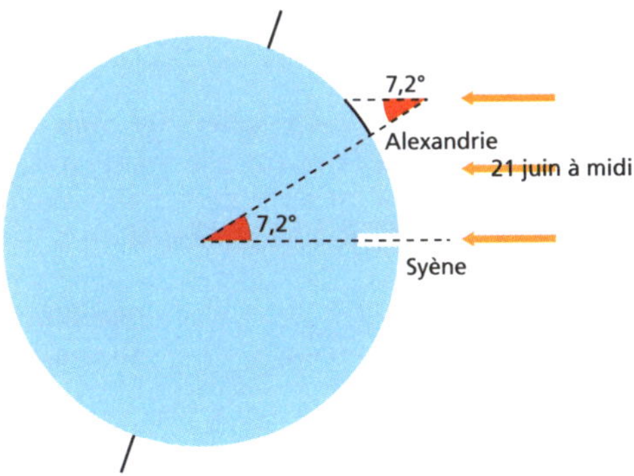

Expérience d'Ératosthène à Syène et à Alexandrie, 200 av. J.-C.

Notes

■ En utilisant la propriété des angles alternes-internes, Ératosthène détermina l'angle séparant les deux villes : 7,2°. Cet angle correspond à 1/50e de la circonférence d'une sphère, donc de la Terre. Connaissant la distance séparant Syène et Alexandrie, deux villes situées sur le même méridien et distantes de 900 km, il en déduit la circonférence de la Terre. Il trouva, par cette méthode, une circonférence de 39 375 km.

2 La mesure du méridien par Delambre et Méchain

■ En 1791, Jean-Baptiste Delambre et Pierre Méchain sont chargés par l'Académie des sciences de mesurer la longueur de l'arc de méridien entre Dunkerque et Barcelone. Pour cela, ils utilisent la méthode de la triangulation. Grâce à leurs mesures, la valeur du mètre a pu être fixée comme le dix millionième du quart du méridien terrestre.

Notes

■ Loi des sinus. Si on connait la mesure de deux angles et la longueur d'un côté du triangle, alors on peut connaître la mesure du troisième angle et la longueur des deux autres cotés.

$$\frac{a}{\sin\widehat{A}}=\frac{b}{\sin\widehat{B}}=\frac{c}{\sin\widehat{C}}$$

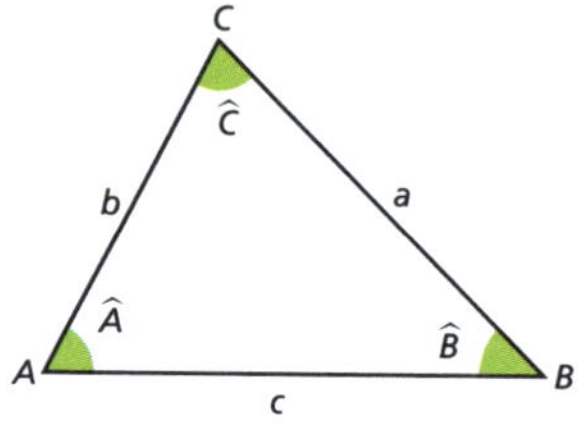

3 Le rayon de la Terre

■ La Terre n'est pas parfaitement sphérique mais aplatie aux pôles. C'est la rotation de la Terre sur elle-même qui modifie sa forme. Son rayon équatorial est donc plus grand que son rayon polaire. On parle alors du modèle ellipsoïdique de la Terre.

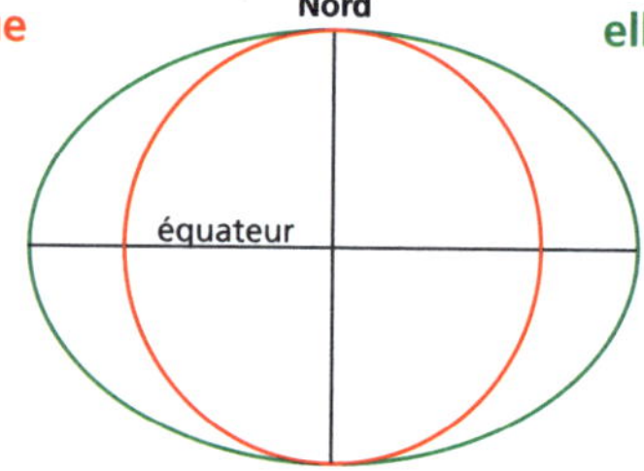

■ La Terre est l'une des huit planètes du système solaire. C'est la plus grande des quatre planètes telluriques :

Planètes	Mercure	Vénus	Terre	Mars
Rayon moyen	2 439 km	6 052 km	6 371 km	3 389 km

L'histoire de l'âge de la Terre

Notes

1 L'âge biblique

■ Les savants de la Renaissance ont évalué l'âge de la Terre d'après une interprétation des récits bibliques.

■ L'estimation la plus couramment admise au début du XVIIe siècle était que la Terre s'était formée 4 004 ans av. J.-C.

2 Le début des temps modernes

■ Depuis la seconde moitié du XVIIe siècle, la stratigraphie (étude des dépôts successifs de matériaux) permet de réaliser une datation relative des événements géologiques. Par exemple, elle permet de déduire la simultanéité ou l'antériorité d'une éruption volcanique avec la mise en place d'une couche sédimentaire.

■ En étudiant l'épaisseur des couches sédimentaires dans les Alpes, Buffon (1707-1788) aboutit à un âge estimé de la Terre entre plusieurs millions et plus d'un milliard d'années.

■ Buffon chercha à valider ses résultats en les recoupant par une datation basée sur une autre méthode scientifique. Il fit l'hypothèse que la Terre était au départ une sphère incandescente qui ensuite s'est refroidie. Dans ses forges de Montbard, il chauffe des sphères de rayons différents, puis en mesure les temps de refroidissement. Il extrapole ses résultats à une sphère aux dimensions terrestres. Ses expériences lui inspirent des durées de l'ordre de 100 000 ans.

■ En s'appuyant sur les travaux de Buffon et de Fourier, lord Kelvin (1824-1907) donne d'abord une fourchette de 20-400 millions d'années, puis la réduit à 20-40 millions en 1897 en datant l'âge du Soleil *« probablement inférieur à 100 millions d'années »*.

■ Kelvin jouissant d'une autorité immense, cet âge de la Terre de quelques dizaines de millions d'années sera finalement accepté par une partie de la communauté scientifique.

3 La controverse entre les géologues et les physiciens

■ À la fin du XIXe siècle, la plupart des géologues estiment l'âge de la Terre à plusieurs milliards d'années. Pour Charles Darwin (1809-1882), cette estimation est plus vraisemblable que celle de Kelvin. Pour rendre compte de l'évolution de la faune et de la flore, quelques millions d'années ne se suffisent pas.

■ Aujourd'hui, nous connaissons l'erreur commise par Kelvin : la Terre ne peut pas être considérée comme un solide homogène.

4 La radioactivité

■ En 1902, Ernest Rutherford (1871-1937) et Frederick Soddy (1877-1956) établissent la notion de période d'un élément radioactif. Pour caractériser la radioactivité d'un élément, ils en mesurent l'activité, c'est-à-dire le nombre de désintégrations qu'il subit par unité de temps. Ils s'aperçoivent que le temps qu'il faut pour que l'activité d'un élément radioactif diminue de moitié est une constante qui ne dépend que du noyau étudié. Ce temps, appelé période *T* du noyau radioactif, est caractéristique : à chaque intervalle de temps *T*, la quantité de noyaux radioactifs restante est divisée par deux. Il en résulte que la radioactivité est exponentiellement décroissante.

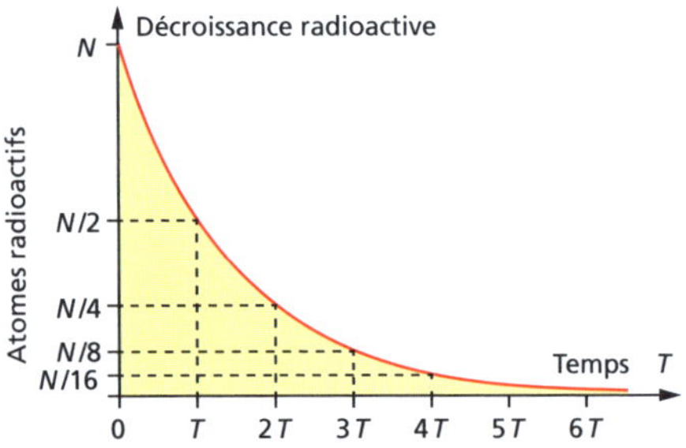

■ On doit à Rutherford d'avoir exploité cette loi de décroissance pour la datation des roches. Il estime l'âge d'un granite à 497 millions d'années.

■ En 1938, Alfred Nier (1911-1994) propose une approche isotopique de la datation radiométrique. Il mesure la composition isotopique du plomb (rapport ^{207}Pb / ^{206}Pb) et trouve, pour les plus vieux échantillons de roche, des âges de 2,5 Ga. À la même époque, l'astronome Edwin Hubble estime l'âge de l'Univers entre 1,8 et 2 Ga, en utilisant l'éloignement progressif des galaxies.

■ Au début des années 1950, la spectrométrie de masse a fait des progrès. Clair Patterson (1922-1995) procède à l'analyse de la composition isotopique des météorites et montre que la Terre et les météorites se sont formées à la même époque, il y a 4,55 Ga, à partir d'un même matériau. C'est donc l'âge de formation du système solaire. Cet âge sera confirmé par d'autres méthodes isotopiques. L'âge de l'Univers sera réévalué par les astronomes et estimé à 14 Ga.

À noter
Ga = milliard d'années.

La Terre dans l'Univers

Fiche 16

Enseignement scientifique

D'un point de vue scientifique, l'Univers est l'ensemble de tout ce qui existe. La place de la Terre dans l'Univers fut l'objet de nombreuses controverses scientifiques au cours des siècles. Deux systèmes cosmologiques se sont affrontés : le géocentrisme et l'héliocentrisme.

1 Du géocentrisme à l'héliocentrisme

A. Le modèle géocentrique

■ Le modèle géocentrique date de l'Antiquité. Il est défendu par Ptolémée et par Aristote qui placent la Terre au centre de l'Univers. Dans ce système, la Terre est immobile. Les planètes et le Soleil tournent autour de la Terre sur des orbites circulaires parfaites. Le modèle géocentrique est autant une conception scientifique qu'une conception philosophique.

■ Défauts du modèle. Certains astres viennent mettre à mal ce modèle. En effet, l'observation astronomique montre que les planètes semblent faire des allers-retours sur leur trajectoire au fil des mois. Pour expliquer le mouvement de ces « astres errants », les Grecs imaginent les trajectoires des planètes comme des combinaisons de mouvements circulaires complexes.

À noter
Dans le modèle géocentrique, l'alternance des jours et des nuits, ainsi que les saisons est due au mouvement du Soleil autour de la Terre.

Notes

B. Le modèle héliocentrique

■ Un nouveau modèle s'oppose à cette vision de l'Univers. Le modèle héliocentrique, défendu par Copernic (1473-1543), place alors le Soleil au centre de l'Univers. Les planètes (dont la Terre) tournent sur des orbites circulaires. La Terre tourne aussi sur elle-même. Entre la fin du XVIe siècle et le début de XVIIIe siècle, la controverse entre les deux modèles fait rage. L'héliocentrisme est même interdit par le dogme religieux. Il faudra attendre le milieu du XVIIIe siècle pour qu'il soit enfin accepté.

■ L'héliocentrisme sera encore réfuté par de nombreux scientifiques mais, grâce aux travaux de plusieurs autres, ce modèle théorique sera progressivement validé et affiné. Dès la fin du XVIe siècle, les observations de la Lune et des planètes par Galilée appuient le modèle héliocentrique. Au XVIIe siècle, les lois de Kepler permettent de décrire plus précisément les mouvements

Notes

des planètes autour du Soleil : elles seront expliquées par la loi de gravitation de Newton. Et c'est à Foucault et son pendule que l'on doit la première expérience prouvant le mouvement de rotation de la Terre (XIXe siècle).

2 La notion de référentiel

■ Pour décrire un mouvement, il faut d'abord définir l'objet par rapport auquel on va étudier le mouvement : c'est le référentiel.

■ Pour étudier le mouvement des planètes, on se place dans le référentiel lié au centre du Soleil : c'est le référentiel héliocentrique.

■ Pour étudier le mouvement des satellites de la Terre, on se place dans le référentiel lié au centre de la Terre : c'est le référentiel géocentrique.

3 La Lune, satellite de la Terre

■ La Lune est le satellite de la Terre. Dans le référentiel géocentrique, la Lune tourne autour de la Terre sur une orbite quasi circulaire de 384 000 kilomètres de rayon. Sa période de révolution est d'environ 27 jours.

À noter

La période de rotation de la Lune est égale à sa période de révolution. C'est pour cette raison que, vue de la Terre, la Lune nous présente toujours la même face.

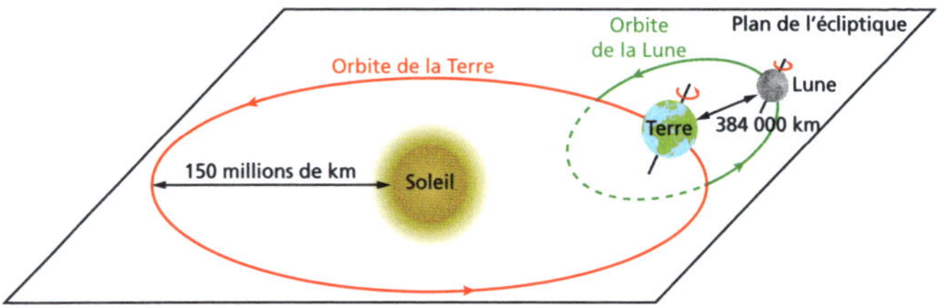

■ Quelle que soit sa position autour de la Terre, la Lune est toujours à demi éclairée par le Soleil. Vue de la Terre, cette partie éclairée présente différentes phases.

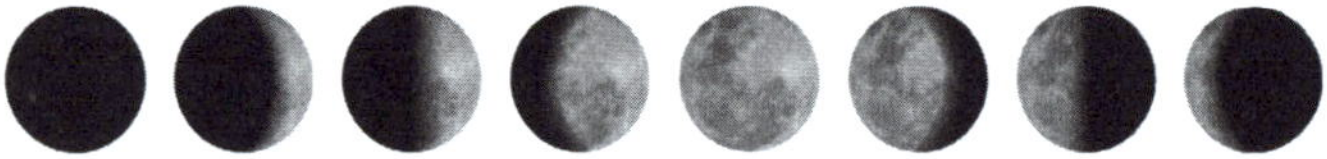

Observation de la Lune vue de la Terre

Le son, phénomène vibratoire (1)

Fiche 17

Enseignement scientifique

Un son est une onde produite par la vibration mécanique d'un objet (une corde de guitare, par exemple). L'onde sonore produite se propage alors dans un milieu matériel (air, eau...). Un son peut être pur ou complexe. Le niveau d'intensité sonore permet de déterminer si un son est faible ou fort.

1 Intensité et niveau d'intensité sonore

■ La sensation auditive perçue par l'oreille humaine dépend de l'intensité sonore I du son émis. Celle-ci dépend de la puissance acoustique P du son ainsi que de la surface S du récepteur. L'intensité sonore s'obtient par la formule :

$$I = \frac{P}{S}$$

- P en watt (W) ;
- S en mètre carré (m^2) ;
- I en $W \cdot m^{-2}$.

■ La sensation auditive n'étant pas proportionnelle à l'intensité sonore, on définit alors une nouvelle grandeur permettant d'en rendre compte : le niveau d'intensité sonore L.

$$L = 10 \log \frac{I}{I_0}$$

- I : intensité sonore ($W \cdot m^{-2}$) ;
- I_0 : seuil d'audibilité égal à 10^{-12} $W \cdot m^{-2}$;
- L : niveau d'intensité sonore en décibel (dB).

Notes

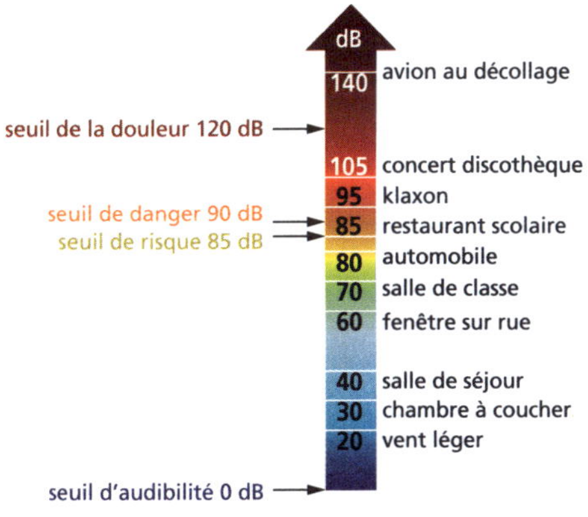

Échelle du bruit en dB

Notes

2 Son pur

Un son pur est caractérisé par une onde sonore sinusoïdale. C'est le cas d'un son émis par un diapason.

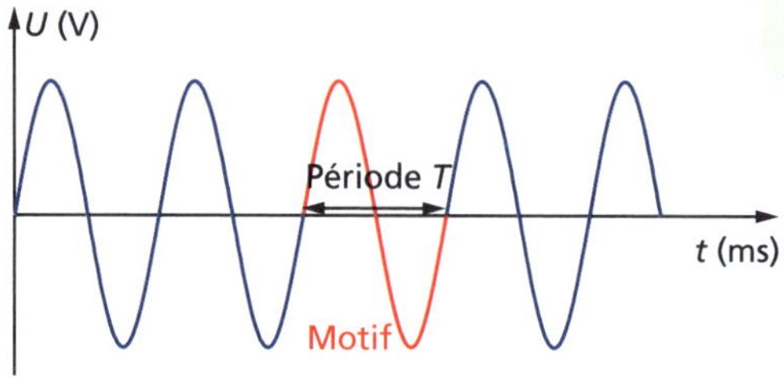

Représentation temporelle d'un son pur

Rappel

La période temporelle T d'une onde sonore sinusoïdale et sa fréquence f sont reliées par la formule :

$$\text{Hz} \rightarrow f = \frac{1}{T} \leftarrow \text{s}$$

3 Exprimer la période T et la fréquence f

■ Dans le système international des unités, la période T s'exprime en seconde (s) et la fréquence f s'exprime en hertz (Hz).

■ Il est possible d'utiliser des multiples du hertz :

– le kilohertz : 1 kHz = 10^3 Hz

– le mégahertz : 1 MHz = 10^6 Hz

– le gigahertz : 1 GHz = 10^9 Hz

Le son, phénomène vibratoire (2)

Fiche 18

Enseignement scientifique

1 Son composé

■ Un son composé est une onde sonore périodique. Sur sa représentation temporelle, on distingue un motif qui se répète à intervalles de temps identiques. On appelle fondamental f_1 la fréquence de cette onde sonore.

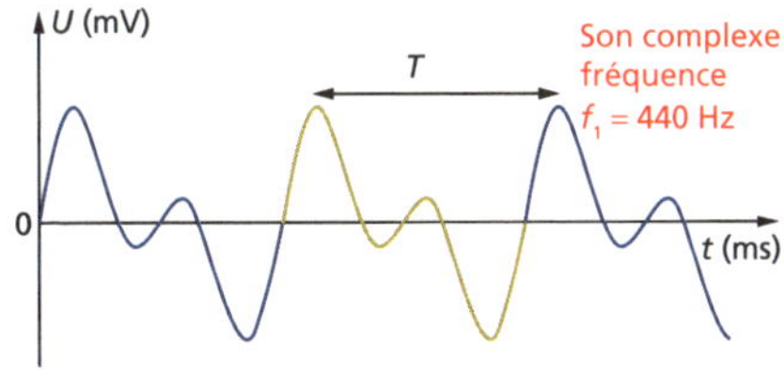

Représentation temporelle d'un son complexe

■ Un son complexe peut être décomposé en une somme de sons purs (ici, deux), appelées harmoniques.
La fréquence de ces harmoniques est :

$$f_n = n \times f_1$$

– f_n fréquence de l'harmonique de rang n ;

– f_1 fréquence du son fondamental.

À noter

C'est au mathématicien et physicien français Joseph Fourier qu'on doit l'étude des propriétés des sons complexes.

Notes

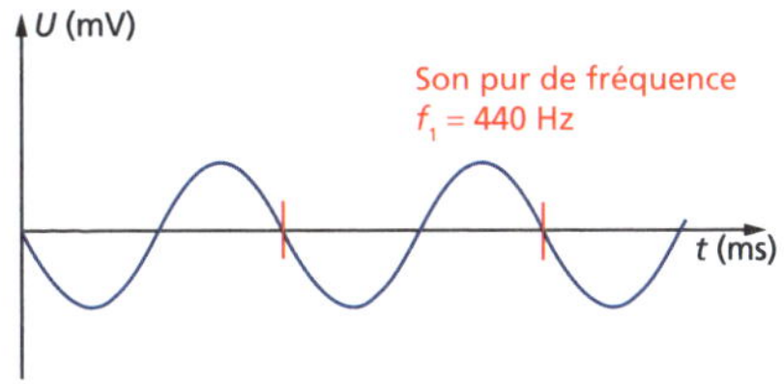

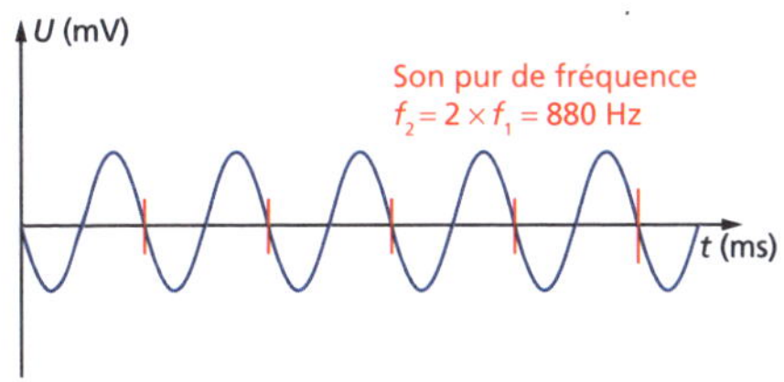

Notes

Sons purs composant le son complexe ci-dessus

2 Analyse spectrale d'un son

■ Le diagramme en bâtons présentant l'amplitude relative du fondamental et des harmoniques est appelé spectre d'un son.

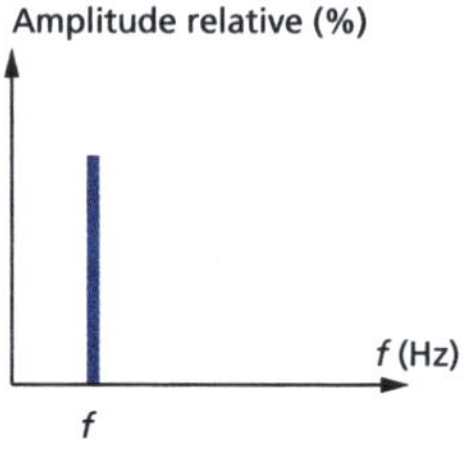

f : fréquence du son pur

Spectre d'un son pur

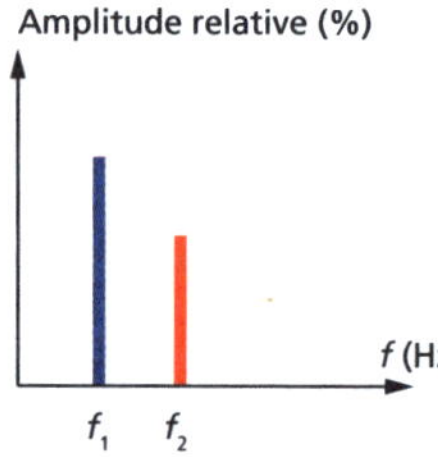

f_1 : fréquence du son fondamental
f_2, … : fréquence(s) de(s) harmonique(s)

Spectre d'un son composé

■ Notez que deux instruments différents jouant la même note produisent deux sons de même hauteur. La fréquence du son fondamental est donc la même. Les deux instruments n'ont pas le même timbre : leurs spectres sont donc différents.

3 Acoustique musicale

■ Lorsqu'on fait vibrer la corde d'un instrument à cordes (comme une harpe), elle émet un son. La fréquence fondamentale du son émis ne dépend que des caractéristiques de la corde (sa longueur, sa tension, sa masse linéique).

■ Les sons produits par les cordes d'une harpe varient selon la longueur de la corde. Les sons les plus aigus sont obtenus avec les cordes les plus courtes. La fréquence fondamentale du son produit par une corde augmente lorsque la longueur de la corde diminue.

Zoom

Lorsqu'on souffle dans un instrument à vent, une colonne d'air entre en vibration. Pour modifier la hauteur du son (fréquence), on modifie la longueur de la colonne.

Harpe

La musique ou l'art de faire entendre les nombres

En faisant vibrer une corde et en variant sa longueur, Pythagore montra que la fréquence est inversement proportionnelle à sa longueur. Il constata aussi que certaines associations de sons étaient agréables à l'oreille ; les rapports de leur longueur avaient alors une valeur déterminée.

1 De la fréquence à la note

■ Chaque note jouée par un instrument de musique peut être identifiée par la fréquence fondamentale. On appelle « intervalle » l'écart de hauteur (fréquence) entre deux notes. Il s'obtient par le rapport des fréquences fondamentales des deux notes.

■ Deux sons dont les fréquences sont dans le rapport 2 / 1 correspondent à la même note à deux hauteurs différentes. On appelle « octave » l'intervalle qui sépare deux notes dont les fréquences sont dans le rapport 2 / 1. Par exemple :

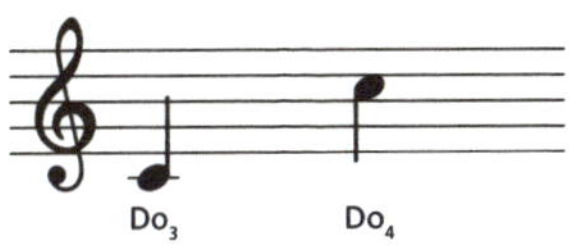

Fréquence Do_3 : 261,63 Hz
Fréquence Do_4 : 523,26 Hz
Le Do_3 et le Do_4 sont séparés par une octave.

$$\frac{f_{Do4}}{f_{Do3}} = 2$$

Notes

2 Les gammes

Une gamme est une suite de notes réparties sur une octave et ayant entre elles des propriétés de consonance. La dernière note répétant la première à l'octave supérieure (pour une gamme ascendante) ou inférieure (pour une gamme descendante). Il existe plusieurs systèmes de gammes.

A. Gamme de Pythagore

■ Dès l'Antiquité, la construction des gammes est basée sur des fractions simples (2 / 1, 3 / 2, 4 / 3). En effet, deux sons dont les fréquences sont dans des rapports simples sont agréables à l'oreille : ils sont consonants.

À noter

Deux sons de fréquences f_1 et f_2 sont à la quinte l'un de l'autre si le rapport de leur fréquence $f_2 / f_1 = 3 / 2$.

Notes

■ Les gammes naturelles, dites « de Pythagore », sont basées sur le cycle des quintes. La gamme est obtenue en prenant les quintes successives d'une note de départ. Les rapports de fréquence seront donc $3/2$, $(3/2)^2$, $(3/2)^3$, $(3/2)^4$…

■ Gamme pythagoricienne basée sur un cycle de sept quintes successives, ramenées sur une seule octave :

Cycle des quintes	Ramenée à l'octave	
Note de départ : Do_1	Do_1	
La quinte du Do_1 est le Sol_1 : $f_{sol1} = 3/2 \times f_{Do1}$	soit $f_{Sol1} = 3/2 \times f_{Do1}$	Sol_1
La quinte du Sol_1 est le $Ré_2$: $f_{re2} = (3/2)^2 \times f_{Do1} = 9/4 \times f_{Do1}$	soit $f_{Re1} = f_{Re2}/2 = 9/8 \times f_{Do1}$	Re_1
…	…	

Note	Do	Ré	Mi	Fa	Sol	La	Si	Do
Rapport	1	9 / 8	81 / 64	4 / 3	3 / 2	27 / 16	243 / 128	2

■ Dans une gamme naturelle, l'écart entre deux notes d'une octave n'est pas constant. Cette variation peut provoquer des dissonances. Une nouvelle gamme a donc été créée afin de remédier à tous ces problèmes de dissonances et de modulation.

B. Gamme tempérée

■ La gamme tempérée est constituée de 12 notes séparées par des intervalles de temps égaux : un demi-ton.

Do – Do# – Ré – Ré# – Mi – Fa – Fa# – Sol – Sol# – La – La# – Si.

■ La gamme chromatique est constituée de 12 demi-tons. Le rapport des fréquences entre deux demi-tons vaut donc $\varepsilon = \sqrt[12]{2}$.

$f_{Do3\#} / f_{Do3} = 277{,}18 / 261{,}63 = \sqrt[12]{2}$

$f_{Ré3} / f_{Do3\#} = 293{,}67 / 277{,}18 = \sqrt[12]{2}$

Dans cette échelle et sur une même octave, on détermine la fréquence d'une note par la formule :

$f_{note} = f_{Do(de\ l'octave)} \times (\sqrt[12]{2})^{\text{nombre de demi-tons séparant les deux notes}}$.

Par exemple, le Do_3 et le Mi_3 sont séparés par 4 demi-tons :

$f_{Mi3} = f_{Do3} \times (\sqrt[12]{2})^4 = 261{,}63 \times (\sqrt[12]{2})^4 = 329{,}63$ Hz.

À noter

$\varepsilon = \sqrt[12]{2} = 2^{1/12}$

Ce rapport est un nombre irrationnel.

Le son, une information à coder

Le son produit par un instrument de musique peut être capté par un microphone. Pour numériser ce son et obtenir un fichier informatique, il faut passer d'un signal analogique à un signal numérique. Pour stocker ou envoyer le fichier obtenu, il est parfois nécessaire de le compresser.

1 Signal analogique et signal numérique

■ Le signal analogique est un ensemble continu d'informations. Il peut prendre une infinité de valeurs. Lorsqu'un microphone capte un son, il apparaît une variation de tension à ses bornes.

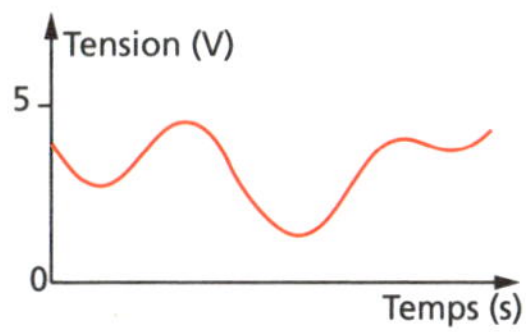

■ Le signal numérique est un ensemble discontinu (discret) d'informations. Il ne peut prendre que deux valeurs : 0 et 1.

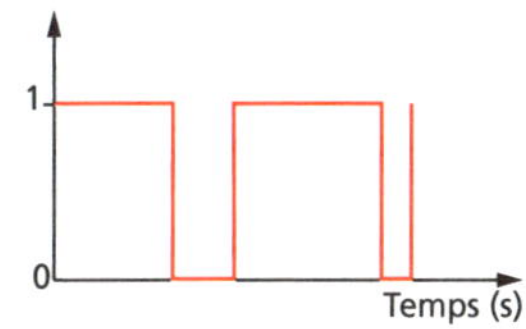

2 Numériser un son

■ Pour numériser un son, on procède à la discrétisation du signal analogique. On transforme les informations continues dans le temps en grandeurs discontinues, qui varient par paliers. Cette opération s'effectue en plusieurs étapes.

■ L'échantillonnage consiste à relever à intervalles de temps égaux T_e des échantillons du signal. On appelle fréquence d'échantillonnage f_e le nombre d'échantillons mesurés par seconde, avec $f_e = 1 / T_e$. L'échantillonnage couramment utilisé pour numériser un son est de 44,1 kHz car la fréquence maximale audible pour l'oreille humaine est de 20 kHz.

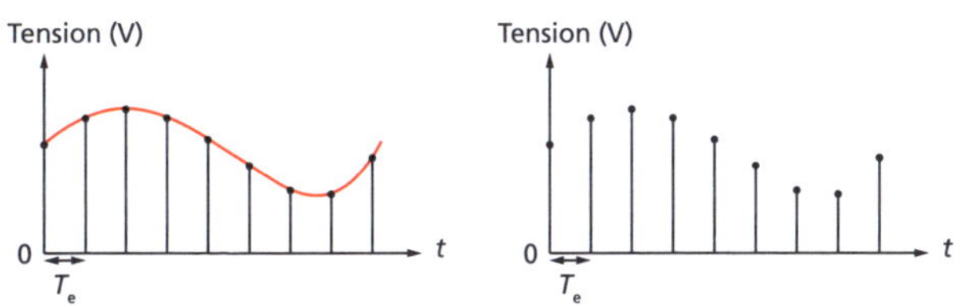

Échantillonage

Notes

■ La quantification consiste à discrétiser l'amplitude du signal. Chaque échantillon est alors associé à une valeur d'amplitude, exprimée en bit. Le bit est un chiffre binaire, il peut prendre la valeur 0 ou 1.

■ Une quantification en 2 bits, permet de décrire le signal avec 4 valeurs : 00 ; 01 ; 10 ; 11.

> **Zoom**
> Une quantification en n bits permet de traduire la valeur de l'amplitude de l'échantillon avec une précision de 2^n valeurs.

■ Une quantification en 3 bits est plus précise qu'une quantification en 2 bits car elle permet de décrire le signal avec 8 valeurs : 000 ; 001 ; 010 ; 011 ; 100 ; 101 ; 110 ; 111.

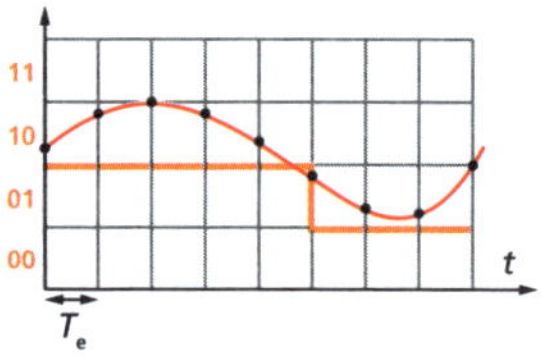

Codage du 2 bits

Signal numérisé
Signal analogique

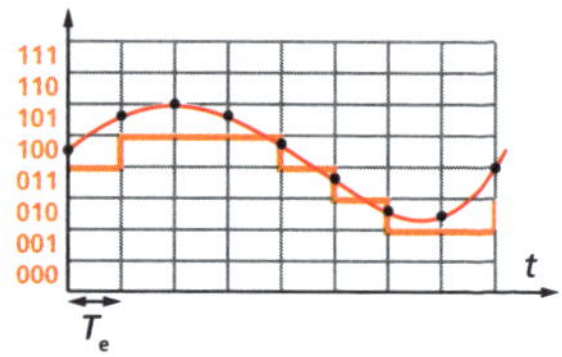

Codage sur 3 bits

■ La taille d'un fichier audio varie selon la fréquence d'échantillonnage f_e, la quantification Q, le nombre de voies n (son mono : $n = 1$, son stéréo : $n = 2$) et sa durée t (seconde). Elle s'exprime en octet et s'obtient par la formule :

$$N = f_e \times \frac{Q}{8} \times n \times t$$

3 Compresser un fichier son

■ Compresser un son est un traitement numérique qui permet de réduire la taille du fichier en dégradant le moins possible la qualité du son à transmettre.

■ Le format le plus couramment utilisé pour compresser un son est le format mp3.

Quantité de données traitées en kilobit par seconde kbps	Format	Ratio de compression	Taille du fichier	Qualité
1 411,2	Wav	1 : 1	10,09 Mo	CD audio
192	Mp3	1 : 7	1,44 Mo	CD audio
96	Mp3	1 : 15	689 ko	Moyenne

■ Le ratio ou quotient de compression Q s'obtient par le rapport volume initial des données sur le volume après compression. Pour un son traité en 192 kbps : $Q = 10{,}09 / 1{,}44 \approx 7$.

■ Le fichier compressé est 7 fois plus petit que le fichier original.

Entendre la musique (1)

Fiche 21

Enseignement scientifique

L'air est le vecteur de la musique, du son. Au niveau d'une source sonore (instrument, enceinte…) l'air est comprimé, décomprimé. Cela génère des ondes sonores qui ne deviennent musique que grâce aux oreilles et au cerveau. Comment oreilles et cerveau permettent-ils d'entendre la musique ?

1 L'organisation de l'oreille

À noter

L'oreille ne se limite pas à la partie externe. L'essentiel de sa structure se trouve à l'intérieur de la cavité crânienne.

L'oreille est sensible aux ondes sonores. Elle est organisée en trois parties.

- Le pavillon et le canal auditif forment l'oreille externe.
- L'oreille moyenne est une cavité remplie d'air, limitée par deux membranes : le tympan vers l'extérieur et l'autre au niveau de la fenêtre ovale. Cette cavité contient trois osselets qui sont, dans l'ordre, de l'extérieur vers l'intérieur : le marteau, l'enclume et l'étrier.
- L'oreille interne et formée du vestibule, structure permettant le maintien de l'équilibre et de la cochlée, constituée de trois canaux enroulés, contenant les récepteurs de l'audition en lien avec le nerf auditif.

Notes

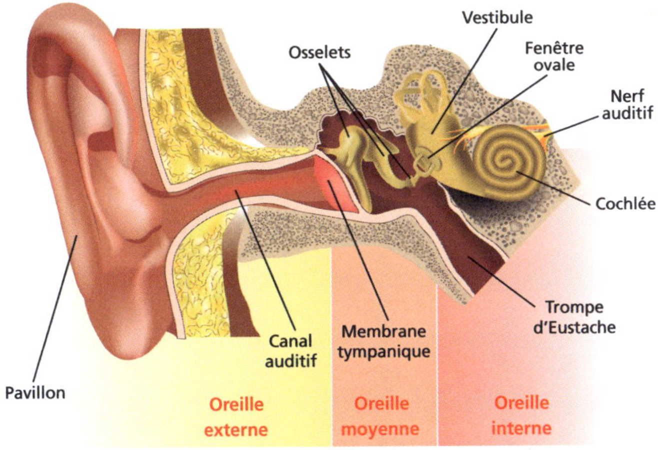

Notes

2 De l'oreille externe à l'oreille interne

A. L'oreille externe et l'oreille moyenne

■ Le pavillon a une forme qui permet de diriger les ondes sonores vers le canal auditif. Ces ondes font alors vibrer le tympan qui entre en résonnance.

Zoom

L'oreille ne permet pas seulement d'entendre. Elle participe également à la perception de l'équilibre de l'individu.

■ Cette résonnance est transmise *via* les trois osselets de l'oreille moyenne vers la membrane de la fenêtre ovale.

■ La présence des osselets et la taille plus petite de la fenêtre ovale amplifient les vibrations du tympan.

B. L'oreille interne

■ La cochlée est un labyrinthe creux constitué de trois canaux en spirale contenant chacun un liquide : de la lymphe.

■ Au niveau du canal central, appelé conduit cochléaire, on trouve une structure sensible aux vibrations, l'organe de Corti, constitué de cellules sensorielles ciliées, liées par des cils vibratiles à une structure rigide, la membrane de Corti. On dénombre environ 15 000 cellules.

■ Les vibrations de la membrane de la fenêtre ovale mettent en mouvement le liquide qui lui-même met en mouvement la membrane de Corti.

■ Les cils vibratiles des cellules ciliées entrent alors en résonnance. Les cellules génèrent alors un message nerveux transmis par le nerf auditif vers le cerveau.

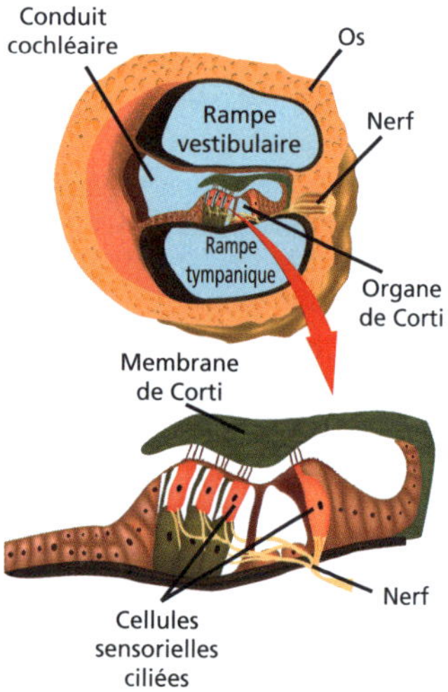

L'organisation de la cochlée

Entendre la musique (2)

Fiche 22

Enseignement scientifique

1 Ce que peut entendre l'oreille

■ Le son se propage sous forme d'ondes sonores. Localement, l'air (ou l'eau) est comprimé(e), décompressé(e). L'amplitude de la variation de pression (ou intensité) est mesurée en décibels (dB). Les ondes sont caractérisées par la fréquence de la répétition de la variation de pression. La fréquence est exprimée en hertz (Hz).

■ Un être humain jeune est capable d'entendre des sons dont l'intensité varie à peu près entre 0 et 120 dB. En dehors de ces valeurs, l'oreille n'est pas sensible. Des sons de plus de 130 dB deviennent douloureux. Les mesures montrent que l'oreille humaine est sensible à des fréquences comprises entre 20 et 20 000 Hz.

2 La fragilité du système auditif

■ L'oreille est un dispositif fragile qui, lorsqu'il est détérioré, diminue sa performance. Tous les éléments de ses différentes parties sont fragiles.

■ Le tympan peut être perforé par des infections, telles les otites, ou bien des bruits trop intenses, comme une explosion. Le sujet n'entend plus, ou moins bien. Le tympan peut cicatriser seul. Dans certains cas, une chirurgie réparatrice peut être utile.

■ Les cellules ciliées sont très fragiles face à des sons de fortes intensités émis pendant de longues périodes. Une exposition prolongée à des sons d'intensité supérieure à 90 dB conduit à une destruction définitive et non récupérable de cellules ciliées et donc à une diminution des capacités auditives.

À noter

Les sons au-delà de 90 dB correspondent principalement à des bruits provenant de l'industrie mais aussi de concerts de musique.

Notes

3 Le rôle du cerveau dans l'audition

■ Les messages nerveux élaborés au niveau des cellules ciliées gagnent le cerveau. Ces informations sont d'abord envoyées vers le cortex auditif sur la partie temporale du cerveau. Ce cortex est organisé en deux parties : le cortex primaire et le cortex secondaire, qui reçoivent des informations des deux oreilles.

■ Le cortex auditif primaire est le lieu d'un traitement simple des informations auditives, comme la reconnaissance de la fréquence des sensations auditives.

Notes

■ Le cortex auditif secondaire contient l'aire du langage. Il permet une compréhension des sons, de la parole.

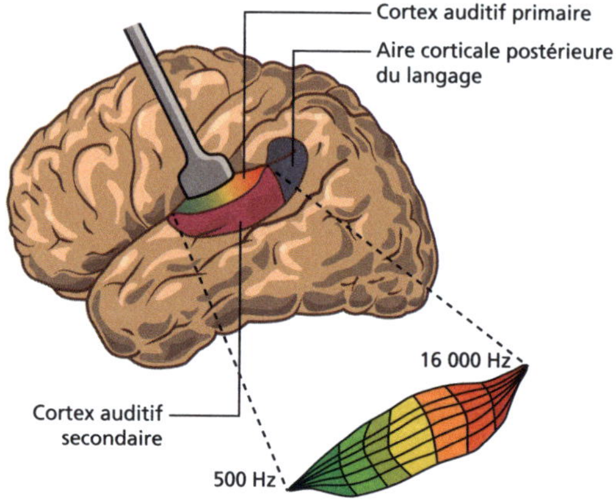

Le cortex auditif

■ L'imagerie médicale permet de comprendre que les informations auditives sont aussi traitées dans d'autres zones du cerveau ayant des fonctions différentes. Si l'écoute fait appel à la mémoire, le cortex dit « préfrontal », vers l'avant du cerveau, et une structure profonde, l'« hippocampe », sont sollicités. Si le sujet parle en écoutant ou bien bat la mesure sur une musique, c'est le cortex moteur, en partie médiane, qui devient actif.

■ Écouter de la musique déclenche des émotions. Ces émotions sont traitées dans des structures profondes du cerveau, comme une zone appelée « amygdale », mais aussi dans une zone plus périphérique, appelée le « cortex orbitofrontal ».

Zoom

Écouter de la musique sollicite tout le cerveau. Ce qui permet de donner du sens à ces vibrations, plus ou moins complexes, perçues par les oreilles.

Langues

Sommaire

Anglais

Fiches Pages

Espagnol

Notes

Notes

Allemand

Descriptif du contrôle continu

L'enseignement commun de langues vivantes fait l'objet de devoirs en temps limité tout au long de l'année. L'ensemble de vos notes servira à établir votre moyenne générale prise en compte dans le cadre du contrôle continu. Ces évaluations portent sur les axes étudiés pendant l'année du programme de Première.

1 Objectif du contrôle continu

Le contrôle continu pour l'enseignement des langues a pour objectif d'évaluer les différentes activités langagières :

– compréhension orale : comprendre un document audio ou vidéo ;

– compréhension écrite : comprendre un document écrit ;

– expression orale en continu : s'exprimer oralement ;

– expression orale en interaction : prendre part à une conversation orale.

2 Réussir tout au long de l'année

A. Vous préparer pendant l'année

■ Travaillez régulièrement chacun des thèmes et chacune des compétences langagières étudiés dans chaque langue.

■ Faites des fiches synthétiques centrées sur les points importants du programme (le lexique à connaître pour chaque axe par exemple) et les principaux points grammaticaux afin d'éviter les erreurs basiques aussi bien à l'écrit qu'à l'oral.

■ Refaites les différents devoirs et évaluations de l'année, en appliquant les conseils donnés sur votre copie par votre professeur et vérifiez votre travail avec le corrigé que votre professeur aura fait en classe ou vous aura remis.

■ Lisez et regardez des programmes en langue étrangère. Différentes applications sont téléchargeables sur votre portable et sont faciles d'accès.

B. Vous préparer la veille d'un contrôle

Relisez attentivement les fiches que vous avez faites sur chaque axe (vocabulaire et points grammaticaux).

Notes

Notes

C. À faire le jour du contrôle

■ Lisez le sujet dans son ensemble avant de commencer à le travailler.

■ **Compréhension orale** : restez bien concentré(e) durant l'écoute ou le visionnage. Pas de panique si vous ne comprenez pas tout !

■ **Compréhension écrite** : lisez attentivement la ou les questions avant de commencer la lecture du ou des documents. Repérez bien ce que l'on vous demande. Lisez le ou les documents, plusieurs fois. Mettez des annotations sur le(s) document(s) afin de faciliter les repérages. Relisez-vous une fois cet exercice terminé afin de corriger les éventuelles erreurs.

■ **Expression écrite** : lisez attentivement le sujet, analysez-le, repérez bien les attentes afin de trouver facilement un plan. Relisez-vous une fois cet exercice terminé afin de corriger les éventuelles erreurs.

■ **Expression orale** : parlez fort et regardez votre interlocuteur. Veillez à être clair(e) et concis(e). N'oubliez pas d'argumenter vos propos.

Parler du présent

Fiche 1

Anglais

Notes

1 S'exprimer au présent en anglais

■ Contrairement au français qui n'utilise qu'un temps pour parler au présent (le présent de l'indicatif), l'anglais a recours à deux temps distincts, le **présent simple** et le **présent *be + V-ing*** ou présent continu.

■ Pour choisir quel présent utiliser, il faudra distinguer si l'action est récurrente, habituelle (présent simple) ou si elle est en train de se dérouler (présent *be + V-ing*).

Ex. : Que fais-tu le dimanche ? Je travaille.

→ Ici, on parle d'une habitude hebdomadaire, on utilisera donc le présent simple pour traduire la phrase en anglais.

Que fais-tu ? Je travaille.

→ Ici on demande à l'interlocuteur ce qu'il est en train de faire. On utilisera donc le présent *be + V-ing* pour traduire la phrase.

2 Le présent simple

Le présent simple est employé pour :

■ **Exprimer une habitude**, un fait habituel

Ex. : *I **wake up** at 6 a.m. every morning.*
(Je me lève à 6 heures tous les matins.)

■ **Définir une caractéristique du sujet**

Ex. : *She **plays** the piano.* (Elle joue du piano.)

■ **Exprimer une vérité générale**

Ex. : *Water **boils** at 100 degrees.* (L'eau bout à 100 degrés.)

■ **Exprimer un état, un sentiment ou une opinion**

Ex. : *I **think** you **are** right.* (Je pense que tu as raison.)

■ **Présenter une succession rapide d'actions**, d'événements

Ex. : *She **hears** the phone, **gets** out of her bath and **runs** to answer.*
(Elle entend le téléphone, sort de son bain et court répondre.)

Attention !
Veillez à ne pas oublier le *-s* de la 3e personne du singulier !

Notes

3 Le présent *be + V-ing*

Le présent *be + V-ing* est employé pour :

■ **Décrire un fait, une action, un événement** en train de se produire

Ex. : *The children* ***are crossing*** *the street.*
(Les enfants sont en train de traverser la rue.)

■ **Les verbes d'attitude**

Ex. : *She* ***is lying****. They* ***are sitting****.* (Elle est allongée. Ils sont assis.)

■ **Décrire ce que la personne qui parle voit ou sait** au moment où elle parle

Ex. : *My sister is in London. She* ***is learning*** *English.*
(Ma sœur est à Londres. Elle apprend l'anglais.)

■ **Exprimer l'irritation**, associé à un adverbe indiquant la répétition, l'habitude

Ex. : *Mark* ***is*** *always* ***bullying*** *other kids.*
(Mark n'arrête pas d'harceler d'autres enfants.)

Attention !

Certains verbes ne se conjuguent pas au présent ***be + V-ing*** car ils se réfèrent à des états plutôt qu'à des actions *(to believe, to hate, to dislike, to want…)*.

Parler du passé

Fiche 2

Anglais

Notes

1 Le prétérit

A. Emploi

Le prétérit est le temps que l'on emploie pour parler d'un événement, d'une action passés, datés de façon précise.

Ex. : *I **lived** in Paris from 1999 to 2001.* (J'ai vécu à Paris de 1999 à 2001.)

B. Formation

- Verbes réguliers : base verbale + *-ed.*

Ex. : *I **walked** 2 miles.* (J'ai marché 3 kilomètres.)

- Verbes irréguliers : formes à connaître par cœur.

Ex. : *She **ate** sushi, then **went** to bed.* (Elle a mangé des sushis puis s'est couchée.)

2 Le *present perfect*

A. Emploi

- Le *present perfect* relie le passé au présent.
- L'utilisation de cette forme signifie que :

– l'action ou l'état viennent juste de se terminer ;

Ex. : *I **have read** for two hours.* (Je viens de lire pendant deux heures.)

– l'action passée ou l'état du sujet ont des répercussions sur le présent.

Ex. : *He **has mud** on his clothes. He **has played** outside.* (Il a de la boue sur ses vêtements. Il a joué dehors.)

Attention !

Le ***present perfect*** n'est pas l'unique temps à utiliser pour parler du passé. Observez :

Does he have a new car? (A-t-il une nouvelle voiture ?)

Yes, he bought it last month. (Oui, il l'a achetée le mois dernier.)

B. Formation

Have au présent + participe passé (*V-ed* ou 3e colonne de la liste des verbes irréguliers).

C. Utilisation avec *since* et *for*

- Cette forme peut être associée avec des termes permettant de dater le début de l'action ou de donner la durée de l'action.

Notes

■ *Since* + date ou événement précis

*Ex. : They have lived here **since they got married**.*
(Ils habitent ici depuis qu'ils sont mariés.)

■ *For* + durée

*Ex. : They have lived here **for eleven years**.*
(Ils habitent ici depuis onze ans.)

3 Le *present perfect* continu

A. Emploi

■ Le *present perfect* continu est très similaire au *present perfect* mais, en l'utilisant, on insiste sur la durée.

*Ex. : She **has been doing** her homework for two hours now.*
(Elle fait ses devoirs depuis deux heures maintenant.)
[sous-entendu : c'est long]

B. Formation

Have au présent + *been* + *V-ing*

4 Les actions habituelles du passé que l'on ne fait plus

A. *Used to* + verbe

On insiste sur la coupure entre passé et présent.

*Ex. : When he was a child, he **used to walk** to school.*
(Quand il était enfant, il allait à l'école à pied.)

Attention !
Ne confondez pas ***used to*** et ***to be used to***. *I am used to painting.* (J'ai l'habitude de peindre.) *I used to paint.* (Je peignais.)

B. *Would* + verbe

On insiste sur la répétition, l'habitude, un trait de caractère ou une volonté du sujet grammatical.

*Ex. : When she was little, she **would spend** hours staring at the sky.*
(Quand elle était petite, elle passait des heures à regarder le ciel.)

Parler de l'avenir

Fiche 3

Anglais

Le temps grammatical du futur n'existe pas en anglais. Pour parler de l'avenir, on peut employer diverses structures.

1 *Will* + verbe

Will + verbe est employé pour :

- énoncer des prévisions ;

Ex. : *John* ***will lose*** *the race today, he is sick.* (John va perdre la course aujourd'hui, il est malade.)

- parler d'événements planifiés ;

Ex. : *The show* ***will start*** *at 10 tonight.* (Le spectacle commencera à 10 heures ce soir.)

- faire des promesses.

Ex. : *I* ***will help*** *you to do your homework.* (Je t'aiderai à faire tes devoirs.)

Attention !

Dans une subordonnée en ***when***, on ne peut pas conjuguer le verbe avec ***will***. *I will have a dog when* ***I am*** *older.* (J'aurai un chien quand je serai plus vieux.) Par contre, on peut trouver ***will*** dans une question commençant par ***when***. *When* ***will*** *you be here?* (Quand seras-tu là ?)

Notes

2 *Shall* + verbe

S'emploie surtout à la forme interrogative pour faire une suggestion ou demander un conseil.

Ex. : ***Shall*** *we* ***go*** *now?* (Est-ce que l'on y va maintenant ?)

Shall *we* ***dance****?* (Voulez-vous danser ?)

3 *Be going to* + verbe

- Exprime l'intention du sujet grammatical.

Ex. : ***I'm going to do*** *the washing up.* (Je vais faire la vaisselle.)

- Énonce une prédiction fondée sur ce que l'on constate.

Ex. : *It's sunny, it****'s going to be*** *a beautiful day.* (Il y a du soleil, ça va être une belle journée.)

I'm late, the teacher ***is going to punish*** *me!* (Je suis en retard, le professeur va me punir !)

Notes

4 *Be to* + verbe

- Implique que l'action a été convenue, organisée à l'avance.

*Ex. : We **are to fly** to Ireland for Christmas.*
(Nous devons aller en Irlande pour Noël.)

- Exprime un ordre ou une obligation.

*Ex. : You **are to obey** your teacher at once!*
(Tu dois obéir à ton professeur tout de suite !)

*I **am to finish** my homework now.*
(Je dois finir mes devoirs maintenant.)

5 *Be about to* + verbe

Exprime un futur immédiat : l'action ou l'événement est sur le point de se produire.

*Ex. : He **is about to divorce**.*
(Il est sur le point de divorcer.)

*The sun **is about to set**.*
(Le soleil est sur le point de se coucher.)

Attention !

Les modaux ne se conjuguent pas au futur avec ***will*** ou ***be going to* + verbe** ; il s'agira d'utiliser des formes équivalentes. *He have to take a shower before going to the cinema.* (Il devra prendre une douche avant d'aller au cinéma.)

Les modaux

Fiche 4

Anglais

Notes

1 *Can, could*

■ **Forme affirmative** : expriment la capacité, la possibilité, la probabilité.

*Ex. : She **can** drive.* (Elle sait conduire.)
*You **could** do it if you tried.* (Tu pourrais y arriver si tu essayais.)

■ **Forme interrogative** : expriment une demande ou une demande de permission.

*Ex. : **Can** I come with you?* (Est-ce que je peux venir avec toi ?)
***Could** I borrow your phone?* (Pourrais-je emprunter votre téléphone ?)

■ **Forme négative** : expriment l'impossibilité ou l'interdiction.

*Ex. : You **can't** park here.* (Vous ne pouvez pas vous garer ici.)
*Mark **couldn't** come to the cinema, he was sick.*
(Mark ne pouvait pas venir au cinéma, il était malade.)

2 *Must*

■ **Forme affirmative** : exprime le devoir, l'obligation ou la forte probabilité.

*Ex. : You **must** listen to your parents.*
(Il faut que tu écoutes tes parents.)
*He **must** be sleeping.*
(Il doit être en train de dormir.)

Attention !
Ne mettez jamais ***to*** après un modal. *Citizens must Ø abide by the law.* (Les citoyens doivent respecter la loi.)

■ **Forme négative** : exprime l'interdiction.

*Ex. : You **mustn't** chat in class.* (Tu ne dois pas bavarder en classe.)

3 *May, might*

■ **Expriment la permission**.

*Ex. : **May** I come in?* (Vous permettez que je rentre ?)

■ **Expriment la probabilité**, l'éventualité, le doute.

*Ex. : He **may** be exhausted.* (Il doit être épuisé.)
*They are nowhere to be found, they **might** have gone out.*
(Ils sont introuvables : il se pourrait qu'ils soient sortis.)

Notes

4 *Would*

- **Exprime le conditionnel.**

Ex. : *He **would** have better grades if he worked more.*
(Il aurait de meilleures notes s'il travaillait davantage.)
*I **would** obey if I were you.* (J'obéirais si j'étais toi.)

- **Exprime la volonté.**

Ex. : *She insisted but her son **wouldn't** do his homework.*
(Malgré son insistance, son fils a refusé de faire ses devoirs.)

5 *Should*

Exprime le conseil.

Ex. : *You **should** read more books.* (Tu devrais lire davantage.)
*Children **should** read more.* (Les enfants devraient lire davantage.)

6 *Should* + *have* + participe passé

Exprime le reproche ou le regret.

Ex. : *Mike **should have driven** more carefully.* (Mike aurait dû conduire plus prudemment.)
*I **should have listened** to you.*
(J'aurais dû t'écouter.)

Attention !

Au passé, les modaux doivent être remplacés par des équivalents. *She **couldn't** phone me last weekend.* (Elle n'a pas pu m'appeler le week-end dernier.)

Le discours direct et le discours indirect

Notes

1 Passage du discours direct au discours indirect

■ **Proposition principale introductive** du discours indirect au présent ou au *present perfect*.

La subordonnée est au même temps que dans le discours direct.

Ex. : *The journalist writes: "The President has delivered a speech." [discours direct]*

The journalist writes that the President has delivered a speech. [discours indirect]

■ **Proposition principale introductive** au prétérit ou au *plus-que-parfait*. Il y a alors un changement de temps.

Ex. : *He said: "I want to go to Italy, I will book plane tickets." She said: "I ate too much." [discours direct]*

***He said that he wanted** to go to Italy and that **he would book** plane tickets. **She said that she had eaten** too much. [discours indirect]*

→ Les paroles prononcées au présent sont rapportées au prétérit : ***want*** devient ***wanted***.

→ Les paroles prononcées au futur ou au conditionnel sont rapportées au conditionnel : ***will book*** devient ***would book***.

→ Les paroles prononcées au ***present perfect*** ou au ***prétérit*** sont rapportées au ***past perfect*** : (***had*** + participe passé) : ***ate*** devient ***had eaten***.

■ **Certains modaux doivent être modifiés** lors du passage du discours direct au discours indirect.

Ex. : *"I **can** help," Philip said.* (« Je peux aider », dit Philip.)

→ *Philip said that he **could** help.* (Philip a dit qu'il pouvait aider.)

*"Children **must** listen to their parents," my mother said.* (« Les enfants doivent écouter leurs parents » dit ma mère.)

→ *My mother said that children **had to** listen to their parents.* (Ma mère a dit que les enfants devaient écouter leurs parents.)

Notes

■ Veillez à bien changer les pronoms lorsque vous passez du discours direct au discours indirect. De même, les repères temporels et spatiaux doivent être modifiés :

Last → The previous	*Last week → The previous week*
Next → The following	*Next month → The following month*
Today → That day	*Yesterday → The day before*
Tomorrow → The next day	*Here → There*

2 Questions au discours indirect

■ On note les mêmes changements de temps, de pronoms et d'adjectifs.

■ De plus, on passe de la forme interrogative à la forme affirmative.

■ Enfin, on doit introduire *if* ou **whether** dans la phrase s'il n'y a pas déjà un pronom interrogatif.

Ex. : *She asked: "**Can you** stop talking?" He asked her: "**Where did you go** last weekend?" [discours direct]*

*She asked him **whether / if he could** stop talking. He asked her **where she had gone** the previous weekend. [discours indirect]*

3 Ordres au discours indirect

■ Discours direct

Ex. : *Our parents told us: "Turn the TV off and go to your bed."*

■ Discours indirect

Ex. : *Our parents told us to turn the TV off and to go to our bed.*

Attention !

Il faut bien faire la différence entre ***say*** et ***tell***.

• ***To say something to somebody.***

*He **said** hello to his neighbour.*

(Il a dit bonjour à son voisin.)

• ***To tell somebody something.***

*He **told** his children to tidy their room.*

(Il a dit à ses enfants de ranger leur chambre.)

Le passif

1 Formation

■ Pour passer de la forme active à la forme passive, l'objet de l'action devient le sujet grammatical.

■ On conjugue l'auxiliaire *be* au temps de la voix active et on utilise le participe passé du verbe (*V-ed* ou 3e colonne de la liste des verbes irréguliers).

Ex. : *The cat* ***eats*** *the mouse.* (Le chat mange la souris.) *[actif]*
The mouse ***is eaten*** *by the cat.* (La souris est mangée par le chat.) *[passif]*

2 Emplois

A. Mise en valeur de l'objet de l'action

Le passif permet de choisir un point de vue différent en se focalisant sur l'objet de l'action. On introduira l'agent de l'action par *by*.

Ex. : *Thousands of viewers watched the match last night.*
(Des milliers de spectateurs ont regardé le match hier soir.)

The match ***was watched*** *by thousands of viewers last night.*
(Le match a été regardé par des milliers de spectateurs hier soir.)
[Dans le 2e énoncé, l'accent est mis sur le match.]

B. Absence de mention du sujet de l'action

On utilisera le passif :

■ quand on ne connaît pas le sujet du verbe (on n'a aucune indication de la personne ayant effectué l'action de la phrase) ;

Ex. : *My car* ***has been stolen****!* (Ma voiture a été volée !)

A graffiti ***was painted*** *on my wall last night!*
(Un graffiti a été peint sur mon mur hier soir !)

■ quand le sujet du verbe est tellement évident et qu'il serait inutile de le préciser ;

Ex. : *The thief* ***was arrested*** *at 6 o'clock this morning.* (Le voleur s'est fait arrêter à 6 heures ce matin.) *[par la police bien sûr]*

Attention !

To read et ***to sell*** s'emploient parfois à l'actif avec un sens passif. *This book* ***sells*** *like hot cakes and it* ***reads*** *very well.* (Ce livre se vend comme des petits pains et se lit très facilement.)

Notes

Notes

*Customers **will be given** a free gift.*
(Les clients recevront un cadeau gratuit.)

■ quand le sujet du verbe n'a aucune incidence sur l'information et que l'on s'intéresse surtout à l'action en tant que telle.

Ex. : *A new building **is being built** next to our house.* (On construit un nouveau bâtiment juste à côté de notre maison.)

Rappel

L'anglais utilise parfois des formes elliptiques du passif, réduites au participe passé. *English **spoken** here.* (Ici on parle anglais.)

C. Traduction de « on »

La tournure impersonnelle « on » est très souvent traduite par le passif.

Ex. : *I **was told** that…* (On m'a dit que…)

Vocabulaire utile : identités et échanges

Fiche 7

Anglais

1 Noms et expressions avec des noms

un immigrant légal ≠ illégal a legal ≠ an illegal immigrant
le taux d'immigration the immigration rate
un camp de réfugiés a refugee camp
sans papier undocumented
le contrôle des frontières border control
l'exil exile
un passeur a smuggler
la citoyenneté citizenship
la persécution persecution
l'expulsion deportation
la survie survival
l'hospitalité hospitality
le dialogue dialogue
le partage sharing
le racisme racism
le protectionnisme protectionism
la mondialisation globalisation
la mobilité mobility
le multiculturalisme multiculturalism
un ghetto a ghetto
un quartier a neighbourhood
des bidonvilles slums / shanty towns
les tensions tensions
le rêve américain american dream
le niveau de vie the living standard
un emploi subalterne a menial job
un atelier (personnel exploité) a sweatshop
main d'œuvre bon marché cheap labour
la richesse ≠ la pauvreté wealth ≠ poverty
l'asile politique political asylum
le droit d'asile the right of asylum
le choc des cultures culture shock
l'incompréhension culturelle cultural misunderstanding

Rappel

Un adjectif substantivé est un adjectif converti en nom et donc précédé d'un article : ***the unknown*** (l'inconnu) ; ***the poor*** (les pauvres) ; ***the rich*** (les riches)… Notez cependant que l'on dit ***the whites*** et ***the blacks*** pour désigner « les Noirs » et « les Blancs ».

Notes

Notes

le déclassement social social downgrading
la mixité sociale social mix
un voyage a trip
le tourisme tourism
un dépaysement a change of scenery

2 Adjectifs

compréhensif understanding
culturel cultural
désillusionné disillusioned
linguistique linguistic
menaçant threatening
optimiste / plein d'espoir hopeful
problématique problematic
tendu tensed

3 Verbes et expressions avec des verbes

assimiler to assimilate
échanger to exchange
émigrer to emigrate
entrer en masse to swarm into
être accueilli à bras ouverts to be welcome with open arms
être attiré par une vie meilleure to be lured by a better life
être déraciné to be uprooted
être rejeté to be rejected
expulser to deport
faire entrer clandestinement to smuggle in
fuir un pays to flee a country
mettre un frein à l'immigration to curb immigration
monter dans l'échelle sociale to climb the social ladder
recommencer to start afresh
restreindre to restrict
saisir sa chance to seize the opportunity
se mélanger avec to mix with / to blend with
transgresser la loi to break the law
vivre sous le seuil de pauvreté to live below the poverty line

Vocabulaire utile : espace privé et espace public

Fiche 8

Anglais

Notes

1 Noms et expressions avec des noms

l'éducation education
l'émancipation emancipation
la rue street
le village village
le centre-ville downtown
l'habitat housing
les banlieues the suburbs
les bidonvilles slums / shanty towns
l'église church
la mosquée mosque
le temple temple
les transports en commun public transportation
la mobilité sociale upward mobility
la parité parity
le monde du travail the world of work
le télétravail teleworking / working from home
la société society
les droits rights
les devoirs duties
la sociabilité sociability
la famille family
l'entourage circle of acquaintances
la sphère privée / publique private / public realm
le machisme machismo
le féminisme feminism
les clichés clichés / stereotypes
les valeurs values
les mentalités mentalities
les us et coutumes habits and customs
la transformation transformation
la hiérarchie hierarchy
les inégalités inequalities
les traditions traditions
les croyances beliefs

Notes

le refus rejection
l'évolution evolution
les mutations changes
l'égalité hommes-femmes gender equality
le fossé entre les sexes the gender gap
la liberté de mouvement freedom of movement
les espaces religieux religious places
le plafond de verre glass ceiling
l'échelle sociale social ladder
l'égalité des chances equality of opportunity

2 Adjectifs

conditionné conditioned
égalitaire egalitarian
familial familial / family
féministe feminist
machiste macho
médiatique newsworthy
professionnel professional
religieux religious
social social
traditionnel traditional

Attention !

Pour un adjectif, le préfixe privatif sera ***un***-, pour le nom correspondant, il sera ***in***-.
To be unequal mais *inequality.*
To be unable mais *inability.*

3 Verbes et expressions avec des verbes

attirer l'attention sur to draw attention to
distinguer to distinguish
évoluer to evolve
faire le trajet domicile-travail to commute
hiérarchiser to prioritise
jouer un rôle to play a part
mettre en lumière to highlight
mettre sur un pied d'égalité to put on equal terms
passer inaperçu to go unnoticed
présager to foreshadow
reléguer au second plan to put on the back burner / to overshadow
s'adapter to adapt
s'émanciper to become emancipated
se fondre dans la masse to blend into the masses
sensibiliser to create awareness about

Vocabulaire utile : art et pouvoir

Fiche 9

Anglais

Notes

1 Noms et expressions avec des noms

l'architecture architecture
les bâtiments buildings
les monuments monuments
la musique music
un hymne a hymn
un chant a song
la littérature literature
une satire a satiric pamphlet / a satire
la propagande propaganda
un prospectus a flyer
une affiche a poster
une caricature a caricature
la peinture painting
un portrait a portrait
le film the movie (US) / the film (UK)
la culture ≠ la contre-culture culture ≠ counterculture
l'art officiel official art
l'art de rue street art
la liberté de création freedom of creation
un porte-parole a spokesperson
une critique a criticism
un détracteur a critic
l'idéologie ideology
les convictions beliefs
l'opposition opposition
l'apologie the promotion
l'avant-garde avant-garde
une manifestation / une contestation a protest / a demonstration
un rassemblement a rally
un dissident a dissident
des troubles unrest
un point de vue a point of view
la sensibilisation awareness

Notes

la censure censorship
des mesures de répression a crackdown
l'engagement social et politique social and political commitment
le contre-pouvoir opposing power

2 Adjectifs

caricatural caricatural
controversé controversial
engagé committed
influent influential
institutionnel institutional
officiel official
patriotique patriotic
provocateur provocative

Rappel

Faites bien la différence entre les adjectifs finissant en ***-al*** (qui exercent l'action) et ceux finissant en ***-ed*** (qui subissent l'action). *Caricatural* vs *caricatured.*

3 Verbes et expressions avec des verbes

censurer to censor
condamner to condemn
convaincre to convince
critiquer to criticise
défendre to defend
être contre qch to be against sth
faire l'apologie de to champion / to advocate sth
faire la lumière sur to shed light on / to highlight
faire passer un message to get a message across
influencer to influence
légitimer to legitimate
limiter la liberté de qqn to curtail sb's freedom
museler to muzzle
passer sous silence to pass over in silence
prévenir to warn
protester contre qch to protest against sth
pousser un cri d'alarme to issue a warning
provoquer une prise de conscience to raise awareness
remettre en question to call sth into question
s'engager dans to commit oneself into
s'exprimer to express oneself
se soulever contre qch to rise up against sth
souligner / accentuer to emphasise

Vocabulaire utile : citoyenneté et mondes virtuels

Fiche 10

Anglais

Notes

1 Noms et expressions avec des noms

un blog a blog
un forum a forum
les relations relationships
la confiance ≠ la méfiance trust ≠ mistrust / distrust
les risques risks
un cyberpirate a hacker
le piratage piracy
le cyber-harcèlement cyber-bullying
l'anonymat anonymity
les fausses informations fake news
les réseaux sociaux social networks
l'éducation aux medias education to the media
le paiement virtuel virtual payment
l'accès au savoir access to knowledge
les données personnelles personal data
la prudence caution
le contrôle parental parental control
le progrès progress
les nouvelles technologies new technologies
le profil the profile
le téléchargement downloading
les mensonges lies
la vérité the truth
les repères landmarks
l'escroquerie fraud
une atteinte à la vie privée an invasion of privacy
le repli sur soi withdrawal
l'intelligence artificielle artificial intelligence
la démocratie participative participative democracy
le contrôle d'Internet Internet control
la liberté d'expression freedom of speech
l'usurpation d'identité identity fraud
un lanceur d'alerte a whistleblower
l'esprit critique critical mind

Rappel

Les mots à sens pluriel venant directement du latin sont invariables. *Data* (des données). *The media* (les médias).

Notes

les traces numériques digital traces
le droit à l'oubli the right to oblivion
le droit à la vie privée the right to privacy
le droit à l'image the right of publicity
une plateforme collaborative a collaborative platform
informatique IT (information technology)

2 Adjectifs

anonyme anonymous
dangereux dangerous
faux false / fake
fiable reliable
juste et précis accurate
malintentionné malicious
numérique digital
partial / pas objectif biased
privé private
prudent cautious
ultra connecté ultra-connected
virtuel virtual

3 Verbes et expressions avec des verbes

arnaquer to con
chercher des informations to search for information
contrôler to control
démêler le vrai du faux to know right from wrong
entrer en contact avec qqn to get in touch with sb
espionner to spy on
être accro à Internet to be addicted to the Internet
être discriminé to be prejudiced against
harceler to harass
harceler en ligne to cyberbully
manipuler to manipulate
partager des données to share data
pirater to hack
provoquer l'indignation to cause an outrage
se connecter ≠ se déconnecter to log in ≠ to log off
se faire passer pour qqn to pretend to be
surfer sur Internet to surf on the Internet
tchater to chat online

Vocabulaire utile : fictions et réalités

Fiche 11

Anglais

Notes

1 Noms et expressions avec des noms

un hommage a tribute
un mythe a myth
une légende a legend
une figure tutélaire a figurehead / a guardian figure
l'incarnation embodiment
une icône an icon
un modèle a model
le héros the hero
le super-héros the superhero
l'exemple the example
les civilisations civilisations
l'éthique ethics
la morale morality
les sources d'inspiration the sources of inspiration
l'imagination imagination
le retour à la réalité back to reality
la ressemblance resemblance
la science-fiction science fiction
le champ des possibles the field of possibilities
la fantaisie fantasy
la représentation representation
la vision vision
le réalisme realism
la mythologie mythology
les histoires stories
la pensée the thought
le récit the narrative
un récit à la 3e personne a third person narrative
la fiction fiction
une dystopie a dystopia
une utopie an utopia
le patrimoine patrimony
un archétype an archetype

Notes

2 Adjectifs

esthétique aesthetic
éthique ethical
fantastique fantastic
fictif fictional
imaginaire imaginary
légendaire legendary
merveilleux magic / supernatural
politique political
réel ≠ irréel real ≠ surreal
utopique utopian

3 Verbes et expressions avec des verbes

croire à to believe in
être déconnecté de la réalité to be disconnected from reality
fantasmer to fantasise
incarner to embody
interpréter to interpret
s'échapper de to escape from
penser à to think of / to think about
quand la réalité dépasse la fiction when reality surpasses fiction
raconter to tell
ramener à la réalité to bring back to reality
réfléchir to think
rêver d'un monde meilleur to dream of a better world
s'évader to escape
s'identifier à qqn to identify with sb
(s')imaginer to imagine (oneself)
s'inspirer de to draw from
(s')inventer to invent (oneself)
se battre contre to fight against
(se) représenter to represent (oneself)

Attention !

Ne mélangez pas les adjectifs finissant en ***-ing*** et ceux finissant en ***-ed*** !

Tiring → *Fatigant* **Tired** → *Fatigué*
Frightening → *Effrayant* **Frightened** → *Effrayé*

Vocabulaire utile : innovations scientifiques et responsabilité

Fiche 12

Anglais

Notes

1 Noms et expressions avec des noms

les sciences sciences
une expérience an experiment
une découverte a discovery / a finding
une découverte capitale a breakthrough
un chercheur a researcher
le clonage cloning
les manipulations génétiques genetic engineering
les vaccins vaccines
les dérives abuses
la surpopulation overcrowding
la consommation consumption
la croissance growth
la pollution pollution
les gaz d'échappement exhaust gas
le forage drilling
le déboisement deforestation
l'empreinte carbone the carbon footprint
le réchauffement climatique global warming
l'effet de serre the greenhouse effect
la hausse du niveau de la mer the sea-level rise
la couche d'ozone the ozone layer
les réserves en eau water supplies
l'épuisement des ressources naturelles the exhaustion of natural resources
les espèces en voie d'extinction species facing extinction
les espèces menacées endangered species
une inquiétude / une préoccupation a concern
une menace a threat
une pénurie / un manque a shortage
l'environnement the environment
la faune fauna
la flore flora

Notes

la biodiversité biodiversity
le développement durable sustainable development
la transition énergétique energy transition
l'énergie renouvelable / durable renewable / sustainable energy
le recyclage recycling
la prise de conscience the awareness
le covoiturage carpool
les éoliennes wind turbines
une centrale nucléaire a nuclear power station
une ONG an NGO (Non Governmental Organization)
un plaidoyer a plea
des dégâts irréversibles irreversible damages

2 Adjectifs

alarmant alarming
biologique biological
écologique ecological
génétique genetic
nucléaire nuclear
préjudiciable detrimental
responsable responsible
technologique technological

Attention !
Faites bien la différence entre le nom et l'adjectif ! *Genetic* (génétique → adjectif) ≠ *Genetics* (la génétique → nom).

3 Verbes et expressions avec des verbes

améliorer to improve
démontrer to demonstrate
détruire to destroy
dévoiler / divulguer to disclose
éclipser to overshadow
endommager to damage
épuiser des ressources to deplete ressources
être sensible à to be sensitive to
faire entendre sa voix to speak up
gaspiller to waste
innover to innovate
mettre en péril to jeopardise
polluer to pollute
réduire to decrease

Vocabulaire utile : diversité et inclusion

Fiche 13

Anglais

Notes

1 Noms et expressions avec des noms

l'invalidité disability
un handicap a handicap
un handicapé a disabled person
la différence difference
les générations generations
le fossé des générations the generation gap
les personnes âgées the elderly / the seniors
une population vieillissante an ageing population
la vieillesse old age
les barrières linguistiques language barriers
les langues régionales / officielles / étrangères regional / official / foreign languages
le métissage culturel cultural melting-pot
la religion religion
la sexualité sexuality
la nationalité nationality
une minorité a minority
l'inclusion ≠ l'exclusion inclusion ≠ exclusion
l'intégration integration
la cohésion cohesion
la solidarité solidarity
l'entraide mutual aid
l'égalité equality
un salaire décent a living wage
le pouvoir d'achat the purchasing power
la tolérance tolerance
une discrimination a discrimination
un bouc émissaire a scapegoat
les préjugés prejudices
le sectarisme sectarianism
le mépris disdain / scorn
la xénophobie xenophobia

Notes

2 Adjectifs

> **Rappel**
> L'anglais utilise beaucoup d'adjectifs composés : **adjectif + nom + -ed.** *A blue-eyed girl* (une fille aux yeux bleus) ; *left-handed* (gaucher).

contraire à l'éthique unethical
controversé / polémique controversial
cosmopolite cosmopolitan
inégal unequal
intergénérationnel intergenerational
majoritaire predominant
minoritaire minority
ouvert d'esprit ≠ fermé d'esprit
open-minded ≠ close-minded / narrow-minded
respectueux ≠ irrespectueux respectful ≠ disrespectful
solidaire supportive
tolérant ≠ intolérant tolerant ≠ intolerant

3 Verbes et expressions avec des verbes

avoir accès à to have access to
avoir confiance en qqn to trust sb
avoir de l'estime pour qqn to esteem sb
compter les uns sur les autres to rely on one another
discriminer to discriminate
élever un enfant to raise a child
être conscient de to be aware of
être égaux to be equal
être partagé entre deux cultures to be torn between two cultures
être victime de discrimination to be discriminated against
exclure ≠ inclure to exclude ≠ to include
faire évoluer les mentalités to change mentalities
lutter pour l'égalité to fight for equality
maltraiter qqn to ill-treat sb
menacer to threaten
mettre sur un pied d'égalité to put on equal terms / to put on an equal footing
provoquer un débat to spark a debate
relancer un débat to reignite a debate
satisfaire les besoins de sa famille to provide for one's family
s'élever socialement to work one's way up
se méfier to distrust
se mobiliser to mobilise
tisser des liens to create links
vivre ensemble to live together

Vocabulaire utile : territoire et mémoire

1 Noms et expressions avec des noms

la colonisation colonisation
les colonies colonies
l'esclavage slavery
l'exploitation exploitation
la conquête the conquest
l'expédition the expedition
l'avènement the advent
l'effondrement the collapse
le déclin the decline
la destinée the destiny
l'humanité mankind
la nation the nation
le nationalisme nationalism
le séparatisme separatism
l'unité unity
le peuple the people
le pays the country
la communauté the community
un guerrier a warrior
la résistance resistance
la défaite defeat
un pionnier a pioneer
l'indépendance independence
une lutte sans merci a merciless battle
les événements the events
les faits the facts
les racines the roots
l'héritage heritage
l'oubli oblivion
le souvenir remembrance
un témoignage a testimony
un hommage a tribute
l'amnistie amnesty
l'amnésie amnesia

Attention !

Ne confondez pas ***mankind*** (l'humanité, le genre humain) et ***humanity*** (l'humanité, le fait d'être humain, empathique), même si leurs traductions en français sont identiques.

Notes

Notes

un traumatisme a trauma / a traumatism
l'histoire officielle official history
à la mémoire de qqn in someone's memory
la commémoration commemoration
un monument aux morts a war memorial
le devoir de mémoire the duty of memory

2 Adjectifs

colonial colonial
contemporain contemporary
emblématique iconic
frontalier frontier
historique historical
individuel individual
moderne modern
mythique mythical
national national
régional / local regional / local
solennel solemn / formal
traumatisant traumatic

3 Verbes et expressions avec des verbes

coloniser to colonise
commémorer to commemorate
conquérir to conquer
écrire une nouvelle page to write a new page
être en deuil to grieve
être gravé dans la pierre to be cast in stone
envahir to invade
faire le deuil de qqn / qch to mourn sb / sth
gracier to pardon
hériter to inherit
inscrire dans le marbre to set in stone
prendre son indépendance to become independent
rendre un dernier hommage à to pay one's last/final tribute / respects to
rester gravé dans sa mémoire to remain in someone's memory
se souvenir to remember
témoigner to testify
tourner la page to turn the page

Le verbe *être* : *ser* ou *estar* ?

Fiche 1

Espagnol

Notes

1 Le verbe *ser*

Emplois	Exemples
Ser + nom	***Son*** *personas agradables.* (Ce sont des personnes agréables.)
Ser + pronom	***Eres*** *tú.* (C'est toi.)
Ser + infinitif	*Lo importante* ***es*** *participar.* (L'important c'est de participer.)
Ser + numéral	***Somos*** *tres en el coche.* (Nous sommes trois dans la voiture.)
Ser + nationalité	*Ella* ***es*** *española.* (Elle est espagnole.)
Ser de + origine	***Soy de*** Barcelona. (Je suis de Barcelone.)
Ser de + matière	*La mesa* ***es de*** *madera.* (La table est en bois.)
Ser de + possession	*El libro* ***es de*** *mi hermano.* (Le livre est à mon frère.)
Ser + participe passé Pour passer à la **voix passive**. Le complément d'agent est introduit par la préposition ***por*** lorsqu'il est exprimé.	*Mi puerta* ***fue*** *forzada por ladrones.* (Ma porte a été fracturée par des voleurs.) *El libro* ***fue*** *escrito por un autor español.* (Le livre a été écrit par un auteur espagnol.)
Ser + lieu / endroit Pour **situer dans l'espace** et traduire **« se tenir », « avoir lieu », « se passer », « se dérouler »**. (À bien distinguer de l'expression habituelle de la spatialité, qui se fait toujours avec *estar*.)	*La fiesta* ***es*** *en casa de Juan.* (La fête a lieu chez Juan.) *La reunión* ***es*** *en la segunda planta.* (La réunion se déroule au deuxième étage.) *¿Dónde* ***es*** *el consejo de clase?* (Où se tient le conseil de classe ?)
Ser + heure / jour / date / saison Pour **situer dans le temps** de façon impersonnelle.	***Son*** *las tres y media de la tarde.* (Il est 15 h 30.) *Hoy* ***es*** *lunes.* (Aujourd'hui c'est lundi.)

Rappel

La voix passive avec le verbe ***ser*** est peu employée en espagnol, qui préfère la voix active.
La puerta es abierta por Pablo. → *Pablo abre la puerta.* (Pablo ouvre la porte.)

Notes

2 Le verbe *estar*

Emplois	Exemples
Estar + lieu Pour **situer dans l'espace** et traduire **« se situer », « se trouver », « être »**.	*Mis zapatos* ***están*** *en tu casa.* (Mes chaussures sont chez toi.)
Estar + date Pour **situer dans le temps** de façon personnelle.	***Estamos*** *a 29 de junio.* (Nous sommes le 29 juin.)
Estar + gérondif Pour traduire **« être en train de »**.	*La gente* ***está*** *hablando.* (Les gens sont en train de parler.)
Estar + participe passé Pour indiquer le résultat d'une action antérieure.	*La puerta* ***está*** *cerrada.* (La porte est fermée.)

3 Les verbes *ser/estar* + adjectif qualificatif

Emplois	Exemples
Ser + adjectif Lorsque la **caractéristique est essentielle**, (physique ou morale), qu'elle peut définir le sujet.	*Mi vecino* ***es*** *alto.* (Mon voisin est grand.) *Mis padres* ***son*** *generosos.* (Mes parents sont généreux.)
Estar + adjectif Lorsque la **caractéristique est passagère**, dépendante de circonstances particulières, durables ou non (état physique ou moral par exemple).	***Estamos*** *cansados por el trabajo.* (Nous sommes fatigués à cause du travail.) *Hoy* ***estoy*** *triste.* (Aujourd'hui je suis triste.)

■ Certains adjectifs changent de sens selon qu'ils sont employés avec ser ou avec estar. C'est le cas de vivo, malo, listo, rico, moreno.

Ex. : *Tu hermana* ***es*** *viva.* (Ta sœur est vive.) ≠ *Los pasajeros* ***están*** *vivos.* (Les passagers sont vivants.)

Mi vecino ***es*** *malo.* (Mon voisin est méchant.) ≠ *Mi vecino* ***está*** *malo.* (Mon voisin est malade.)

Soy *listo.* (Je suis intelligent.) ≠ ***Estoy*** *listo para salir.* (Je suis prêt pour sortir.)

La gente ***es*** *rica.* (Les gens sont riches.) ≠ *Tu paella* ***está*** *rica.* (Ta paëlla est succulente.)

Eres *morena.* (Tu es brune.) ≠ ***Estás*** *morena.* (Tu es bronzée.)

Les verbes *avoir*, *demander* et les tournures affectives

Fiche 2

Espagnol

Notes

1 Le verbe *avoir* : *tener* ou *haber* ?

■ On emploie le verbe *tener* pour exprimer le fait de posséder quelque chose.

Ex. : ***Tengo*** *una casa muy grande.* (J'ai une très grande maison.)
Tenemos *muchos amigos.* (Nous avons beaucoup d'amis.)

■ On emploie le verbe *haber* comme auxiliaire pour former les temps composés. Il est alors immédiatement suivi d'un participe passé invariable.

Ex. : ***Hemos*** *trabajado mucho.* (Nous avons beaucoup travaillé.)
Habías *olvidado llaves en mi coche.* (Tu avais oublié des clés dans ma voiture.)

2 Le verbe *demander* : *preguntar* ou *pedir* ?

■ On emploie le verbe *preguntar* pour poser une question.

Ex. : *Le* ***pregunto*** *a qué hora empieza la clase.*
(Je lui demande à quelle heure commence le cours.)
Ella me ***pregunta*** *dónde vivo.* (Elle me demande où je vis.)

■ On emploie *pedir* pour solliciter, chercher à obtenir quelque chose, réclamer.

Ex. : *Te* ***pido*** *ayuda.* (Je te demande de l'aide.)
Tienes que ***pedir*** *dinero.* (Tu dois demander de l'argent.)

■ *Pedir que* + subjonctif, permet de traduire *demander de* + infinitif.

Ex. : *Te* ***pido que*** *te calles.* (Je te demande de te taire.)
La gente nos ***pide que*** *trabajemos en silencio.* (Les gens nous demandent de travailler en silence.)

Attention !
Il faut penser à respecter la concordance des temps, et utiliser le subjonctif imparfait dans un contexte passé.

3 Les verbes à valeur affective

■ Le verbe *gustar* (*aimer quelque chose*) est le plus utilisé. Il se construit comme le verbe *plaire* en français.

■ Le sujet de *gustar* peut être pluriel avec un COI singulier, ou singulier avec un COI pluriel.

me	*gusta* + nom singulier
te	
le	*gustan* + nom pluriel
nos	
os	*gusta* + infinitif
les	

Notes

Ex. : *Te gustan* *los gatos.*
(Tu aimes les chats. / Les chats te plaisent.)
Os gusta *la película.*
(Vous aimez le film. / Le film vous plaît.)

■ Pour insister, on peut placer devant l'ensemble de la construction : *A mí ; A ti ; A él / ella / usted ; A nosotros / nosotras ; A vosotros / vosotras ; A ellos / ellas / ustedes.*

Ex. : *A mí* *me gusta leer.* (Moi, j'aime lire.)

■ D'autres verbes se construisent sur le même modèle : *encantar* (*adorer*), *extrañar* (*surprendre, étonner*), *doler* (*faire mal*), *dar miedo* (*faire peur*), etc.

Ex. : *Me encantan* *los viajes.* (J'adore les voyages.)

Me duele *la pierna.* (J'ai mal à la jambe.)

Me extrañan *tus decisiones.* (Tes décisions me surprennent.)

Me da miedo *la tormenta.* (L'orage me fait peur.)

Attention !

Lorsque le sujet d'une tournure affective est un nom propre ou un groupe nominal, il doit être précédé de la préposition ***a***, et il faut répéter le pronom COI, ***le*** ou ***les*** devant le verbe. *A mis amigos les gusta practicar deporte.* (Mes amis aiment faire du sport.) *A Paula le gustan los coches.* (Paula aime les voitures.)

L'obligation, la négation et la comparaison

Notes

1 L'obligation

■ Pour exprimer l'obligation personnelle (lorsque le sujet est désigné), on utilise *tener que* + infinitif ou *deber* + infinitif.

Ex. : ***Tengo que** estudiar.* (Je dois étudier.)
*Mi vecino **debe** irse.* (Mon voisin doit partir.)

■ Pour exprimer l'obligation impersonnelle (lorsque le sujet n'est pas désigné) on emploie *hay que* + infinitif.

Ex. : ***Hay que** escuchar al profesor.*
(Il faut écouter le professeur.)

> **Rappel**
> ***Hay*** est la forme impersonnelle de l'auxiliaire ***haber***. Elle peut donc être conjuguée à tous les temps.
> *Había que escuchar al profesor.*
> (Il fallait écouter le professeur.)

2 La négation

■ Pour former une phrase négative, on place la négation *no* devant le verbe. Seul un pronom complément peut l'en séparer.

Ex. : ***No** quiero ir al cine.* (Je ne veux pas aller au cinéma.)
***No** te hablo.* (Je ne te parle pas.)

■ La négation *no* apparaît également lorsque certains adverbes sont placés après le verbe. C'est le cas pour *nada* (*rien*), *nunca* (*jamais*), *tampoco* (*non plus*) et *nadie* (*personne*). On parle alors de double négation. Cependant, si ces adverbes sont placés devant le verbe, la négation no disparaît.

Ex. : ***No** veo **nada**. → **Nada** veo.* (Je ne vois rien.)
***No** lloro **nunca**. → **Nunca** lloro.* (Je ne pleure jamais.)
***No** quiero salir **tampoco**. → **Tampoco** quiero salir.*
(Je ne veux pas non plus sortir.)
***No** lo sabe **nadie**. → **Nadie** lo sabe.* (Personne ne le sait.)

3 La comparaison

A. Comparatif de supériorité

■ *Más* + adjectif/adverbe + *que*

Ex. : *Es **más** listo **que** su amigo.* (Il est plus intelligent que son ami.)

■ *Más* + adjectif/adverbe + *de lo que* + verbe conjugué

Ex. : *Es **más** listo **de lo que** pensamos.*
(Il est plus intelligent que nous ne le pensions.)

Notes

B. Comparatif d'infériorité

- *Menos* + adjectif/adverbe + *que*

Ex. : *Es **menos** simpático **que** su vecino.* (Il est moins gentil que son voisin.)

- *Menos* + adjectif/adverbe + *de lo que* + verbe conjugué

Ex. : *Es **menos** simpático **de lo que** pensamos.* (Il est moins gentil que nous ne le pensions.)

C. Comparatif d'égalité

- *Tanto* + nom + *como*

Ex. : *Compro **tantos** caramelos **como** mi hermana.* (J'achète autant de bonbons que ma sœur.)

- *Tan* + adjectif/adverbe + *como*

Ex. : *Es **tan** listo **como** su hermano.* (Il est aussi intelligent que son frère.)

Attention !

Tanto s'accorde en genre et en nombre avec le nom qu'il détermine.

D. Les comparatifs irréguliers

bueno/a → *mejor* (meilleur/e) ; *malo/a* → *peor* (moins bon/ne / pire) ; *grande* → *mayor* (plus grand/e) ; *pequeño/a* → *menor* (plus petit/e).

Ex. : *La chica es **mejor que** sus compañeros.* (La fille est meilleure que ses camarades.)

*Tu comportamiento es **peor que** el de los demás.* (Ton comportement est pire que celui des autres.)

*Soy **mayor que** mi prima.* (Je suis plus grand que ma cousine.)

*El chico es **menor que** su hermana.* (Le garçon est plus petit que sa sœur.)

Les prépositions

Fiche 4

Espagnol

Notes

1 La préposition *a*

Emplois	Exemples
Après un verbe de mouvement, pour indiquer la destination	*Voy* ***a*** *la piscina.* (Je vais à la piscine.)
Devant un COD de personne	*Respeto* ***a*** *la gente.* (Je respecte les gens.)
Pour situer dans le temps	*Las reformas empezaron* ***a*** *mediodía.* (Les travaux ont commencé à midi.)
Pour situer dans un lieu après un verbe d'état	*Estoy* ***al*** *lado del museo.* (Je suis à côté du musée.)

Rappel

La préposition ***a*** est obligatoire devant un COD de personne déterminé. *Veo a mis sobrinas.* (Je vois mes nièces.) ≠ *Veo ø personas.* (Je vois des personnes.)

2 La préposition *en*

Emplois	Exemples
Pour situer dans l'espace	*Estoy* ***en*** *España.* (Je suis en Espagne.)
Pour situer dans le temps	***En*** *aquella época.* (À cette époque-là.)
Pour désigner le moyen de transport	*Nos gusta viajar* ***en*** *tren.* (Nous aimons voyager en train.)
Pour exprimer la manière	*Hablar* ***en*** *voz alta.* (Parler à voix haute.)

3 La préposition *de*

Emplois	Exemples
Pour indiquer l'origine	*Soy* ***de*** *Madrid.* (Je suis de Madrid.)
Pour indiquer la possession	*Este libro es* ***de*** *mi vecino.* (Ce livre est à mon voisin.)
Pour définir la matière	*La cartera es* ***de*** *cuero.* (Le cartable est en cuir.)
Pour indiquer une caractéristique (essentielle)	*El hombre* ***de*** *ojos marrones.* (L'homme aux yeux marrons.)
Pour indiquer la date (devant le mois et l'année)	*Estamos a 29* ***de*** *junio* ***de*** *2015.* (Nous sommes le 29 juin 2015.)

Notes

4 La préposition *por*

Emplois	Exemples
Pour exprimer la cause	*No puedo salir **por** la lluvia.* (Je ne peux pas sortir à cause de la pluie.)
Pour indiquer le déplacement dans un lieu	*Me paseo **por** el parque.* (Je me promène dans le parc.)
Pour exprimer la notion d'échange	*Me compré un coche **por** 5 000 euros.* (Je me suis acheté une voiture pour 5 000 euros.)
Pour exprimer un sentiment	*Mi amor **por** ti.* (Mon amour pour toi.)
Pour introduire le complément d'agent dans une voix passive	*La casa fue dañada **por** la tormenta.* (La maison a été endommagée par la tempête.)

5 La préposition *para*

Emplois	Exemples
Pour exprimer le but	*Voy a casa **para** estudiar.* (Je vais chez moi pour étudier.)
Pour exprimer son point de vue	***Para** mí, es una mala idea.* (Pour moi, c'est une mauvaise idée.)
Pour préciser le destinataire	*Tengo un regalo **para** tus padres.* (J'ai un cadeau pour tes parents.)
Pour exprimer un délai, une date limite	*Tienes que terminar tu trabajo **para** mañana.* (Tu dois terminer ton travail pour demain.)
Pour exprimer une destination	*Ellas se marchan **para** Madrid.* (Elles partent pour Madrid.)

6 Constructions spécifiques

■ Certains verbes espagnols se construisent avec des prépositions bien spécifiques : *pensar en* (penser à), *soñar con* (rêver de), *interesarse por* (s'intéresser à), *huir de* (fuir ø), *servir para* (servir à), etc.

Ex. : *No paro de **pensar en** ti.* (Je ne cesse de penser à toi.)

*La chica **soñó con** él.* (La fille a rêvé de lui.)

*Este chico no **se interesa por** nada.* (Ce garçon ne s'intéresse à rien.)

*Los jóvenes **huyeron de** la crisis.* (Les jeunes ont fui la crise.)

*Lo que haces no **sirve para** nada.* (Ce que tu fais ne sert à rien.)

Passé, subjonctif et concordance des temps

Fiche 5

Espagnol

Notes

1 Les emplois des temps du passé

■ Le passé simple, ou prétérit s'emploie lorsque l'on veut parler d'un fait passé qui n'a plus de rapport avec le présent. On parle alors de passé révolu.

Ex. : *Ayer,* ***fui*** *al cine.* (Hier, je suis allé au cinéma.)

■ Le passé composé s'emploie lorsque l'on veut parler d'un fait passé qui a encore un rapport avec le présent.

Ex. : *Me* ***he roto*** *el brazo hace tres días.*
(Je me suis cassé le bras il y a trois jours.)

■ L'imparfait de l'indicatif est le temps du récit au passé et de la description. Il permet d'exprimer la continuité, la répétition d'une action qui se déroule dans le passé ainsi que la durée dans le passé.

Ex. : *Yo* ***iba*** *a la biblioteca tres veces a la semana.*
(J'allais à la bibliothèque trois fois par semaine.)

2 Les principaux emplois du subjonctif

Emplois	Exemples
Après les verbes exprimant **la volonté, le désir** *(querer, esperar, desear…)*.	*Quiero que* ***respetes*** *a los demás.* (Je veux que tu respectes les autres.)
Après les verbes exprimant **l'ordre, la prière** *(decir, pedir, ordenar…)*.	*Dile que* ***se calle.*** (Dis-lui de se taire.)
Après les verbes exprimant **le regret, la crainte** *(sentir, temer, lamentar…)*.	*Tememos que ella se* ***haya ido.*** (Nous craignons qu'elle soit partie.)
Après ***para que***, pour exprimer **le but**.	*Te lo digo para que* ***hagas*** *esfuerzos.* (Je te le dis pour que tu fasses des efforts.)
Après les **verbes d'opinion à la forme négative** *(no creer que, no pensar que…)*.	*No pienso que* ***sea*** *útil.* (Je ne pense pas que ce soit utile.)
Après *Quizá(s) / Tal vez / Acaso* pour exprimer l'**éventualité**.	*Tal vez no* ***vengas.*** (Tu ne viendras peut-être pas.)
Après la négation ***no*** pour exprimer **l'interdiction, la défense**. C'est-à-dire l'ordre négatif.	*No se lo* ***digas*** *a tus padres.* (Ne le dis pas à tes parents.)

Notes

3 La concordance des temps

■ La concordance des temps est obligatoire en espagnol.

■ Le temps de la proposition principale permet de choisir entre le subjonctif présent ou le subjonctif imparfait dans la subordonnée.

Rappel

Il existe deux formes de subjonctif imparfait, la forme en ***-ra*** *(hablara…)* et la forme en ***-se*** *(hablase…)*. Cette dernière forme est moins employée que la première.

Prop. principale	Prop. sub.	Exemples
Présent de l'indicatif	Subjonctif présent	***Quiero que vengas*** *con nosotros.* (Je veux que tu viennes avec nous.)
Passé composé		***He querido que vengas*** *conmigo.* (J'ai voulu que tu viennes avec moi.)
Futur simple		*Le* ***diré que venga*** *con nosotros.* (Je lui dirai de venir avec nous.)
Impératif		***Dile que pare*** *de hablar.* (Dis-lui d'arrêter de parler.)
Imparfait de l'indicatif	Subjonctif imparfait	***Yo quería que vinieras*** *con nosotros.* (Je voulais que tu viennes avec nous.)
Passé simple		*Le* ***dije que viniera*** *con nosotros.* (Je lui ai dit de venir avec nous.)
Conditionnel présent		***Me gustaría que vinieras*** *conmigo.* (J'aimerais que tu viennes avec moi.)
Plus-que-parfait		*Yo le* ***había dicho que se callara*** *un poco.* (Je lui avais dit de se taire un peu.)

L'apocope et le vouvoiement

Fiche 6

Espagnol

Notes

1 L'apocope

- Il s'agit de la suppression de la voyelle ou de la syllabe finale, que subissent certains adjectifs et adverbes.
- Devant un nom masculin singulier, les adjectifs suivants perdent le *o* final : *alguno* → *algún* ; *ninguno* → *ningún* ; *uno* → *un* ; *primero* → *primer* ; *tercero* → *tercer* ; *bueno* → *buen* ; *malo* → *mal*.

Ex. : *Es un **buen** hombre.* (C'est un brave homme.)

- *Grande* devient *gran* devant un nom masculin ou féminin singulier.

Ex. : *Es un **gran** escritor.* (C'est un grand écrivain.)

- *Ciento* devient *cien* devant un nom ou un chiffre qu'il multiplie.

Attention !
Un accent écrit apparaît sur le ***ú*** lorsque ***alguno*** et ***ninguno*** s'apocopent.

Ex. : *He ganado **cien** mil euros.*
(J'ai gagné cent mille euros.)

- *Tanto* devient *tan* devant un adjectif, un participe passé ou un adverbe.

Ex. : *Estoy **tan** cansado.* (Je suis si fatigué.)

- *Cualquiera* devient *cualquier* devant un nom singulier. Il a le sens de « n'importe quel/le ».

Ex. : *Llámame a **cualquier** hora.*
(Appelle-moi à n'importe quelle heure.)

- *Santo* devient *san* devant un nom propre masculin (sauf devant les noms propres commençant par *To-* ou *Do-*).

Ex. : *La fiesta de **San** Juan.* (La fête de la Saint Jean.)
***Santo** Domingo.* (Saint-Domingue.)

- *Recientemente* devient *recién* devant un participe passé employé comme adjectif.

Ex. : *Un **recién** nacido.* (Un nouveau-né.)

Notes

2 Le vouvoiement

A. Vouvoiement singulier

Usted + verbe conjugué à la 3e personne du singulier.

Ex. : *Señor, **usted** ha olvidado sus llaves.*
(Monsieur, vous avez oublié vos clés.)

B. Vouvoiement pluriel

Ustedes + verbe conjugué à la 3e personne du pluriel.

Ex. : *Señoras, **ustedes** lucen encantadoras.* (Mesdames, vous êtes ravissantes.)

C. Les pronoms

■ Les possessifs correspondants : *su* (*votre*) / *sus* (*vos*).

Ex. : ***Su** casa es grande.* (Votre maison est grande.)

■ Le pronom réfléchi : *se.*

Ex. : *Usted **se** equivoca. / Ustedes **se** equivocan.*
(Vous vous trompez.)

> **Attention !**
> La présence de ***usted*** et ***ustedes*** devant le verbe est obligatoire pour éviter toute confusion avec ***él /ellos / ella / ellas***.

■ Les pronoms personnels compléments non réfléchis COD :

– *Usted → le / lo* (masculin), *la* (féminin).

Ex. : *Señor, **le/lo** veo.* (Monsieur, je vous vois.)
*Señora, **la** veo.* (Madame, je vous vois.)

– *Ustedes → los* (masculin), *las* (féminin).

Ex. : *Señores, **los** veo.* (Messieurs, je vous vois.)
*Señoras, **las** veo.* (Mesdames, je vous vois.)

■ Les pronoms personnels compléments non réfléchis COI :

– *Usted → le* (masculin / féminin).

Ex. : *Señor / Señora , **le** digo la verdad.*
(Monsieur / Madame, je vous dis la vérité.)

– *Ustedes → les* (masculin / féminin).

Ex. : *Señores / Señoras, **les** digo la verdad.*
(Messieurs / Mesdames, je vous dis la vérité.)

Vocabulaire utile : identités et échanges

Notes

1 Noms et expressions avec un nom

l'émigration la emigración
l'immigration la inmigración
la fuite la huida
le départ la salida
l'exil el exilio
la frontière la frontera
le contact el contacto
l'accueil la acogida
l'hospitalité la hospitalidad
l'intégration la integración
le partage el compartir / el reparto
le dialogue el diálogo
la compréhension ≠ l'incompréhension
la comprensión ≠ la incomprensión
la curiosité la curiosidad
la découverte el descubrimiento
les voyages los viajes
le tourisme el turismo
le changement el cambio
le dépaysement el cambio de ambiente
le mélange la mezcla
la diversité la diversidad
la mondialisation la mundialización
la menace la amenaza
le conflit el conflicto
la mobilité la movilidad
le clan el clan
le ghetto el gueto
le quartier el barrio
les tensions las tensiones
l'acculturation la aculturación
le choc des cultures el choque de culturas / el choque cultural
la société de castes la sociedad de castas

> **Rappel**
> Les mots se finissant par ***-ité*** en français, se terminent en ***-idad*** en espagnol. *La movil<u>idad</u>.* (La mobil<u>ité</u>.)

Notes

l'ascension sociale la ascensión social
le déclassement social la perdida de categoría social
la demande d'asile la solicitud / la petición / la demanda de asilo
le droit d'asile el derecho de asilo

2 Adjectifs

accueillant/e acogedor/a
compréhensif/ive comprensivo/a
culturel/le cultural
linguistique lingüístico/a
menaçant/e amenazador/a
mixte mixto/a
problématique problemático/a
tendu/e tenso/a

3 Verbes et expressions avec un verbe

accueillir acoger
braver un interdit desafiar una prohibición
comprendre comprender / entender
découvrir descubrir
dialoguer dialogar
échanger intercambiar
émigrer emigrar
entrer en contact avec qqn entrar / ponerse en contacto con alguien
être accueilli à bras ouverts recibir con los brazos abiertos
fuir huir de
immigrer inmigrar
risquer sa vie arriesgarse la vida
transgresser la loi transgredir [i] la ley
traverser cruzar
s'exiler exiliarse
saisir sa chance aprovechar la oportunidad

Rappel

Les verbes pronominaux se terminent en ***-se***. Il ne faut pas oublier les pronoms réfléchis lorsque vous conjuguez ces verbes. *Me exilio.* (Je m'exile.)

Vocabulaire utile : espace privé et espace public

Fiche 8

Espagnol

Notes

1 Noms et expressions avec un nom

la société la sociedad
le rôle el papel
l'émancipation la emancipación
les droits los derechos
la liberté de mouvement la libertad de movimiento
la sociabilité la sociabilidad
la famille la familia
l'entourage el entorno
la sphère privée / publique la esfera privada / pública
l'éducation la educación
le monde du travail el mundo laboral
le télétravail el teletrabajo / el trabajo a distancia
les lieux de convivialité los lugares de convivencia
l'évolution la evolución
la parité la paridad
le machisme el machismo
le féminisme el feminismo
les distinctions las distinciones
les clichés los estereotipos / los clichés
les valeurs los valores
les mentalités las mentalidades
les us et coutumes los usos y costumbres
la transformation la transformación
la structure la estructura
la hiérarchie la jerarquía
la mixité la mixidad
l'égalité la igualdad
les inégalités las desigualdades
les traditions las tradiciones
les croyances las creencias
le modèle el modelo
les coutumes las costumbres

Rappel

Les mots terminés en ***-ión*** ont toujours un accent écrit sur le ***ó*** (sauf ***guion***).

La evolución. (L'évolution.)

Notes

le refus el rechazo

les changements los cambios

au sein de la société en el seno de la sociedad / en el interior de la sociedad / dentro de la sociedad

être logé à la même enseigne estar en la misma caso

2 Adjectifs

conditionné/e condicionado/a

familial/e familiar

féministe feminista

machiste machista

médiatique mediático/a

politique político/a

professionnel/le profesional

religieux/euse religioso/a

social/e social

traditionnel/le tradicional

Rappel

Les mots se finissant par ***-iste*** en français, se terminent en ***-ista*** en espagnol.

Machista. (Machiste.)

3 Verbes et expressions avec un verbe

accepter aceptar

attirer l'attention llamar la atención

changer cambiar

distinguer distinguir

évoluer evolucionar

hiérarchiser jerarquizar

jouer un rôle desempeñar un papel

mettre sur un pied d'égalité poner en pie de igualdad / al mismo nivel

passer inaperçu/e pasar desapercibido/a

refuser rechazar

reléguer au second plan relegar a un segundo plano

s'adapter adaptarse

s'émanciper emanciparse

se fondre dans la masse mezclarse con la gente

sensibiliser sensibilizar

structurer organizar / estructurar

Vocabulaire utile : art et pouvoir

Notes

1 Noms et expressions avec un nom

l'architecture la arquitectura
les immeubles / les bâtiments los edificios
les monuments los monumentos
les infrastructures las infraestructuras
l'œuvre d'art la obra de arte
la peinture la pintura
le tableau el cuadro
le portrait el retrato
la musique la música
l'hymne / le chant el himno / el canto
la littérature la literatura
la satire la sátira
le cinéma el cine
le film la película
la propagande la propaganda
l'affiche el cartel
le contre-pouvoir el contrapoder
la culture la cultura
la critique la crítica
la caricature la caricatura
la censure la censura
la liberté de création la libertad de creación
la résistance la resistencia
le mépris el desprecio
les idées las ideas
l'idéologie la ideología
les convictions las convicciones
le témoignage el testimonio
l'opposition la oposición
l'apologie la apología
la contestation la protesta / el desacuerdo
l'avant-garde la vanguardia

Rappel

Les mots construits avec ***contre*** en français, commencent par ***contra*** en espagnol et s'écrivent en un seul mot. *El contrapoder.* (Le contre-pouvoir.)

Notes

2 Adjectifs

abstrait abstracto/a
avant-gardiste vanguardista
caricatural/e caricaturesco/a
comique cómico/a
controversé/e controvertido/a
engagé/e comprometido/a
institutionnel/le institucional
officiel/le oficial
patriotique patriótico/a
polémique polémico/a
puissant/e poderoso/a
satyrique satírico/a

3 Verbes et expressions avec un verbe

appuyer / soutenir apoyar
caricaturer caricaturar
célébrer celebrar
censurer censurar
condamner condenar
convaincre convencer
critiquer criticar
défendre defender [ie]
être contre qch estar en contra de algo
être d'accord avec qch estar de acuerdo con algo
être pour qch estar a favor de algo
faire le portrait de qqn retratar a alguien
passer sous silence callar / pasar por alto
peindre pintar
pousser un cri d'alarme dar la voz de alarma
remettre en question poner en tela de juicio
s'exprimer expresarse
s'opposer oponerse
se soulever contre qch levantarse contra algo
tourner un film rodar [ue] (una película)

Attention !

La diphtongue apparaît au présent de l'indicatif, au présent du subjonctif et à l'impératif. Elle se fait à toutes les personnes sauf aux 1re et 2e personnes du pluriel.

Defiendo valores.
(Je défends des valeurs.)
Defendemos valores.
(Nous défendons des valeurs.)

Vocabulaire utile : citoyenneté et mondes virtuels

Fiche 10

Espagnol

Notes

1 Noms et expressions avec un nom

les relations las relaciones
les données personnelles / les coordonnées los datos personales
la communication la comunicación
les contacts los contactos
la confiance la confianza
la méfiance la desconfianza / el recelo
le danger el peligro
les risques los riesgos
le blog el blog
le progrès el progreso
les nouvelles technologies las nuevas tecnologías
l'intelligence artificielle la inteligencia artificial
le lanceur d'alerte el informante / el denunciante / el alertador
la liberté d'expression la libertad de expresión
les réseaux sociaux las redes sociales
le profil el perfil
la manipulation la manipulación
les informations las informaciones
l'accès au savoir el acceso al saber
les mensonges las mentiras
la prudence la prudencia
la vérité la verdad
l'aide la ayuda
l'utilité la utilidad
le harcèlement / le cyber-harcèlement el acoso / el ciberacoso
l'usurpation d'identité la usurpación de identidad
l'escroquerie la estafa / el fraude
le contrôle el control
la censure la censura
une atteinte à la vie privée una violación a / de la privacidad
le repli sur soi el aislamiento / el ensimismamiento

Rappel

Lorsque les mots terminés en ***-ión*** sont au pluriel, l'accent écrit sur le ***o*** disparaît. *Las informaciones.* (Les informations.)

Notes

2 Adjectifs

connecté/e conectado/a
dangereux/euse peligroso/a
faux/ausse falso/a
indispensable imprescindible / indispensable
malintentionné/e malintencionado/a
numérique digital / numérico/a
réel/le real
prudent/e prudente
virtuel/le virtual

3 Verbes et expressions avec un verbe

agresser agredir [i]
arnaquer / escroquer timar / estafar
chater / tchater chatear
chercher des informations buscar información
contrôler controlar
démêler le vrai du faux distinguir entre lo verdadero y lo falso
diffuser / répandre difundir
entrer en contact avec qqn entrar en contacto con alguien
être accro à Internet ser adicto/a a Internet
harceler acosar
manipuler manipular
mentir mentir [ie/i]
partager compartir
raconter des mensonges contar [ue] mentiras
se connecter conectarse
se faire passer pour qqn fingir ser alguien diferente
se passer de qch prescindir de algo / vivir sin algo
surfer sur le net navegar por Internet
twitter twitear
usurper usurpar

Attention !

Un verbe à alternance diphtongue à certains temps et s'affaiblit à d'autres temps.

La gente miente en internet. (Les gens mentent sur internet.)

La gente mintió en internet. (Les gens ont menti sur internet.)

Vocabulaire utile : fictions et réalités

Fiche 11

Espagnol

Notes

1 Noms et expressions avec un nom

la littérature la literatura
les mythes los mitos
les croyances las creencias
les civilisations las civilizaciones
le patrimoine el patrimonio
le modèle el modelo
l'éthique la ética
l'incarnation des valeurs la encarnación de los valores
l'inspiration la inspiración
les sources d'inspiration las fuentes de inspiración
le héros / l'héroïne el héroe / la heroína
le super-héros el superhéroe
la figure la figura / el personaje
la réalité la realidad
en deçà de la réalité inferior a la realidad
entre la réalité et la fiction entre realidad y ficción
les légendes las leyendas
quand la réalité dépasse la fiction cuando la realidad supera la ficción
retour à la réalité regreso a la realidad
la ressemblance la semejanza
la science-fiction la ciencia ficción
la fantaisie la fantasía
la morale la moraleja
la représentation la representación
la vision la visión
le réalisme el realismo
l'hyperréalisme el hiperrealismo
la mythologie la mitología
l'utopie la utopía
le récit el relato
la fiction la ficción

Attention !
La combinaison des consonnes ***th*** qui existe en français n'est pas admise en espagnol. Elle sera remplacée par un ***t***. *La mitología.* (La mythologie.)

Notes

2 Adjectifs

culturel/le cultural
esthétique estético/a
éthique ético/a
fantastique fantástico/a
fictif/ve ficticio/a
imaginaire imaginario/a
légendaire legendario/a
réel/le ≠ irréel/le real ≠ irreal
politique político/a
utopique utópico/a

Rappel
Les mots se finissant par ***-ique*** en français, se terminent en ***-ico/a*** en espagnol. *Fantástico.* (Fantastique.)

3 Verbes et expressions avec un verbe

croire (à) creer (en)
être déconnecté/e de la réalité estar desconectado/a de la realidad
incarner encarnar
interpréter interpretar
penser (à) pensar [ie] (en)
raconter contar [ue]
ramener à la réalité traer de vuelta a la realidad
réfléchir reflexionar
rêver d'un monde meilleur soñar [ue] con un mundo mejor
s'évader evadirse
s'inspirer de inspirarse en
s'imaginer imaginarse
s'inventer inventarse
se représenter representarse
transformer transformar

Vocabulaire utile : innovations scientifiques et responsabilité

Fiche 12

Espagnol

Notes

1 Noms et expressions avec un nom

les découvertes los descubrimientos
le progrès el progreso
les améliorations las mejoras
les avancées los avances
les sciences las ciencias
la planète el planeta
l'environnement el medio ambiente
la pollution la contaminación
les gaz d'échappement los gases de escape
l'effet de serre el efecto invernadero
la recherche la investigación
le clonage la clonación
les transports los transportes
le recyclage el reciclaje
la biodiversité la biodiversidad
l'humanité la humanidad
les robots los robots
coûte que coûte a toda costa / cueste lo que cueste
des produits jetables productos de usar y tirar
des dégâts irréversibles daños irreversibles
la prise de conscience la toma de conciencia
le réchauffement climatique el calentamiento global
le covoiturage el coche compartido
la surpopulation la superpoblación
la consommation el consumo
les expériences los experimentos
les chercheurs los investigadores
les forêts los bosques
les essais los ensayos / las pruebas
la destruction la destrucción
le forage la perforación

> **Attention !**
> Tous les mots qui se finissent en ***-tion*** en français, ne se terminent pas en ***-ción*** en espagnol.
> *La mejora.* (L'amélioration.)

Notes

l'épuisement des ressources naturelles el agotamiento de los recursos naturales

une planète qui ne cesse de se dégrader un planeta en continua degradación

la faune / la flore la fauna / la flora

les espèces en voie d'extinction las especies en vía(s) de extinción

les éoliennes los aerogeneradores

les énergies renouvelables las energías renovables

les dérives los desvíos / las desviaciones

la bioéthique la bioética

2 Adjectifs

biologique biológico/a

écologique ecológico/a

éthique ético/a

génétique genético/a

nucléaire nuclear

préjudiciable dañino/a / perjudicial

responsable responsable

technologique tecnológico/a

3 Verbes et expressions avec un verbe

agir actuar

améliorer mejorar

consommer consumir

détruire destruir

développer desarrollar

endommager dañar / deteriorar

faire entendre sa voix hacer oír su voz / hacerse escuchar

innover innovar

mettre en danger poner en peligro

porter préjudice perjudicar

réduire reducir

rendre la vie plus agréable amenizar la vida

Rappel

Seules les consonnes du prénom **CAROLINA** peuvent être doublées en espagnol.

Innovar. (Innover.)

Vocabulaire utile : diversité et inclusion

Fiche 13

Espagnol

Notes

1 Noms et expressions avec un nom

la discrimination la discriminación
l'intégration la integración
l'égalité ≠ l'inégalité la igualdad ≠ la desigualdad
l'émancipation la emancipación
la différence la diferencia
le handicap la discapacidad
un handicapé un discapacitado / un minusválido
la génération la generación
les langues régionales / officielles / étrangères las lenguas regionales / oficiales / extranjeras
les valeurs los valores
le respect el respeto
la liberté la libertad
l'évolution la evolución
les préjugés los prejuicios
les minorités las minorías
l'acceptation la aceptación
la tolérance la tolerancia
la solidarité la solidaridad
l'entraide la ayuda mutua
le soutien el apoyo
la pitié la compasión
la religion la religión
la croyance religieuse la creencia
les coutumes las costumbres
la sexualité la sexualidad
la nationalité la nacionalidad
les clichés los tópicos / los clichés
le mépris el desprecio
la cohésion la cohesión / la unidad / la unión
la marginalisation la marginación / la marginalización
le/la marginal/e el/la marginado/a

Rappel

Pour mettre au pluriel un mot qui se termine par une voyelle non accentuée (a, e, i, o, u), on ajoute un ***-s***. Lorsque le mot se termine par une consonne, on ajoute ***-es***. *La lengua oficial / Las lenguas oficiales.*

Notes

2 Adjectifs

cosmopolite cosmopolita
ethnique étnico/a
handicapé/e discapacitado/a / minusválido/a
intergénérationnel/le intergeneracional
majoritaire mayoritario/a
minoritaire minoritario/a
moderne moderno/a
ouvert/e abierto/a
respectueux/euse ≠ irrespectueux/se respetuoso/a ≠ irrespetuoso/a
solidaire solidario/a
tolérant/e ≠ intolérant/e tolerante ≠ intolerante

Rappel

Pour mettre au féminin un mot qui se termine en ***-o***, on supprime le ***-o*** et on le remplace par un ***-a***. *Minoritario / Minoritaria.* (Minoritaire.)

3 Verbes et expressions avec un verbe

avoir confiance en qqn confiar en alguien
avoir de l'estime pour qqn sentir [ie/i] aprecio por alguien
avoir des préjugés tener prejuicios
compter les uns sur les autres contar [ue] (los) unos con (los) otros
discriminer discriminar
faire évoluer les mentalités hacer evolucionar las mentalidades
inclure incluir
insulter insultar
intégrer integrar
lutter pour l'égalité luchar por la igualdad
menacer amenazar
mettre sur un pied d'égalité poner en pie de igualdad
respecter respetar
s'entendre bien (mal) avec qqn llevarse bien (mal) con alguien
se mobiliser movilizarse
tisser des liens establecer lazos
vivre ensemble convivir

Vocabulaire utile : territoire et mémoire

1 Noms et expressions avec un nom

l'histoire la historia
les espaces los espacios
les frontières las fronteras
les colonies las colonias
le passé el pasado
l'avenir el porvenir / el futuro
le patrimoine el patrimonio
l'héritage la herencia
le droit de connaître la vérité el derecho a conocer la verdad
la commémoration la conmemoración
la conquête la conquista
la colonisation la colonización
la reconquête la reconquista
l'indépendance la independencia
les évènements los acontecimientos
le témoignage el testimonio
l'oubli el olvido
l'amnésie la amnesia
les racines las raíces
la nation la nación
le pays el país
le peuple el pueblo
les conquistadors los conquistadores
l'expédition la expedición
la résistance la resistencia
la défaite la derrota
l'exploitation la explotación
l'esclavage la esclavitud
le nationalisme el nacionalismo
le séparatisme el separatismo
les faits los hechos
le devoir de mémoire el deber de memoria / el deber de recordar

Rappel

Les mots terminés en ***-ance*** en français, se terminent en ***-encia*** en espagnol.

La resistencia. (La résistance.)

Notes

le souvenir el recuerdo
à la mémoire de qqn en memoria de alguien
une lutte sans merci una lucha sin piedad / un combate sin piedad
le monument aux morts el monumento a los caídos

2 Adjectifs

collectif/ive colectivo/a
controversé/e controvertido/a
emblématique emblemático/a
frontalier fronterizo/a
historique histórico/a
individuel/le individual
national/e nacional
régional/e regional
territorial/e territorial

3 Verbes et expressions avec un verbe

coloniser colonizar
commémorer conmemorar
conquérir conquistar
gracier amnistiar
hériter heredar
imposer imponer
prendre son indépendance independizarse
se produire suceder / acontecer
raconter (un fait) relatar (un hecho)
témoigner testimoniar
tourner la page pasar página
régner de manière autoritaire reinar de forma autoritaria
rester gravé/e dans sa mémoire quedarse en su memoria / permanecer en su memoria
se rappeler qch recordar [ue] algo
se souvenir de qch acordarse [ue] de algo
vaincre vencer

Attention !

En français, l'expression ***se rappeler*** n'est jamais suivie de la préposition *de*, contrairement à l'expression ***se souvenir de***.

Conjugaison : les auxiliaires

Fiche 1

Allemand

Notes

1 Généralités

■ Il n'existe que deux séries de terminaisons verbales :

	Terminaisons du présent	Terminaisons du prétérit
1re p. du sing. *(ich)*	-e	Ø
2e p. du sing. *(du)*	-st	-st
3e p. du sing. *(er/sie/es)*	-t	Ø
1re p. du plur. *(wir)*	-(e)n	-(e)n
2e p. du plur. *(ihr)*	-t	-t

Attention !
Les deux séries de terminaisons ne diffèrent l'une de l'autre qu'à deux personnes : la 1re et la 3e du singulier.

■ L'infinitif se compose de la même façon pour tous les verbes : radical + *-en* ou *-n*.

■ On distingue six catégories de verbes, en fonction des variations de radical par rapport à celui de l'infinitif, soit des plus irréguliers aux plus réguliers.

2 Les trois auxiliaires (*haben, sein* et *werden*)

■ Ils sont très irréguliers (parce que leur radical change souvent). Ils nécessitent d'apprendre par cœur la conjugaison au présent, au prétérit de l'indicatif, ainsi que le participe passé.

	haben (rad. de l'inf. : *hab-*)	sein (rad. de l'inf. : *sei-*)	werden (rad. de l'inf. : *werd-*)
Présent	ich habe	**ich bin**	ich werde
	du hast	**du bist**	**du wirst**
	er/sie/es hat	**er/sie/es ist**	**er/sie/es wird**
	wir haben	**wir sind**	wir werden
	ihr habt	**ihr seid**	ihr werdet
	sie/Sie haben	**sie/Sie sind**	sie/Sie werden
Prétérit	**ich hatte**	**ich war**	**ich wurde**
	du hattest	**du warst**	**du wurdest**
	er/sie/es hatte	**er/sie/es war**	**er/sie/es wurde**
	wir hatten	**wir waren**	**wir wurden**
	ihr hattet	**ihr wart**	**ihr wurdet**
	sie/Sie hatten	**sie/Sie waren**	**sie/Sie wurden**
Participe passé	gehabt	**gewesen**	**geworden**

Notes

■ *haben* et *sein* sont les auxiliaires des temps composés : parfait (équivalent du passé composé) et plus-que-parfait de l'indicatif. Le choix de l'auxiliaire au parfait et plus-que-parfait se fait ainsi :

– si le verbe est transitif (se construit avec un COD), l'auxiliaire utilisé aux deux temps composés du passé est l'auxiliaire *haben* ;

– si le verbe est intransitif (ne peut se construire avec un COD) et qu'il exprime un changement de lieu, un changement d'état ou un événement, l'auxiliaire utilisé aux deux temps composés du passé est l'auxiliaire *sein* ;

– deux exceptions : *sein* et *bleiben* se conjuguent avec l'auxiliaire *sein* aux temps composés du passé.

	Auxiliaire *haben*	**Auxiliaire *sein***
Parfait	*Ich habe meine Kinder in die Schule gefahren.* (J'ai conduit mes enfants à l'école.)	*Ich bin nach Deutschland gefahren.* (Je suis allée en Allemagne.)
Plus-que-parfait	*Ich hatte meine Kinder in die Schule gefahren.* (J'avais conduit mes enfants à l'école.)	*Ich war nach Deutschland gefahren.* (J'étais allée en Allemagne.)

■ *werden* est l'auxiliaire :

– du futur de l'indicatif ;

Ex. : *Die Katze* ***wird*** *die Maus* ***fressen****.* (Le chat mangera la souris.)

– du conditionnel ;

Ex. : *Wenn sie Hunger hätte,* ***würde*** *die Katze die Maus* ***fressen****.*
(S'il avait faim, le chat mangerait la souris.)

– de la voie passive.

Ex. : *Die Maus* ***wird*** *von der Katze* ***gefressen****.*
(La souris est mangée par le chat.)

Les verbes de modalité et *wissen*

Fiche 2

Allemand

Notes

1 Les six verbes de modalité

■ Il s'agit de *dürfen* et *können* (possibilité), *müssen* et *sollen* (devoir), *mögen* (*ich möchte*) et *wollen* (volonté), dont le radical peut changer ou non.

	dürfen (dürf-)	**können** (könn-)	**müssen** (müss-)
Présent	**ich darf** **du darfst** **er/sie/es darf** wir dürfen ihr dürft sie/Sie dürfen	**ich kann** **du kannst** **er/sie/es kann** wir können ihr könnt sie/Sie können	**ich muss** **du musst** **er/sie/es muss** wir müssen ihr müsst sie/Sie müssen
Prétérit	**ich durfte** **du durftest** **er durfte** **wir durften** **ihr durftet** **sie durften**	**ich konnte** **du konntest** **er konnte** **wir konnten** **ihr konntet** **sie konnten**	**ich musste** **du musstest** **er musste** **wir mussten** **ihr musstet** **sie mussten**
Participe passé	**gedurft**	**gekonnt**	**gemusst**

	sollen (soll-)	**mögen** (mög-)	**wollen** (woll-)
Présent	**ich soll** du sollst **er/sie/es soll** wir sollen ihr sollt sie/Sie sollen	**ich mag** **du magst** **er/sie/es mag** wir mögen ihr mögt sie/Sie mögen	**ich will** **du willst** **er/sie/es will** wir wollen ihr wollt sie/Sie wollen
Prétérit	ich sollte du solltest er/sie/es sollte wir sollten ihr solltet sie/Sie sollten	**ich mochte** **du mochtest** **er mochte** **wir mochten** **ihr mochtet** **sie mochten**	ich wollte du wolltest er/sie/es wollte wir wollten ihr wolltet sie/Sie wollten
Participe passé	gesollt	**gemocht**	gewollt

Notes

■ Les verbes de modalité fonctionnent :

– par groupe de deux. Deux d'entre eux expriment la possibilité : *dürfen* et *können*, deux autres le devoir : *müssen* et *sollen* et les deux derniers la volonté : *mögen* (*ich möchte*) et *wollen* ;

– par groupe de trois. Trois d'entre eux expriment l'indépendance du sujet grammatical : *können* (savoir, être capable de), *müssen* (avoir conscience de devoir absolument) et *wollen* (vouloir absolument) et les trois autres une dépendance par rapport au monde extérieur : *dürfen* (avoir la permission de quelqu'un d'extérieur), *sollen* (devoir parce que quelqu'un d'extérieur le demande) et *mögen* sous la forme *ich möchte* (j'aimerais bien... mais je dois tenir compte des contraintes extérieures indépendantes de ma volonté).

■ Quelques exemples :

	Possibilité	Devoir	Volonté
Indépendance du sujet grammatical	*Ich kann ins Kino gehen.* (Je peux aller au cinema.) *[j'ai la possibilité matérielle : le temps et l'argent]*	*Wenn ich das Abitur bestehen will, muss ich hart arbeiten.* (Si je veux avoir le bac, je dois travailler dur.) *[devoir que je me donne pour réussir]*	*Ich will ins Kino gehen.* (Je veux aller au cinéma.) *[intention personnelle très forte qui ne tient pas compte de l'extérieur]*
Dépendance par rapport au monde extérieur	*Ich darf ins Kino gehen.* (Je peux aller au cinema.) *[j'ai l'autorisation d'un autre]*	*Ich soll meine Hausaufgaben machen.* (Je dois faire mes devoirs.) *[devoir imposé par un autre : mes parents, le professeur...]*	*Ich möchte ins Kino gehen.* (Je voudrais aller au cinema.) *[souhait qui pourrait ne pas se réaliser pour des raisons extérieures : pas le droit, pas le temps...]*

2 Le verbe *wissen* (*savoir*)

Il se conjugue comme un verbe de modalité sans en avoir le sens.

	wissen (rad. de l'inf. : *wiss*-)	
Présent	**ich weiß** **du weißt** **er/sie/es weiß**	wir wissen ihr wisst sie/Sie wissen
Prétérit	**ich wusste** **du wusstest** **er/sie/es wusste**	**wir wussten** **ihr wusstet** **sie/Sie wussten**
Participe passé	**gewusst**	

Les verbes forts, mixtes et faibles

Fiche 3

Allemand

Notes

1 Les verbes forts ou verbes irréguliers

■ Il s'agit par exemple de *fahren*, *geben* et *gehen* dont le radical :

– change toujours au prétérit (équivalent de l'imparfait et du passé simple français) :

	fahren (rad. de l'inf. : *fahr-*)	**geben** (rad. de l'inf. : *geb-*)	**gehen** (rad. de l'inf. : *geh-*)
Prétérit	**ich fuhr**	**ich gab**	**ich ging**
	du fuhrst	**du gabst**	**du gingst**
	er/sie/es fuhr	**er/sie/es gab**	**er/sie/es ging**
	wir fuhren	**wir gaben**	**wir gingen**
	ihr fuhrt	**ihr gabt**	**ihr gingt**
	sie/Sie fuhren	**sie/Sie gaben**	**sie/Sie gingen**

– peut changer, ou non :

- à la 2e et 3e personnes du singulier du présent de l'indicatif (c'est le cas des « verbes forts en "a" , en "e" ou en "o" ») ;
- à la formation du participe passé.

	fahren (rad. de l'inf. : *fahr-*)	**geben** (rad. de l'inf. : *geb-*)	**gehen** (rad. de l'inf. : *geh-*)
Présent	ich fahre	ich gebe	ich gehe
	du fährst	**du gibst**	du gehst
	er/sie/es fährt	**er/sie/es gibt**	er/sie/es geht
	wir fahren	wir geben	wir gehen
	ihr fahrt	ihr gebt	ihr geht
	sie/Sie fahren	sie/Sie geben	sie/Sie gehen
Participe passé	gefahren	gegeben	**gegangen**

■ Comme il n'y a aucun moyen de savoir si le radical d'un verbe fort subit ou non un changement, il est recommandé de les apprendre par cœur.

Attention !

Les formes verbales signalées en gras correspondent à des irrégularités par rapport à la règle générale.

Notes

2 Les huit verbes mixtes

■ Il s'agit de *brennen* (brûler), *bringen* (apporter), *denken* (penser), *kennen* (connaître), *nennen* (nommer), *rennen* (courir), *senden* (envoyer) et *(sich) wenden* ([se] tourner), dont le radical :

Rappel
Les trois verbes mixtes les plus courants sont ***bringen*** (apporter), ***denken*** (penser) et ***kennen*** (connaître).

– ne change pas au présent de l'indicatif ;

	brennen	bringen	denken	kennen
Présent	es brennt	ich bringe du bringst er bringt wir bringen ihr bringt sie bringen	ich denke du denkst er denkt wir denken ihr denkt sie denken	ich kenne du kennst er kennt wir kennen ihr kennt sie kennen

– change au prétérit et au participe passé.

	nennen	rennen	senden	wenden
Prétérit	ich nannte du nanntest er nannte wir nannten ihr nanntet sie nannten	ich rannte du ranntest er rannte wir rannten ihr ranntet sie rannten	ich sandte du sandtest er sandte wir sandten ihr sandtet sie sandten	ich wandte du wandtest er wandte wir wandten ihr wandtet sie wandten
Participe passé	genannt	gerannt	gesandt	gewandt

3 Les verbes faibles ou verbes réguliers

Il s'agit des verbes dont le radical ne change jamais.

	machen (rad. de l'inf. : *mach-*)
Présent	ich mache du machst er/sie/es macht wir machen ihr macht sie/Sie machen
Prétérit	ich machte du machtest er/sie/es machte wir machten ihr machtet sie/Sie machten
Participe passé	gemacht

Le groupe verbal

Fiche 4

Allemand

Notes

1 La place du groupe verbal

La place du groupe verbal (verbe conjugué + partie non conjuguée et invariable du groupe verbal) varie en fonction du type de phrases.

Types de phrases		Place du verbe conjugué	Place de la partie non conjuguée du groupe verbal
GV à l'infinitif	**construction**	dernière place	avant-dernière place
	exemple	*sich (A)* ***beeinflussen*** *lassen*. (Se laisser influencer.)	
Déclarative	**construction**	deuxième place	dernière place
	exemple	*Er lässt sich* ***beeinflussen.*** (Il se laisse influencer.)	
Interrogative globale	**construction**	première place	dernière place
	exemple	*Lässt er sich* ***beeinflussen ?*** (Se laisse-t-il / Est-ce qu'il se laisse influencer ?)	
Interrogative partielle	**construction**	deuxième place	dernière place
	exemple	*Warum lässt er sich* ***beeinflussen ?*** (Pourquoi se laisse-t-il influencer ?)	
Impérative	**construction**	première place	dernière place
	exemple	*Lassen Sie sich nicht* ***beeinflussen !*** (Ne vous laissez pas influencer !)	
Subordonnée	**construction**	dernière place	avant-dernière place
	exemple	*Ich bin der Meinung, dass er sich* ***beeinflussen*** *lässt*. (Je pense qu'il se laisse influencer.)	

2 Les différents types de subordonnées

A. Les subordonnées conjonctives

■ Les causales peuvent être introduites par *weil* (parce que) ou *da* (comme, étant donné que).

Ex. : *Er ist traurig, weil er viele Probleme* ***hat****.*
(Il est triste parce qu'il a beaucoup de problèmes.)
Da ich schon in Berlin ***war****, kann ich mich in der Berliner U-Bahn orientieren.*
(Comme je suis déjà allé(e) à Berlin, je sais m'orienter dans le métro berlinois.)

■ Les temporelles peuvent être introduites par *als* (quand, à l'époque où, au moment précis où), *(immer / jedes Mal) wenn*

Notes

(quand, à chaque fois que), *bevor = ehe* (avant que), *nachdem* (après que), *seit(dem)* (depuis que), *bis* (jusqu'à ce que), *sobald* (dès que), *solange* (aussi longtemps que) ou *während* (pendant que).

Ex. : *Als ich ein kleines Mädchen **war**, war Berlin eine geteilte Stadt.*
(Quand j'étais petite, Berlin était une ville divisée.)
*Wenn ich Zeit **habe**, gehe ich in der Stadt spazieren.*
(Quand j'ai du temps, je vais me promener en ville.)
*Sie lernte schwimmen, noch bevor sie lesen **konnte**.*
(Elle a appris à nager avant de savoir lire.)
*Nachdem Anna im Internet recherchiert **hatte**, machte sie ihre Hausaufgaben.*
(Après avoir recherché sur Internet, Anna fit ses devoirs.)

- Les concessives peuvent être introduites par *obwohl / obgleich / obschon* (bien que).

Ex. : *Obwohl es **regnet**, gehe ich spazieren.* (Je vais me promener bien qu'il pleuve.)

- Les conditionnelles peuvent être introduites par *wenn* (si).

Ex. : *Wenn er im Lotto gewinnen **würde**, würde er sich einen Sportwagen kaufen.*
(S'il gagnait au loto, il s'achèterait une voiture de sport.)

B. Les subordonnées relatives

	Masculin	Féminin	Neutre	Pluriel
Nominatif	der	die	das	die
Accusatif	den	die	das	die
Datif	dem	der	dem	**denen**
Génitif	**dessen**	**deren**	**dessen**	**deren**

Ex. : *Der Mann, der ein weißes Auto hat, heißt Herr Müller.* (L'homme qui a une voiture blanche s'appelle M. Müller.)
Der Mann, den du gerade erblickst, heißt Herr Müller. (L'homme que tu peux apercevoir s'appelle M. Müller.)
Der Mann, mit dem ich gerade gesprochen habe, heißt Herr Müller. (L'homme à qui je viens juste de parler s'appelle M. Müller.)
Der Mann, dessen Auto weiß ist, heißt Herr Müller. (L'homme dont la voiture est blanche s'appelle M. Müller.)

C. Les propositions infinitives

Dans ce cas, le verbe n'est plus conjugué mais à l'infinitif et toujours en fin de proposition.

Ex. : *Lukas möchte einen Ferienjob finden, um eine Reise nach Berlin zu **finanzieren**.*
(Lukas veut trouver un job d'été pour financer un voyage à Berlin.)

Les déclinaisons

Fiche 5

Allemand

Notes

1 Les pronoms personnels et les adjectifs possessifs

		Pronoms personnels			Adj. possessifs* correspondants
		Nominatif	Accusatif	Datif	
Singulier	1re pers.	ich	mich	mir	mein...
	2e pers.	du	dich	dir	dein...
	3e pers. masc.	er	ihn	ihm	sein...
	3e pers. fém.	sie	sie	ihr	ihr...
	3e pers. neutre	es	es	ihm	sein...
Pluriel	1re pers.	wir	uns	uns	unser...
	2e pers.	ihr	euch	euch	euer...
	3e pers. / form. de politesse	sie / Sie	sie / Sie	ihnen / Ihnen	ihr... / Ihr...

* L'adjectif possessif se décline comme :

– l'article indéfini *ein*... quand il sert de déterminant à un GN singulier ;

– l'article défini *die* quand il sert de déterminant à un GN pluriel.

Rappel

Le pronom personnel de la 1re personne du singulier ne prend pas de majuscule (***ich*** et non ***Ich***).

2 Le groupe nominal

■ Dans le groupe nominal au sens strict (déterminant + nom), la marque de déclinaison est exclusivement portée par l'article, sauf :

– au génitif masculin et neutre où le nom porte la marque *-(e)s* ;

Ex. : *Es ist das Auto meines Vaters. / Es ist das Auto des Mannes. [masculin]*
(C'est la voiture de mon père.) / (C'est la voiture de cet homme.)

Es ist das Buch des Mädchens. / Es ist das Buch des Kindes. [neutre]
(C'est le livre de cette fille. / C'est le livre de cet enfant.)

– au datif pluriel où le nom porte la marque *-n* (sauf si le nom se termine déjà par un *-n* ou par un *-s* au pluriel).

Ex. : *Ich gebe den Kindern ein Stück Kuchen.*
(Je donne un morceau de gâteau aux enfants.)

Ich gebe den Eltern ein Stück Kuchen.
(Je donne un morceau de gâteau aux parents.)

Ich gebe den Babys ein Stück Kuchen.
(Je donne un morceau de gâteau aux bébés.)

Notes

		Masculin	Féminin	Neutre
Nominatif (GN sujet ou attribut du sujet)	**art. déf.**	der große Mann	die große Frau	das brave Kind
	art. indéf.	ein Ø großer Mann	eine große Frau	ein Ø braves Kind
	Ø art.	Ø guter Käse	Ø gute Milch	Ø gutes Brot
Accusatif (GN COD ou après certaines prép.)	**art. déf.**	den großen Mann	die große Frau	das brave Kind
	art. indéf.	einen großen Mann	eine große Frau	ein Ø braves Kind
	Ø art.	Ø guten Käse	Ø gute Milch	Ø gutes Brot
Datif (GN COI, COS ou après certaines prép.)	**art. déf.**	dem großen Mann	der großen Frau	dem braven Kind
	art. indéf.	einem großen Mann	einer großen Frau	einem braven Kind
	Ø art.	Ø gutem Käse	Ø guter Milch	Ø gutem Brot
Génitif (GN complément du nom)	**art. déf.**	des großen Mannes	der großen Frau	des braven Kindes
	art. indéf.	eines großen Mannes	einer großen Frau	eines braven Kindes
	Ø art.	Ø guten Käses	Ø guter Milch	Ø guten Brot(e)s

- Les prépositions toujours suivies de l'accusatif : *durch*, *für*, *gegen*, *ohne*, *um*, *wider*.
- Les prépositions toujours suivies du datif : *aus*, *bei*, *mit*, *nach*, *seit*, *von*, *zu*.
- Seuls les adjectifs épithètes (c'est-à-dire qui servent à qualifier un GN) se déclinent.

Ex. : *Das junge Mädchen gibt dem braven Kind ein kleines Stück selbstgebackenen Kuchens.* (La jeune fille donne un petit morceau de gâteau fait maison à cet enfant sage.)

- L'adjectif attribut (c'est-à-dire qui dépend d'un verbe d'état comme *être*, *paraître*, *sembler*...) est toujours invariable.

Ex. : *Das Mädchen ist jung.* (Cette fille est jeune.)

Vocabulaire utile : identités et échanges

Fiche 6

Allemand

Notes

1 Noms et expressions avec des noms

Abréviations

qch : quelque chose qqn : quelqu'un
etw : etwas jmd : jemand (N)
jn : jemanden (A) jm : jemandem (D)
jds : jemandens (G) N : nominatif
A : accusatif D : datif G : génitif

l'identité die Identität(en)
la nationalité die Nationalität(en) / die Staatsangehörigkeit(en)
la citoyenneté die Staatsbürgerschaft(en)
la communauté die Gemeinschaft(en)
le groupe die Gruppe(n)
le cercle der Kreis(e)
le quartier der Stadtteil(e) / der Bezirk(e)
le ghetto das G(h)etto(s)
la tension die Spannung(en)
la menace die Bedrohung(en)
le conflit der Konflikt(e)
la frontière die Grenze(n)
la fuite die Flucht(en)
l'exil das Exil(e)
l'émigration die Auswanderung(en)
l'immigration die Einwanderung(en)
le droit d'asile das Asylrecht(e)
le demandeur d'asile der Asylbewerber(-)
l'échange der Austausch(e)
le dialogue der Dialog(e) / das Gespräch(e)
l'intégration die Integration
le mélange die Mischung(en)
le contact der Kontakt(e)
la découverte die Entdeckung(en)
le partenariat die Partnerschaft(en)
la mixité die Mischung / die Durchmischung
l'hospitalité die Gastfreundschaft
l'accueil die Aufnahme
la mobilité die Mobilität
la mondialisation die Globalisierung

Notes

le choc des cultures der Kulturschock
le tourisme der Tourismus
la curiosité die Sehenswürdigkeit(en)
le voyage die Reise(n)
l'expérience (personnelle) die [persönliche(n)] Erfahrung(en)

2 Adjectifs

accueillant gastfreundlich
compréhensif verständnisvoll
culturel kulturell
linguistique sprachlich
menaçant bedrohend
mixte gemischt
problématique problematisch
tendu gespannt

3 Verbes et expressions avec des verbes

accueillir qqn jn auf/nehmen (i ; a, o) / jn empfangen (ä ; i, a)
comprendre qqn / qch jn / etw (A) verstehen (a, a)
découvrir qch etw (A) entdecken
échanger avec qqn sich (A) mit jm aus/tauschen
émigrer aus/wandern
être accueilli à bras ouverts herzlich aufgenommen werden (i ; u, o)
faire partie d'un groupe einer Gruppe an/gehören / zu einer Gruppe gehören
fuir flüchten / fliehen (o, o)
immigrer ein/wandern
intervenir dans un conflit bei / in einem Konflikt ein/greifen (i, i)
prendre contact avec qqn mit jm Kontakt auf/nehmen (i ; a, o)
risquer sa vie sein Leben aufs Spiel setzen
saisir sa chance sein Glück versuchen
s'exiler ins Exil gehen (i, a)
s'identifier à qqn / qch sich (A) mit jm / etw (D) identifizieren
transgresser la loi gegen das Gesetz verstoßen (ö ; ie, o)
voyager reisen

Rappel

- Les voyelles derrière les verbes à l'infinitif correspondent aux temps forts des verbes irréguliers.
- Le « * » signale les auxiliaires *haben* ou *sein*, les modaux.
- (en, en) derrière le nom signale les masculins faibles.
- Le « / » indique un verbe à particule séparable.
- Le pluriel des noms est entre parenthèses.

Vocabulaire utile : espace privé et espace public

Fiche 7

Allemand

Notes

1 Noms et expressions avec des noms

l'espace privé die Privatsphäre
la vie privée das Privatleben
le cercle familial der Familienkreis(e)
le membre de la famille das Familienmitglied(er), der / die Verwandte (adj. subst.)
le cercle d'amis der Freundeskreis(e)
la confiance ≠ la défiance das Vertrauen ≠ das Misstrauen
l'atmosphère familière die Gemütlichkeit
la zone de confort der Komfortbereich / die Komfortzone
le marginal der Außenseiter(-)
l'espace public der öffentliche Raum / die Öffentlichkeit
l'opinion publique die öffentliche Meinung
le semblable der Mitmensch(en, en)
la vie professionnelle das Berufsleben
la coopération die Zusammenarbeit
l'engagement das Engagement
la participation à qch die Teilnahme an etw (D)
le poste à responsabilité der Führungsposten(-)
la parité homme-femme der gleiche Anteil von Männern und Frauen
l'éducation die Erziehung
l'espace religieux der religiöse Bereich / der religiöse Raum
les traditions die Traditionen / die Sitten und Bräuche
les valeurs die Werte
la liberté de mouvement die Bewegungsfreiheit

2 Adjectifs

casanier häuslich
confortable gemütlich
(dés)agréable (un)angenehm
(in)dépendant (un)abhängig
méfiant misstrauisch
personnel persönlich

Notes

privé privat
professionnel beruflich
qui aime sortir ausgehfreudig
qui inspire confiance vertrauenerweckend
réservé zurückhaltend
seul einsam
social sozial / gesellschaftlich
timide schüchtern
traditionnel traditionell

3 Verbes et expressions avec des verbes

agir handeln
aller volontiers au devant des autres gern mit anderen in Kontakt treten (i ; a, e)
bien aimer sortir gern aus/gehen (i, a)
bien s'amuser ensemble zusammen Spaß haben*
entrer dans la vie active in den Beruf ein/steigen (ie, ie)
(ne pas) être capable de s'intégrer sich (A) (nicht) integrieren können*
être là l'un pour l'autre füreinander da sein*
exercer une activité professionnelle einen Beruf aus/üben / berufstätig sein*
faire carrière Karriere machen
faire confiance à qqn ≠ se méfier de qqn jm vertrauen ≠ jm misstrauen
mener à bien un projet ein Projekt aus/führen
profiter de la vie das Leben genießen (o, o)
s'engager pour / contre qch sich (A) für / gegen etw (A) ein/setzen
s'ennuyer sich (A) langweilen
s'émanciper (de qch) sich (A) (von etw) emanzipieren
sensibiliser qqn à qch jn für etw (A) sensibilisieren
se replier sur soi / se retirer du monde sich (A) [von der Welt] zurück/ziehen (o, o)
se sentir en sécurité sich (A) geborgen fühlen
se retirer de la vie active sich (A) ins Privatleben zurück/ziehen (o, o)
soutenir un projet ein Projekt unterstützen
travailler (ensemble) (zusammen/)arbeiten
vivre dans sa bulle zurückgezogen leben

Vocabulaire utile : art et pouvoir

Notes

1 Noms et expressions avec des noms

l'art die Kunst (die Künste)
les arts plastiques die bildende Kunst (die bildenden Künste)
l'artiste der Künstler(-)
la musique die Musik / das Musizieren
la peinture (en tant qu'art) die Malerei / das Malen
le cinéma (en tant qu'art) der Film / das Filmen
le théâtre (en tant qu'art) das Theater(spielen)
la sculpture (en tant qu'art) die Bildhauerei
le dessin (en tant qu'art) das Zeichnen
la danse (en tant qu'art) der Tanz / das Tanzen
la photographie (en tant qu'art) das Fotografieren
la poésie (en tant qu'art) die Dichtung
l'œuvre / le chef-d'œuvre das Werk(e) / das Kunstwerk(e)
la liberté de création die Kunstfreiheit
le pouvoir ≠ le contre-pouvoir die Macht ≠ die Gegenmacht
la culture ≠ la contre-culture die Kultur ≠ die Gegenkultur
l'offre culturelle das Kulturangebot(e)
la critique die Kritik(en)
la caricature die Karrikatur(en)
la mise en garde die Warnung(en) / Mahnung(en)
l'art dégénéré entartete Kunst
la censure die Zensur
l'interdiction d'exercer sa profession das Berufsverbot(e)
l'interdiction de peindre das Malverbot(e)
l'interdiction d'écrire das Schreibverbot(e)
la manipulation die Manipulation
l'exposition die Ausstellung(en)
la collection die Sammlung(en)

2 Adjectifs

artistique künstlerisch
caricatural / stéréotypé klischeehaft
censuré zensiert

Notes

contemporain zeitgenössisch
créatif kreativ
doué begabt
engagé engagiert
intéressé par la culture kulturinteressiert
institutionnel institutionell
passionné d'art kunstbegeistert
qui aime les arts musisch
talentueux talentiert

3 Verbes et expressions avec des verbes

censurer qch etw (A) zensieren
critiquer qqn /qch jn / etw (A) kritisieren / Kritik an jm / etw (D) üben
délivrer une interdiction d'exercer sa profession (à qqn) (jm) Berufsverbot erteilen
être d'accord avec le système angepasst sein*
être surveillé (par qqn) (von jm) überwacht werden (i ; u, o)
exprimer qch etw (A) aus/drücken / etw (A) zum Ausdruck bringen (a, a)
faire allusion à qch auf etw (A) an/spielen
faire / jouer de la musique musizieren / Musik machen
interdire qch à qqn jm etw (A) verbieten (o, o)
mettre qqn en garde jn warnen / jn mahnen
peindre malen
prendre une décision eine Entscheidung treffen (i ; a, o)
recevoir une interdiction d'exercer sa profession Berufsverbot bekommen (a, o)
remettre qch en question etw (A) in Frage stellen
résister à qch etw (D) widerstehen (a, a)
s'exprimer sich (A) aus/drücken
s'opposer au système sich (A) gegen das System stellen
sculpter la terre formen
sculpter la pierre meißeln
sculpter le bois schnitzen
se produire sur scène auf/treten (i ; a, e) / auf der Bühne stehen (a, a)
se rebeller (contre qch) [gegen etw (A)] rebellieren / sich (A) [gegen etw (A)] auf/lehnen
tourner un film einen Film drehen

Vocabulaire utile : citoyenneté et mondes virtuels

Fiche 9

Allemand

Notes

1 Noms et expressions avec des noms

la citoyenneté die Staatsbürgerschaft(en) / die Bürgerschaft(en)
l'initiative citoyenne die Bürgerinitiative(n)
le devoir die Pflicht(en)
la règle die Regel(n)
le droit / le droit des citoyens das Recht(e) / die Bürgerrechte
la punition / la peine die Strafe(n)
la valeur der Wert(e)
le civisme die Zivilcourage
l'engagement das Engagement
les libertés fondamentales die Grundfreiheiten
la liberté de la presse die Pressefreiheit
la liberté d'opinion die Meinungsfreiheit
l'info(rmation) die Information(en) / die Info(s)
la collecte d'info(rmations) die Informationsbeschaffung
le flot d'info(rmations) die Informationsflut
la nouvelle die Nachricht(en)
le reportage der Bericht(e) / die Reportage(n)
l'émission de télévision die Fernsehsendung(en)
le monde virtuel die virtuelle(n) Welt(en)
le changement der Wandel
la tendance der Trend(s)
les nouvelles technologies die neuen Technologien
Internet das Internet
la consommation Internet der Internetverbrauch
l'internaute der Internet-Nutzer(-)
la page web die Webseite(n)
le réseau (social) das [soziale(n)] Netzwerk(e)
l'addiction / la dépendance die Sucht (die Süchte)
le danger die Gefahr(en)
le harcèlement moral das Mobbing
les fake news die Fake News
le scandale der Skandal(e)

Notes

le risque das Risiko (die Risiken)
les données personnelles die Privatdaten
la protection des données der Datenschutz
le contrôle parental die elterliche Kontrolle
le cyber-harcèlement das Cybermobbing

2 Adjectifs

anonyme anonym
connecté online / vernetzt
dangereux gefährlich
déconnecté offline
dépendant (à Internet) (Internet)süchtig
moderne modern
nouveau neu
tendance trendy
vrai / faux wahr / falsch
virtuel virtuell

3 Verbes et expressions avec des verbes

aller voir sur Internet ins Internet gehen (i, a)
contrôler qch etw (A) kontrollieren
(en)courir un risque ein Risiko ein/gehen (i, a)
évoluer / se transformer sich (A) entwickeln
faire preuve de civisme Zivilcourage zeigen
falsifier qch etw (A) (ver)fälschen
partager qch / des données / une information sich (D) etw (A) / Daten / eine Information teilen
rendre compte de qch über etw (A) berichten
respecter qqn / qch jn / etw (A) respektieren
s'engager pour qqn / qch sich (A) für jn / etw (A) engagieren / ein/setzen
s'informer / informer qqn sur qch sich (A) / jn über etw (A) informieren
surfer sur Internet im Internet surfen
susciter l'attention de qqn jds Aufmerksamkeit erregen
veiller à qch auf etw (A) achten / auf/passen
vivre dans un monde virtuel in einer virtuellen Welt leben
faire l'expérience de qch / vivre qch etw (A) erleben

Vocabulaire utile : fictions et réalités

Fiche 10

Allemand

Notes

1 Noms et expressions avec des noms

la fiction die Fiktion(en)
l'imagination die Fantasie / die Einbildungskraft / die Vorstellungskraft
la créature imaginaire das Fantasiegebilde
le cinéma (en tant qu'art) der Film
le film der Film(e)
la littérature die Literatur
l'aventure das Abenteuer(-)
le côté aventureux die Abenteuerlichkeit
la soif d'aventure die Abenteuerlust
le roman d'aventure der Abenteuerroman(e)
la poésie (en tant que genre littéraire) die Dichtung
le théâtre (en tant que genre littéraire) das Theater
la pièce de théâtre das Theaterstück(e)
la création das Schaffen
le rêve der Traum (die Träume)
la réalité die Wirklichkeit
le fait die Tatsache(n)
l'absence d'imagination die Fantasielosigkeit
le quotidien der Alltag
le train-train der Alltagstrott
la routine die Routine
l'affaire courante die Routineangelegenheit(en)
le travail de routine die Routinearbeit(en)
la question de routine die Routinefrage(n)
le réalisme der Realismus
le récit die Erzählung(en)
la source d'inspiration die Inspirationsquelle(n)
l'utopie die Utopie(n)
la légende die Legende(n) / die Sage(n)
la mythologie die Mythologie
la science-fiction die Science-Fiction
le héros der Held(en, en)

Notes

2 Adjectifs

abstrait abstrakt

aventureux abenteuerlich

banal / dépourvu d'imagination fantasielos

fictif fiktiv

imaginatif fantasievoll

qui a beaucoup d'imagination fantasiebegabt

qui a le goût de l'aventure abenteuerlustig

réel wirklich

routinier routinemäßig

utopique utopisch

3 Verbes et expressions avec des verbes

avoir soif d'aventures vor Abenteuerlust brennen (a, a)

créer qch etw (A) schaffen (u, a)

convevoir qch etw (A) konzipieren

correspondre à la réalité der Wirklichkeit entsprechen (i ; a, o)

dépasser l'imagination / l'entendement die Vorstellungskraft übersteigen (ie, ie) / sprengen

devenir réalité Wirklichkeit werden (i ; u, o)

écrire qch etw (A) schreiben (ie, ie) / verfassen

être de toutes les aventures sich (A) in jedes Abenteuer stürzen

être (toujours) en quête d'aventure auf Abenteuer aus sein*

être inspiré de faits réels auf wahren Begebenheiten basieren

être profondément ému (par qch) [von etw (D)] auf sehr tiefe Weise berührt werden (i ; u, o)

(af)fabuler (à propos de qqn / qch) [von jm / etw (D)] fantasieren

faire réfléchir (qqn) à qch (jn) zum Nachdenken bringen (a, a)

incarner des valeurs Werte verkörpern

inventer qch etw (A) erfinden (a, u)

raconter qch (à qqn) (jm) etw (A) (nach)erzählen

ramener qqn à la réalité jn auf den Boden der Tatsachen zurück/holen

reprendre son train-train quotidien in den Alltagstrott zurück/kehren

rêver de qch von etw (D) träumen

s'imaginer / se représenter qch sich etw vor/stellen / etw (A) vor seinem geistigen Auge sehen (ie ; a, e)

Vocabulaire utile : innovations scientifiques et responsabilité

Fiche 11

Allemand

Notes

1 Noms et expressions avec des noms

l'innovation die Innovation(en)
la science die Wissenschaft(en)
la recherche die Forschung
la découverte die Entdeckung(en) / die Erfindung(en)
l'expérience scientifique das Experiment(e)
le progrès der Fortschritt(e)
la centrale nucléaire das Atomkraftwerk(e) / das Kernkraftwerk(e)
l'énergie nucléaire die Atomkraft / die Kernkraft
la manipulation génétique die Genmanipulation
la responsabilité die Verantwortung(en)
la menace die Bedrohung(en)
les dérives der Fehltritt(e)
la prise de conscience die Bewusstwerdung
la biodiversité die Biodiversität
l'énergie renouvelable die erneuerbare(n) Energie(n)
le risque das Risiko (die Risiken)
les déchets der Müll
le sac en plastique die Plastiktüte(n)
le continent de plastique / le 7e continent das Plastikmeer
la pollution de l'environnement die Umweltverschmutzung
la qualité de vie die Lebensqualität
le choc climatique der Klimaschock
le changement climatique der Klimawandel

2 Adjectifs

avancé / progressif fortschrittlich
(co)responsable (mit)verantwortlich
dangereux gefährlich
démesuré übermäßig
écologique ökologisch
éthique ethisch
génétique genetisch

Notes

innovant innovativ
nuisible pour l'environnement umweltschädlich
raisonnable vernünftig
respectueux de l'environnement umweltfreundlich

3 Verbes et expressions avec des verbes

avertir / prévenir qqn de qch jn vor etw (D) warnen
causer / occasionner qch (de négatif) etw (A) an/richten
consommer qch etw (A) verbrauchen
(en)courir un risque ein Risiko ein/gehen (i, a)
découvrir qch etw (A) entdecken
développer qch (avec qqn) etw (A) (mit)entwicklen
détruire / anéantir qch etw (A) zerstören / vernichten
être responsable de qch für etw (A) verantwortlich sein*
faire de la recherche [nach etw (D)] forschen
faire des expériences scientifiques experimentieren
gaspiller (qch) [etw (A)] verschwenden
inventer qch etw (A) erfinden (a, u)
mettre en danger la nature / l'équilibre die Natur / das Gleichgewicht gefährden
nuire à / détruire l'environnement der Umwelt schaden / die Umwelt zerstören
polluer (qch) [etw (A)] verschmutzen
préserver / protéger l'environnement die Umwelt schonen / schützen
procéder scientifiquement wissenschaftlich vor/gehen (i, a)
produire qch etw (A) produzieren / her/stellen
progresser / faire des progrès fort/schreiten (i, i) / Fortschritte machen
prouver qch etw (A) nach/weisen (ie, ie)
renoncer à qch auf etw (A) verzichten
respecter la nature auf die Natur achten
se dégrader sich (A) verschlechtern
se poser des questions sur qch etw (A) hinterfragen
sortir du nucléaire aus der Atomenergie aus/steigen (ie, ie)
utiliser qch etw (A) benutzen / verwenden

Vocabulaire utile : diversité et inclusion

Notes

1 Noms et expressions avec des noms

la diversité die Vielfalt
l'enrichissement die Bereicherung
la tolérance ≠ l'intolérance die Toleranz ≠ die Intoleranz
la similitude die Ähnlichkeit(en)
le point commun die Gemeinsamkeit(en)
la différence der Unterschied(e)
le préjugé das Vorurteil(e)
le cliché das Klischee(s)
le stéréotype das Stereotyp(e)
la discrimination die Diskriminierung
le racisme der Rassismus
la xénophobie die Fremdenfeindlichkeit
le harcèlement moral das Mobbing
le handicap die Behinderung(en)
la minorité die Minderheit(en)
la cohésion sociale der gesellschaftliche Zusammenhalt
l'exclusion die Ausgrenzung(en)
l'inclusion das Beteiligen / die Einbeziehung
l'intégration die Integration
la culture die Kultur(en)
la langue die Sprache(n)
la connaissance / le savoir die Kenntnis(se)
la particularité die Besonderheit(en)
l'acceptation / la reconnaissance de qch die Anerkennung etw (G)
la relation avec / le rapport à qqn die Beziehung(en) / das Verhältnis(se) zu jm

2 Adjectifs

cosmopolite kosmopolitisch / weltoffen
différent unterschiedlich / verschieden
égaux en droits gleichberechtigt
intégré integriert / eingelebt
(in)tolérant (in)tolerant

Notes

multiculturel Multikulti-
ouvert aufgeschlossen / offen
raciste rassistisch
respectueux respektvoll
semblable ähnlich
sociable kontaktfreudig
solidaire solidarisch
varié / divers vielfältig / facettenreich
xénophobe fremdenfeindlich

3 Verbes et expressions avec des verbes

accepter / reconnaître qch / qqn etw (A) / jn akzeptieren / an/erkennen (a, a)
avoir bcp de choses en commun vieles gemeinsam haben*
avoir une représentation juste / fausse de qqn / qch eine richtige / falsche Vortstellung von jm / etw (D) haben*
avoir des préjugés envers qqn / qch jm / etw (D) gegenüber voreingenommen sein*
combattre les préjugés Vorurteile bekämpfen
contribuer à qch zu etw (D) bei/tragen (ä ; u, a)
être conscient de qch sich (D) einer Sache bewusst sein*
être harcelé par qqn von jm gemobbt werden (i ; u, o)
être prêt à qch zu etw (D) bereit sein*
être victime de discrimination (de la part de qqn) (durch jn) diskriminiert werden (i ; u, o)
faire des efforts sich (A) an/strengen
faire évoluer les mentalités für ein Thema sensibilisieren (ä ; ie, a)
faire participer qqn à qch jn an etw (D) beteiligen
lutter pour l'égalité für Gleichberechtigung kämpfen
mettre qqn sur un pied d'égalité (avec qqn) jn auf die gleiche Stufe stellen (wie jmd)
nouer de nouveaux contacts / de nouvelles amitiés neue Kontakte / Freundschaften knüpfen
participer à qch sich (A) an etw (D) beteiligen
prendre part à qch bei etw (D) mit/machen / an etw (D) teil/nehmen (i ; a, o)
s'adapter à qch sich (A) an etw (A) an/passen
s'intégrer sich (A) integrieren / sich (A) ein/leben
s'ouvrir à qqn / qch sich (A) jm / etw (D) öffnen
se faire de nouveaux amis Freunde gewinnen (a, o)

Vocabulaire utile : territoire et mémoire

Fiche 13

Allemand

Notes

1 Noms et expressions avec des noms

le territoire das Territorium (die Territorien) / das Gebiet(e)
la naissance de qch die Entstehung etw (G)
le pays das Land (die Länder)
la frontière die Grenze(n)
le royaume das Königreich(e)
l'empire das Kaiserreich(e)
la démocratie die Demokratie(n)
la dictature die Diktatur(en)
le Troisième Reich das Dritte Reich
la guerre (mondiale) der Krieg(e) / der Weltkrieg(e)
le crime contre l'humanité das Verbrechen(-) gegen die Menschlichkeit
le criminel de guerre der Kriegsverbrecher(-)
la république die Republik(en)
la République fédérale d'Allemagne (RFA) die Bundesrepublik Deutschland (BRD)
la République démocratique allemande (RDA) die Deutsche Demokratische Republik (DDR)
la construction du mur de Berlin der Bau der Berliner Mauer / der Mauerbau
la chute du mur de Berlin der Fall der Berliner Mauer / der Mauerfall
la réunification die Wiedervereinigung
la Résistance der Widerstand
la mémoire das Gedächtnis
l'histoire die Geschichte
le souvenir (de qqn / qch) die Erinnerung [an jn / etw (A)]
le devoir de mémoire die Erinnerungspflicht
le lieu du souvenir der Erinnerungsort(e)
le lieu de mémoire die Gedenkstätte(n)
la plaque commémorative die Gedenktafel(n)
le monument commémoratif das Mahnmal(e) / das Denkmal (die Denkmäler)
le témoignage das Zeitzeugnis(se)

Rappel

L'adjectif substantivé se décline comme un adjectif mais prend une majuscule comme un GN.

Notes

le témoin der Zeitzeuge(n, n)
la victime das Opfer(-)
le juif der Jude(n, n)
les Tziganes d'Allemagne die Sinti und Roma
les victimes de l'euthanasie die Euthanasie-Opfer

Attention !
Derrière un GN masculin, les deux ***n*** de la parenthèse signalent les masculins faibles qui se déclinent avec ***(e)n*** partout sauf au nominatif singulier.

l'opposant(e) der / die Oppositionelle (adj. subst.)
l'opposant politique der politische(n) Gegner(-)
l'homosexuel der / die Homosexuelle (adj. subst.)
l'intellectuel(le) der / die Intellektuelle (adj. subst.)
le résistant der Widerstandskämpfer(-)

2 Adjectifs

allemand deutsch
controversé umstritten
démocratique demokratisch
historique historisch
juif jüdisch
national-socialiste nationalsozialistisch / NS-

3 Verbes et expressions avec des verbes

anéantir qch / exterminer qqn etw (A) / jn vernichten
attaquer un pays ein Land an/greifen (i, i)
commémorer qch etw (G) gedenken (a, a)
déclarer la guerre à un pays einem Land den Krieg erklären
détruire qch etw (A) zerstören
entretenir la mémoire de qqn / qch die Erinnerung an jn / etw (A) wach/halten (ä ; ie, a)
envahir (un pays) in ein Land ein/marschieren
faire un discours eine Rede halten (ä ; ie, a)
fonder un état einen Staat (be)gründen
hériter (qch de qqn) [etw (A) von jm] erben
libérer qch / qqn etw (A) / jn befreien
naître / voir le jour entstehen (a, a)
occuper qch etw (A) besetzen
témoigner de qch von etw (D) zeugen
tourner la page die Vergangenheit bewältigen
se souvenir de qqn / qch sich (A) an jn / etw (A) erinnern